Andrea Fazioli

Damals im Tessin

Der erste Fall für Elia Contini

Kriminalroman

Aus dem Italienischen von
Barbara Schaden

Atlantis

Die italienische Originalausgabe erschien 2008 unter dem Titel
L'uomo senza casa im Verlag Ugo Guanda Editore, Parma.
Die deutsche Erstausgabe erschien 2009 unter dem Titel
Am Grund des Sees im btb Verlag, München.

Covergestaltung: Lara Flues
Covermotiv: © René Schädler
Satz: Tristan Walkhoefer, Leipzig
Gesetzt aus der Stempel Garamond LT / 230125
Druck und Bindung: GGP Media GmbH, Pößneck
Auch als E-Book erhältlich
ISBN 978 3 7152 5503 3

Da ist er. Ganz nahe, spürbar. Mit angehaltenem Atem hinter dem Vorhang versteckt. Schräg fällt die Sonne in den Dachboden. Tommi duckt sich in den Schatten. Die Schritte knarzen auf dem Holzboden. Licht und Dunkel. Der Nachmittag in den Fensterscheiben nimmt kein Ende.

Es sind Sommerferien. Ein Tag im Juli. Erinnert sich jemand, dass es außer Spielen, Wettrennen auf den Wiesen und Abenteuern im Wald noch etwas anderes gibt? Was ist aus der Welt geworden?

Draußen auf der Straße fährt hupend das Postauto vorbei.

Er darf sich nicht erwischen lassen. Aber der andere ist geduldig: Er wartet und wartet, bis es Tommi nicht mehr aushält.

»Hab dich!«

»He, das gilt nicht, du kannst nicht einfach bloß hier rumstehen!«

»Jetzt musst du dich verstecken …«

»Ja, aber du musst mich suchen!«

Die Stimmen schrillen. Staubteilchen kreisen in den Sonnenstrahlen. Das große Haus ist voller Geheimnisse. Die beiden Buben rennen zwischen den Möbeln im Salon hindurch, verstecken sich hinter dem Flügel, steigen in Schränke, in denen es alt riecht.

Später laufen sie hinaus auf die Wiesen rings ums Haus, hinaus ins Brummen der Insekten und ins Abendlicht. Bis Tommi, der wie ein Indianer durchs hohe Gras robbt, die Stimme seines Vaters hört: »Tommiiii! Eeeeessen!«

Die Vokale ziehen sich in die Länge, auch sie enden nie,

wie der Nachmittag. Tommi muss trotzdem gehen. Sein Haus steht ein paar hundert Meter entfernt.

»Mein Vater wird böse, wenn ich nicht sofort komme!«

»Na, dann geh …«

»Ciao!«

»Bis morgen!«

1
Das Fotozimmer

An einem Tag im Sommer beschloss Tommi, als er morgens aufwachte, jemanden umzubringen. Er hatte am Abend die Fensterläden offen gelassen, und ein Sonnenstrahl hatte ihn noch vor dem Wecker aus dem Schlaf gerissen. Eigentlich war es kein richtiger Entschluss, nur eine unbestimmte Idee, die sich zwischen Halbschlaf und dem ersten bewussten Gedanken breitmachte.

Nach so vielen Jahren war allmählich die Normalität zurückgekehrt. Auch Tommi war fast so weit gewesen, das Unrecht zu vergessen. Aber jetzt wollten sie das Becken des Stausees verbreitern und die Orte seiner Kindheit noch tiefer unter Wasser setzen. Jetzt musste er reagieren und war sogar bereit, Gewalt anzuwenden, um der Welt zu zeigen, was Unrecht und was Recht war. Das empfand er wie eine Pflicht, eine Schuld gegenüber dem Andenken seines Vaters und seines Elternhauses.

Er schälte sich aus dem Bett. Normalerweise brauchte er eine gute halbe Stunde, bis er vollständig wach war, an diesem Morgen aber rüttelte ihn die Wut binnen Minuten auf. Er schlüpfte in seine Pantoffeln und riss mit nacktem Oberkörper das Fenster auf. Die Sonne blendete ihn, und er kniff die Augen zusammen.

Auf den Kaffee verzichtete er. Er schenkte sich ein Glas Milch ein und trat damit vors Haus. Es war ein Dienstag im August, Viertel nach sieben, und draußen war es kühl. Auf der Straße nach Malvaglia, zwei Meter von ihm entfernt, fuhr der alte Toyota der Signora Bionda vorbei. Da schau her, dachte Tommi, die sitzt sogar im August um Punkt acht an ihrem Schreibtisch. Signora Bionda arbeitete in Bellinzona in der Bank und nahm morgens und abends eine halbe Stunde Fahrt in Kauf, weil sie nicht aus dem Bleniotal fortwollte. Verständlich; auch Tommi wäre nie von Malvaglia, nie von dem Staudamm weggezogen.

Er reckte sich und dachte an den Tag, der vor ihm lag. Gegen halb neun musste er sich auf den Weg machen, damit er um neun in Lodrino war, im Autohaus Barenco. Hoffentlich hatte sich das Ehepaar Barenco inzwischen versöhnt. In letzter Zeit herrschte dicke Luft. Am Vortag hatte Tommi das Büro als verlassenes Schlachtfeld vorgefunden: verstreute Papiere, die Kundenkartei umgekippt, die Kaffeemaschine auf dem Fußboden. Blass und ohne ihm in die Augen zu schauen, hatte ihn Signor Barenco empfangen.

»Ich hatte eine Auseinandersetzung mit meiner Frau …«

»So kann ich nicht arbeiten«, hatte Tommi geantwortet.

»Du musst entschuldigen, Tommaso, es ist so, dass …«

»Ich fahr wieder heim«, hatte Tommi entgegnet und war, ohne auf Barencos Beteuerungen einzugehen, in seinen brandneuen Honda Civic gestiegen und nach Malvaglia zurückgekehrt. Schließlich war er Büroangestellter und kein Hanswurst, mit dem man umspringen konnte, wie es einem passte.

Dabei gefiel ihm sein Job. Besonders anstrengend war er nicht: Er kümmerte sich um die Buchhaltung, erledigte die Korrespondenz und hielt die Kundenkartei auf aktuellem Stand. Interessant fand er, wie die Leute mit ihren Autos umgingen. Da gab es die Pedanten, die den Versicherungsvertrag bis zum letzten Komma auswendig kannten und jeden Monat eine »Generalüberholung« machen ließen, wie Signor Barenco das nannte. Und es gab andere, denen alles egal war und die ihr Auto behandelten wie … na, eben wie ein Auto. Dabei müssten Autos eigentlich wie Menschen behandelt werden, an ihnen ist genauso viel Unvorhersehbares und Geheimnisvolles wie beispielsweise an einer faszinierenden Frau.

Aber faszinierende Frauen gibt es wenige, dachte Tommi, während er sich vor dem Spiegel rasierte. Wenig faszinierende Frauen und noch weniger phantastische Autos.

An diesem Morgen empfand er beim Blick auf den Staudamm nicht die gewohnte Bitterkeit, sondern beinahe Euphorie. Die Zeit der Trauer war vorbei. Jetzt würde er kämpfen, endlich. Man hatte ihn seiner Kindheit beraubt, und das forderte Strafe.

Im Büro war nicht viel zu tun. Die Barencos hatten offenbar einen Waffenstillstand geschlossen, zum Glück, und dass Tommi sie tags zuvor einfach hatte sitzen lassen, wurde mit keinem Wort erwähnt. Außer an Signor Costantini zu schreiben und ihn daran zu erinnern, dass in der kommenden Woche die Motorfahrzeugkontrolle für seinen alten Accord fällig war, tat Tommi bis zum Mittag praktisch nichts. Er hatte also Zeit zum Nachdenken. Irgendwann zog er den Brief wieder hervor, den er kürzlich erhalten hatte.

Sehr geehrter Signor Porta,

hiermit setzen wir Sie in Kenntnis, dass im Rahmen des Verfahrens zum Ausbau des Staudamms der Tessiner Elektrizitätsgesellschaft (SET) in Malvaglia, welche der Erhöhung der Speicherkapazität des Stausees dient, die Unterlagen über die zur Enteignung vorgesehenen Flächen in der Gemeindeverwaltung ausliegen; sollte sich eine der genannten Flächen am Nordufer des Stausees in Ihrem Eigentum befinden, bringen wir Ihnen hiermit zur Kenntnis, dass in nächster Zeit auf Kosten des Kantons eine Schätzung des Grundstückswerts vorgenommen wird.

Für die Gemeinde Malvaglia:
Der Bürgermeister
Giovanni Pellanda.

Ein einziger langer Satz, eine Verurteilung. Sie fühlten sich sicher, das war klar. Zusammen mit dem Brief hatten sie ihm eine Landkarte geschickt: Auf dem Gelände, das geflutet werden sollte, stand kein einziges Wohnhaus, nur ein paar Stadel. Es würde also niemand protestieren. Schon damals, vor zwanzig Jahren, war jeder Protest sinnlos gewesen. Damals hatten auf dem Gelände, das dem Ausbau des Stausees zum Opfer fallen sollte, eine Handvoll Häuser gestanden. Eine Handvoll Häuser, die trotz der Beschwerden der Bewohner unter Wasser gesetzt worden waren. Erbarmungslos ausgelöscht.

Er legte die Hände flach auf den Schreibtisch, seufzte und schloss sekundenlang die Augen. Denk jetzt nicht mehr dran. Denk an die MFK am Wagen von Signor Costantini.

Er stand auf und trat an den Schreibtisch seines Chefs.

»Diesmal schafft er's nicht mehr«, sagte er.

»Wie bitte?«, fragte Barenco, der noch immer ein wenig mitgenommen wirkte.

»Der Accord von Signor Costantini. Er möchte, dass wir es noch mal versuchen, aber schon beim letzten Mal hat er's nur mit Müh und Not geschafft.«

»Hm … tatsächlich? Weiß ich gar nicht mehr.«

»Es war das reinste Wunder, dass sie ihn noch mal durchgelassen haben, und Sie hatten eine ganze Woche dran gearbeitet. Ich weiß ja nicht, wie viel Signor Costantini in das Auto noch reinstecken will, aber …«

»Er wird es auf jeden Fall versuchen. Er liebt diese alte Kiste. Und wenn nur noch ein einziger Reifen übrig ist, wird er sagen, ich soll ihn gut aufpumpen und es versuchen.«

Tommi missbilligte diese Sentimentalität gegenüber Autos. Das Gesetz sieht alle zwei Jahre eine Fahrzeugkontrolle vor, deren Zweck es ist, nicht mehr funktionstüchtige Gefährte zur Verschrottung zu schicken. Und das war richtig so.

Im Lauf des Nachmittags las er den Brief der Gemeinde

noch ein paar Mal. Ohne einen Anflug von Zweifel und ohne Taktgefühl: Sie fassten einen Beschluss und teilten ihn dem Volk mit, Punkt. Schweizer Effizienz. Es brauchte mehr Strom? Wurden eben ein paar Dörfer geflutet. Malvaglia war ein kleines Gebirgskaff in einem der touristisch besterschlossenen Täler des Kantons Tessin. Tommi war Mitte dreißig und bestimmt nicht menschenscheu. Aber wenn er abends von der Arbeit nach Hause kam, liebte er die Stille, den Dialekt der Leute, die dunklen Straßen im Winter. Die Touristen liebte er nicht, und in der Stadt hielt er es nicht länger als einen Monat aus: Nach kurzer Zeit ergriff ihn eine Schwermut, die ihn niederdrückte, ihm nachts den Schlaf raubte und ihn nervös machte, ja aggressiv.

An diesem Abend schlenderte er den Staudamm entlang. Er hatte versucht, an etwas anderes zu denken. An Mathematik: Er betrieb sie im Selbststudium, das war sein Freizeitvergnügen, mit Begeisterung löste er Gleichungen und Rätsel, und momentan las er eine Abhandlung über Realanalyse. Aber jetzt gelang es ihm nicht, sich zu konzentrieren.

Diese Sache macht mich fertig, dachte er. Sein morgendlicher Entschluss war fast vergessen. Statt gleich Gewalt anzuwenden, sollte er sich vielleicht lieber an die Justiz wenden. Erst einmal abwarten, beschloss er. Vor dem Herbst konnte er sowieso keinen konkreten Schritt unternehmen.

Die nächsten Monate zogen sich hin wie Sekunden für einen, der die Luft anhält. Tommi hatte das Gefühl, er sei unter Wasser und halte mit geschlossenen Augen den Atem an. Er fuhr zur Arbeit, abends ging er manchmal in die Disco oder trank ein Bier in einem Pub. Er nahm eine Woche Urlaub und fuhr mit einem Freund fünf Tage nach Amsterdam.

Aber vergessen konnte er nicht.

Im Lauf der Wochen sammelte Tommi methodisch und geduldig die Fotos. Er sagte sich, das sei nichts als ein harmloses Hobby, genau wie die Mathematik. Manche Fotos fand er im Haus, in einem alten Album, auf andere stieß er in den Zeitungen oder im Internet. Am Ende warf er die hässlichsten weg, die restlichen unterzog er einer strengen Auswahl. Fünf Bilder blieben übrig. Sorgfältig ausgesuchte Porträts.

Als ein zweiter Brief eintraf, war Tommi bereit. Er hatte in seinem Gästezimmer, oben unter dem Dach, eine Wand frei gemacht. Jetzt schaffte er sämtliche Möbel hinaus, montierte sogar die Deckenlampe ab. Zurück blieben eine nackte Glühbirne, drei weiße Wände mit den Schmutzrändern der abgehängten Bilder und eine vierte Wand – die mit dem Fenster zum Staudamm –, an der er die Fotos befestigte.

Ein paar Tage lang hielt er sich immer nur wenige Minuten im Dachzimmer auf. Jeden Abend, wenn er von der Arbeit heimkam, ging er hinauf. Er sah sich die Fotos an, dann ging er wieder hinunter und machte sich Abendessen.

Manchmal rauchte er eine Zigarette, während er die fünf Gesichter betrachtete. Oder er nahm sich ein Glas Weißwein mit hinauf, oder ein Päckchen Chips. Nach und nach verbrachte er immer mehr Zeit in dem leeren Zimmer. Inzwischen starrte er die Gesichter nicht mehr nur an, sondern begann, sich einen Plan zurechtzulegen. Doch er schrieb keine Zeile davon auf, sprach kein Wort laut aus.

Dann kam Weihnachten. Der geplante Ausbau des Stausees begann Wirklichkeit zu werden, die Leute im Dorf redeten. Im Dezember waren auch die letzten Auseinandersetzungen zwischen den Parteien im Großen Rat beigelegt. Im Januar erhielt er wieder einen Brief, in dem die Behörden mitteilten, das im Eigentum von Herrn Tommaso Porta befindliche Grundstück habe einen Marktwert von zwanzigtausend Franken.

An diesem Abend nahm Tommi zwei Beistelltischchen

und ein paar Kerzen mit ins Dachzimmer. Die Tischchen stellte er rechts und links neben den Fotos an die Wand. Dann zündete er zwei Kerzen an, steckte sie je in einen Kerzenständer und stellte einen auf jeden Tisch; das sah aus wie ein Altar. Die Glühbirne an der Decke schaltete er nicht ein; die Kerzen schienen ihm intimer, verschwiegener.

Er ließ den Blick hin und zurück über die Reihe der Gesichter wandern, die ihn von der Wand anstarrten. Der Bürgermeister Giovanni Pellanda. Der geachtete Ingenieur Alessandro Vassalli. Desolina Fontana. Andrea Porta – ein Jugendbild. Und auf einem Foto aus neuerer Zeit das hagere Gesicht von Elia Contini.

Tommi streckte die Hand nach einem der Fotos aus. Er betrachtete es mit halb geschlossenen Augen.

»Mach dich bereit«, flüsterte er. »Sei auf der Hut, Freund, jetzt ist es so weit. Morgen musst du bereit sein.«

Und in rauem, fast zärtlichem Ton fügte er hinzu: »Denn morgen bist du tot, verstehst du … Morgen bring ich dich um.«

2

Die Gedanken einer Statue

Elia Contini widmete sich dem Anblick einer verliebten Frau. Ob es ein fröhlicher oder trauriger Anblick war, hätte er nicht sagen können, er beobachtete nur. Mit aller gebotenen Diskretion, versteht sich: Dafür wurde er bezahlt. Um herauszufinden, in wen und, vor allem, wie sehr Signora Elisa Rovelli verliebt war.

Von der Via Praella bis zum Kreisel verringerte Contini den Abstand zwischen ihren beiden Wagen. Denn gerade die Übergänge – eine Abzweigung, ein Kreisverkehr, eine Kreuzung – waren die kritischen Momente, in denen man häufig den Kontakt verlor. Und er wollte auf Nummer sicher gehen. Er hatte das Gefühl, dass seine Chance, nach zwei, drei Tagen ergebnisloser Beschattung, diesmal gekommen war. Signora Rovelli hatte gegen ihre morgendliche Routine verstoßen und sich um neun Uhr mit dem Audi A6 ihres Ehemannes in Lugano auf den Weg gemacht. Contini war ihr auf der Autobahn bis zur Ausfahrt Richtung Mendrisio gefolgt.

Es war ein kalter Vormittag, der Himmel von einem kompakten Weiß, das wie eine feste Wand wirkte; die Fahrzeuge und die Münder der Passanten stießen Dampfwolken aus. Elisa Rovelli parkte ihr Auto und ging zu Fuß die ansteigende Via Lavizzari hinauf. Contini setzte seinen Hut auf, versenkte die Hände in den Taschen und folgte ihr schlendernd, wie einer, der nichts zu tun hatte.

Ehemänner, die alles über ihre Gattinnen wissen wollen, sind die Rettung der Privatdetektive. Geier sind wir, dachte

Contini. Das ist unsere Arbeit: uns im Schatten verstecken und heimlich die Liebe fotografieren.

Oben angelangt, bog Elisa Rovelli nach links und blieb auf dem Platz vor der Kirche stehen. Contini mimte Interesse an der Statue, die am Fuß der Treppe stand: eine männliche Gestalt, die aussah, als sei sie schon vor ihrer Statuenwerdung steinern gewesen. Ein stolzer Blick, empor und in die Zukunft gerichtet. Ein Schnauzbart, wie ihn heute keiner mehr trägt, eine hohe Stirn, eine mächtige Kinnlade.

Darunter eine Inschrift:

LUIGI LAVIZZARI,
DEM GLÜHENDEN PATRIOTEN,
GEOLOGEN UND NATURFORSCHER,
ENTDECKER
UNBEKANNTER WAHRHEITEN,
VON SEINEN MITBÜRGERN
1900

Während er verstohlen Elisa Rovelli im Auge behielt, kam Contini die Erkenntnis, dass er und der *glühende Patriot* im Grunde Kollegen waren. Denn ein Privatdetektiv mag zwar ein Geier sein, mit Fug und Recht aber darf er sich als »Entdecker unbekannter Wahrheiten« bezeichnen. Grinsend trat der Detektiv ein paar Schritte zurück, um das edle Antlitz des Herrn Lavizzari genauer betrachten zu können.

»Na, Alter«, murmelte er, »wie viele Gehörnte hast du unter deinen Zeitgenossen aufgedeckt?«

Die Statue erwiderte nichts, aber Contini meinte hinter dem Schnauzbart gelinden Tadel zu erkennen.

Unterdessen war Elisa Rovelli nach einem Blick auf die Uhr in eine der Gassen der Altstadt eingebogen. Es war Viertel nach zehn an einem Montagmorgen im Januar, und die Straßen waren weitgehend menschenleer. Signora Rovelli und Elia Contini gingen vorbei an den Messingschildern der Anwaltskanzleien, an Bars mit verriegelten Türen, an neu eröffneten Läden, die gern Boutiquen sein wollten. Aus einer Seitengasse kam eine Alte, in einer Hand ihre Einkaufstasche, und fingerte umständlich ihren Schlüssel ins Schloss eines Haustors. Mendrisio mit seinen Lädchen, seinen Weinfesten, seinem Tratsch ist eine Kleinstadt mit dörflicher Seele. In diesen schmalen Gassen der Altstadt kam sich Contini vor, als beträte er ein fremdes Haus zu ungehöriger Stunde. Fast hatte er das Bedürfnis, auf Zehenspitzen zu schleichen.

Elisa ging jetzt eilig vor ihm her. Als er sie die Gemäldegalerie betreten sah, wusste er, dass sein Klient sich nicht geirrt hatte: Ein Museum ist ein idealer Ort für ein Stelldichein. Bevor auch er eintrat, wartete er ein paar Minuten, dann spähte er verstohlen hinein und sah Signora Rovelli mit großem Interesse ein Gemälde von Antonio Barzaghi-Cattaneo betrachten. Neben ihr stand ein Mann. Contini fotografierte die zwei von hinten und sah sie beim Klicken der Kamera zusammenzucken. Dann trat er näher, bat um Verzeihung, fotografierte das Bild und entfernte sich.

Mit weithin hörbaren Schritten durchquerte er den angrenzenden Saal, kehrte dann lautlos zurück und richtete von der Türschwelle aus seine Kamera auf das Paar. Es war wie im Theater.

SIE: Bin ich jetzt erschrocken!

ER: Das war nur ein Tourist.

SIE: Meinst du wirklich, dass hier ein guter Ort ist? Du weißt doch, ich kann's mir nicht leisten …

ER: Ich weiß, ich weiß. Obwohl ich dich nicht verstehe.

SIE: Paolo, ich habe zwei Kinder, und wenn ich meinen Mann …

Etcetera. Sie wären fast in Streit geraten, aber Contini wusste, dass Heimlichkeit keinen ausgedehnten Krach zulässt.

ER: Eine Woche haben wir uns nicht gesehen …

SIE: Ach, Liebster, mir kommt es vor wie ein Jahr …

Und Contini bekam Gelegenheit, unter Barzaghi-Cattaneos düsteren Farbtönen einen unmissverständlichen Kuss festzuhalten. Der Titel des Gemäldes lautete *Extremum dedit suavium*, und wie der Titel vermuten ließ, schien es die Darstellung von Leidenschaft zu sein, bis in den Tod, als einer letzten Liebesgeste. Was jedoch den Geier interessierte, war der Beweis der Untreue.

Nach einem Dutzend Fotos ließ er es genug sein und wollte durch den Hinterausgang verschwinden. Aber in dem Moment, als er sich zum Gehen wandte, legte sich ihm eine Hand auf die Schulter.

Der Detektiv erstarrte.

»Nein so was! … Wenn ich nicht irre, bist du der junge Contini, oder?«

»Ja, aber es tut mir leid – wer …«

Contini erkannte ihn, noch bevor er die Frage beendet hatte. Die Brille war noch immer dieselbe, schwer und altmodisch, aber um die stecknadelkopfgroßen Augen hatte sich inzwischen ein Kranz von Runzeln gebildet.

»Ewig haben wir uns nicht gesehen! Wie ich höre, bist du Polizist geworden?«

»Mehr oder weniger. Aber gehen wir doch raus …«

Sie verließen das Museum durch den hinteren Ausgang und betraten eine Bar in der Via Santa Maria. Ausgerechnet ihn muss ich hier treffen, dachte Contini. Don Giacomo Bernardi, der vor der Flutung des alten Dorfkerns Pfarrer von Malvaglia gewesen war – mindestens fünfzehn Jahre hatte er ihn nicht gesehen.

»Hast du dir den Barzaghi-Cattaneo angesehen?«, fragte Don Giacomo. »Der Realismus dieses hingestreckten Körpers! Wirklich ergreifend, findest du nicht?«

Contini ging nicht darauf ein.

»Was verschlägt Sie denn nach Mendrisio?«, fragte er den Pfarrer. »Ich dachte, Sie sind noch im Bleniotal?«

»Nein, ich bin ans Selige-Jungfrau-Hospital versetzt worden. Ich bin ja nun nicht mehr der Jüngste ... je näher ich also einem Krankenhaus bin, desto besser ist es!«

Eine Plaudertasche war Don Giacomo schon immer gewesen. Älter war er geworden, aber davon abgesehen schien er derselbe Geistliche, der sich in den achtziger Jahren der Seelen von Malvaglia angenommen hatte. Er trug einen Mantel, der eigentlich eine getarnte Soutane war: so schwarz und priesterlich, dass er seinen Träger auf den ersten Blick als das offenbarte, was er war.

»Weißt du, dass ich erst neulich an dich gedacht habe?«, fragte der Priester, und seine Äuglein funkelten hinter den Brillengläsern. »Du hast doch sicher den Ärger um den Ausbau des Stausees mitbekommen?«

»Nein, wieso, um was geht's?«

»Na ja, sie wollen doch jetzt auch das Nordufer fluten, aber es regt sich Protest.«

Contini horchte auf.

»Und sollten sie den See vorher trockenlegen«, fuhr der alte Priester fort, »werden wohl auch die alten Häuser wieder auftauchen, unter anderem eures. Und wer weiß, was aus der Christophoruskapelle geworden ist – nach so vielen Jahren Feuchtigkeit!«

Continis Miene verfinsterte sich. Er hielt sich nicht gern mit der Vergangenheit auf. Wer in einer kleinen Realität lebt, muss sich vor der Erinnerung zu schützen wissen. Die Schweiz, im Herzen Europas, am Kreuzungspunkt aller Geschichten und aller Intrigen gelegen, ist von ihrer Fläche her wohl ein kleines Land, aber ihr Keller böser Erinnerungen ist tief.

»Davon weiß ich nichts«, sagte der Detektiv und winkte dem Kellner. »Was nehmen Sie?«

»Wie viel Uhr ist es denn? Elf – na gut, dann ist es schon Zeit für einen Aperitif. Einen Wermut, würde ich sagen …«

»Für mich ebenfalls. Sie sagten, es gibt Proteste. Wieso denn? Am Nordufer stehen doch keine Häuser, soviel ich weiß?«

»Nein, aber das Gelände dort ist zum Teil Bauland.«

Contini war seit Jahren nicht in Malvaglia gewesen, er wollte die alten Geschichten nicht wieder aufwärmen: Die neuen waren schon mühsam genug. Doch während er dem alten Pfarrer zuhörte, drängte sich, ob er wollte oder nicht, die Gestalt seines Vaters in seine Gedanken.

»Klar, von den früheren Eigentümern lebt fast keiner mehr«, sagte Don Giacomo, »aber was damals passiert ist, haben alle noch in sehr lebendiger Erinnerung, und wenn jetzt …«

»Aber es ist damals nichts passiert, was soll denn passiert sein«, fiel ihm Contini hastig ins Wort.

Der Pfarrer sah ihn verblüfft an. Aber er sagte nichts, hob nur die Brauen, schob seine Brille zurecht und wartete.

»Ich weiß schon, was Sie meinen«, sagte Contini, leise, denn nun brachte der Kellner die zwei Gläser Wermut. »Aber dass mein Vater und Martignoni damals verschwunden sind, hat mit dem Staudamm nichts zu tun.«

»Tja.« Mit einer Kopfbewegung, die an einen Spatz auf einem Brunnenrand erinnerte, nahm der Priester einen Schluck. »Davon weiß ich freilich nichts …«

Der Detektiv schüttelte den Kopf.

»Genau. Niemand weiß das, und was diese Legenden angeht …«

Don Giacomo hatte seine Brille abgenommen und riss die kurzsichtigen Äuglein auf. Jeder kannte die alten Gerüchte, und keiner redete offen darüber.

»Jedenfalls«, schloss der Detektiv, »reicht es mir mit diesen ewigen Andeutungen. Wenn sie den See ablaufen lassen, wäre das *die* Gelegenheit, uns ein für alle Mal Klarheit zu verschaffen.«

»Komisch.« Mit einem kleinen Lächeln setzte Don Giacomo die Brille wieder auf. »Du willst auf einmal Klarheit, Leute protestieren, ich treffe dich ganz zufällig in Mendrisio ...«

»Don Giacomo! Jetzt sagen Sie mir nicht, dass Sie darin ein Zeichen sehen ...«

»Ich weiß nicht.« Der Priester lächelte nicht mehr. »Ich weiß nicht. Aber manchmal bete ich noch für deinen Vater.«

Chico Malfanti stieg vorsichtig die Treppe neben dem Kino hinunter. Erst tags zuvor hatte er sich auf einer vereisten Stufe beinahe den Hals gebrochen. Diesmal war er auf der Hut, setzte die Füße auf jeder Stufe quer auf und erreichte sein Büro ohne misslichen Zwischenfall.

Die Anwaltskanzlei »Calgari & Partner« präsentierte sich der Welt mittels eines Messingschilds, das zwischen dem eines Kinderarztes und dem eines Zahnarztes hing. Signor Calgari pflegte zu scherzen, er nehme nur volljährige Klienten mit gesunden Zähnen, um seinen Nachbarn keine Konkurrenz zu machen.

Von den Volljährigen aber, dachte Chico, nehmen wir wirklich jeden. Der Mandant zum Beispiel, mit dem er an diesem Morgen einen Termin hatte: Der kam ihm vor wie ein Naivling, der sich wunder was von der Justiz erhofft. Außerdem hatte er die unangenehme Angewohnheit, ihn Federico zu nennen und zu duzen, nur weil er, Chico, erst siebenundzwanzig und frisch von der Uni war.

Der Blondschopf von Alessia Boldini, der Sekretärin, war das Erste, was ihm ins Auge stach, als er die Kanzlei betrat.

»Ciao, Alessia«, begrüßte er sie. »Ist der Herr Porta schon da?«

»Noch nicht.«

»Na gut, dann hab ich noch Zeit für einen Kaffee. Trinkst du einen mit?«

»Gern.«

Junganwalt Chico Malfanti war stolz auf seinen Kaffee. Dessen Zubereitung übernahm er grundsätzlich selbst: Unter Verschmähung von Kaffeemaschinen aller Art kochte er ihn in einem orientalischen Gefäß auf dem Herd. Während er mit der Kaffeemühle die Bohnen mahlte, blickte er zum Fenster hinaus und dachte daran, was ihn an diesem Tag erwartete. Um acht Uhr Termin mit Tommaso Porta; von neun bis zehn Erledigung der Korrespondenz; von zehn bis zwölf zwei weitere Termine mit Mandanten, und um zwei eine kleine Verhandlung vor dem Strafgericht wegen Fahrens in alkoholisiertem oder, wie man heute sagte, in fahruntüchtigem Zustand (was am Tatbestand des guten alten Rausches freilich nichts änderte).

Ein ziemlich ereignisreicher Tag, zum Glück. Chico saß nicht gern am Schreibtisch: Er liebte es, unterwegs zu sein, mit Leuten zu reden. Manchmal kamen ihm Zweifel, ob er den richtigen Beruf gewählt hatte; ein bisschen mehr Abenteuer wären ihm schon recht gewesen. Aber solche Gedanken gab ihm vielleicht nur der triste Anblick des Viertels San Giovanni in Bellinzona an einem kältestarren Januarmorgen ein. Die grauen Zweige der Platane vor dem Fenster regten sich kaum. Es war ein trockener Winter mit oft scharfem Wind, von dem die Hände rot und die Lippen rissig wurden. Kein Schnee, nicht mal an Weihnachten, und kein Nebel: nichts als Wind und eingerollte Blätter.

Chico empfing Porta, um ihn ein bisschen zu beeindrucken, im großen Besprechungssaal. Dort gab es einen ovalen Tisch, der sehr auf Weißes Haus machte, einen Zimmerfarn und an den Wänden zwei Hopper-Drucke. Chico spielte mit seinem Montblanc, während Porta redete.

»Also, Signor Porta«, unterbrach er ihn nach einer Weile

unter spezieller Betonung des *Signor*. »Nur damit wir uns richtig verstehen: Sie wollen gegen den von der Elektrizitätsgesellschaft beschlossenen Ausbau des Stausees Beschwerde erheben und gleichzeitig das Beschwerdeverfahren von vor zwanzig Jahren wiederaufnehmen, bei dem es um den letzten Ausbau desselben Stausees ging. Verstehe ich das richtig?«

»Das verstehst du richtig, ja.«

Chico seufzte.

»Also, um ehrlich zu sein, ich sehe da keine großen Chancen, *Signor Porta*. Vor allem was die Vergangenheit betrifft. Was sollen wir denn tun? Nach zwanzig Jahren noch eine Entschädigung herauszuholen, halte ich für ausgeschlossen.«

Porta fuhr auf, als hätte Chico ihn beleidigt. Aber dann zwinkerte er zwei, drei Mal rasch hintereinander und fasste sich wieder.

»Heute ist das Umweltbewusstsein größer«, sagte er mit gesenkter Stimme.

»Ja, aber das Gesetz ist immer noch dasselbe.« Chico blätterte in den Unterlagen vor ihm auf dem Tisch. »Gut, im Bundesgesetz heißt es, Kraftwerke sind so anzulegen, dass die Landschaft dabei so wenig wie möglich verunstaltet wird. Aber was heißt ›so wenig wie möglich‹ im Fall eines bereits vorhandenen Staudamms?«

Tommaso Porta presste die Lippen zusammen und nickte langsam.

»Natürlich«, fuhr der Anwalt fort, »kann man eine Beschwerde gegen die neuerliche Enteignung ins Auge fassen. Wer weiß – vielleicht könnte man sich auf irgendeinen Verfahrensfehler berufen. Aber das ist vermintes Gelände, versprechen kann ich Ihnen nichts.«

»Keine Sorge, Versprechen brauche ich nicht.«

Porta starrte ihm in die Augen, und Chico verspürte einen Anflug von Nervosität.

»Wenn ich richtig verstanden habe, sprechen Sie für eine Gruppe von Grundeignern?«

»Sicher, ich habe jede Menge Unterschriften gesammelt. Sie sind alle auf meiner Seite.«

»Gut. In dem Fall werde ich mich mit Rechtsanwalt Calgari besprechen und mich dann wieder bei Ihnen melden.«

»Denen zeigen wir's.« Tommaso Porta lächelte, aber sein Blick blieb ernst. »Die Achtziger sind vorbei, diesmal läuft es anders.«

»Hoffentlich«, schloss Chico und stand auf.

»Ich bin ganz sicher!« Tommaso Porta drückte ihm die Hand. »Gar kein Zweifel.«

Auch wenn der Kanton Tessin laut offizieller Bezeichnung eine Republik ist, wäre es falsch, ihn als einheitliches Gebilde zu betrachten. Zwar bezeichneten sich die Tessiner vor zwei Jahrhunderten als ein unteilbares Volk von Brüdern, in der Realität aber sieht sich der Bewohner von Airolo, der die Hockeymannschaft von Ambrì unterstützt und einen kantigen Dialekt spricht, durchaus nicht als Bruder eines Luganers – Fan des reicheren Hockey-Clubs Lugano und aufgebrezelt wie ein Mailänder ... Der Monte Ceneri wird immer die Trennmauer bleiben.

Dann gibt es Leute wie Elia Contini, die im nördlichen Kantonsteil Sopraceneri wohnen und im Bezirk Lugano arbeiten. Jeden Abend kehrte der Detektiv in die Abgeschiedenheit seiner Berge zurück, tagsüber aber empfing er seine Klienten im mediterranen Paradiso, in einem ehemaligen Fischerschuppen mit Blick auf den Luganersee und den Monte Brè. Abgesehen davon, war Contini keiner von denen, die gefragt wurden, ob sie ein Ambrì- oder ein Lugano-Fan seien.

Contini, der an seinem Bericht über Elisa Rovellis Seitensprung saß, stand vom Schreibtisch auf und trat an das breite Fenster, das auf den See hinausging. Das graue Wasser sah aus wie eine endlose, vom Wind glatt geschliffene Steinplatte, und die Wolkendecke, hinter der die Sonne verschwand, verstärkte seine schlechte Laune.

Er setzte sich wieder. Der Rohrstuhl vor seinem Schreibtisch gab ein klagendes Knarzen von sich, das genau seiner Stimmung entsprach. Im Büro herrschte das gewohnte Chaos. Auf dem Tisch hatte er zwei Kakteen, seine Kamera, ein Miniaturfloß aus Holz, etliche Bleistifte, einen Computer und einen löchrigen Strohhut, der seit dem letzten Sommer hier lag.

Es war halb eins. Contini beschloss, sein Büro abzusperren und sich ein Mittagessen in Pieros Restaurant zu gönnen. Er machte sich auf den Weg ins Zentrum von Lugano, und eine halbe Stunde später, als er an einem Tisch mit kariertem Tischtuch saß, ließ ihn ein Teller mit dampfendem Risotto Elisa Rovelli und ihre heimliche Liebe für eine Weile vergessen.

Erst als er sich nach dem Essen eine Zigarette anzündete, ging ihm auf, dass es nicht die Beschattung war, die ihn aufwühlte – es war schließlich nicht die erste und ganz sicher nicht die letzte ihrer Art –, sondern die Begegnung mit Don Giacomo.

Er war es nicht gewohnt, seine Vergangenheit hinterfragen zu lassen. Vielleicht war er deshalb Detektiv geworden: Lieber war er derjenige, der die Fragen stellte, der ins Leben anderer Leute einbrach und dabei die Gewissheit hatte, dass er es früher oder später genauso plötzlich, wenn auch vielleicht mit kleinem Bedauern, für immer wieder verließ. Jetzt indes zeichnete sich ein Geheimnis ab, das ihn direkt anging. Seit Jahren hatte er nicht mehr an seinen Vater gedacht, und während er seine Zigarette ausdrückte, hatte er unwillkürlich die Hoffnung, dass der Stausee nicht abgelassen würde, dass die alten Häuser blieben, wo sie waren: unsichtbar auf dem Grund des Sees und in der Erinnerung.

Am Nachmittag brachte er nichts Sinnvolles mehr zustande. Gegen vier kehrte er, immer noch grüblerisch, nach Corvesco zurück.

Auf der Autobahn hörte er eine Jacques-Brel-Kassette, die ihm endlich die trüben Gedanken vertrieb. *Avec le vent du nord qui vient s'écarteler ...* und diesen Wind über dem See, der ihn den ganzen Nachmittag nervös gemacht hatte, empfand er jetzt fast als wohltuend. *Avec le vent du nord, écoutez-le craquer le plat pays qui est le mien ...*

Als er die Straße ins Dorf hinauffuhr, nahm sich Contini vor, den Abend seinen Füchsen zu widmen: Als Detektiv war er nämlich auch ein ganz passabler Amateurfotograf, und sein Spezialgebiet waren Füchse. In seiner Nachbarschaft lebten zwei, drei Exemplare, und abends ging Contini oft mit seiner Kamera in die Wälder hinaus. Einmal im Jahr klebte er seine Fotos in ein Album mit festem Einband und dem Etikett FÜCHSE. Im Januar begann die Paarungszeit, und man musste die Gelegenheit nutzen, wenn die Rüden weniger vorsichtig waren als sonst. Eingepackt in seinen Mantel mit Pelzkragen, die Mütze tief über die Ohren gezogen, waren ihm einige seiner besten Fotos im Januar gelungen.

Der Detektiv wohnte ein wenig außerhalb der Ortschaft Corvesco in einem Haus auf einem Hügel, einem alten Haus mit dicken Mauern, grünen Fensterläden und Veranda mit Blick auf das Tal.

Zu Hause zündete er im Wohnzimmer als Erstes ein Feuer im Kamin an und ließ sich dann in die daneben aufgespannte Hängematte fallen. Wie sein Büro war auch sein Zuhause mit den abwegigsten Gegenständen vollgestopft, die von einem mächtigen Orang-Utan aus Keramik bis hin zu einem violetten Fahrradrahmen reichten, in einer Ecke hatte er seine Kakteensammlung untergebracht. Er war beinahe eingenickt, als ihn die Türklingel aufschreckte.

Mit einem Ruck sprang er auf.

Francesca. Er hatte vergessen, dass sie vor der Abfahrt nach Mailand noch einmal vorbeischauen wollte. Er fuhr sich mit einer Hand durch die Haare und ging zur Tür.

»Ciao, Contini«, begrüßte sie ihn. »Ich wette, du hast mich vergessen!«

»Aber nein, bestimmt nicht ...«

»Lüg nicht!«, sagte sie und küsste ihn auf den Mund.

Contini spürte die Kälte des Winterabends auf ihrer Haut. Er nahm sie bei der Hand und zog sie ins Haus. Er hatte Francesca Besson bei der Affäre um das Ruggeri-Collier kennengelernt, einer Verbrechensserie, die vor einiger Zeit die ganze Schweiz in Atem gehalten hatte und sogar in der italienischen Presse auf ein gewisses Interesse gestoßen war. Zwischen ihnen hatte sich eine Beziehung entwickelt und mit Höhen und Tiefen die folgenden Monate überdauert. Francesca war in den letzten Zügen ihrer Dissertation über Giorgio Bassani und hatte am nächsten Tag eine wichtige Unterredung mit ihrem Doktorvater an der Katholischen Universität Mailand vor sich.

»Na, bist du vorbereitet?«, fragte Contini, während er ihr aus dem Mantel half.

»Mehr oder weniger«, antwortete sie mit skeptischer Miene. »Ich hoffe nur, er reitet nicht auf der Bibliographie herum.«

Francesca trug einen langen Rock und einen weißen Pullover mit Rollkragen. Kaum hatte sie das Wohnzimmer betreten, schob sie sich die Ärmel hinauf. Der plötzliche Temperaturwechsel trieb ihr die Röte ins Gesicht. »Möchtest du was trinken?«, fragte Contini.

»Danke«, sagte Francesca, nahm einen Hut von einem der Wohnzimmersessel und ließ sich mit einem Seufzer hineinfallen. »Vielleicht einen Tee, falls du so was hast.«

»Müsste da sein.«

»Uff.« Francesca schüttelte ihr langes schwarzes Haar. »Ich bin wirklich todmüde. Und du, was machst du so? Hast du einen neuen Fall?«

»Nicht wirklich«, antwortete Contini aus der Küche.

»Das ist wieder mal eine typische Contini-Nichtaussage«, gab sie zurück. »Was heißt ›nicht wirklich‹?«

Contini sagte nichts mehr. Francesca stand auf und trat in die Küchentür.

»Und?«

»Es ist nicht wirklich ein neuer Fall«, brummte er, während er den Kessel unter den Wasserhahn hielt. »Heute Vormittag hab ich zufällig den ehemaligen Pfarrer von Malvaglia getroffen und musste dran denken, wie ich als Kind mit meinem Vater dort gewohnt habe.«

Francesca wurde hellhörig.

»Davon hast du nie was erzählt.«

Contini schwieg. »Jedenfalls«, sagte er nach einer ganzen Weile, »war ich noch keine fünfzehn, als mein Vater verschwand. Ich weiß nicht mehr viel.«

»Du kommst mir aber nicht vor wie einer, der leicht was vergisst.«

»Nein, leider. Aber in dem Fall gibt es nichts zu erinnern. Wir hatten ein Haus in einem kleinen Ortsteil von Malvaglia, in der Nähe des Staudamms. Wir mussten ausziehen, weil sie den See erweitern wollten, und kamen hierher, nach Corvesco.«

»Und dein Vater, wohin ist er verschwunden?«

»Weiß ich nicht. Aber ich glaub nicht, dass dich diese alten Geschichten interessieren …«

Francesca sah ihn eindringlich an.

»Verstehe: Sie interessieren dich.«

»Richtig!«

»Kurz bevor das Staubecken vollgelaufen war, ist mein Vater verschwunden. Er ist noch mal zum alten Haus zurück, um die letzten Sachen zu holen, daran erinnere ich mich. Und ich erinnere mich, wie ich mit dem Abendessen auf ihn gewartet habe ... Aber danach hat ihn nie mehr jemand gesehen.«

Wieder entstand eine Pause.

»Und dann?«, fragte Francesca, nachdem er nicht weitersprach.

»Nichts. Man weiß nicht, was aus ihm geworden ist.«

In dem Moment begann der Kessel zu pfeifen.

»Der Tee«, sagte Contini. »Willst du ihn mit ...«

»Aber hat ihn denn keiner gesucht?«

Der Detektiv seufzte.

»Gehen wir rüber ins Wohnzimmer, ich erzähl dir alles.«

Als sie sich wieder gesetzt hatten, fragte Francesca: »Wie kann es sein, dass ein Mensch von einem Tag auf den anderen einfach verschwindet?«

»Es kommt vor. In meinem Beruf kann ich ein Lied davon singen. Manche tauchen wieder auf, manche sind tot, und manche bleiben ein Geheimnis.«

»Wie dein Vater ...«

»Wie mein Vater. Glaubst du vielleicht, man hätte ihn nicht gesucht? Aber keiner hat wirklich je wieder etwas von ihm gehört. In derselben Zeit ist außerdem ein Freund von ihm verschwunden, ein gewisser Luigi Martignoni, und später war zu hören, dass dieser Martignoni seinen Teilhaber übers Ohr gehauen hat und sich mit einem ansehnlichen Haufen Franken aus dem Staub gemacht hat, wer weiß, wohin. Das Gerede kannst du dir vorstellen ...«

»Das heißt, die Leute haben gedacht, dass auch dein Vater ...?«

»Genau. Mein Vater war durchaus nicht reich, aber ... Die Leute dachten, er hat Martignoni bei der Flucht geholfen.«

»Und du?«

»Ich denke gar nichts.«

Francesca schwieg eine Weile. Dann murmelte sie: »Weißt du noch, als mein Vater gestorben ist?«

Contini nickte.

»Du hast gesagt, dass du's nicht richtig findest, zu vergessen. Dass man die Toten nicht einfach gehen lassen soll, dass man sie nicht verlieren darf.«

»Die Toten ...« Contini griff zu Zigarette und Feuerzeug. »Eben, die Toten. Mein Vater aber ist weder lebendig noch tot.«

Er zögerte.

»Er ist einfach verschwunden«, fügte er dann hinzu.

»Aber heute, sagst du, hast du was erfahren?«

»Nein, ich habe nur den damaligen Dorfpfarrer getroffen.« Contini zündete die Zigarette an. »Er sagt, sie wollen vielleicht den Stausee ablassen.«

Francesca sah ihn verständnislos an.

»Am Grund des Sees steht unser altes Haus«, erklärte er. »Und in der Gegend hier kursieren Legenden ...«

Contini starrte in seinen Tee, als fände sich auf dem Grund der Tasse die Geschichte, die er erzählen sollte.

»Nicht weit von unserem Haus hatte Luigi Martignoni ein Ferienhaus. Mein Vater und er waren oft miteinander auf dem Berg und beim Angeln. Wie gesagt – nach dem Verschwinden der beiden stellte sich raus, dass Martignoni seinen Teilhaber betrogen hatte, einen gewissen Finzi, mit dem er eine Treuhandgesellschaft hatte. Als Martignoni und mein Vater verschwunden waren, dachten die einen an Flucht und die anderen ... tja, es gab auch etliche, die dachten, sie seien gar nie fort gewesen.«

»Sondern?«

»Manche vermuteten, mein Vater und Martignoni seien ermordet und in einem der Häuser versteckt worden, die tags drauf geflutet wurden.«

»Oh! Hat die Polizei denn gesucht?«

»Gesucht schon … aber du kannst ja nicht einen ganzen See leeren und seinen Grund absuchen, bloß weil ein paar Leute Gerüchte in die Welt setzen. Außerdem soll Martignoni, bevor er verschwand, die eine oder andere Andeutung fallen lassen haben … Jedenfalls war die Fluchthypothese nicht so weit hergeholt.«

»Und du selber hast nie Nachforschungen angestellt?«

»Vor Jahren.«

»Und jetzt?«

»Jetzt weiß ich nicht, ob ich noch einen Versuch machen soll.«

Francesca trank einen Schluck Tee, um Zeit zu gewinnen. Vergessen … sie glaubte nicht, dass Contini je dazu in der Lage wäre.

»Wirst du denn jetzt noch mal nach deinem Vater suchen?«

»Vielleicht«, sagte Contini. »Aber schau mal, wie spät es ist … Musst du nicht zum Zug?«

»Du hast recht.« Francesca warf einen Blick auf die Uhr. »Jesusmaria, jetzt pressiert es aber!«

Contini begleitete sie zur Tür. Sie küsste ihn, dann rückte sie von ihm ab und sah ihm in die Augen.

»Pass auf dich auf.« Sie streichelte seine Wange. »Sieh zu, dass du keinen Ärger kriegst, ja?«

»Und du sieh zu, dass du deinen Prof um den Finger wickelst …«

Contini stand noch eine Weile vor der Tür und horchte Francescas davonfahrendem Auto nach. Dann kehrte er ins Haus zurück, schenkte sich den restlichen Tee ein und ging in den ersten Stock hinauf, wo ein angefangener Brief auf ihn wartete. Er drehte das letzte Blatt um und fügte auf der Rückseite ein paar Zeilen hinzu.

… und ich weiß wirklich nicht, wie ich Ihnen erklären soll, was ich damals dachte. Verstehen Sie, ich war noch keine

fünfzehn, der Elia Contini, der ich damals war, kommt mir heute vor wie ein Fremder. Dabei habe ich damals begonnen, der zu werden, der ich heute bin, damals dachte ich zum ersten Mal daran, Detektiv zu werden. Ich weiß noch, wie merkwürdig mich Desolina Fontana immer ansah – als hätte sie mir was sagen wollen, sich aber nicht getraut. Aber wie ich schon sagte, ich wusste doch alles. Ich kannte die Geschichten von Abrechnung und überstürzter Flucht, ich kannte die Legenden von Gespenstern und Rache … aber konnte ich denn etwas tun? Ich war ja noch ein Kind.

Das Haus am Grund des Sees.

Während Francesca in Bellinzona den Bahnsteig auf und ab ging, kehrten ihre Gedanken zu Elias versenkter Kindheit zurück. Dass er nie ein Wort darüber verloren hatte. Dieser Mann hatte immer die gleiche undurchsichtige Miene, es war ein Elend. Sein Gesichtsausdruck änderte sich nie, egal, ob er seine französischen Chansons hörte oder von einem Fall erzählte oder, ja, ob er sie küsste. Immer das gleiche Gesicht.

Oft hatte Francesca ihn zu animieren versucht, sich auch einmal gehen zu lassen, aber ohne Erfolg: Zwischen Contini und der Welt stand eine unsichtbare Mauer. Er redete nie über sich, und er steckte voller Geheimnisse: zum Beispiel diese Briefe, die er an wer weiß wen schrieb und auf die er anscheinend nie eine Antwort erhielt. Vielleicht hatten sie beide wirklich nicht viel gemeinsam … Sie war etliche Jahre jünger als er, liebte soziale Kontakte, interessierte sich für Politik und Kunst, las mit Begeisterung. Er hingegen nahm nie ein Buch in die Hand, scherte sich einen Teufel um Politik und Kunst, kroch aber Stunden um Stunden durch die Wälder hinter Corvesco, wo er seinen Füchsen auflauerte.

Nein, vielleicht war das ungerecht. Neugierig war Elia

schon, und wenn sie mit einem Vorschlag auf ihn zukam – einer Idee, einem Buch, einem Treffen –, ließ er sich immer darauf ein. Und jetzt? Hätte er wenigstens mal angedeutet, was er sich wünschte, wovor er Angst hatte. Aber nichts – er sah sie mit steinerner Miene an und erwartete, dass sie ohne irgendeinen Anhaltspunkt aus der Situation schlau würde. Es war, als müsste sie die Gedanken einer Statue erraten.

Francesca war so tief in Gedanken, dass sie den Mann mit der Windjacke glatt übersah. Erst kurz vor dem Zusammenstoß schreckte sie auf und versuchte noch auszuweichen, aber zu spät – sie verlor das Gleichgewicht und fiel ihm direkt in die Arme. Der Mann hielt sie fest und half ihr wieder auf die Beine. Er hatte eine Mütze auf dem Kopf, deren Schirm seine Augen verbarg, doch er wirkte belustigt.

»Obacht!«, sagte er überflüssigerweise.

»Entschuldigung, ich hab nicht aufgepasst, wo ich hintrete …«

»Das hab ich gemerkt! Haben Sie Ärger?«

»Nein … war nur in Gedanken.« Der Mann lächelte und nahm die Mütze ab. Er hatte blonde Haare und braune Augen. Francesca bemerkte seine Augenringe und stellte sich vor, dass er sich schon seit einer Ewigkeit auf einer strapaziösen Reise befand.

»Fahren Sie auch nach Mailand?«, fragte sie.

»Nur bis Lugano. Aber ich hab mich gar nicht vorgestellt.« Er schüttelte ihr die Hand und lächelte wieder. »Tommaso Porta. Und Sie?«

»Francesca.«

»Angenehm. Sagen wir du zueinander? Ich bin Tommi.«

3
Chico und das Abenteuer

Federico Malfanti, genannt Chico, liebte das Abenteuer. Er kannte es nur vom Hörensagen, ahnte indes, dass hier die große Lücke seines Lebens klaffte. Bis er an einem kalten Januarabend, hinter dem Steuer seines ramponierten Peugeot 206 sitzend, eine erste, flüchtige Bekanntschaft mit dem Abenteuer machte. Und es gefiel ihm gar nicht.

Jeden Morgen fuhr er von seinem Elternhaus in Biasca zur Kanzlei Calgari & Partner in Bellinzona. Abends schleppte er sich entkräftet ins Fitnessstudio und anschließend nach Hause zum Essen. Er hätte sich gern eine Mietwohnung in der Stadt gesucht, aber damit wollte er noch warten, bis er genug verdiente, um sich was wirklich Schickes leisten zu können.

Auf der Autobahn dauerte die Fahrt nur eine Viertelstunde, an diesem Abend aber nahm Chico die Kantonstraße, denn er wollte über Lodrino fahren und Tommaso Porta die Stellungnahme von RA Calgari zu den Erfolgsaussichten der Beschwerde vorbeibringen. Vor zwanzig Jahren hatte Calgari eine Gruppe von Ausbaugegnern vertreten. Damals war er gescheitert; vielleicht wollte ihm Porta eine zweite Chance ermöglichen? Calgari riet ihm jedoch von seinem Vorhaben ab.

Vielleicht aber ließ sich Tommaso Porta von seinem Vorhaben nicht abraten.

Es war fast sieben, und Chico kam zügig voran: Die Welle des Sechs-Uhr-Verkehrs war bereits abgeebbt. Nach Gnosca legte er eine CD mit den alten Hits der Gruppe 883 ein. Solche Musik erlaubte er sich nur, wenn er ohne Zeugen im Auto saß – nicht dass ihn etwa jemand für spätpubertär hielt.

Dieser Abschnitt der Talsohle zwischen Bellinzona und Biasca ist ein modernes Niemandsland. Die Dörfer hier überlegen, sich zu zwei Großgemeinden zu vereinigen, sind aber unentschlossen. Das Tessin, pflegte Rechtsanwalt Calgari zu sagen, ist eines Abends als Dorf eingeschlafen und am anderen Morgen als Stadt wieder aufgewacht: eine einzige große Stadt aus verschiedenen, aneinandergrenzenden Gemeinden. Tatsächlich legte Chico zwischen einem Dorf und dem anderen ziemlich viele Kilometer zurück, bergauf und bergab. In einer Metropole wären das »Fahrten«. In der italienischen Schweiz nennt man es Reisen.

Zwischen Garagen, Nachtlokalen, Statuen- und Gartenmöbel-Lagerverkaufsstellen und dem einen oder anderen gelb oder blau gestrichenen Apartmentblock führte die Straße geradeaus, entlang der Bahnstrecke.

Chicos Stimmung war gut. Wieder lag ein Arbeitstag hinter ihm, und die Fahrt auf einer menschenleeren Straße, während aus den Lautsprechern *Come mai* schmetterte, behagte ihm. Am Ortseingang von Lodrino fiel ihm links sofort das Firmenschild des Autohauses Barenco auf: eine Leuchtschrift, die des amerikanischen Hinterlands würdig gewesen wäre. Der Junganwalt hielt neben der Zapfsäule, die zur Werkstatt gehörte. In dem Moment, als er aussteigen wollte, klopfte jemand an die Fensterscheibe der Beifahrertür.

»Salve!« Es war Tommaso Porta. »Danke, dass du extra herkommst!«

»Keine Ursache«, antwortete Chico. »Ich bringe die Stellungnahme meines Chefs.«

Porta setzte sich zu ihm ins Auto.

»Das Büro ist zu, Signor Barenco ist schon nach Haus gegangen. Aber wir können hier im Auto reden, wenn's dir nichts ausmacht.«

»Wenn es *dir* nichts ausmacht ...«, antwortete Chico, der sich mit der Duzerei abgefunden hatte.

Porta strahlte.

»Dann lass sehen!«, rief er. »Seid ihr kampfeslustig?«

»Ähm, also«, begann Chico hüstelnd. »Um die Wahrheit zu sagen: Die Angelegenheit ist komplizierter, als es den Anschein hat.«

»Kompliziert?«

»Also die Sache ist die, dass mein Chef, Rechtsanwalt Calgari, nicht sicher ist, ob der Heilige die Kerze wert ist ...«

»Welcher Heilige? Welche Kerze?«

»Er meint, es steht nicht dafür. Sich gegen die Elektrizitätsgesellschaft und gegen den Kanton zu stellen, gegen ein Projekt von öffentlichem Nutzen, nur um ein paar Wiesen und Ställe zu retten ...«

»Ställe?«

Chico war ratlos. Porta machte nicht den Eindruck, als sei er in der Lage, dem Gespräch zu folgen. Er versuchte es mit einem anderen Erklärungsansatz und kehrte dabei zur Höflichkeitsform zurück. »Schauen Sie, Signor Porta, es ist doch so, dass eine Klage, die sich allein auf mehr oder minder vorgeschobene ökologische Argumente ...«

»Vorgeschoben?«

»... und vielleicht auf den einen oder anderen Verfahrensfehler stützt, Gefahr läuft, abgewiesen zu werden. Mein Chef rät Ihnen deshalb, auf den Rechtsweg zu verzichten, zumal ...«

An dieser Stelle rastete Porta aus. Er stürzte sich auf den Anwalt und packte ihn am Kragen, und Chico hörte ihn schnaufen wie ein verletztes Tier, blickte in seine vor Wut schmal gewordenen Augen.

»O nein, ganz sicher nicht, kommt überhaupt nicht infrage, der Herr Rechtsanwalt Calgari wird sich hier nicht vornehm heraushalten!«

»Aber …«, versuchte Chico einzuwenden.

»Vor zwanzig Jahren hat er's doch schon mal versucht, oder? Wieso will er diesmal nicht?«

»Jetzt reißen Sie sich bitte zusammen, Porta, und lassen Sie mich los!«

Aber Tommaso Porta ließ ihn nicht los, im Gegenteil: Jetzt quetschte er Chico gegen die Lehne. Das Fürchterlichste an dieser unmöglichen Situation war, dass Porta nicht einmal die Beherrschung verloren zu haben schien, sondern in ruhigem und festem Ton sprach: Seine Gewalttätigkeit wirkte eher wie das Ergebnis rationaler Überlegung als eines Affekts.

»Lassen Sie mich los! Ist Ihnen eigentlich klar, dass …«

»Mir ist nur eines klar: dass du jetzt zu deinem Boss gehst und dieses Mandat persönlich übernimmst.«

»Aber er will es nicht!«

»Überzeuge ihn. Lass dir was einfallen. Ich will kämpfen, verstehst du, und ihr seid die letzte Möglichkeit, um eine Tragödie zu verhindern!«

Der Typ ist wahnsinnig, dachte Chico.

»Schauen Sie, beruhigen Sie sich doch, gehen Sie vielleicht zu einem Arzt – vielleicht hat Sie der Stress, die Anspannung … und …«

Chico verstummte jäh.

Im Halbdunkel des Wagens blitzte etwas auf, eine Messerklinge, die einen Lichtschein einfing. Und im nächsten Moment auf ihn zuschnellte und ihn mit der Spitze in die Wange traf.

»Du tust, was ich dir sage. Klar?«

»Ich …«

»Ist das klar?«

»Hören Sie, Porta …«

»Ist das klar?«

»Ja.«

Das also war Abenteuer. Sanft, fast liebkosend, ließ Porta das Messer Chicos Wange hinab zur Kehle gleiten.

»Und glaub ja nicht, du kannst mich austricksen, okay?«

»Okay.«

»Die Sache ist wichtig für mich, verstehst du?«

»Verstehe.«

Und im nächsten Moment war Porta auf und davon, verschluckt von der Dunkelheit.

Chico brauchte mehrere Minuten, bis er wieder so weit bei Kräften war, um den Motor anzulassen. Musiklos fuhr er weiter nach Biasca. Zum ersten Mal in seinem Leben war der Junganwalt froh, als er das Leuchtschild der Apotheke und die erleuchteten Fenster der Häuser wiedersah.

Das ist meine Gegend, hier sind die Leute wie ich.

Zu Hause angelangt, wehte ihn Röstiduft an. Seine Mutter hatte Gulasch gekocht, und man wartete nur noch auf das Familienoberhaupt, bis man sich zu Tisch setzte. Malfanti senior war ebenfalls Anwalt mit eigener Kanzlei in Biasca, was Chico von Zeit zu Zeit zum Nachdenken veranlasste. Zwar hätte er nicht ungern eines Tages die väterlichen Mandanten übernommen, doch die Aussicht, sein gesamtes Leben in Biasca zu verbringen, fand er weniger verlockend.

Andererseits – Abenteuer geschahen auch hier im Tal, in der tiefsten Provinz, wo Irre mit Messern aus dem Nichts auftauchen und im Nichts wieder verschwinden konnten.

Nach dem Essen, als er im Wohnzimmer saß und im Fernsehen *Ein Fall für zwei* lief, dachte Chico, dass er sich eigentlich nicht so schlecht geschlagen hatte. Vor allem hatte er seine Argumente geltend gemacht. Seinen Eltern erzählte er nichts davon, aber er erlaubte sich ein kleines zufriedenes Lächeln.

»Wie war's in der Kanzlei?«, fragte Malfanti senior wie jeden Abend.

»Das Übliche«, sagte Chico.

Behaglich warm war es im Haus, und das einlullende Geplapper aus dem Fernsehen geleitete diesen Januartag sanft seinem Ende entgegen. Chico hatte ein ausgezeichnetes Gulasch mit Rösti verspeist und die Mahlzeit mit einem körperreichen Bordeaux begossen, mit Obstsalat beendet und mit einem kleinen Grappa gekrönt. Jetzt hörte er dem Geplauder seines Vaters zu und kam unterdessen zu der Überzeugung, dass Abenteuer eben doch nicht schlecht sind. Natürlich hatte er Angst gehabt. Natürlich hatte er überlegt, die Polizei zu verständigen. Aber während er auf dem Bildschirm Matula allein gegen allerlei Widrigkeiten kämpfen sah und aus dem Augenwinkel einen Blick auf seine auf dem Sofa nebeneinander sitzenden Eltern tat, sagte er sich: Mir ist alles recht, was mich von hier fortbringt.

Und er beschloss, sich so zu verhalten, als wäre nichts geschehen.

»Also ich bin sicher, du hast dir wegen irgendwas Sorgen gemacht«, sagte Tommi.

»Ach ja?« Francesca lächelte. »Woher willst du das denn wissen?«

»Na, ich hab dich doch gesehen, wie du am Bahnsteig auf und ab getigert bist ... wie ein Wachposten!«

»Bis ich mit dir kollidiert bin.«

Sie lachten beide. Der Zug hatte den Bahnhof Taverne-Torricella hinter sich, die nächste Station war Lugano, und Francesca musste zugeben, dass dieser Typ eigentlich ganz nett war, auch wenn ihr seine spontane Herzlichkeit irgendwie sonderbar vorkam. Auch ein bisschen aufdringlich. Aber nachdem er in Lugano aussteigen wollte, bestand keine Gefahr, dass sie ihn nicht mehr loswurde. Er war eine große Plaudertasche: Hatte ihr von seiner Arbeit in der Verwaltung eines Autohauses, von seiner Liebe zum Malvagliatal, seiner Leidenschaft für Autos und für die Mathematik erzählt. Erst am Ende seines Redeschwalls kamen auch ein paar Fragen.

»Also, es stimmt schon, dass ich in Gedanken war. Beziehungsgeschichten halt ...«

»Verstehe. Ich hatte auch schon Streit mit meiner Freundin.«

»Es ist eigentlich kein Streit, eher sind es meine Zweifel. Aber vielleicht bin ich einfach ein bisschen erschöpft – seit Ewigkeiten arbeite ich an meiner Dissertation und muss endlich fertig werden ...«

»Ja, klar. Ich hab auch ziemlich viel gearbeitet in letzter Zeit. Weißt du was?« Tommi beugte sich vor, hell begeistert von sich. »Wenn man müde oder erschöpft ist, dann ist es echt schwer, Entscheidungen zu treffen. Das ist mir in letzter Zeit klar geworden.«

»Ja, schon ... in Beziehungsangelegenheiten, meinst du?«

»Nicht nur. Ich zum Beispiel hab vor einiger Zeit eine wichtige Entscheidung getroffen, ich habe beschlossen, etwas zu tun. Etwas Schwieriges. Aber dann hab ich's nicht geschafft. Zwar bin ich immer noch dran, ich nähere mich, versuch's, aber ... bringe es nicht fertig.«

Der Zug fuhr in den Bahnhof von Lugano ein. Tommi stand auf.

»Ich muss aussteigen. War nett, mit dir zu plaudern.«

»Fand ich auch. Und ich bin sicher, dass du's schaffst.«

Tommi sah sie fragend an.

»Diese wichtige Sache. Irgendwann schaffst du's bestimmt.«

»Ah! Klar.« Tommi lächelte. »Du hast recht, Francesca, danke. Ja, ich werd meinen Mut zusammennehmen und tun, was zu tun ist!«

Giovanni Pellanda war seit zwanzig Jahren Bürgermeister von Malvaglia. Weil schon sein Vater vor ihm Bürgermeister gewesen war, redeten böse Zungen bereits von einer Dynastie. In Wirklichkeit hatten die zweitausend-und-noch-ein-paar Einwohner der Gemeinde wenig Grund zur Klage. Pellanda hatte ein Leben lang als Arzt gearbeitet und dabei noch die Zeit gefunden, im Großen Rat sowie im Verwaltungsrat der Elektrizitätsgesellschaft zu sitzen und überdies die Leute kennenzulernen, die für das Wohl seines Dorfes wichtig waren. Vor allem gelang es ihm, mit den Marotten und Launen seiner Mitbürger, die bekanntermaßen mit einem eher lebhaften Charakter gesegnet waren, so gut umzugehen, wie es eben möglich war. Der Bürgermeister und seine sechs Gemeinderäte lagen miteinander häufig in glühender Fehde, aber dank seinem glücklichen Naturell gelang Pellanda am Ende meist eine versöhnende Geste – er gab seinem Gegner recht und schlug mit jovialem Lächeln vor: »Komm, geh mit mir einen heben, ich lad dich ein …«

Giovanni Pellanda wohnte im oberen Ortsteil von Malvaglia, in einem Haus, das sich in den Untergrund krallte und so gebaut war, dass es jeden Sonnenstrahl einfing. Davor standen drei, vier Reihen Rebstöcke, und auf der Rückseite floss ein Bach vorbei, den der Bürgermeister nachts an seinem Fenster vorbeirauschen hörte und als Freund empfand: Er lullte ihn in den Schlaf.

An diesem Morgen war noch Zeit für einen kurzen Spaziergang mit seinem Hund, während er auf Elia Contini wartete. Er schlug den gewohnten Waldweg ein und ging bis zur Kapelle der hl. Agathe und zur Brücke über den Bach, von dort aus folgte er der alten Straße am Fluss. Nach einer guten halben Stunde erreichte er den verfallenen Bauernhof, wo er eine Zigarette rauchte; danach ging er auf einem Ziegenpfad, der irgendwann mitten durch den Bach führte, nach Hause zurück.

»Black!«, schrie der Bürgermeister. »Komm sofort her!«

Der Schäferhund, der am Ufer des Bachs stand, drehte mit hoffnungsvoller Miene den Kopf zu ihm her und wedelte.

»Du spinnst!«, sagte der Bürgermeister. »Du wirst doch bei dieser Kälte nicht ins Wasser gehen … los, komm her! Black!«

Aber Black dachte nicht daran, er spürte genau, dass sein Herr nicht bei der Sache war. Pellanda dachte über Contini nach: Seit Jahren hatte er ihn nicht gesehen, und er fragte sich, ob Contini bei ihm als ehemaliger Bewohner der Gemeinde oder in seiner Eigenschaft als Privatdetektiv um einen Termin ersucht hatte. Zum Glück hatte er das Treffen in die Morgenstunden gelegt, sodass er für den Rest des Sonntags seine Ruhe hatte.

Während der letzten Züge von seiner Zigarette blickte der Bürgermeister aufs Dorf hinunter. Die Luft war klar und kalt, die Sicht ausgezeichnet. Wie er da mit seinen Bartstoppeln, seinem mächtigen Zinken und seiner Lederjacke auf der Kuppe des Hügels stand, ähnelte Pellanda mehr einem Wilderer als einem Bürgermeister. Einem Wilderer, der im Wind Witterung aufnimmt.

»Guten Morgen, Bürgermeister! … Na, wie geht's?«

Ein Lächeln auf den Lippen, drehte Pellanda sich um und erblickte Tommi Porta in einer roten Windjacke.

»Ah, ciao!«

»Guter Hund!« Black war sofort herbeigesprungen und hatte sich auf die Hinterbeine aufgerichtet, reichte Tommi seine Vorderpfoten und ließ sich von ihm den Bauch tätscheln. »Bist du jetzt auch schon unter die Morgenspaziergänger gegangen?«, sagte Tommi lächelnd zum Bürgermeister.

»Na klar, immer. Aber heute habe ich einen Termin … weißt du, wer kommt? Elia Contini.«

»Contini?«

»Erinnerst du dich an ihn? Er wohnte neben …«

»Natürlich erinnere ich mich. Sein Vater war doch der Typ, der verschwunden ist. Was will er von dir?«

»Keine Ahnung.« Der Bürgermeister zuckte die Schultern. »Vielleicht geht's um den Staudamm. Hoffentlich ist er jetzt nicht auch noch dagegen! Und übrigens, Tommi, wenn du bitte schön auf einen Älteren hören würdest ...«

»Um Gottes willen!«, lachte Tommi. »Fang bloß nicht wieder mit deinen Predigten an! Schau, Giovanni, nichts für ungut, aber ich werde vor Gericht gehen.«

Pellanda seufzte und warf einen Blick auf die Uhr.

»Was soll ich sagen. Darüber reden wir noch. Jetzt wartet Contini auf mich.«

»Man sieht sich!« Tommi hob die Hand und ging davon.

Tatsächlich, erfuhr Pellanda eine Viertelstunde später, wollte Contini über den Staudamm reden.

Sie saßen im Salon, einem Raum, dessen Seele zu gleichen Teilen zwischen den Interessen Pellandas und seiner Gattin aufgeteilt war. An den Wänden hingen Jagdtrophäen, Fotos vom Bürgermeister mit erlegtem Wild, Fahnen von Fußballklubs. In einer Ecke stand ein blank polierter schwarzer Flügel, und die Bücherregale zierte eine beeindruckende Reihe von Krimis aus der Mondadori-Reihe neben kleinen Keramikfiguren. Die Mitte des Zimmers nahm ein von riesigen fuchsienfarbenen Polstersesseln umringtes Glastischchen ein. Frau Rosa Pellanda, gut fünfzehn Jahre jünger als ihr Gatte, kam mit einer Flasche Weißwein und brachte Gläser aus der Kredenz.

»Einmal anstoßen, dann lasse ich euch allein«, rief sie und setzte sich Contini gegenüber. »Sagen Sie, Signor Contini, wie lange sind Sie denn schon Detektiv?«

»Schon eine Zeit lang«, antwortete Contini ausweichend.

»Das ist bestimmt unheimlich interessant, stell ich mir vor«, drängte die Dame weiter.

»Kommt auf den Fall an.«

»Ja, das glaub ich. Und hatten Sie denn schon mal einen spannenden Fall? Ich erinnere mich, dass ich Ihren Namen schon gehört habe, und zwar im Zusammenhang mit der Affäre um das Ruggeri-Collier ...«

Bürgermeister Pellanda hüstelte.

»Rosa ...«

»Hab schon verstanden«, antwortete sie und erhob sich, »ihr habt was zu besprechen. Aber irgendwann, Signor Contini, müssen Sie uns noch mal besuchen. Wissen Sie, ich bin eine *begeisterte* Krimileserin.«

»Ach ja?«

»Ja, ich liebe sie alle, und am allermeisten liebe ich die Psychokrimis, verstehen Sie – Schießereien und Verfolgungsjagden sind schön und gut, aber man darf doch die Charaktere nicht vernachlässigen, finden Sie nicht?«

»Sicher.«

Contini nickte und nahm einen Schluck Weißwein aus seinem Glas. Er trug einen hellgrauen Samtanzug mit weißem Hemd und einer dünnen schwarzen Krawatte, eine Kombination, die vor dem Hintergrund eines fuchsienfarbenen Sessels eine eigenartige Wirkung erzeugte – wie eine Schwarzweißfigur in einem Farbfilm.

»Entschuldige, Contini«, sagte Pellanda, sobald seine Frau das Zimmer verlassen hatte. »Sie ist halt ein Krimifan.«

Contini zuckte mit den Schultern, wie um zu sagen: Jedem Achilles seine Ferse.

»Natürlich bin ich neugierig, was dich zu mir führt«, fuhr Pellanda fort. »Wie lang warst du nicht in Malvaglia?«

»Gut zwölf Jahre«, antwortete der Detektiv. »Und in der Zwischenzeit ist einiges passiert. Aber ich sehe, dass du immer noch Bürgermeister bist ...«

Nun zuckte auch Pellanda mit den Schultern.

»Jemand muss es ja machen«, sagte er mit einem halben Lächeln. »Rauchst du?«

Contini nickte. Während sie ihre Zigaretten anzündeten, klopfte es kurz an der Tür, und ein vierschrötiger Mensch streckte den Kopf herein. »Stör ich?«

Pellanda stand auf.

»Aber gar nicht! Im Gegenteil – vielleicht will unser Detektiv auch mit dir reden! Den Ingenieur Vassalli kennst du noch, Contini?«

Contini nickte. »Dein Schwager, oder?«

»Ja«, sagte Vassalli und setzte sich, nachdem er sich ebenfalls ein Glas aus der Kredenz geholt hatte. »Zu meiner Ehre. Und du, Contini, bist ein Detektiv geworden ... Der Apfel fällt nicht weit vom Stamm, wie?«

Contini gab keine Antwort, und es trat ein Schweigen ein. Pellanda hüstelte wieder. Vassalli rang sich eine halblaute Bemerkung über das Wetter ab, und schließlich sagte Contini: »Vor zwanzig Jahren, als der erste Ausbau des Stausees beschlossen wurde, wart ihr unter den Befürwortern. Der eine als Bürgermeister, der erst ein paar Monate im Amt war, der andere als Ingenieur, der den Auftrag ausführen sollte.«

»Ja, und?«, fragte Vassalli.

»In letzter Zeit muss ich an meinen Vater denken«, sagte der Detektiv. »Ihr wisst, dass er genau zu der Zeit verschwunden ist, als der Stausee eingelassen wurde. Und jetzt frag ich mich: Was, wenn an dem ganzen Gerede letztlich doch was Wahres dran ist?«

Wieder trat ein Schweigen ein. Dann fragte Bürgermeister Pellanda: »Nämlich?«

»Nämlich«, sagte Contini, »dass zwischen dem Ausbau des Stausees und dem Verschwinden meines Vaters ein Zusammenhang bestehen könnte.«

»Inwiefern?«, fragte Pellanda.

»Ich habe erfahren, dass der See jetzt noch einmal erweitert werden soll. Wegen des erhöhten Energiebedarfs, heißt es. Also frage ich mich: Und vor zwanzig Jahren?«

»Was, vor zwanzig Jahren?«

»Wieso diese riesige Staumauer? Welchen Grund gab es dafür?«

»Was ist das für eine Frage!«, stieß Vassalli hervor. »Den gleichen wie heute, oder? Energiebedarf, Fortschritt, Effizienzmaximierung.«

»Das waren die achtziger Jahre!«, sagte Pellanda mit dem Anflug eines Lächelns.

»Tja, das sind die offiziellen Begründungen«, sagte Contini. »Man brauchte mehr Strom, wollte mehr Geld ... Fällt euch nicht noch was ein?«

»Noch was?«

»Was denn?«

»Komisch ... ich frag mich wirklich, ob das nicht alles irgendwie zusammenhängt.«

Der Bürgermeister strich sich über die Bartstoppeln und musterte Contini nachdenklich. Vassalli indes konnte sich nicht zurückhalten.

»Du bist mir vielleicht ein schräger Vogel, Contini. Was soll denn womit zusammenhängen?«

»Der plötzliche Beschluss, den Staudamm auszubauen, die Bildung einer Antistaudamminitiative, das Verschwinden meines Vaters und Martignonis ... da gibt es irgendwo einen gemeinsamen Nenner, eine Antwort auf alle Fragen.«

Pellanda runzelte die Stirn.

»Und wo, bitte, willst du die finden?«

»Hinter dem Staudamm.« Contini drückte seine Zigarette aus. »Unten auf dem Grund des Sees, wo mal die Häuser standen.«

Contini fuhr nicht gleich los, nachdem er sich von Pellanda und Vassalli verabschiedet hatte. Er ging zu seinem Auto und saß erst einmal nur da, ohne den Motor anzulassen. Er betrachtete die bewaldeten Berge, die Lichtungen vereinzelter Almwiesen, die noch Widerstand leisteten. Dann fuhr er los, zum Staudamm.

Er legte eine Aznavour-Kassette ein und suchte nach einem Lied, das seiner Stimmung entsprach. *Je n'ai pas vu passer le temps.* Ich auch nicht, dachte er, während er langsam die Serpentinen bergauf fuhr, ich habe auch nicht gesehen, wie die Zeit vergeht. Wo war ich bloß die ganzen Jahre?

Die Staumauer sah aus wie immer. Eine graue Platte, die den Himmel abriegelte und emporragte wie das Heck eines zwischen den Bergen verkeilten gigantischen Schiffs. Von unten betrachtet, beinahe furchteinflößend. Contini ließ das Auto stehen und machte sich zu Fuß an den Aufstieg. Nach einer Weile hielt er inne, zog seinen Mantel aus und hängte ihn sich über den Arm: Es ging steil bergauf, und ihm wurde bald warm.

Der Himmel war klar. Kein Laut war zu hören. Nur wenn hin und wieder ein Wind aufkam, verriet das rote Flattern einer Schweizerfahne neben einem der Häuser am Fuß der Staumauer, dass hier Menschen lebten. Irgendwann, während er die graue Betonwand entlangging, vernahm Contini ein mattes Brummen, das wie der Atem eines schlafenden Wesens klang. Als sei der Staudamm ein mächtiges Tier – ein Wal, der in dieser Talfurche gestrandet war.

Aber es ist nur ein Damm, dachte Contini und blieb stehen, eine Talsperre. Was sind das für Hirngespinste? Von der Straße tönte die Dreiklanghupe des Postautos herauf: a–cis–e; der unverwechselbare Ruf der Schweizer Post. Contini schnaubte und stieg weiter.

Auf der Dammkrone angelangt, stützte er sich auf das Geländer und blickte auf die vom Wind leise gekräuselte Oberfläche des Sees hinaus.

Contini starrte in die Tiefe, als könnte er die Häuser auf dem Grund sehen und ihnen das Geheimnis um seinen Vater entreißen.

Nach so vielen Jahren des Schweigens war es jetzt vielleicht wirklich an der Zeit zu handeln.

Obwohl Detektiv, sah sich Contini nicht als Mann der Tat, sondern als einen Wartenden. So viele Stunden des Beschattens, Überwachens, Spionierens, eingeschlossen in der Enge eines Autos. So viele Jahre, dahingegangen, als wäre nichts passiert. Jetzt gab es neue Verdachtsmomente.

Was steckte hinter dem Ausbau des Stausees in den Achtzigern? Wirklich nur erhöhter Strombedarf? Oder ein politischer Filz? Vielleicht noch trübere Motive? Immerhin waren zwei Männer verschwunden.

Und einer davon war sein Vater.

4
Der alte Polizist

In seiner dunkelbraunen Lederjacke, einen breitkrempigen Hut auf dem Kopf, stand Contini am Ufer des Tresalti.

Das Wasser stand niedriger, als es dem Durchschnittspegel der Jahreszeit entsprach. Es hatte schon eine ganze Weile nicht geregnet. Contini zog einen Handschuh aus und nahm aus seiner Jackentasche drei mit Spagat verschnürte kleine Holzflöße, die er mit Korken bestückt hatte, um ihnen zusätzlichen Auftrieb zu geben. Eines nach dem anderen ließ er sie ins dunkle Wasser eines Tümpels am Fuß eines Felsblocks fallen, der den Bach teilte. Kurze Zeit tanzten die drei Schiffchen auf dem Wasser, dann nahm der Bach sie mit hinab ins Tal.

Weiter unten, auf der Höhe seines Hauses, gab es ein behelfsmäßiges Sammelbecken. In den nächsten Tagen wollte er nach den Flößen sehen – das war ein altes, lieb gewordenes Laster: Die Zahl der Schiffchen, die Untiefen und Strudel überwunden und es bis hierher geschafft hatten, nahm er als Orakel. Was ist schon dabei, sagte er sich, andere sammeln Briefmarken oder spielen Golf. Ich werfe Flöße ins Wasser.

Auf dem Heimweg stellte er fest, dass er spät dran war. Um achtzehn Uhr hatte er eine Verabredung im Büro mit einem potenziellen Klienten – auch wenn er jetzt dem Verschwinden seines Vaters nachgehen wollte, musste er doch an seinen Lebensunterhalt denken. Nach der Besprechung wollte er Francesca abholen und mit ihr essen gehen. Um abzukürzen, wich er vom Weg ab und sprang im Zickzack zwischen den froststarren Bäumen bergab.

Leicht außer Atem stieg Francesca Besson aus dem Zug. Sie hatte, wie immer, zu viel Gepäck dabei. Wenn sie nach Mailand fuhr, begleitete sie stets ein ganzer Sack Bücher, viel mehr, als sie lesen konnte. Normalerweise stieg sie in Bellinzona in den Zug nach Locarno um, diesmal aber brach sie die Fahrt in Lugano ab, um sich mit Contini zu treffen.

Er erwartete sie an der Abfahrtsstation der Standseilbahn. Es war neun Uhr abends und der Bahnhof nicht sehr voll, sodass ihn Francesca schon von Weitem auf sich zukommen sah. Er trug, wie meistens, seinen Mantel mit Pelzkragen und auf dem Kopf einen dunklen Filzhut, dessen Krempe seine Augen verdeckte.

Sie fiel ihm um den Hals und nahm ihm den Hut ab, bevor sie ihn küsste.

»Wie geht's?«, fragte sie.

»Gut.« Er erwiderte ihre Umarmung. »Und dir? Hast du's geschafft, deinen Prof einzuwickeln?«

»Mehr oder weniger. Trotzdem hat er mir noch ein paar Bücher genannt, die ich unbedingt lesen soll.« Francesca lächelte. »Ich hab sie mitgebracht ...«

»Wie viele Kilo sind das denn schon wieder?«, stöhnte er, als er den Koffer aufhob. »Den tun wir ins Schließfach, und dann gehen wir was essen.«

Sie bestiegen die Seilbahn. Zwei junge Mädchen kamen herbeigerannt und stürmten die Kabine. Eine Dame schüttelte missbilligend den Kopf und blickte, in ihrer Empörung Zustimmung heischend, zu Francesca hinüber. Die aber lächelte kalt an ihr vorbei. Was wollte die Alte? Den Jahren nach war sie, Francesca, den beiden Mädchen weitaus näher, auch wenn ...

»Gestatten!«

Francesca schrak zusammen. Ein Mann, der geschätzte hundertfünfzig Kilo wiegen mochte, half einem Greis, sich einen Weg durch die Kabine zu bahnen. Francesca wich zur Seite. Schnaufend und entschuldigende Blicke in die Runde werfend, lehnte der Dicke sich an die Wand. Der Greis kam schließlich neben den jungen Mädchen zu sitzen und schien mit Interesse einer Diskussion über die Frage zu lauschen, wer geiler sei, Adam Brody von O.C. oder dieser andere Schauspieler aus dem Film, in dem sie am Ende stirbt …

Die Bahn setzte sich in Bewegung. Francesca lächelte. Ein Film, in dem sie am Ende stirbt: So was nennt man eine aussagefähige Zusammenfassung.

»Alles klar, oder?«, sagte sie zu Contini, denn sie war sicher, dass er zugehört hatte; Contini belauschte immer die Leute, ob auf der Straße oder in Wartesälen. Vielleicht eine Berufskrankheit. Er nickte.

Die Bahn hielt auf der Piazza Cioccaro, und die Passagiere – die beiden Mädchen, der Alte, der Dicke – gingen auseinander, jeder seinem Schicksal entgegen. Wie ein altes Ehepaar beim Abendspaziergang schlenderten Francesca und Contini durch die Via Pessina und sahen sich Schaufenster an. Aber Francesca spürte seine Anspannung.

»War's stressig in der letzten Zeit?«, fragte sie.

»Nein«, antwortete er wortkarg.

Nach einer Weile fügte er, entgegenkommender, hinzu: »Ich habe über das Verschwinden meines Vaters nachgedacht.«

»Ach ja?«, murmelte Francesca überrascht, hielt sich sonst aber zurück. Wenn er sich schon einmal öffnete, wollte sie ihn auf keinen Fall durch Bemerkungen irritieren.

»Da muss irgendwas sein«, sprach er weiter, mehr zu sich. »Es muss noch irgendwo eine Spur geben. Damals hab ich noch nichts kapiert, aber jetzt – ich kann die Sache noch einmal aufrollen.«

»Hast du denn irgendwelche Hinweise?«

»Nein. Aber den Stausee von Malvaglia habe ich früher

überhaupt nicht bedacht – ich hab ihn nie mit meinem Vater in Verbindung gebracht.«

»Und jetzt?«

»Jetzt will ich herausfinden, wer den Ausbau wollte, wer ihn nicht wollte und vor allem: wer Geld investiert hat.«

»Bitte pass auf, Elia …«

Er lächelte.

»Schon klar. Ich stelle nur nette Fragen und bring mich nicht in Scherereien, ich versprech's. Weißt du, ich habe früher in Malvaglia gewohnt; dort gibt es noch Leute, die sich an meinen Vater erinnern, und vielleicht …«

»Wie war er?«

»Wer?«

»Dein Vater.«

Contini starrte sie an.

»Keine Ahnung. Ich war ein Kind.«

»Ja, aber an irgendwas wirst du dich doch erinnern … Was war er von Beruf?«

Contini antwortete nicht gleich. Er betrachtete die Auslage eines Optikers, als interessierten ihn die ausgestellten Brillen. Schließlich sagte er leise: »Polizist.«

»Ach!«

Contini beugte sich vor, um die randlosen Brillen im Schaufenster zu betrachten.

»Aber er ist vorzeitig in Pension gegangen«, fuhr er fort, »und hat sich in Malvaglia ein Grundstück gekauft. Wurde Bauer, ist auf die Jagd gegangen, das gefiel ihm … Eigentlich war er ein verschlossener Mensch.«

Francesca lächelte.

»Das glaub ich dir gern!«

Auch Contini lächelte, und Francesca meinte zu spüren, wie ihn die trüben Gedanken verließen. Sie drückte sich an ihn und schmiegte das Gesicht an seinen Pelzkragen. Contini legte den Arm um sie und strich ihr über das Haar.

Dennoch fühlte Francesca sich unbehaglich. Es kam ihr vor, als bewegten sie sich in Zeitlupe. Oder hatten es die anderen Passanten besonders eilig? Sie hasteten vorüber wie Schatten, die das gelbe Licht der Straßenlaternen in die Laubengänge warf. Die Innenstadt von Lugano hatte wieder dieses Erschöpfte, Ausgelaugte an sich wie jedes Jahr Ende Januar, wenn es aus den Schaufenstern SCHLUSSVERKAUF! schrie, während in manchen Auslagen noch die Weihnachtsdekoration hing.

Contini blieb stehen, um einen Brief einzuwerfen, und steuerte dann ihr Stammlokal Piero an. Das Restaurant war nur spärlich besetzt, und Piero servierte ihnen eine seiner Spezialitäten: Spaghetti Bäckerinnenart, mit einer Soße aus Walnüssen, sardischem Käse und Basilikum. Contini bestellte eine Flasche Merlot, und Francesca versuchte, noch mehr über seinen Vater aus ihm herauszubringen. Aber sein mitteilsamer Augenblick war vorüber, er schien im Geist schon wieder anderswo zu sein. »War das ein wichtiger Brief?«, fragte sie beiläufig.

»Was denn?«

»Na, der Brief, den du vorhin eingeworfen hast.«

»Ach so. Nein, das war ... ach, nix Besonderes.«

»Nix Besonderes.« Francesca hatte ihn schon mehrfach gefragt, an wen diese Briefe adressiert waren, um die er so ein Geheimnis machte, aber er hatte es immer verstanden, ihr auszuweichen. Sie wechselte besser das Thema.

»Hast du diese Woche die Füchse gesichtet?«

»Hm, ja, aber einer der Rüden ist ein bisschen unruhig, er legt enorme Strecken zurück ...«

Francesca trank einen Schluck Wein. Wie viele Paare sich wohl über Füchse unterhielten, weil alle anderen Gesprächsthemen vermintes Terrain waren? Vielleicht war es ihre Schuld; vielleicht war es ihr Schicksal, dass sie immer an schräge Typen geriet. Francesca liebte ihn, aber auf die

Frage: Wer ist Elia Contini? hätte sie keine Antwort gewusst.

Kommissär Laffranchi redete gern über die Vergangenheit. Das war ihm klar geworden, seitdem er in Pension war. Da er diese Neigung aber für eine Schwäche hielt, zwang er sich, Vorfälle, die länger als zehn Jahre zurücklagen, gar nicht erst zu streifen. Nie erwähnte er, dass er in seiner aktiven Zeit Polizist gewesen war, und nie erzählte er von seiner zu früh verstorbenen Frau. Geschweige denn von seiner Kindheit.

Osvaldo Laffranchi war ein Mann, der mit beiden Beinen in der Gegenwart stand: Es freute ihn, wenn man ihn so sah. Ein erdverbundener, praktisch veranlagter Mensch, einer, der dir in fünf Minuten einen Motor repariert und dem du dich rückhaltlos anvertrauen kannst, wenn du Sorgen loswerden willst. Ein Fels in der Brandung.

Ratlos aber war der Fels vor der Frage, wie er sich gegenüber diesem Contini verhalten sollte. Theoretisch hätte er sofort Nein sagen müssen. Wo kämen wir denn hin? Einem Privatschnüffler von einem seiner Fälle zu erzählen – noch dazu einem ungelösten! Allerdings war Contini auch ein Opfer. Kommissär Laffranchi dachte an den blassen halbwüchsigen Jungen von damals.

»Ich weiß es«, hatte er Polizisten und Psychologen versichert, »wenn mein Vater weggegangen ist, kommt er nicht mehr zurück. Er ist so.«

Nie hatte er einen Jugendlichen so über seinen vermissten Vater reden hören. So entschieden. So resigniert.

Er ist so.

Ernesto Contini hatte als Polizist mit Laffranchi zusammengearbeitet, bis er den Dienst quittiert hatte. Nachdem er verschwunden war, hatten ihn seine ehemaligen Kollegen lange und mit vollem Einsatz gesucht – natürlich hatten sie ihn gesucht! Aber dieser Junge hier hatte von Anfang an gewusst, dass es sinnlos war … Und jetzt saß Laffranchi in diesem mit Krimskrams vollgestopften Büro vor einem erwachsenen Mann mit steinerner Miene und hatte Mühe, den Jungen von einst wiederzuerkennen. Er rückte auf seinem Stuhl hin und her und sagte: »Ja, ich trinke auch ein Bier, danke.«

Contini holte zwei Hürlimann aus dem Kühlschrank und schenkte zwei Gläser voll.

»Also«, sagte er und reichte Laffranchi ein Glas, »Sie sagten, dass damals niemand nachgeprüft hat, woher dieses Geld kam.«

Laffranchi hatte ein schönes, asketisches Gesicht, das durch die grauen Schläfen weiser und durch das Mexikanerschnurrbärtchen verwegener wirkte. Letzteres war sein ganzer Stolz, und ehe er antwortete, fuhr er sich mit dem linken Zeigefinger glättend darüber.

»Schauen Sie, Signor Contini, Tatsache ist, dass wir damals nicht wegen Geldwäscherei ermittelten. Natürlich – nachdem Martignoni verschwunden war, kamen auch seine Veruntreuungen ans Licht.«

»Gab es Beweise?«

»Natürlich … Schon dass er abgehauen ist, spricht Bände, nicht? Natürlich gab es auch Briefe, Unterlagen. Aber um dem Weg des Geldes nachzuspüren …« Der Kommissär räusperte sich. »Wir haben's versucht, auch Signor Finzi hat es versucht, aber es ergab sich nie eine Verbindung, und am Ende blieb uns nur ein Faden in der Hand, der nirgendwohin führte.«

»Also, damit ich es recht verstehe. Martignoni verschwindet, nach einer Weile zeigt ihn sein Teilhaber Finzi an, weil er verdächtige Gelder entdeckt hat, von denen er selber angeblich nie etwas wusste. Sie ermitteln, finden Beweise, aber von der Kohle keine Spur mehr. Hat denn niemand Finzi verdächtigt?«

Laffranchi nahm einen Schluck Bier. *Er ist so.* Noch immer war es ihm nicht gelungen, hinter Continis ungerührtem Tonfall das Kind wiederzufinden, das er damals kennengelernt hatte. Er stellte seine Fragen, als wäre ihm die Antwort egal: eine Technik, die auch Laffranchi beherrschte. Er beschloss, offen zu sein – immerhin war das eine der wenigen Gelegenheiten, um in die Vergangenheit zurückzukehren, ohne sich schuldig fühlen zu müssen.

»Wir haben Finzi überprüft. Wir haben das Geld gesucht, wir haben Martignoni gesucht und auch Ihren Vater, Signor Contini. Gott weiß, wie lange! Was soll ich Ihnen sagen? Erinnern Sie sich an die Ermittlungen? Erinnern Sie sich an unsere Fragen?«

Contini nickte. Für den Bruchteil einer Sekunde sah der Kommissär in Continis Augen die steinerne Gefasstheit des Jungen aufblitzen. *Ich weiß es,* sagte er, die Hände im Schoß gefaltet. *Wenn mein Vater weggegangen ist* ... Aber im nächsten Moment fragte Contini: »Rauchen Sie, Herr Kommissär?«

»Nicht mehr.«

»Stört es Sie?« Der Detektiv deutete auf seine Zigarettenschachtel.

»Nein, nein, rauchen Sie nur. – Wissen Sie eigentlich«, fragte er, während sich Contini eine Zigarette anzündete, »wie ähnlich Sie Ihrem Vater sind?«

»Tatsächlich?«

»Ja, Sie sind hagerer, als er war, aber Sie haben die gleichen hellen Augen, das gleiche, ein bisschen spitze Gesicht ... Sie tragen sogar einen ähnlichen Schnurrbart.«

»Und an mich erinnern Sie sich nicht?«

»Doch, natürlich.« Laffranchi nickte, auf der Welle seiner Erinnerungen reitend. »Ich war zwar schon damals ein alter Hase, wissen Sie, aber Ihre Reaktion hat mich doch verblüfft. Sie haben kaum was gesagt, haben nie den Blick gesenkt, haben die Hilfsangebote der Psychologen ignoriert, aber fast den Eindruck gemacht, als ob ... ich weiß nicht, als hätten Sie auf etwas gewartet. Ich dachte damals: Dieser Junge hier wird früher oder später wieder anfangen, seinen Vater zu suchen. Hatte ich recht?«

»Ich hab's versucht, vor Jahren«, antwortete Contini in einer Rauchwolke. »Aber ohne große Überzeugung. Ich hab dran gedacht, die Spur der Geldwäscherei zu verfolgen, bin Gerüchten nachgegangen, hab mir das Gerede der Leute angehört, mein Vater sei unten am Grund des Sees ... Nachgeschaut haben Sie nie, stimmt's?«

»Na ja, es gab ja keinen einzigen konkreten Hinweis, dass ...«

»Eben. Es gab nichts. Aber als ich jetzt erfahren habe, dass der Stausee erweitert werden soll und dass ein paar Betroffene vielleicht wieder Beschwerde erheben werden, dachte ich ... also, vielleicht versuch ich's noch mal.«

Der Kommissär schüttelte den Kopf.

»Zwanzig Jahre danach?«

»Ich kenn doch unsere Gegend, Herr Kommissär. Wenn vor zwanzig Jahren was faul war, dann gibt es heute noch irgendwo einen Gestankherd. Hier verschwindet nie etwas spurlos. Warum sollte mein Vater die Ausnahme sein?«

Kommissär Laffranchi öffnete den Mund, um zu antworten, aber es fehlten ihm die Worte. Auseinandersetzungen, Geldwäscherei, der große Stausee von Malvaglia, die Protestkundgebungen. Der Bericht mit den Personenkennzeichen der Verschwundenen: *Contini, Ernesto, Größe 1,80 m, Gewicht 80 kg, mittlerer Körperbau, graue Haare, schwarzer Schnurrbart, trug zum Zeitpunkt des Verschwindens ...*

Mit einem Mal war ihm klar, weshalb es besser war, die Erinnerung zu fliehen.

»Erinnerungen verwirren die Gedanken«, sagte er. »Nach so vielen Jahren die Ermittlungen wieder aufzunehmen, wird nicht einfach sein. Obskure Geldgeschäfte, Ihr Vater ... was haben wir denn, was bleibt?«

»Es bleibt der Staudamm«, sagte Contini. »Es bleibt das Haus auf dem Grund des Stausees, und es bleibt die Treuhandgesellschaft Finzi. Was sagt übrigens Herr Finzi zu der ganzen Sache?«

Erinnerungen verwirren die Gedanken. Laffranchis Kopf war voller Bilder und Worte aus einer anderen Zeit. Und er wusste nicht, was er diesem Jungen sagen sollte. Diesem Detektiv, der leise sprach und ihm Fragen anbot, als wären es Pralinen.

»He!«, sagte der Gorilla am Eingang. »Wir lassen keine alleinstehenden Männer rein.«

»Alleinstehende Männer?«, fragte Chico Malfanti verdutzt.

»Hast du mich gehört?« Der Gorilla trug einen eleganten schwarzen Anzug und darunter ein T-Shirt, auf dem SECURITY stand. »Du kommst hier nur in weiblicher Begleitung rein.«

Das Casanova war eines der gefragtesten Luganer Nachtlokale und konnte es sich leisten, sich seine Gäste auszusuchen.

»Ciao, wie geht's?«, begrüßte der Gorilla einen blonden Knaben, der hinter Chico anstand. »Immer auf Achse, wie?«

Der Blonde zwinkerte dem Gorilla zu, und obwohl er unbeweibt war, zog er an der Warteschlage vorbei und trat ein.

»Und wieso darf der hier rein?«, fragte ein Typ mit Motorradjacke.

Der Gorilla ignorierte ihn.

»Das ist doch unfair!«, protestierte der Motorradfahrer. »Ich kenne übrigens den Eigentümer!«

Chico grinste. Wieder ein Idiot aus der Kategorie Sie-wissen-nicht-wer-ich-bin. Vom Gorilla unbeachtet, zeterte der Motorradfahrer vor sich hin, während sich Chico und seine Kumpel auf eine längere Wartezeit gefasst machten. Dass das Casanova, ob weibliche Begleitung oder nicht, früher oder später auch ihnen die Tür öffnen würde, war klar: Hauptsache, man zahlte.

Unterdessen widerstand Chico der Versuchung, Gianca und Ramon von seinem Abenteuer in Lodrino zu erzählen. Ein von Verzweiflung überwältigter Mandant, der den eigenen Anwalt bedroht, war zwar eine Szene wie aus einem Fernsehkrimi, dennoch war es in diesem Fall besser zu schweigen. Obwohl es eine Qual war, sich als Held zu fühlen und kein Sterbenswörtchen sagen zu dürfen.

Endlich nickte ihnen der Gorilla zu und öffnete gnädig die Tür zur Luganer Version des Paradieses auf Erden. Der Typ hinter ihnen, der Bekannte des Eigentümers, schäumte vor Wut.

»Sobald ich drin bin, zeig ich's ihnen«, hörte ihn Chico schimpfen. »Einen Liter Champagner bestell ich, jawohl, das wird ihnen eine Lektion sein!«

»Der ist doch schwachsinnig«, kommentierte Gianca, als sie an der Garderobe die Jacken abgaben.

Ramon brummte zustimmend, und Chico, der schon in der Tür zum Saal voller Musik und Gesichter stand, grinste selig: »Los, Kinder, jetzt amüsieren wir uns!«

Es war ein ganz normaler Luganer Winterabend mit DJ Kevin, der über den Saal des Casanova hinweg donnernd den »abgespactesten Sound von ganz Lugano City« versprach, während unten die schlitzohrigen jungen Anwalts- oder Bankersöhne Tische reservierten und sich jeden Quatsch einfallen ließen, nur um bei den Mädchen zu punkten. Martini- und Tequilaströme flossen durch das Lokal, jeder Versuch einer Unterhaltung kämpfte gegen die Dezibels an, und irgendwann ließ auch der vernünftigste Buchhaltersohn oder Kinderarztenkel seine Hemmungen fallen und erkundigte sich: »Was kostet eigentlich eine Flasche Schampus?«

Chico und seine Freunde begnügten sich mit einem Bier, während sie die Menge nach Mädchen ohne Begleitung absuchten.

Das Problem war, dass Chico, obwohl wackerer Anwalt und neuerdings sogar abenteuererprobt, in Bekanntschaftsanbahnungsgesprächen versagte. Dass man seiner Gesprächspartnerin ins Ohr brüllen musste, um den Krach zu übertönen, war nicht gerade hilfreich.

»Ciao! Ich heiße Federico.«

»Waaas?«

»Federico!«

»Ah! Ich Paola!«

»Magst du was trinken!!?!«

»Was ist mit winken?«

»Nein! Trinken!!«

»Ah! Ja!«

»Klasse Sound, was?«

»Ja!«

Und dann? Dann wusste Chico nicht weiter. Es war ein geheimes Leiden von ihm, ein Wurm in seinem Herzen, zumal seine Kumpel Gianca und Ramon überhaupt kein Problem hatten, sich mit dem erstbesten Mädchen, das sie angequatscht hatten, in eine Ecke zu verziehen.

An diesem Abend jedoch hatte Chico, der bei seiner dritten Flasche Heineken war, eine Begegnung. Und glaubte sich betrunken, denn er traute seinen Augen nicht.

»Das gibt's doch nicht …«

»Ja, da schau her, was für ein Zufall!«

»Hören Sie.« Chico wich einen Schritt zurück. »Ich weiß nicht, was Sie wollen, aber …«

»Keine Angst!«, fiel ihm Tommaso Porta ins Wort. »Wenn Sie gestatten, würde ich mich gern entschuldigen.«

Die Unterhaltung verlangte nach Ruhe, und deshalb deutete Porta stumm auf den Ausgang, und Chico, obgleich geschockt, verweigerte sich dem Abenteuer nicht. Draußen jedoch verhielt sich Porta erstaunlicherweise vollkommen vernünftig. Zwar war sein Blick noch immer ein wenig starr, doch er lächelte lieblich, siezte seinen Anwalt und schien ehrlich bußfertig.

»Es tut mir wirklich leid, ich habe die Nerven verloren. So was ist mir noch nie passiert!«

»Laufen Sie immer mit einem Messer in der Tasche rum?«

»Ich benütze es, wenn ich zum Angeln gehe. Dass ich es neulich dabeihatte, war reiner Zufall, glauben Sie mir.«

»Aber so ein Verhalten, Porta, ist einfach nicht hinnehmbar, das verstehen Sie doch.«

»Ich weiß, ich weiß … Aber schauen Sie, ich leide in letzter Zeit unter Schlaflosigkeit und hatte zwei Nächte nicht geschlafen; außerdem hänge ich sehr an Malvaglia, und der Gedanke, dieses Grundstück zu verlieren … Bitte, Herr Rechtsanwalt, verzeihen Sie mir!«

Chico verzieh ihm. Insgeheim war er skeptisch und vermutete, dass Porta am fraglichen Abend sternhagelvoll gewesen sein musste. Aber er war ein großmütiger Mensch und gewillt, seinem Mandanten eine zweite Chance zu geben.

»Hören Sie, ich rede noch mal mit meinem Chef über Ihren Fall. Vielleicht kann ich ihn umstimmen.«

»Könnte ich nicht selber mit ihm reden?«, fragte Porta. »Vielleicht gelingt es mir, ihn zu überzeugen. Schauen Sie, der Ausbau des Stausees ist eine derartige Umweltschande, dass …«

»Ja, schon gut! Vielleicht lässt es sich machen. Ich sag Ihnen Bescheid, okay?«

Porta erging sich in Dankesbezeugungen.

»Es ist kein leichter Fall, ich weiß«, sagte er zum Abschied und reichte seinem Anwalt die Hand. »Aber man muss es doch probieren, oder? Man muss es doch erst auf dem Rechtsweg versuchen, bevor … bevor man aufgibt. Oder?«

Chico nickte leicht genervt und verabschiedete sich von seinem Mandanten. Das Abenteuer war wieder in weite Ferne gerückt. Dann tauchte er wieder ein in die Hölle des Casanova, um die lange Luganer Nacht bis ins Letzte auszukosten.

»Na so was!«, rief Francesca verblüfft aus. »Wir kennen uns doch!«

Tommi setzte eine unbestimmte Miene auf, als erinnerte er sich nicht.

»Aber ja«, sagte sie. »Vom Zug nach Mailand, letzte Woche. Du bist in Lugano ausgestiegen.«

»Na klar!« Tommi strahlte. »Haben wir nicht über unsere Beziehungskisten geredet?«

Francesca wandte den Blick ab und lächelte ein wenig verlegen.

Sie waren in Locarno in einer Buchhandlung an der Piazza Grande. Francesca, die zwischen den Neuerscheinungen stöberte, sah das neueste Werk von Andrea De Carlo in Tommis Hand. Er folgte ihrer Blickrichtung und fragte: »Hast du's gelesen?«

Francesca nickte.

»Ja, ist nicht schlecht, aber sein Bestes ist es nicht.«

»*Zwei von zwei* hat mir gefallen.«

»Ja, mir auch«, sagte Francesca.

Und damit war ein Thema gefunden, sie gingen sämtliche Bücher von De Carlo durch, und am Ende verstand es sich von selbst, dass Tommi ihr vorschlug, mit ihm was trinken zu gehen.

Es war fast fünf Uhr nachmittags, draußen dämmerte es schon. Ein eiskalter Wind fegte über die Piazza, und durch die Laubengänge hasteten berufstätige Menschen, die früher Schluss gemacht hatten: Die einen strebten ins Fitnessstudio, die anderen nutzten die Gelegenheit für Besorgungen. Und wieder andere begaben sich gemächlichen Schritts in eine Bar, um sich einen Aperitif zu genehmigen.

»Locarno ist doch immer wieder schön«, sagte Tommi. »Wenn ich dienstlich hier zu tun habe, mach ich mir einen Spaß draus, Tourist zu spielen.«

Francesca lächelte. »Man könnte dich wirklich für einen Deutschschweizer halten ...«

»Tja, das macht die Haarfarbe«, sagte er. »Aber du – lebst du denn hier in der Stadt?«

Francesca wohnte noch in ihrem alten Apartment unweit des Bahnhofs. Nach einer turbulenten Zeit der Skandale und Verbrechen im Zusammenhang mit dem Ruggeri-Collier hatte sie schließlich in ihr gewohntes Leben zurückgefunden. Neu war nur diese sonderbare Beziehung mit Elia Contini.

Und genau darüber unterhielt sie sich jetzt mit Tommi Porta, einfach so, zu ihrer eigenen Überraschung: Sie kannte ihn doch kaum! Aber vielleicht fiel es ihr gerade deshalb leichter; und obwohl er den Eindruck machte, als lebte er ein bisschen abseits der Welt, schien er ihre Situation zu verstehen. Vielleicht hatte er ein ähnliches Problem.

»Hast du inzwischen getan, was du tun wolltest?«, fragte sie schließlich.

»Was meinst du?«

»Im Zug hast du gesagt, du wirst deinen Mut zusammennehmen, um was Bestimmtes zu tun, aber ...«

»Ah ja, klar!«, rief Tommi. »Nein, ich hab's noch immer nicht geschafft. Ich schiebe es ständig vor mir her. Aber morgen ... ich glaube, morgen ist der richtige Tag.«

»Ich wette, es steckt ein Mädchen dahinter ...«

»Nein, nein ... Es ist keine Beziehungssache, sondern ...

ach, das ist zu lang zu erklären. Stattdessen erzähl ich dir, dass ich womöglich deinen Elia kenne.«

»Echt?«

»Das heißt, ich habe ihn früher gekannt, in unserer Kindheit. Stammt er nicht aus Malvaglia?«

»Ja, das stimmt! Also so ein Zufall, nicht zu fassen …«

»Tja«, sagte Tommi nach einem Schluck Wein. »Wenn mich nicht alles täuscht, ist sein Vater von zu Hause abgehauen …«

»Abgehauen wohl eher nicht. Es ist ein Rätsel.«

Und sie sprachen über Malvaglia und den Stausee. Tommi schilderte seine Ratlosigkeit und betonte noch einmal, wie sehr er seine Heimat liebe; sie wiederum klagte noch einmal über Continis extreme Verschlossenheit … Am Ende tauschten sie Telefonnummern aus, und Tommi versprach anzurufen, wenn er das nächste Mal in Locarno sei.

»Also denk dran, ja?«, sagte sie zum Abschied. »Morgen musst du diese Sache erledigen!«

»O ja.« Tommi lächelte. »Ganz bestimmt.«

Osvaldo Laffranchi trauerte seiner Dienstzeit nicht nach. Für die Leute aus dem Ort war er nach wie vor »der Kommissär«, und seitdem er in Pension war, hatte er sich eine Routine zurechtgelegt, hatte einen eigenen Lebensrhythmus gefunden, der ihn aufheiterte.

Seit einiger Zeit aber wachte er immer schon lange vor Tagesanbruch auf und schlief nicht mehr ein.

Es war nichts Konkretes, das ihn beunruhigte. Eher eine unangenehme Beklemmung, die seinen Herzschlag beschleunigte und ihn rastlos von einem Zimmer ins nächste scheuchte. Aber als eines Nachmittags das Telefon läutete und er Continis Stimme hörte, ging ihm ein Licht auf.

Der Detektiv fiel mit der Tür ins Haus: »Erzählen Sie mir von meinem Vater«, sagte er.

Laffranchis Beklemmung war augenblicklich wieder da. Das war es also, was ihn quälte? Die unterdrückten Erinnerungen, die sich befreit hatten und jetzt ungehemmt umherschweiften?

»Er war ein anständiger Mann.«

»Ja, sicher, aber wie war er, mit wem hatte er Umgang? Warum ist er so früh in Pension gegangen?«

»Er liebte die Berge, und er hatte den Polizeidienst satt. Und er hat sich ja nicht zur Ruhe gesetzt – mit seinem Gemüsegarten und seinem Weinberg hatte er mehr Arbeit als früher.«

»Er hatte den Polizeidienst satt …«, murmelte Contini.

Laffranchi erriet so genau, was Contini dachte, dass er selbst erschrak. »Ihr Vater«, sagte er, »war ein zurückgezogener Mann, der nicht viele Freunde hatte. Aber der Herr Martignoni, der gleichzeitig mit ihm verschwunden ist, war ihm ein Freund.«

»Aber mein Vater wusste nichts von der Treuhandgesellschaft, von Martignonis wirtschaftlicher Lage …«

War das eine Frage? Laffranchi wusste es nicht.

»Um die Wahrheit zu sagen«, begann er, »irgendwas wusste er vielleicht doch.«

»Wie bitte?«

»Kurz bevor er verschwand, rief er mich an und bat mich um die Telefonnummer eines Kollegen, der sich mit Wirtschaftskriminalität befasst. Jetzt weiß ich allerdings nicht …«

»Und Sie haben sie ihm gegeben?«

»Ja, ich glaub schon, aber leider …«

»Wer war das?«

»Das weiß ich eben nicht mehr.«

Schweigen.

»Es tut mir leid.« Laffranchi umklammerte den Telefonhörer. »Ich erinnere mich an wirklich vieles, und ich zerbreche mir seit Tagen den Kopf, aber … Es ist natürlich schon sehr lang her.«

Jeden Abend sprach Tommi mit den Fotos an der Wand des leeren Zimmers: Andrea Porta, Desolina Fontana, Alessandro Vassalli, Giovanni Pellanda, Elia Contini.

Sein Vater und Desolina ermutigten ihn, und die anderen stritten aus ihrer jeweiligen Perspektive über Recht und Unrecht. Tommi aber fragte sich, wieso Contini nicht auf seiner Seite stand, wieso er schwieg und die Wut für sich behielt. Der Rechtsweg, wenn er gemeinsam mit den anderen Eigentümern beschritten wurde, war doch immer noch eine gewisse Hoffnung. Aber es reichte nicht, es brauchte eine entschiedene Geste.

An diesem Abend erneuerte Tommi seinen Vorsatz.

»Warte«, flüsterte er dem Foto des Bürgermeisters Pellanda zu. »Ich bin so weit, im Ernst. Morgen. Morgen bring ich dich um.«

Der Bürgermeister schien zu lächeln und sein Schicksal hinzunehmen. Tommi hatte sich die Route seines morgendlichen Spaziergangs eingeprägt, er hatte sich mit dem Hund gutgestellt, er hatte alles vorbereitet: Der Plan stand bis ins kleinste Detail.

Aber Tommi war kein Killer. Es fehlte ihm an Mut. Warum, *warum* half ihm Contini nicht? Er war auf dem besten Weg, mit Elias Freundin warm zu werden, er hätte alles mit ihm teilen können, Vergangenheit und Gegenwart.

Er hatte sogar den Anwalt Malfanti getroffen, im Casanova – gut, das war ein Zufall. Aber Francesca, die hatte er in der Buchhandlung an der Piazza Grande abgepasst. Und mit ihr über Andrea De Carlo diskutiert – er, der nie ein Buch von ihm wirklich gelesen hatte. Aber er machte sich Freunde – lauter Freunde, die ihm helfen konnten. Weil er im Recht war. Wer stünde nicht auf seiner Seite?

Als Kinder hatten Elia und er alles geteilt.

Und jetzt befand Tommi sich in einem Nachtklub in Biasca. Denn Tommi wollte alles mit Elia teilen, alles, auch die Liebe. Und er schlang die Arme um eine Frau mit langen roten Haaren, im Dunkeln, und redete sich ein, sie seien schwarz, und murmelte: »Francesca …«

Die Frau sagte nichts. Was ein Glück war, denn sie hatte einen ausländischen Akzent, und das hätte alles verdorben. Sie fuhr ihm mit einer Hand durch die Haare und den Rücken abwärts, kratzte und keuchte. Er wurde steif; er küsste sie auf den Hals und schob eine Hand zwischen sich und sie, um ihren Busen zu kneten. Sie wand ihre Beine um ihn und bog den Kopf zurück.

Tommi beschnupperte ihr Haar. Er nahm Shampoo- und Schweißgeruch wahr. Er dachte an Francescas Augen, an ihre Art, lächelnd den Kopf zu schütteln, an ihre Hände mit den schmalen Fingern. Er glitt mit den Lippen abwärts zu ihrer Brust, biss sie, küsste sie und dachte währenddessen an Francescas Brust unter dem Pullover, dann streichelte er ihre Schenkel und sah Francescas übereinandergeschlagene Beine in Jeans, während sie bei einem Glas Weißwein über Elia redeten.

Dünne Beine hatte Francesca. Nervöse Beine, die ihn umklammerten, leicht knochige Knie. Die Hüften aber viel weicher – eine Pause in den atemlosen Liebkosungen, lang genug, um die Wärme der Haut zu spüren. Das war Leben, etwas Echtes, das nur für Tommi da war.

Seine Hände glitten über Fleisch. Den Bauch, die Haare, die Hüften, den Hintern. Die Hände erkundeten Francescas Körper. Und sie stöhnte und schob ihm die Zunge ins Ohr, und Tommi dachte jetzt an nichts mehr, und für einen Augenblick kam sein Geist zur Ruhe und entschwand an einen Ort weit fort von Malvaglia, vom See, von Francesca und Elia und dem Tod des Bürgermeisters Pellanda.

5
Spaziergang mit Black

Black!« Bürgermeister Pellanda verlor die Geduld. »Black! Komm sofort da her, sag ich!«

Wieso war der Hund so unruhig? Pellanda zurrte seinen Schal fest und zog sich die Mütze über die Ohren. Es hing noch die Kälte der Nacht in der Luft, und der Bürgermeister hatte seine Handschuhe vergessen. Er stopfte die Hände tief in die Taschen und rief noch einmal: »Black!«

Die nahen Talhänge, Felsen und Wald, verstärkten das Gefühl eisiger Kälte. Pellanda stampfte mit den Füßen. Er steckte zwei Finger in den Mund und pfiff. Endlich tauchte Black aus einem Gebüsch auf und kam wedelnd angetrabt.

»Wo warst du denn? Böser Hund, wohin bist du abgehauen? Jetzt bleib bei Fuß!«

Pellanda liebte seine morgendlichen Rituale. Erst der langsame Anstieg. Dann die erste Verschnaufpause vor der Agathenkapelle. An der Brücke über den Bach ließ er den Hund eine Zeit lang frei laufen. An diesem Morgen aber wollte Black nicht hören. Vielleicht witterte er Wild – oder eine läufige Hündin.

Das Plätschern und Murmeln des Bachs übertönte alle Geräusche. Hier blieb Pellanda ein paar Sekunden stehen und atmete tief ein. Er hätte ebenso gut fernab der Welt sein können, so einsam war es hier. Man sah keine Häuser, und um diese Zeit kam nie eine Menschenseele vorbei. Die Brücke war wie der letzte Rest einer versunkenen Kultur.

Black war immer noch aufgeregt. Die Nase am Boden, lief er das Ufer auf und ab. Einmal hob er den Kopf, als hörte er einen Ruf, und machte Anstalten, ins Wasser zu springen. Aber die Stimme seines Herrn hielt ihn zurück: »Black, *nicht*! Komm zurück, heute wird nicht gebadet!«

Aber was war es dort drüben zwischen den Felsen, das den Hund so brennend interessierte? Vielleicht ein Aas – irgendetwas, das den Geruchssinn eines Hundes verrückt spielen ließ. Bürgermeister Pellanda seufzte: An diesem Morgen musste er auf Black aufpassen, als wäre er ein Welpe. Und er kam sich lächerlich vor, wie er hier auf der Brücke herumstand und fror.

»Black! Wir gehen jetzt!«

Es half nichts, er musste seinem Hund zeigen, wer der Herr im Haus war. Dabei war er schon nervös genug, denn es lag eine anstrengende Woche vor ihm. Die Gemeinderatssitzung stand an, er hatte einen Gesprächstermin mit einer Gruppe von Erweiterungsgegnern, was bestimmt mühsam würde, denn man musste versuchen, sie auf die Seite der Befürworter zu ziehen, bevor wieder ein endloser Rechtsstreit anfing. Pellanda vertraute zwar auf sein Talent zu vermitteln, zur Ordnung zu rufen, aber …

Apropos Ordnung. Wo war dieser verdammte Hund?

»Black! He, Black!«

Keine Reaktion. Verschwunden. Pellanda beugte sich über das Geländer und spähte zum Bach hinab. Zwischen den Felsen, wohin die Schatten des Uferbewuchses fielen, war das Wasser sehr dunkel. Direkt unter ihm mündete ein kleiner Wasserfall in einen schwarzgrünen Tümpel.

»Blöder Hund«, murmelte der Bürgermeister vor sich hin. »Was fällt dem auf einmal ein?«

Neben der Brücke führte ein Pfad zum Bach hinunter. Pellanda schnaubte. Vorsichtig, um auf dem feuchten Gras nicht auszurutschen, machte er sich an den Abstieg. Am Ufer des Bachs blieb er stehen und sah sich um. Die Feuchtigkeit drang ihm in Mark und Bein.

»Black! Hierher, Black!«

Nichts. Das Rauschen des Bachs füllte die Stille. Der Wasserfall, der in seiner immer gleichen Bewegung fast stillzustehen schien, zog Pellandas Blick an: In dem Tümpel, in dem das Wasser landete, breiteten sich konzentrische Kreise in endloser Abfolge aus. Es muss sehr tief sein, dachte der Bürgermeister, und bestimmt eisig kalt!

Er war im Begriff, wieder nach seinem Hund zu rufen, als er am gegenüberliegenden Ufer eine Bewegung im Dickicht wahrnahm. Er hörte Zweige knacken und Laub rascheln, und es schien ihm, als würde etwas über den Boden geschleift. Am Ende hat er sich noch wehgetan, dachte Pellanda alarmiert.

Den Bach zu überqueren war keine leichte Sache. Pellanda trat versuchsweise auf einen aus dem Wasser ragenden Felsen, der vom Algenbewuchs glitschig wie Schmierseife war. Aber mit einem beherzten Sprung landete der Bürgermeister auf dem nächsten, weiter aus dem Wasser ragenden Felsen. An einen Ast geklammert, der oberhalb des Tümpels herabhing, gelangte er Schritt für Schritt ans andere Ufer.

»Black! Wo bist du?«

Nichts rührte sich. Er horchte. Dann seufzte er und stellte den Mantelkragen auf. Verdammter Hund.

Es blieb also nichts anderes übrig, als ihn zu suchen. Der Bürgermeister drang ins Dickicht ein.

6
Die falsche Fährte

Die Leiche lag bäuchlings und schräg halb im Bach, halb am Ufer, die Hose war bis fast zu den Knöcheln nass.

»Haben Sie ihn angefasst?«, fragte Commissario De Marchi.

»Nein. Das heißt, ja«, antwortete Signor Baggi. »Ich meine, ich hab ihn angefasst, um festzustellen, ob ... Also, ich habe festgestellt, dass er tot ist, und dann hab ich angerufen. Das war doch richtig, oder?«

»Mhm.«

»Und dann bin ich natürlich nicht noch mal runtergestiegen, Sie wissen ja ... Sagen Sie, ist er eines natürlichen Todes ...?«

»Das wissen wir noch nicht.«

»Unser Bürgermeister war völlig gesund! Hatte ein Herz wie ein Junger! ... Aber es stimmt schon, man weiß nie, wann einem die Stunde schlägt.«

»Nein«, sagte De Marchi, »wenn es passiert, passiert es. Danke, Signor Baggi.«

»Ist doch meine Pflicht!«

»Wenn Sie noch einen Moment bleiben, wird jemand Ihre Aussage aufnehmen.«

»Ich rühr mich nicht von der Stelle!«

Das glaub ich, dachte De Marchi, dich wird man mit Gewalt wieder losschrauben müssen. Er stieg über die rotweiße Absperrung hinweg, entschuldigte sich bei einem Fotografen, der auf dem Weg kauerte, und kletterte zu der Leiche hinunter.

Der Rechtsmediziner war schon gegangen, und die Kriminaltechniker waren mit der Spurensicherung beschäftigt. Mit dem Brückenpfeiler als Bezugspunkt hatten sie das Gebiet fotografiert. Der Weg wies eindeutige Fußabdrücke auf, und man hatte bereits einen Abguss genommen. Der Hund hatte anscheinend nichts mitbekommen: Die Streifenpolizisten, die als Erste am Ort des Geschehens eingetroffen waren, hatten ihn etliche hundert Meter von seinem Herrn entfernt gefunden; er war an einem Baum angebunden, vor sich eine Plastikschale mit den Resten einer Mahlzeit. Der Hund war ruhig, er wedelte.

De Marchi trat auf Tullio Ferrari zu, den Leiter der Kriminaltechnik, und fragte: »Na, wie steht's?«

Ferraris Mundwinkel senkten sich.

»Schlecht. Das sieht mir gar nicht nach einem Unfall aus.«

Der Kommissär nickte. Auch ihm war dieser Verdacht gekommen, noch bevor forensische Erkenntnisse vorlagen. Denn was hatte der Bürgermeister am Bachufer zu suchen gehabt? Wieso saß sein Hund im Dickicht, vor sich eine Schale mit Futter? Und wieso war er mit einem Strick angebunden, die Leine aber neben Pellanda auf dem Boden gefunden worden?

»Nachdem er mit dem Gesicht im Wasser lag«, sagte Ferrari, »könnte er auch ertrunken sein.«

»Er könnte?«, fragte De Marchi.

Ferrari, ein Mann mit stolzer Körperhaltung und expressiver Mimik, runzelte die Stirn.

»Der Doktor hat eine Prellung und Hautabschürfung im Nacken festgestellt.«

De Marchi seufzte. Er hatte sich gleich gedacht, dass es ein schwieriger Fall würde: Nicht umsonst hatten sie ihn geholt, noch bevor sie sagen konnten, ob der Bürgermeister womöglich an einem Schlaganfall oder Herzinfarkt gestorben war. Außerdem hatte die Gegend hier, mit diesem dichten

Gestrüpp und der Feuchtigkeit und dem ständigen Rauschen des Wassers, etwas Finsteres und Einsames ... Wohl fühlte man sich hier nicht.

»Ein Schlag also. Und ist er an dem Schlag auch gestorben?«, fragte er Ferrari.

»Schwer zu sagen. Der Doktor sieht jedenfalls die Anzeichen eines ›blauen Ertrinkens‹, wie sie das nennen: Das Gesicht ist blau verfärbt, er hat den typischen Schaumpilz vor dem Mund und eine Gänsehaut.«

»Kein Wunder, bei der Kälte ...«, konnte der Kommissär sich nicht verkneifen.

Ferrari wölbte elegant die Brauen.

»Schon gut, entschuldige ...« De Marchi hob die Hände. »Ich hab nix gesagt! Wie lang ist er schon tot?«

»Nun ...« Ferrari krauste die Nase. »Auch darüber habe ich mit dem Doktor gesprochen, aber es ist schwer zu sagen. An den Schläfen- und Kaumuskeln hat die Leichenstarre eingesetzt, am Hals zeigen sich die ersten Totenflecke ... weiß nicht, vielleicht drei, vier Stunden.«

Kommissär Emilio De Marchi, der mit seinem Anorak und der Wollmütze auf seinem kahlen Kopf wie ein zufälliger Spaziergänger wirkte, war ein robuster Mensch und nicht mit überschwänglicher Phantasie geschlagen. Doch er besaß einen wachen Verstand und einen ausgezeichneten Spürsinn und hatte bereits eine Vorstellung, was hier geschehen war.

»Das ist irgendwie eine ungute Geschichte«, fuhr Ferrari fort. »Man denkt sich, er hatte einen Schwächeanfall, ist mit dem Kopf aufgeschlagen und ertrunken. Blöd gelaufen. Aber der Hund?«

»Hm«, brummte De Marchi. »Ja, der Hund.«

Das Hundegebell hatte Signor Baggi veranlasst, sich über das Brückengeländer zu beugen, und dabei hatte er die Leiche entdeckt. Der Hund hatte gebellt, als sein Herr schon tot war. Wie aber war er in die Lage geraten, in der er sich befand – angebunden an einem Baum?

Der Kommissär nahm die Mütze ab und fuhr sich mit einer Hand über den Nacken. Ihn schauderte. Was einem alles passieren kann. Im Februar noch dazu. Ausgerechnet in Malvaglia. De Marchi stieg wieder zur Brücke hinauf und ging auf ein Polizeiauto zu, neben dem ein Beamter mit dem angeleinten Hund des Bürgermeisters stand.

»Guter Hund, braver Hund«, sagte De Marchi und beugte sich nieder, um ihn zu tätscheln, »sehr brav …«

Der Schäferhund, der noch immer nicht wusste, welches Schicksal seinen Herrn ereilt hatte, wedelte freudig. De Marchi blickte ihm in die Augen und murmelte, fast ohne die Lippen zu bewegen: »Hast du was gesehen?«

Der Hund erwiderte den Blick mit weit offenen gelben Augen.

Gut, dachte De Marchi. Bestens. Der Bürgermeister von Malvaglia stirbt unter obskuren Umständen, und die Polizei vernimmt den einzigen Zeugen: einen Hund.

GIOVANNI PELLANDA TOT IM GEBIRGE GEFUNDEN.

Contini legte die Zeitung nieder und nahm einen Schluck Kaffee. Er blickte durchs Küchenfenster hinaus ins kahle Geäst eines Walnussbaums. Obwohl die Presse behauptete, der Bürgermeister sei vermutlich eines natürlichen Todes gestorben, hatte er eine böse Ahnung. Was, wenn nicht?

Man musste die Entscheidung des Staatsanwalts abwarten. Contini aber traute seinen Ahnungen. Schon seit seiner Begegnung mit Don Giacomo in Mendrisio spürte er, dass etwas in der Luft lag. Der Staudamm von Malvaglia, die Häuser am Grund des Sees, die Auseinandersetzungen. Und jetzt, der Tod.

Vielleicht besteht gar kein Zusammenhang, sagte er sich,

während er seine Tasse ausspülte. Vielleicht stecke ich einfach persönlich zu tief drin. Der graue Kater sprang auf die Arbeitsplatte neben dem Spülbecken, nahm seine Sphinxhaltung ein und beäugte Contini unverwandt. Es war ein sonniger Morgen Anfang Februar, und es schwang wie ein ferner Glockenschlag eine Vorankündigung des Frühlings in der Luft. Der Kater war unruhig. Beweg dich, Contini, jetzt scheint die Sonne, du musst raus und dich bereithalten. Aber Contini war abgelenkt. Üble Vorahnungen plagten ihn. Und wenn es doch einen Zusammenhang zwischen dem Verschwinden seines Vaters und Pellandas Tod gab?

Diese Frage, das wusste er, würde er so schnell nicht mehr los – er musste sie beantworten. Deshalb saß er eine halbe Stunde später im Auto, auf dem Weg nach Chiasso. Es war an der Zeit, mit dem Herrn Finzi ein paar Takte zu reden. Luigi Martignoni und Ernesto Contini waren seit zwanzig Jahren vermisst, Finzi aber erfreute sich bester Gesundheit. Und verdiente einen Haufen Geld mit seiner Treuhandgesellschaft im Zentrum von Chiasso, direkt an der Grenze.

Chiasso wird von zwei Autobahnausfahrten in die Zange genommen, und deshalb wälzt sich durch den Ort und seine Verkehrskreisel ein Strom von Autos, die nicht recht wissen, wohin. Auch der Fluss hat seit dem Autobahnbau seinen Lauf geändert. Wer von Süden kommt, merkt sofort, dass in Chiasso Italien endet und die Schweiz beginnt. Aus Euros werden Franken, die Straßennamen ändern sich, und in den Ämtern sind die Anweisungen dreisprachig. Die gesamte Atmosphäre ist durchdrungen von diesem ungreifbar Schweizerischen, das zusammen mit der Währung und der Fußballnationalmannschaft noch immer die alte Eidgenossenschaft aufrecht hält.

Contini ließ seinen Wagen außerhalb des Stadtzentrums stehen und ging zu Fuß die Via Manzoni entlang. Nach ein paar Minuten bog er in das Gewimmel auf dem Corso San

Gottardo ein, wo er sich nicht auskannte und in einer Bar nach dem Weg fragte. Er müsse umkehren, erfuhr er, dann abbiegen und noch ein Stück weitergehen. Er folgte den Anweisungen und stand bald in der Via San Sebastiano vor einem glänzenden Messingschild:

TREUHANDGESELLSCHAFT
AMEDEO FINZI & PARTNER

Eine Art Sekretär mit Leichenbittermiene versuchte ihm klarzumachen, dass Signor Finzi beschäftigt sei. Aber Contini war sicher, dass ihm der Name Martignoni wenigstens die Tür zum Vorzimmer öffnen werde, und so war es. Natürlich ließ ihn der Boss erst einmal vierzig Minuten warten, das schien er sich schuldig zu sein. Aber Contini war nicht aus der Ruhe zu bringen, und die Geduld zahlte sich aus, am Ende führte ihn der finstere Sekretär wortlos ins Allerheiligste.

Das Zimmer war leer. Contini hatte Zeit, sich umzusehen. Das Büro des Chefs war ganz auf Behaglichkeit und Luxus ausgerichtet: weiche Teppiche, weite, tiefe, cremefarbene Polstersessel, ein Ultraflachbildschirm neben der Tür und hinter dem Schreibtisch ein ultrabreites Fenster.

Contini umrundete den Schreibtisch in der Hoffnung, einen Blick auf ein Dokument werfen zu können, aber in dem Moment sah er, wie die Klinke gedrückt wurde, wandte sich rasch ab und blickte aus dem Fenster.

»Schönes Panorama, nicht?«, sagte die Stimme von Amedeo Finzi.

Contini fuhr pflichtgemäß zusammen, als hätte ihn Finzi überrascht.

»O ja, sehr«, antwortete er. »Und ein schönes Büro!«

Finzi lächelte geschmeichelt. »Nehmen Sie doch Platz.«

Der Boss deutete zu der cremefarbenen Sitzgruppe hinüber, und Contini, obwohl er sich mit Vorsicht setzte, versank augenblicklich in einer weichen Tiefe.

Der Detektiv trug, wie stets, seine dünne schwarze Krawatte zu einem hellen Anzug, Finzi hingegen war recht lässig in Jeans und ein eng anliegendes schwarzes T-Shirt gekleidet. Mit seinem weichen Mund, seiner sonnenstudiogebräunten Haut und der Mähne grauer Löckchen erinnerte er an einen Exhippie, der noch munter unterwegs ist.

»Ich weiß alles über Sie, Contini«, sagte Finzi. »Man hat mich informiert, dass Sie durch die Gegend kutschieren und Fragen über den Staudamm von Malvaglia stellen.«

Contini sagte nichts.

»Also, Herr Detektiv, fragen Sie sich nicht, warum ich Sie empfange?«

»Weil Sie mir was zu sagen haben.«

»Ah, nein, da irren Sie sich! Ich habe Sie empfangen, weil Ihr Vater vor zwanzig Jahren mit meinem damaligen Teilhaber durchgebrannt ist, und deswegen dachte ich, wer weiß, vielleicht haben *Sie* mir ja was zu sagen ...«

Finzis Tonfall war angriffslustig, aber Kränkungen prallten an Contini ab. Er sagte lediglich: »Wenn Sie gestatten, möchte ich Sie auf ein paar Dinge hinweisen.«

»Ich höre.«

»Erstens: Gehe ich recht in der Annahme, dass jemand, der sich mit den damals von Ihnen an die Gruppe der Staudammgegner geleisteten Zahlungen befasst, einen ziemlichen Filz fände?«

»Nur zu, ermitteln Sie und lassen Sie mich das Ergebnis wissen.«

»Dazu habe ich leider nicht die Möglichkeiten, aber ich will Ihnen noch was anderes sagen. Ich glaube, dass Sie sehr wohl etwas über das Verschwinden Ihres Teilhabers und meines Vaters wissen und vielleicht sogar etwas mit dem Tod des Bürgermeisters Pellanda zu tun haben.«

Finzi lachte herzlich.

»Und mir hat man gesagt, Sie seien ein ganz Schlauer, Contini! Ist Pellanda nicht an einem Schwächeanfall gestorben?«

»Das steht noch nicht fest. Er kann auch ermordet worden sein.«

»Von wem – von mir vielleicht? Und was für ein Motiv hätte ich?«

»Vielleicht wusste Pellanda einiges über Ihre Machenschaften vor zwanzig Jahren und hat Sie jetzt, wo ein weiterer Stauseeausbau ansteht, erpresst: Wenn du nicht so und so viel an die Gemeinde überweist, packe ich aus.«

Finzi schüttelte den Kopf.

»Als Detektiv sind Sie eine Verschwendung. Sie sollten zum Film gehen, wirklich. Bilden Sie sich im Ernst ein, ich hätte Angst vor Pellanda und nähme mir die Zeit, ihn zu ermorden? Sie sind auf einer falschen Fährte, mein Freund, und das werde ich Ihnen beweisen.«

Finzi drückte auf einen Knopf an seinem Schreibtisch. Augenblicklich öffnete sich die Tür, und es erschien ein schiefes Männchen um die sechzig.

»Das ist Signor Passalacqua«, sagte Finzi, »mein Juniorpartner.«

Finzi war gut zwölf Jahre älter als sein Teilhaber, dennoch troff seine Bemerkung von Spott. Passalacqua schien mit Drähten zusammengehalten: Sobald er mit irgendeiner Bewegung die vertikale Achse verließ, geriet sein gesamter Körper ins Wanken und drohte auseinanderzufallen, bis er wie durch ein Wunder in die aufrechte Lage und ins Gleichgewicht zurückfand. Er kam auf den Detektiv zu und senkte den Kopf.

»Signor Contini.«

»Salve!«, antwortete Contini, und Passalacqua versank ebenfalls in einem Polstersessel.

»Signor Passalacqua«, sagte Finzi vom Schreibtisch aus, während seine Finger mit dem Brieföffner spielten, »wird Ihnen gleich was erklären.«

Contini betrachtete das Männchen, das in der Tiefe der cremefarbenen Weiche wie eine am Bühnenrand vergessene Marionette wirkte.

»Signor Contini«, begann Passalacqua mit einem Räuspern. »Ich bin der Senior Advisor sowie der Risk Manager der Treuhandgesellschaft Finzi.«

Er schwieg, als wartete er auf ein Zeichen der Zustimmung. Finzi forderte ihn auf, weiterzusprechen, und Contini traute seinen Augen nicht: Was immer das Männchen sein mochte – es war jedenfalls der unwahrscheinlichste Risk Manager, den man sich denken konnte.

»Also, Signor Contini, die Treuhandgesellschaft Finzi hat in der Vergangenheit viel Geld investiert, um die Erweiterung des Staudamms zu verhindern, welche indes vom Bürgermeister Pellanda und dem Ingenieur Vassalli vehement vorangetrieben wurde, und da Pellanda ausgerechnet jetzt, da von einer neuerlichen Stauseeerweiterung die Rede ist, unter ungeklärten Umständen verstorben ist, besteht allseits die Befürchtung, dass … dass …«

An diesem Punkt riss Passalacqua die Augen auf und verstummte. Seine von vornherein einsturzgefährdete Rede war über ihm zusammengebrochen.

»Du hast von deiner Befürchtung gesprochen!«, assistierte Finzi.

»Ja. Also, wie ich sagte, haben wir Kollegen dem Herrn Finzi sofort unsere Befürchtung vorgetragen, dass jemand, der im Mordfall Pellanda ermittelt, sich dazu versteigen könnte, an gewisse heikle Aspekte unserer Finanzstrategie zu rühren, und deshalb …«

»Das reicht schon«, würgte Finzi ihn ab. »Signor Contini hat schon verstanden.«

»Nein, offen gestanden, hab ich nicht besonders viel kapiert«, sagte Contini.

»Weil Passalacqua kein Mann der vielen Worte ist«, antwortete Finzi. »Um es kurz zu machen: Ich will Sie engagieren.«

»Sie? Mich?«

»Ich will, dass Sie den Tod von Pellanda untersuchen. Ich möchte vermeiden, dass die Polizei anfängt, in der Vergangenheit zu graben. Obwohl ich nichts zu befürchten habe. Stimmt's, Passalacqua?«

»Das stimmt, Signor Finzi.«

»Sehen Sie? Aber ich will halt keinen Ärger, ist doch klar. Und schon bevor Sie hier aufgekreuzt sind, hat mir Passalacqua den Vorschlag gemacht, einen Detektiv zu engagieren. Jetzt sind Sie schon mal da, und da nutze ich gern die Gelegenheit. Was sagen Sie?«

Contini sagte nichts.

»Also wenn ich nicht irre, sind Sie im Zusammenhang mit dem Verschwinden Ihres Vaters sowieso schon mit der Sache befasst. Oder?«

Der Detektiv stand auf und griff nach Hut und Mantel.

»Ich denke darüber nach«, sagte er. »Dann melde ich mich bei Ihnen.«

»Davon gehe ich aus.«

Finzi lächelte ihm nach, während Contini mit einem knappen Gruß verschwand.

Auf dem Rückweg zu seinem Wagen dachte Contini darüber nach, ob Finzi mehr wusste, als er zugab. Oder war er tatsächlich auf einer falschen Fährte?

In Gedanken versunken ging er vor sich hin und sah, ohne sie wahrzunehmen, die Passanten, die ihm begegneten, die Plakate mit dem Programm der bevorstehenden Fasnacht, eine schwarze Limousine mit getönten Scheiben, die ihr Geheimnis durch die Straßen von Chiasso spazieren fuhr. Es war ein windiger Tag, und mächtige Wolkengebilde jagten über den Himmel.

Hinter dem Lichtspieltheater sah er sein Auto stehen. Aber gleich daneben erschien ihm, wie ein ärgerlicher Fremdkörper im Auge, die prekäre Gestalt des Risk Managers Passalacqua. Er verwarf die Idee als optische Täuschung; erst beim Näherkommen begriff er, dass er richtig gesehen hatte.

»Signor Contini«, sprach das wie ein Wimpel im Wind flatternde Männlein.

»Signor Passalacqua. Sind Sie mir gefolgt?«

»Ich versuche Sie schon eine ganze Weile zu erreichen. Es ist mir ja nicht entgangen, dass Sie noch unschlüssig sind, was unser Angebot betrifft, und erlaube mir daher, Ihnen eine Entscheidungshilfe …«

»Nein danke.«

Contini schloss die Wagentür auf, setzte sich hinters Steuer, zog die Tür zu. Passalacqua starrte ihn mit offenem Mund an. Durch das Fenster ähnelte er einem Fisch, der auf die Glasscheibe des Aquariums zuschwimmt. Contini ließ das Fenster herunter.

»Aber Signor Contini, Sie …«

»Hab ich mich nicht klar ausgedrückt?«, unterbrach ihn der Detektiv. »Ich will den Auftrag nicht. Ich ermittle lieber auf eigene Faust.«

»Aber …«

»Schönen Tag noch!«

Contini startete den Wagen und ließ den stammelnden Passalacqua stehen.

Begleitet von der Stimme Gilbert Bécauds, fuhr er gemächlich ins Büro zurück. Es kam nicht oft vor, dass er die Geduld verlor. Aber die stumme, bedrohliche Rückkehr der Vergangenheit zerrte an seinen Nerven – umso mehr, als er keine Gewissheiten hatte. Aber diesmal würde er sich nicht entmutigen lassen: Ein letztes Mal noch würde er versuchen zu erfahren, was aus seinem Vater geworden war.

»Das sind zwei verschiedene Baustellen, seit zwanzig Jahren«, sagte er kurz danach am Telefon, »und ich will nicht der Idiot sein, der Zusammenhänge sucht, wo keine sind.«

»Ich versteh Sie schon«, antwortete die tiefe Stimme seines Gesprächspartners. »Aber wie ein weiser Mann einst sagte, ist ein Narr, wer sich mit dem Nächstliegenden begnügt. Graben Sie nur, lieber Contini, graben Sie in der Vergangenheit.«

Giovanni Maltese, genannt John, war ein in sich ruhender Mann: Ihn brachte nichts aus dem Gleichgewicht. Im großen Zirkus der italienischen Schweiz treten allerhand Artisten auf, und jeder, der dort oben unter dem Zeltdach agiert, erobert sich sein Stück vom Drahtseil. John Maltese kannte alle Geheimnisse, hatte mit allen Gaunern verkehrt und, wie es hieß, mehr als einem Seiltänzer, der zu viel Aufhebens von sich machte, einen kleinen Stoß versetzt.

Auch mit Herrn Finzi war John Maltese gut bekannt.

»Ich hatte geschäftlich mit ihm zu tun«, ließ er Contini wissen. »Natürlich ist er alles andere als ein Heiliger. In der goldenen Zeit hat er einen hübschen Geldwäscherring auf die Beine gestellt, und ich glaube, er hat noch heute seine Kontakte in der Szene. Seine Masche besteht darin, schmutziges Geld in pseudowohltätige Unternehmen zu stecken und nachher mit getürkten Spenden und sonstigen Tricks wieder in den Kreislauf einzuschleusen.«

»Und was hat er genau getan?«

»Er hat die Existenz fingierter Wohltätigkeitsgesellschaften versichert. Zum Teil tut er das immer noch, allerdings mit leicht veränderten Methoden. In den Achtzigern war er Rechnungsprüfer bei verschiedenen Unternehmen, die landwirtschaftliche Betriebe und Umweltaktivisten subventionierten. Alles nur Nebelkerzen, wenn Sie mir die Metapher gestatten.«

»Also war Finzi der Betrüger, nicht sein Partner.«

»Ach, wie ich die Menschen kenne, waren sie's wahrscheinlich beide. Ich nenne Ihnen das klassische Beispiel, das sogar die Journalisten kennen: 1996 verwaltete Finzi zusammen mit anderen eine Firma, die ein britischer Staatsbürger mit zwei Nigerianern gegründet hatte. Bei den Verhandlungen mit den Banken lieferten die zwei Nigerianer den Beweis, dass es keinerlei politisches Hinterland gab ... wir reden von sechzig Millionen, und da gab es natürlich Kontrollen, verstehen Sie?«

»Klar.«

»Und 2001 fällt einer Schweizer Bank bei den Geldeingängen zufällig eine Übereinstimmung mit einem der Decknamen auf, unter denen die Söhne des früheren nigerianischen Diktators Sani Abacha operierten. Es gab einen Mordsskandal, und die MROS schaltete sich ein, die Meldestelle für Geldwäscherei in Bern. Ihr feiner Herr Finzi kam, wenn Sie mir die Metapher verzeihen, mit einem blauen Auge davon. Ich weiß letztlich nicht, was die Eidgenössische Bankenkommission ... Pardon?«

»Ich wollte nur wissen«, wiederholte Contini, »was das alles mit dem Staudamm von Malvaglia zu tun hat.«

John Maltese stieß einen langen Seufzer aus.

»Gute Frage, lieber Contini.«

Wie Contini und Maltese einander kennengelernt hatten und in welcher Beziehung sie standen, wusste niemand so genau. Jedenfalls hatten ihre Wege sich irgendwann gekreuzt, vielleicht auf einem Drahtseil, und wenn der Detektiv eine Information über irgendeine irgendwo in der Schweiz begangene – oder auch nur geplante – schmutzige Affäre brauchte, wandte er sich wie selbstverständlich an Maltese.

»Das Verbrechen setzt eine ordentliche Lehrzeit voraus«, philosophierte Maltese, der eine Schwäche nicht nur für

Metaphern, sondern auch für Aphorismen hatte. »Glauben Sie denn, dass sie zur Geldwäscherei Offshore-Gesellschaften oder Briefkastenfirmen in Steuerparadiesen benutzen?«

»Also ...«

»Das glauben die Journalisten. Holdings und Trusts helfen natürlich mit, die Spuren zu verwischen, aber die beiden Hauptprobleme bei der Geldwäscherei sind folgende: erstens die Einspeisung von Bargeld in die Waschstraße und zweitens die Integration des gewaschenen Gelds. Vor zwanzig Jahren stießen sich Finzi und sein Partner sozusagen die Hörner ab, indem sie nämlich mit einer selbst erdachten Methode experimentierten. Die Umstände der Einspeisung und der Integration sind mir noch nicht ganz klar, ich vermute nur, dass Letztere im Ausland erfolgt und zwar über einen fiktiven Investmentfonds ... Aber ich schweife ab, oder?«

»Ja, um auf den Ausbau des Stausees von Malvaglia zurückzukommen ...«

»Um Geld zu waschen, ist ein breites Spektrum an Geschäftstätigkeiten nötig. Viele benutzen Scheinladenketten – Pizzabäcker oder Luxusbekleidungsgeschäfte. Die Inszenierung kostspieliger Protestaktionen von Umweltschützern ist eine ziemlich originelle Methode.«

»Und was hat das Verschwinden von Martignoni und meinem Vater damit zu tun?«

»Keine Ahnung. Auf jeden Fall sehe ich keine Verbindungen mit dem Tod von Pellanda.«

»Glauben Sie übrigens, dass er ermordet wurde?«

»Kann sein. Finzi hat ihn jedenfalls nicht umgebracht. Seine Hände sind schmutzig wie ein Misthaufen, aber blöd ist er nicht. Sie verfolgen eine falsche Spur.«

»Dasselbe hat er mir auch gesagt«, antwortete Contini.

»*Sie* sind der Detektiv. Trotzdem habe ich das Gefühl, dass Pellandas Tod zum jetzigen Zeitpunkt ein Zufall ist. Und sagen Sie jetzt nicht, dass Sie einer sind, der nicht an Zufälle glaubt!«

»Doch, doch … Inzwischen glaube ich alles.«

Eine falsche Spur, dachte er noch einmal am selben Abend, als er nach Corvesco zurückgekehrt war und zum Tresalti hinaufging. Er wollte seine Gedanken klären, eine Entscheidung treffen, ob er mit der Ermittlung fortfahren oder die Vergangenheit ins Vergessen zurücksinken lassen sollte. Am großen Becken angelangt, kletterte er auf die Einfassung und hielt Ausschau nach den drei Flößen, die er vor einiger Zeit hineingeworfen hatte.

Er entdeckte nur eines: Einsam drehte es sich abseits im Kreis. Die beiden anderen hatten sich zwischen Steinen verklemmt oder waren in einer Sackgasse gestrandet.

Eines von dreien, dachte Contini.

»Ja«, murmelte er. »Es wird eine falsche Fährte sein.«

Tommi liebte Zahlen. Gerade in stürmischen Zeiten suchte er stets Zuflucht in der warmen, beruhigenden Welt der Zahlen. Ein Dilettant war er nicht: Er hatte Unterricht genommen, er hatte auf eigene Faust studiert, und mit der Zeit hatte er sich recht fundierte mathematische Kenntnisse erworben. Aber noch immer ließ er sich von Begegnungen mit bestimmten Zahlen überraschen; er war überzeugt, dass derlei nicht zufällig geschah.

Als man ihm bei der Zulassung seines ersten Autos ein Nummernschild mit vier Ziffern zugewiesen hatte, verstand er noch fast nichts von Mathematik. Aber einen Instinkt für Zahlen hatte er schon immer gehabt, und die Zahl auf seinem Nummernschild lautete 2520. Er traute seinen Augen nicht. 2520! Das war ihm bei Weitem lieber als eine Banalität wie 7777 oder eine trostlose Kombination wie 1234. Denn 2520 ist die kleinste Zahl, die durch 1, 2, 3, 4, 5, 6, 7, 8 und 9 teilbar ist (und natürlich durch 10). Alle ersten Teiler gingen hinein, alle! Eine wunderbare Zahl war das, und sie auf dem Nummernschild seines Autos zu haben war ein ausgezeichnetes Omen für die Zukunft.

Obwohl dann …

Tommi parkte neben der Kanzlei Calgari, nahm die Sonnenbrille ab, und bevor er ausstieg, lehnte er für ein paar Sekunden mit geschlossenen Augen den Kopf an die Nackenstütze. Ein ausgezeichnetes Omen für die Zukunft? Was war denn aus all seinen Gelübden geworden, aus seinem festen Willen zur Rache? Er war noch immer der Sohn des alten Porta, der von Malvaglia fortgegangen war, dann seine Stelle verloren hatte und gestorben war, voller Alkohol und Krankheiten und Träume, die …

Eine jähe Müdigkeit überkam ihn.

Wellen des Schlafs schwappten über seine Gedanken hinweg und ließen sie auseinanderbrechen; die Einzelteile setzten sich wieder zusammen und gingen neue Wege … Ein ausgezeichnetes Omen? Büroangestellter in einem Autohaus? Buchhaltung, Kundentelefonate? Sein Vater jedenfalls hätte gewollt … Jetzt aber hatte Tommi getötet.

Tommi, jawohl.

Allein. Niemand hatte ihm geholfen. Auch Elia Contini nicht.

Ich bring dich um, hatte er zum Bürgermeister gesagt, und er hatte es getan. Wie einen Hund.

Wie einen Hund. Der allerdings war am Leben geblieben, der Hund …

Mit einem Ruck fuhr Tommi auf. Nein, er hatte nicht eigentlich geschlafen, nur waren für einen Moment seine Gedanken unkontrolliert umhergeschweift. Bevor er ausstieg, richtete er seine Krawatte und fuhr sich mit den Fingern durch die Haare.

Er musste bei seinem Anwalt einen guten Eindruck machen, wenn er ernst genommen werden wollte. Er war im

Recht, das Gesetz musste auf seiner Seite stehen. Das Gesetz und die Gewalt. Denn Angst bewirkt zweifellos mehr als ein Anwalt, und Tommi war durchaus imstande, Angst einzuflößen.

Giorgio Calgari war ein stattlicher Mann mit ergrauten Schläfen und hoher, weiter Stirn. Tommi aber konnte ihn kaum ansehen, ohne dass sich ein Grinsen in sein Gesicht stahl. Wenn der wüsste, dachte er, wenn der wüsste, was ich getan habe!

»Also schön, Signor Porta, dann erklären Sie mir doch mal Ihren Plan ...«

»Da gibt es wenig zu erklären, Herr Rechtsanwalt. Ich bin mir darüber im Klaren, dass die Aussichten nicht sehr rosig sind, aber es scheint mir doch eine gute Sache, für die es sich zu kämpfen lohnt ...«

»Eine gute Sache? Aber schauen Sie, Signor Porta ...«

»Verzeihen Sie, dass ich Sie unterbreche, Herr Rechtsanwalt. Natürlich gibt es auch den einen oder anderen konkreten Anhaltspunkt. Nehmen Sie zum Beispiel den Tod des Bürgermeisters Pellanda.«

»Was hat der damit zu tun?«

»Na, das bedeutet doch, dass irgendeine Intrige dahintersteckt, irgendwas Undurchsichtiges. Wieso hätte man ihn denn umgebracht?«

»Umgebracht? Angeblich ist er doch eines natürlichen Todes gestorben. Ein Schwächeanfall.«

»*Angeblich* – eben.« Tommi kicherte. »Und denken Sie außerdem an diesen Detektiv, diesen Elia Contini: Er läuft herum und stellt Fragen über den Staudamm, und das hat doch auch was zu bedeuten, oder?«

Calgari runzelte die Stirn.

»Ein Detektiv? Der ermittelt? Schauen Sie, ich habe nicht ...«

»Ich kenne ihn nämlich, diesen Contini, und ich weiß, dass

dort, wo er auftaucht, immer irgendwas faul ist.« Tommi starrte Calgari an, dann zwinkerte er mehrmals. »Ich würde Contini gern schreiben, denn …«

»Hören Sie …«

»… denn Sie müssen mir glauben, Herr Rechtsanwalt: Es dürfte noch allerhand passieren, was mit diesem Staudamm zu tun hat!« Tommi legte eine dramatische Pause ein. »Allerhand! Denken Sie an meine Worte.«

7
Allerhand

Giovanni Pellandas Leiche lag auf dem Stahltisch.

Der Raum war leer, und das weiße Neonlicht flackerte manchmal, als hätte plötzlich der elektrische Strom für einen Moment ausgesetzt. Von draußen war kein Laut zu hören. Dafür wehten von hinten, aus einem Lautsprecher neben einem Monitor in einer Ecke des Raums, leise die Klänge von Pergolesis *Stabat Mater* herüber. Der Monitor war schwarz. Giovanni Pellanda war nackt. Seine Augen waren weit aufgerissen, die Pupillen unter der eingetrübten Hornhaut leicht deformiert.

Als Paolo Pessina den Raum betrat, änderte sich nichts. Nach wie vor bildete Pergolesis Musik die Klangkulisse, und die Leiche rührte sich naturgemäß nicht. Aufblicken, reagieren, wenn jemand den Raum betritt, dachte Doktor Pessina, bedeutet Leben, bedeutet Neugier. Das Gegenteil ist eine nackte, reglose Leiche auf einem Stahltisch.

Als Pessina den Toten am Bachufer zum ersten Mal zu Gesicht bekommen hatte, war seine Hautfarbe ein brennendes Rot gewesen – eine Farbe, wie sie der Bürgermeister zu Lebzeiten gehabt haben mochte, wenn er in Gesellschaft von Freunden einen über den Durst getrunken hatte. Jetzt, nachdem man ihn auf diesen Tisch gelegt hatte, war der Tote wächsern und übersät von Leichenflecken.

Neben dem Tisch standen zwei Stahlgestelle, auf denen seine chirurgischen Instrumente bereitlagen. Pessina schaltete eine zusätzliche Lampe ein und richtete den Lichtstrahl auf die Leiche, dann nahm er für einen Moment die Brille ab und rieb sich die Augen. Er war ein untersetzter Mann mit einem runden Kopf wie Charlie Brown, und er war imstande, stundenlang mit höchster Konzentration zu arbeiten. Er setzte die Brille wieder auf und trat an den Tisch mit Pellandas Leiche. Die erste Phase der Obduktion besteht darin, den Toten von außen gründlich zu inspizieren und nach etwaigen Hautverletzungen und sonstigen Besonderheiten Ausschau zu halten. Abgesehen von der leicht geschwollenen Abschürfung im Nacken und anderen winzigen Schürfwunden im Gesicht fand er keinen Hinweis auf Gewaltanwendung. Sein Argwohn erwachte indes, als er eine Hand der Leiche untersuchte und Erde unter den Fingernägeln entdeckte. Und auf den Fingernägeln Kratzspuren, als hätte sich der Bürgermeister, bevor er starb, in den Boden gekrallt ... Vielleicht hatte ihm jemand den Kopf unter Wasser gedrückt?

Pessina rief sich zur Ordnung. Bevor er Vermutungen anstellte, musste er die Obduktion in der feststehenden Reihenfolge abschließen: Durchführung des Y-Schnitts, Öffnung des Thorax, Entnahme und Beurteilung der Organe.

Mit äußerster Behutsamkeit begann Doktor Pessina den Thoraxschnitt zu setzen. Der Zustand von Herz und Lunge würde ihm verraten, wie der Mann gestorben war: Herzinsuffizienz, Ertrinken ... die Organe bewahren immer eine Spur. Tatsächlich sah Pessina sofort, dass die Lunge trocken war: ein Hinweis darauf, dass das Gewebe das Wasser des Bachs resorbiert hatte. Außerdem stellte er eine Erweiterung der oberen Atemwege fest und vermutete eine Ballonierung der Lunge. Es wies also alles auf Tod durch Ertrinken hin. Aber Pessina war ein methodischer Arbeiter und erlaubte sich nicht einmal in Gedanken eine vorzeitige Schlussfolgerung. Erst musste er unter dem Mikroskop prüfen, ob die Lunge Spuren von Kieselalgen aufwies.

In gespanntem Schweigen, das nur hin und wieder ein

Murmeln unterbrach, arbeitete der Pathologe weiter. Manchmal trat er zurück und setzte sich zum Nachdenken auf einen Stuhl neben den Toten. Er saß so reglos, dass das einzige Anzeichen von Leben im Obduktionssaal des rechtsmedizinischen Instituts die lateinischen Worte des *Stabat Mater* waren.

Der Regen prasselte so ungestüm herab, dass die Grenze zwischen See und Himmel verschwamm. Unter ihm lag das graue Wasser, über ihm der bleierne Himmel, und in der Ferne sah er die rauchigen Silhouetten der Berge, die körperlos wirkten wie Nebelschwaden.

Was brachte Tommi dazu, bei diesem Wetter auf den Damm zu steigen und ins Wasser zu starren? Was trieb ihn hierher zwischen die Felsen am Seeufer? Mit zugeschnürter Kehle war er am Morgen aufgewacht und wusste nicht, weshalb. Er wollte schreien, mit den Fäusten gegen die Wand trommeln, sich die Knöchel blutig schlagen.

Und er wollte in das Zimmer mit den Fotos hinaufgehen, aber etwas hielt ihn zurück. Wovor hatte er Angst? Ohne Kopfbedeckung oder Schirm, nur in seiner roten Jacke stand er da, blickte auf den See von Malvaglia hinaus und versuchte nachzudenken. Francesca. Sie verstand ihn, und sie würde Elia Contini erklären, dass die Zeit ein Trugbild ist. Dass sich das Böse ausmerzen lässt. Schön war Francesca mit ihren hellen Augen, in denen sich das Licht spiegelte. Sie verstand ihn.

An diesem Tag musste er die Verträge für einen Civic Hybrid und einen fünftürigen Jazz vorbereiten. Ferner waren die Abrechnungen vom Januar zu überprüfen, obwohl er den Eindruck hatte, dass Signor Barenco derzeit andere Dinge im Kopf hatte. Aber so wenig, wie ihn dieses Autohaus noch interessierte, konnte Barenco von ihm aus genauso gut zusperren und in seinen Schulden ertrinken …

Tommi erwachte jäh aus seinen Gedanken.

Es stand ihm wieder in aller Deutlichkeit vor Augen. Es war passiert, es war passiert! Wie hatte er es nur vergessen können? Im Bruchteil einer Sekunde kehrte die Szene zurück, alles fiel ihm wieder ein. Er hatte gewartet, bis ihm der Bürgermeister den Rücken zukehrte, und ihm dann einen Hieb in den Nacken versetzt. Wie ein Sack war Pellanda vornübergefallen. Und dann hatte ihn Tommi zum Wasser geschleppt und ertränkt.

»Wer hätte denn einen Grund gehabt, den Bürgermeister Pellanda umzubringen?«, fragte der Staatsanwalt.

»Das weiß ich doch nicht«, sagte Doktor Pessina mit dem Anflug eines Lächelns. »Ich kann Ihnen nur sagen, dass es sich um Mord handelt.«

Attilio Rodoni wollte jede Phase der Ermittlung von Anfang an mitverfolgen. Er hatte Vertrauen zu Commissario De Marchi, aber er wusste auch, dass die Sache kompliziert wurde, sobald die Politik sich einmischte. Pellanda war ehemaliger Abgeordneter im Großen Rat, Bürgermeister von Malvaglia und im ganzen Kanton bekannt. Unter anderem war er ein Freisinniger. Somit ein Parteifreund von Rodoni.

»Sind Sie da absolut sicher?«, fragte er den Pathologen.

Pessina rückte seine Brille zurecht. Das Adverb »absolut« passte ihm nicht.

»Sagen wir so: Die Indizien deuten auf Mord hin«, antwortete er. »Es liegt kein Hinweis auf einen Infarkt vor.«

»Ja, aber …«

Staatsanwalt Rodoni hatte ein breites Gesicht mit einer kleinen, gedrungenen Nase, die er mit Daumen und Zeigefinger zusammenzudrücken pflegte, wenn er nicht weiterwusste. So auch jetzt. Er ließ die Nase wieder los und wandte sich an De Marchi: »Was halten Sie davon, Herr Kommissär?«

Die Unterredung fand im Büro des Staatsanwalts in Bellinzona statt, die Teilnehmer waren Rodoni, De Marchi, Doktor Pessina, Ferrari von der Kriminaltechnik und Luigi Tettamanti, der Chef der Kriminalpolizei. Im Tessin erfolgt die Ernennung der Staatsanwälte mittels Rotation; und manchmal gelangen die heikelsten Fälle leider in die Hände eines Neulings. Diesmal war De Marchi froh, mit einem zähen Knochen wie Rodoni zusammenzuarbeiten. Mit einem Blick zu Doktor Pessina fragte er: »Also Sie sind sicher, dass Pellanda ertrunken ist, ja?«

Pessina war sicher: die geblähte Lunge, der Schaumpilz vor dem Mund, die Erde unter den Fingernägeln – ganz zu schweigen von der mikroskopischen Untersuchung einer Gewebeprobe, die den eindeutigen Nachweis körperfremder Partikel geliefert hatte. Tod durch Ertrinken, es bestand kein Zweifel.

»Und er war erst ein paar Stunden tot, richtig?«, fragte Ferrari.

Pessina blätterte in seinen Unterlagen.

»Ja«, antwortete er und deutete auf eine Graphik. »Sehen Sie? Wenn wir die Körpertemperatur berücksichtigen – natürlich, es ist Winter und folglich … Mm, ja, rektal gemessen fünfundzwanzig Grad …« Er zog ein zweites Blatt heran, deutete auf eine zweite Graphik und blickte auf. »Nach unserem Mittelwert ist er nicht lang nach Tagesanbruch gestorben und wurde zwei Stunden später von einem gewissen …«

»Signor Baggi«, sprang ihm Rodoni bei, der die Berichte Wort für Wort auswendig wusste.

»Ja, aber wenn Sie gestatten, möchte ich gern zum Punkt kommen«, schaltete sich der Chef der Kripo ein. »Kann es nicht sein, dass er ohnmächtig wurde, sich im Fallen den Kopf aufschlug und dann ertrank?«

Tettamanti war ein Riese. Von Jugend an daran gewöhnt,

die Welt von oben zu betrachten, trug er seine zwei Meter fünf Körperhöhe mit schicksalsergebener Geduld.

»Tja«, antwortete Pessina, »die Verletzung im Nacken kann er sich schwerlich im Fallen zugezogen haben ...«

»Er lag bäuchlings auf dem Boden, das Gesicht im Wasser«, sagte Ferrari. »Kann natürlich sein, dass ihn jemand bewegt hat.«

»Hm.« De Marchi schüttelte den Kopf. »Nehmen wir an, er wurde ermordet. Wer hätte ein Motiv?«

Schweigen.

»Niemand überfällt Leute frühmorgens auf einem Waldweg oberhalb von Malvaglia«, fuhr der Kommissär fort. »Zumal nicht anzunehmen war, dass Pellanda Geld bei sich hatte: Schließlich führte er nur seinen Hund aus. Nein, ich würde mich eher fragen, warum der Hund mit diesem Strick an einen Baum gebunden war.«

»Vielleicht kannte der Mörder den Hund«, sagte Tettamanti.

De Marchi nickte. »Ja, vielleicht.«

»Und wenn es ein Irrer war?«, fragte Rodoni. »Einer, der im Zustand der geistigen Umnachtung gemordet hat? Seine Wut am Erstbesten ausgelassen hat, der seines Weges kam?«

»Oder einer, der eine Wut auf den Bürgermeister hatte«, bemerkte De Marchi.

»Glaub ich nicht.« Rodoni fand die Idee der Umnachtung besser. »Pellanda mag politische Gegner gehabt haben, aber bitte, meine Herren – hier haben wir es mit einem Tobsüchtigen zu tun!«

»Einem Tobsüchtigen?«, fragte Tettamanti skeptisch.

»Einem, der tötet um des Tötens willen«, erklärte Rodoni.

»Ich glaube, wir sollten mit den Spekulationen lieber vorsichtig sein.« Tettamantis Miene war finster. »Tatsache ist, dass wir überhaupt nichts in der Hand haben.«

»Auf jeden Fall«, sagte Rodoni und presste seine Nasenwurzel zwischen Daumen und Zeigefinger, »stehen wir schlecht da, auch wenn es ein Irrer ist. Wir haben doch keinen einzigen Anhaltspunkt. Oder?«

Ferrari fühlte sich auf den Plan gerufen. »Nein, in der Tat weist der Tatort keine verwertbaren Spuren auf – abgesehen von dem Strick, mit dem der Hund festgebunden war. Aber es ist ein Strick wie viele andere.«

»Also?«, fragte Rodoni.

»Also machen wir es wie immer«, antwortete De Marchi. »Wir befragen die Leute, die Pellanda gekannt haben, und finden heraus, ob jemand was gegen ihn hatte.«

»Und wenn wir nichts herausfinden?«, fragte Rodoni.

»Dann können wir immer noch nach einem Tobsüchtigen fahnden.«

Das Tessin war einmal ein armes, verworrenes Land.

Schweizerisch und stolz darauf – wenigstens meistens –, schleppte sich die Republik Tessin mehr schlecht als recht dahin: Die Jugend wanderte ab, die Politiker schlugen sich gegenseitig die Köpfe ein, und kaum ein Deutschschweizer wagte sich sehr weit in dieses wilde Land vor. Dann kam der Tourismus, und hinter ihm schwänzelte das Wirtschaftswachstum einher. Die Wildbäche wurden zur Stromgewinnung gezähmt, die abgelegensten Dörfer zu Ferienorten getrimmt. Hier und dort murrte zwar jemand, aber alles in allem war es doch besser, Touristen zu bewirten, als Hungers zu sterben.

Und der elektrische Strom? Zwischen 1950 und 1960 war die Gier der großen Deutschschweizer Industrieregionen nach Energie unersättlich, und die Alpenkantone mit ihren vielen Flüssen meldeten sich zur Stelle. Sie verbauten den Ticino, die Maggia, den Brenno. Es entstanden die Betongebirge der großen Talsperren; enge alte Straßen, Dörfer, Höfe, ein paar handtuchgroße Grundstücke verschwanden unter Stauseen. Moderne Straßen wurden geplant und gebaut, man sprach von Fortschritt.

Innerhalb weniger Jahre flossen Millionen Franken in die Stromerzeugung aus Wasserkraft, aber die Tessiner Regierung schaffte es nicht, sich an den Zug anzuhängen: Sie stürmte, verspätet, in den Bahnhof, legte noch einen Spurt hin und versuchte aufzuspringen, allein es war nichts mehr zu machen … Geld und Strom entschwanden über die Alpen. Dann versuchte man aufzuholen. Das Bundesgericht tat das Seine dazu, und Ende der fünfziger Jahre entstand die Società Elettrica Ticinese, die Tessiner Elektrizitätsgesellschaft: Die Politiker redeten, und die Anwälte verhandelten.

Und die Staudämme thronten breit in der Landschaft wie unbegreifliche Gottheiten und überwachten die Dörfchen. Und wenn Contini in Malvaglia vorbeikam – seltenst! denn er umging es, wo er konnte –, musste er an die erbitterten Grabenkämpfe denken, an die glühenden Reden und an das unter Tausenden Kubikmetern Wasser versunkene Haus, in dem er seinen Vater zum letzten Mal gesehen hatte.

»Elia«, begrüßte ihn die Witwe des Bürgermeisters Pellanda.

»Gnädige Frau«, sagte Contini. »Mein herzliches Beileid.«

»Ja. Danke. Wollen Sie hereinkommen?«

Sie trug Schwarz und hatte die Haare zu einem Knoten aufgesteckt. Die Leiche ihres Mannes war inzwischen zur Beerdigung freigegeben, und der Sarg mit dem festlich gekleideten Toten stand im Haus. Rosa Pellanda klammerte sich an die traditionellen Gesten der Trauer: Sie bekämpfte die Verzweiflung mit Ritualen.

»Möchten Sie was trinken? Gläschen Weißwein?«

Contini sagte nicht Nein. Mit leisem Schritt, das Glas in der Hand, folgte er ihr in den Salon. Er stellte fest, dass es nicht das Zimmer war, in dem ihn Pellanda einige Tage zuvor empfangen hatte, sondern der Empfangsraum für feierliche Anlässe – Hochzeiten, Verwandtenbesuche, Todesfälle. Mit einem Nicken begrüßte Contini die Anwesenden. Dann trat er an den offenen Sarg und betrachtete Giovanni Pellanda, den man wieder zusammengeflickt und geschminkt hatte, damit er einen erträglichen Anblick bot.

Eine in kilometerlange schwarze Stoffbahnen gehüllte Greisin näherte sich. Sie stellte sich neben ihn und beäugte ihn von der Seite, bis er sich genötigt fühlte, sie zu begrüßen.

»Armer Giovanni!«, rief sie daraufhin und schüttelte den Kopf. »Was für eine Art, aus dem Leben zu scheiden!«

Contini nickte.

»Aber sagen Sie«, fuhr die Greisin fort, »sind Sie einer der Vettern aus Biasca, oder gehören Sie zu den Fasnachtlern?«

»Pardon?«

Die Alte blickte ihn mit scharfen schwarzen Äuglein von unten herauf an.

»Ja, ich hab mich schon gefragt, ob Sie ein Verwandter sind, mir scheint, ich hab Sie noch nie ...«

»Nur ein Bekannter«, fiel ihr Contini ins Wort.

»Ah. Von der Fasnachttruppe, der Band?«

»Äh. Nein. Tut mir leid, ich ...«

»Entschuldigen Sie, Signor Contini«, schaltete sich Rosa Pellanda ein, »darf ich Sie für einen Moment entführen?«

Contini folgte ihr in die Küche.

»Danke, dass Sie mich dem Verhör entzogen haben«, sagte er.

»Keine Ursache.« Signora Pellanda warf ihm ein rasches Lächeln zu. »Tante Agata ist seit fünf Stunden hier und wird sicher nicht gehen, solange immer wieder neue Beute eintrifft.«

»Also ich bin jetzt wohl eingeordnet ...«

»Danke für Ihren Besuch.« Signora Pellanda drehte den Wasserhahn auf, um sich die Hände zu waschen. »Aber ich wollte Sie tatsächlich was fragen: ob die Polizei denn *Ihnen*

Genaueres … Ich meine, Giovanni … es war doch ein Unfall, oder?«

Signora Pellanda sprach hastig. Energisch drehte sie den Wasserhahn wieder zu und trocknete sich die Hände ab.

»Ich weiß leider gar nichts«, sagte Contini.

»Mir scheint, die Polizei geht von Mord aus.«

»Davon weiß ich nichts«, antwortete Contini und sah sie an. »Hatte Ihr Mann denn Feinde?«

»Nein.« Signora Pellanda riss die Augen auf. »Nein, er hatte nie … Wie kann das denn sein? Sicher, dreißig Jahre in der Politik, da gibt es schon mal böses Blut, aber dann … Wer wäre denn zu so etwas fähig gewesen?«

Signora Pellanda sank auf einen Küchenhocker und stützte die Ellenbogen auf die blanke Tischplatte. Schweigend setzte sich Contini zu ihr. Insgeheim war er überzeugt, dass Pellanda ermordet worden war. Das war kein Ergebnis scharfen Nachdenkens, sondern irgendein dumpfes, ungreifbares Gefühl. Wie ein Hintergrundrauschen, so hartnäckig, dass es sich in alle Gedanken hineindrängte.

Der Ingenieur Alessandro Vassalli scheute Auseinandersetzungen. Er war stets ein Befürworter des Staudamms gewesen: Von ihm stammten nicht nur die Pläne für die erste Erweiterung, er hatte auch den zweiten Ausbau geplant – sollte er je umgesetzt werden. Vassalli war Junggeselle und stolz darauf – kein *Single,* wie man heute zu sagen pflegt, sondern ein Junggeselle alter Schule bis ins Mark hinein. Nachdem er Stammgast in den Kneipen des Bleniotals war, kam ihm früher oder später alles zu Ohren, was die Leute über ihn redeten.

Das ist auf dem Mist des Bürgermeisters gewachsen, der hockt doch tief drin im politischen Filz.

Den Stauseeausbau hat er sich ausgedacht, damit sein Schwager ein neues Projekt hat.

Der Bürgermeister hat Vassallis Schwester geheiratet, und jetzt versorgt er ihn mit Aufträgen.

Wahrscheinlich hat sie ihren Mann angespitzt.

Er wollte ja nicht, aber …

»Verfluchtes Geschwätz!«, rief Vassalli eines Februarabends aus, nachdem er sich das Gerede lange Zeit schweigend angehört hatte.

Luigino Bianchetti, der Wirt, glättete seinen Kinnbart und sagte: »Das weiß ich doch, Sandro, aber die Leute reden halt …«

»Ich scheiß auf die Leute!«, schrie Vassalli. »Glaubst du vielleicht, ich weiß nicht, was sie reden?«

»Natürlich.« Bianchetti schluckte. »Aber reg dich nicht auf, trink lieber noch einen Nocino, da, ich spendier dir …«

»Ich reg mich aber auf!«, brüllte Vassalli und sprang auf. Er war nicht groß, aber stämmig und muskulös, und wenn er in Wut geriet, schwollen ihm die Adern im Hals. Luigino Bianchetti war mit Leib und Seele Wirt und wusste, dass manche Gäste sich austoben müssen, während man andere lieber schnell zu beschwichtigen sucht, bevor sie sich zu sehr hineinsteigern. Vassalli gehörte zur zweiten Kategorie.

»Jetzt sei doch nicht so, Sandro. Deine Freunde wissen ganz genau, dass es nicht stimmt.«

»Ich scheiß auf meine Freunde!!«

»Aber Sandro …«

»Ich habe ein gut gehendes Planungsbüro, was bilden die sich eigentlich ein – dass ich es nötig hätte, bei meinem Schwager um Arbeit zu betteln? Ich wollte ihn doch überhaupt nicht, diesen verdammten Auftrag! Er hat mich förmlich bekniet, weil …«

»Ich weiß«, sagte Luigino in Vassallis Suada hinein.

»Was weißt du?«

»Äh …«

»Nichts weißt du, gar nichts!«

»Nichts.«

»Seit zwanzig Jahren beschäftige ich mich mit diesem verdammten Staudamm, ist dir das klar?! Wer kennt sich besser aus als ich?! Wer sonst hätte es diesmal machen sollen? He? Außerdem – wie wär's mit ein bisschen Respekt vor den Toten, wenn man schon vor den Lebenden keinen hat!«

Die Frau geht, scheint's, fremd.

Ihr Bruder säuft, und deswegen …

Ein Dieb und ein Vagabund, das sag ich euch!

Nein, nein … der Ingenieur verkehrt in schlechter Gesellschaft …

»Das verstehst du nicht«, sagte Vassalli zum Wirt und nahm wieder auf dem Barhocker Platz. »Dieses ewige Getratsche … und jetzt auch noch die Polizei, und dieser Schnüfflerfuzzi, der überall seine Nase hineinsteckt!«

»Es ist wirklich eine Schande«, kommentierte Luigino kopfschüttelnd.

»Aber glaubst du, *einer*, ein *einziger* von diesen Mistkerlen hat die Courage und sagt es mir ins Gesicht?!«

Mit gutem Gespür für den richtigen Zeitpunkt und einem in jahrelanger Übung erworbenen Taktgefühl schenkte Luigino sich und Vassalli je ein Gläschen Nusslikör ein.

»Hm«, sagt der Ingenieur, »du wirst schon sehen, das sag ich dir, du wirst es sehen!«

»Zum Wohl!«

Luigino hob sein Glas und nahm einen Schluck. Vassalli war überredet.

»Zum Wohl!«

Contini schlug einen Pfad ein, der aus dem Dorf Malvaglia hinaus- und in die stockfinstere Nacht hineinführte. Gehen Sie einfach der Musik nach, hatte Signora Pellanda gesagt, und wirklich vernahm Contini irgendwann hinter dem Rauschen des Regens den Klang einer Fanfare.

Er ging einen Feldweg entlang, versuchte den Pfützen auszuweichen und ließ sich von seinem Gehör leiten. Nach einer Weile stand er auf einem betonierten Platz, und die Musik war ganz nah. Auf der einen Seite des Platzes standen ein Dutzend Autos und dahinter, ein wenig zurückgesetzt, eine Holzbaracke mit erleuchteten Fenstern.

Contini öffnete leise die Tür und trat ein. Die Musiker probten in einem von wenigen Glühbirnen erhellten, mit Heizstrahlern notdürftig gewärmten Raum. Rund zehn Frierende, die Hände tief in den Taschen, bildeten das Publikum. Der Detektiv drückte sich in eine Ecke und sah sich nach Alessandro Vassalli um. Nach Auskunft seiner Schwester spielte Vassalli Tuba und war also nicht schwer zu erkennen: Eingewurstet in eine dicke Winterjacke, wirkte er noch vierschrötiger als sonst.

Spacatesta Band nannte sich die Gruppe, wie ein Transparent im Halbdunkel verriet: die Schädelspalter. Sie übten für die Fasnacht. Auch Giovanni Pellanda hatte zur Band gehört, wie Contini von seiner Witwe erfahren hatte. Nach dem Tod des Bürgermeisters wollten seine Kollegen erst auf die diesjährige Fasnacht verzichten, aber dann fragten sie sich: Hätte Giovanni das gewollt? Nein, fanden sie, die größte Huldigung erweisen wir ihm, wenn wir für ihn spielen, ihn durch die Musik in Erinnerung bewahren!

»Okay«, sagte der Pfeifer, der die Probe leitete, »machen wir eine Pause.«

Die Musiker legten ihre Instrumente ab und wärmten sich die Hände an den Heizstrahlern. Die wenigen Zuschauer gesellten sich zu ihnen, einer zog eine Feldflasche hervor und reichte sie herum, und es wurde auch ein bisschen gelacht. Trotzdem war die Stimmung gedrückt. Etliche Musiker nahmen zwar einen Schluck aus der Flasche, standen sonst aber schweigend herum. Alessandro Vassalli saß mit einem Klarinettisten zusammen.

Contini ging auf die beiden zu. Wenige Schritte vor ihnen räusperte er sich und begann: »Verzeihung bitte …«

Vassalli musterte ihn, als hätte er ihn nie gesehen.

»Ich heiße Contini. Ich bin …«

»Wir wissen, wer du bist«, sagte Vassalli.

»Ich erinnere mich an deinen Vater«, sagte der Klarinettist, der schon ein älterer Herr war. »Der Ratti Antonio bin ich, habe oben neben dem Staudamm gewohnt, und an dich als Kind erinnere ich mich auch noch …«

»Schon gut, Antonio«, unterbrach ihn Vassalli, »für Nostalgie ist jetzt nicht der richtige Zeitpunkt. Was willst du, Contini?«

»Rosa Pellanda hat mir verraten, wo ich euch finde«, sagte Contini. »Tut mir leid, dass ich stören muss, aber Signora Pellanda sagt, die Band hier, das sind alles alte Freunde von Giovanni.«

»Ah, der arme Giovanni …«, begann Antonio Ratti. »So viele Jahre haben wir miteinander gespielt!«

»Sein Tod kam doch sehr plötzlich, oder?«, fragte Contini.

»Und wie!« Ratti schien fast erleichtert, dass über den Bürgermeister gesprochen wurde. »Heute Abend denken wir alle nur an ihn … Da kommt man schon ins Grübeln – dass einer *auf diese Weise* aus dem Leben gehen kann, wie …«

»Antonio«, fiel ihm Vassalli ins Wort, »du weißt aber schon, dass das ein Polizist ist, ja?«

»Wie bitte?«

»Er redet nicht aus Anteilnahme, sondern als Ermittler. Er interessiert sich für Giovannis Tod.«

»Also«, sagte Contini, »sagen wir lieber, ich möchte verstehen, was passiert ist.«

»Ich dachte, es war ein Unfall?«, wandte Ratti ein.

»Vielleicht. Die Polizei ermittelt noch. Natürlich war Signor Pellanda in unserer Gegend allseits beliebt, und …«

»Unbedingt!«, rief Ratti. »Zwanzig Jahre war er unser Bürgermeister, und hier bei uns kennen sich alle!«

»Aber gab es nicht in letzter Zeit Streit wegen dieses Staudamms?«

»Was soll ich sagen – man hat diskutiert, und dann hat man sich geeinigt.«

»Antonio.« Vassallis Stimme war sehr leise. »Antonio, bitte!«

»Was?«, antwortete Ratti.

»Wieso erzählst du ihm so was. Das geht ihn einen Dreck an!«

»Ich will nur versuchen zu verstehen«, sagte Contini. »Im Interesse aller. Ich will …«

»Im Interesse aller – ein Scheiß!«, schrie Vassalli unvermittelt. Alle Gesichter drehten sich zu ihm.

»Weißt du, wie du mir auf die Eier gehst mit deiner Fragerei?« Der Ingenieur war näher an ihn herangetreten, und sein Gesicht war dunkelrot. »Seit einer Woche schleichst du herum und schnüffelst! Hast du denn überhaupt keinen Respekt?«

Contini wich einen Schritt zurück, aber Vassalli heftete sich an ihn. »Jetzt langt es!«, schrie er.

»Signor Vassalli.« Contini hob beide Handflächen. »Beruhigen Sie sich bitte …«

»Für wen hältst du dich, du Koffer!? Wir wissen, wer du bist, du und dein feiner Erzeuger, der mit der Kohle abgehauen ist!«

Nun rückte ihm Contini seinerseits auf die Pelle, und seine Stimme sank fast zu einem Flüstern herab. »Vassalli!«, zischte er. »Ich suche keinen Streit, aber das geht zu …«

Vassallis Faust fuhr aufs Geratewohl nach oben und traf den Detektiv an der Schulter. Im nächsten Moment warf er sich auf ihn, packte ihn am Revers und brachte ihn zu Fall, und sofort wälzten sich die beiden am Boden, umringt von einem fassungslosen Kreis von Zuschauern: Alle waren derart überrumpelt, dass erst einmal niemand eingriff.

In einem günstigen Augenblick versetzte Contini seinem Gegner einen Kopfstoß. Der Ingenieur stieß einen Schrei aus, sein Griff lockerte sich, und Contini nutzte die Gelegenheit, um sich unter ihm hervorzuwinden. Er wollte sich aus dem Staub machen, aber Vassalli streckte eine Hand nach ihm aus und erwischte ihn. In dem Moment aber erwachten die Zuschauer aus ihrer Erstarrung und trennten die beiden mit Gewalt.

»Seid ihr wahnsinnig geworden?«

»Was fällt euch denn ein?«

»Sandro, was ist denn in dich gefahren?«

»Wer sind Sie überhaupt?«

Für diesen Abend war die Probe der Spacatesta-Band beendet. Nachdem sich der Aufruhr gelegt hatte und das Nötigste geklärt war, gingen alle ihrer Wege, niemand ergriff Partei. Ein paar, die seinen Vater gekannt hatten, nickten Contini einen zurückhaltenden Gruß zu. Draußen auf dem Parkplatz gingen nacheinander die Scheinwerfer an, ein Auto nach dem anderen fuhr durch den Regen davon. Wer zu Fuß unterwegs war, stülpte sich die Kapuze über, stopfte die Hände in die Taschen und machte sich rasch auf den Heimweg.

Contini, der seine schmerzende Schulter massierte, entfernte sich als einer der Ersten. Angesichts der Umstände fand er es ratsam, nicht noch mehr Öl ins Feuer zu gießen. Deshalb entging ihm, dass sich unter den Musikern ein Kindheitsfreund von ihm befand …

Tommaso Porta verstaute liebevoll sein Saxophon. Neben ihm hatte der Trommler sein Instrument bereits in Wachstuch verpackt.

»Das ist vielleicht eine Geschichte«, sagte Tommi beiläufig.

»Wem sagst du das«, antwortete der Trommler. »Ich hab doch gleich gesagt, wir lassen es heuer lieber bleiben!«

Tommi brach mit den anderen auf. Er fuhr besonders langsam, um nicht seinen geliebten Honda in den Schlaglöchern auf dem Weg zu ruinieren. Der Rhythmus der Scheibenwischer gab seinen Gedanken den Takt vor. Wamm, wamm. Tommi fragte sich, wie viele Male pro Minute sie sich hin und her bewegten – wamm, wamm – und ob die Reihe der Scheibenwischerschläge sich wohl irgendwann mit der Reihe der Minuten träfe, sodass der Wischertakt mit der ersten Sekunde der ersten Minute einer Stunde zusammenfiele …

Vielleicht wenn man die Reihe bis ins Unendliche verlängert.

Aber nein, sie treffen sich nie. Vielmehr: höchstwahrscheinlich nie.

Die Zeit – getaktet: wamm, wamm –, es war die Zeit, die Tommi durcheinanderbrachte. Das Gewicht der Vergangenheit forderte pünktliche Wiedergutmachung; sie musste so präzise stattfinden wie der Takt des Scheibenwischers.

Aber Tommi bekam es zum zweiten Mal mit der Angst. Es ging ihm allerhand durch den Kopf, zu viel – Pläne, Ideen, Gedanken ohne Gestalt, die er niemandem erzählen konnte. Ja, er hatte geweint und sich danach gesehnt, die Zeit zurückzudrehen. Aber die Zeit schreitet unbarmherzig voran. Wamm, wamm. Kein Entrinnen.

»Weiter, weiter«, rief er, um sich Mut zu machen, als er im Licht der Scheinwerfer auf der asphaltierten Straße dahinfuhr. Es war eine unzugängliche Gegend, das Malvagliatal. Gottverlassene Häuser mitten im Wald, Überreste viel älterer Kulturen, überall Spuren, die an Heimatlosigkeit und Leiden gemahnten. Und inmitten von alledem dieser Staudamm, dieser schwarze See zwischen Felswänden.

Zu Hause angelangt, holte er sich ein Bier und ging in den ersten Stock hinauf.

Vor dem Mord an Bürgermeister Pellanda hatte eine tiefe

Furcht von ihm Besitz ergriffen. Eine Empfindung, die ihn erst dazu getrieben hatte, zu töten, und fast im selben Moment, noch während seiner Tat, zu bereuen, was er getan hatte.

Er zündete die Kerzen im Fotozimmer an. Diese Gesichter im Halbdunkel waren seine Vertrauten geworden. Desolina Fontana, Alessandro Vassalli, Elia Contini und Andrea Porta. Und Giovanni Pellanda – aber bei ihm war es Zeit für den Abschied. Er nahm das Foto von der Wand und hielt es an die Kerzenflamme.

Während der Bürgermeister in Flammen aufging, studierte Tommi die übrigen Gesichter.

Jeden Abend betrachtete Andrea Porta seinen Sohn, und jeden Abend fühlte sich Tommi ihm ein Stück näher. Auch Desolina sprach viel mit ihm, sie erzählte ihm aus der Kindheit. Und Vassalli? Vassalli schwieg und wartete auf seine Stunde.

Und Elia, Elia.

»Warum?«, fragte er. »Warum hilfst du mir nicht?«

Elia gab keine Antwort. Tommi fühlte sich allein. Wie gern hätte er diesen ganzen Mist vergessen und eine schöne Reise gemacht. Oder hätte um Vergebung für seine Tat gebeten. Vielleicht wenn er mit Pellandas Frau …

Aber geh! Jetzt bloß nicht weich werden. Zu lange hatte er sich mit Zweifeln herumgequält. Jetzt brauchte es Mut! Gleich am nächsten Tag, nahm er sich vor, würde er Contini mailen. Er hatte ihm so viel zu sagen! Bei ihm konnte er frei von der Leber weg reden, ihm konnte er seine geheimsten Gedanken anvertrauen und auch seinen Stolz. Er hatte ein Gelübde getan und es gehalten. Ganz einfach. Was gab es da groß zu verstehen. Mit verträumtem Blick streckte er eine Hand zur Wand aus. Er berührte Elia Continis Gesicht. Er lächelte.

»Du stehst auf meiner Seite«, flüsterte er. »Das weiß ich!«

8
Ein Brief aus Spanien

Contini versuchte zu raten – schließlich war er kein Profi –, musste aber das Handtuch werfen.

»Also spuck's aus: Was hast du hineingetan?«, fragte er Piero.

Es war ein Nachmittag im Februar, und Contini war der einzige Gast. Piero hatte für sie beide etwas gekocht, das aussah wie Spaghetti mit Öl, Knoblauch und Chili, aber das war es nicht.

»Bottarga«, sagte Piero.

»Bottarga?«, fragte Contini. »Was zum Teufel ist das?«

Piero verdrehte die Augen zum Himmel.

»Und du willst ein Detektiv sein! Bottarga ist der Goldstaub des Meeres, es ist … wie soll ich sagen … wie Kaviar, aber viel, viel besser! Es ist der Rogen der Meeräsche oder des Thunfischs: gewaschen, gesalzen, gepresst und in der Sonne getrocknet. Eine Götterspeise!«

Contini lag die Frage auf der Zunge, was denn eine »Meeräsche« sei, aber er wollte dem armen Piero keinen weiteren Schock versetzen. Deshalb sagte er nur: »Gut!«

»Es wird über die Spaghetti gerieben, ganz wenig, eigentlich ist es nur ein Drüberzuckern! Köstlich, nicht wahr?«

»Köstlich«, bestätigte Contini und trank einen Schluck Wein.

Später, nach dem Kaffee, kehrte Contini ins Büro zurück. Über die Seepromenade kroch in Schrittgeschwindigkeit eine nicht abreißende Autoschlange: Die Stadt Lugano war inzwischen zu jeder Tages- und jeder Jahreszeit eine Gefangene des Verkehrs. Contini beglückwünschte sich, dass er zu Fuß unterwegs war. Das Sonnenlicht glitzerte auf dem See und funkelte auf den Dächern der über die Hänge des Monte Brè hingebreiteten Häuser. Als er sich anschickte, die kleine Treppe zu seinem Büro hinaufzusteigen, stellte er fest, dass sein Spion abgesenkt war: Das war eine mechanische Vorrichtung an der Eingangstür, die ihm verriet, ob ihn oben jemand erwartete.

Der rückwärtige Eingang verbarg sich hinter einem mächtigen Forsythienbusch. Contini umrundete ihn und betrat lautlos sein Büro, lautlos spähte er durch den Türspalt, um zu sehen, wer im Wartezimmer saß.

Es war Francesca.

Contini riss die Tür auf und sagte: »Ciao! Hast du etwa einen Job für mich?«

Francesca fuhr erschrocken zusammen. Dann schüttelte sie den Kopf.

»Nein … aber ich hab mir den heutigen Nachmittag freigegeben.«

Sie setzte sich auf den Besucherstuhl vor seinem Schreibtisch. Sie trug einen schwarzen Pullover und einen weißen Rock über schwarzen Strumpfhosen, hatte ihr Haar zusammengebunden, und Contini fand, dass sie sehr jung aussah.

»Hm.« Der Detektiv trat ans Fenster und blickte auf den See hinaus. »Ich hatte vor, mich heute mit der Malvaglia-Sache zu befassen.«

»Schon wieder?«

Contini gab keine Antwort. Francesca stand auf und trat zu ihm ans Fenster. Sie schlang einen Arm um ihn.

»Was ist los?«, fragte sie. »Beunruhigt dich was?«

Francesca spürte ihn erstarren. Mehr denn je war sie sich der unsichtbaren Mauer bewusst, die ihn von der Welt trennte. »Wie kommst du denn voran mit den Ermittlungen über deinen Vater?«, fragte sie.

»Na ja.«

»Denkst du, dass Pellandas Tod irgendwas mit dem Staudamm zu tun hat?«

»Hm.«

»Was heißt ›hm‹?« Francesca wurde nervös. »Wieso sagst du nichts?«

»Weiß nicht«, antwortete er. »Ich weiß nichts. Hör zu, Francesca …«

»Was ist?«

»Nichts. Möchtest du was trinken?«

Francesca setzte sich wieder, während Contini Kaffee machte.

Wollte er allein sein? Natürlich war er es nicht gewöhnt, seine Zweifel zu teilen, so wenig wie seine Freuden. Auch wenn er körperlich anwesend war, weilte ein Teil von ihm immer irgendwo im Ausland, weit fort vom Austausch üblicher Gefühle und Zärtlichkeiten.

»Weißt du was?«, platzte Francesca heraus. »Wir sollten öfter was unternehmen. Unter Leute gehen.«

»Findest du?«

»Wir sehen uns einmal in der Woche, und dann schweigen wir uns an.«

Contini betrachtete sie mit einem Anflug von Verblüffung. Das Elend war, dass er es nicht einmal merkte: Dass er nicht normal war, fiel ihm überhaupt nicht auf – schließlich lebte er damit. Er reichte ihr eine Tasse Kaffee mit einem Beutelchen Zucker.

»Also Vorschlag«, fuhr sie fort, während sie ihren Kaffee umrührte. »Lass uns heuer auf die Fasnacht gehen. Ja?«

»Auf die Fasnacht?«

»Ja! Wir gehen raus, trinken was, feiern!«

»Also …«

»Und vergessen die Doktorarbeit und den Stausee und machen uns einen lustigen Abend. Amüsieren uns ein bisschen ...« Francesca strengte sich sehr an, Begeisterung zu bekunden. »Na komm, Contini, heute lass ich dich in Ruhe, aber dafür versprichst du mir, dass du am Samstag mit mir nach Bellinzona fährst, okay?«

»Ich amüsiere mich normalerweise eigentlich nicht.« Contini leerte seinen Kaffee. »Aber ich kann dich begleiten, klar, wenn du so gern möchtest ...«

»Gut, gut, das reicht schon!« Francesca stand auf. »Für heute hast du genug gesagt, und versprochen ist versprochen ...«

Sie trat auf ihn zu, küsste ihn hastig auf die Wange.

»Ein Mann, ein Wort, Contini!«

Damit verschwand sie durch die Tür. Contini hörte sie den Wartesaal durchqueren und das Büro durch die Vordertür verlassen. Er wartete ein paar Sekunden ab, dann stand er auf, ging zur Eingangstür, sperrte ab und kehrte an seinen Schreibtisch zurück.

Aus dem Fenster starrend, rauchte er eine Zigarette.

An diesem Nachmittag wollte er noch einmal nach Malvaglia fahren. Seit der Szene mit Vassalli hatte er sich dort nicht mehr blicken lassen, aber eine Ahnung sagte ihm, dass die Wahrheit über seinen Vater – und vielleicht auch über Pellandas Tod – irgendwo dort, zwischen dem See und den Häusern zu finden war.

Zuvor musste er allerdings noch ein paar bürokratische Dinge erledigen und seine elektronische Post lesen. Er bekam nicht viele Mails, weil er keine private, sondern lediglich eine Büroadresse – contini.ufficio@hotmail.com – eingerichtet hatte, damit ihn Klienten erreichen konnten. Der traditionelle Postweg war ihm lieber. An diesem Tag fand er in seiner Mailbox nur Werbung, der Briefkasten hingegen enthielt eine Überraschung.

Es war ein Brief aus Spanien. Mit dem Absender konnte er nichts anfangen, mit der Handschrift ebenso wenig. Deshalb drehte er, bevor er zu lesen anfing, das Blatt um und sah die Unterschrift, und es war, als wäre die Zeit um zwanzig Jahre zurückgedreht worden.

Lieber Elia,

ob du dich noch an mich erinnerst? Ich glaube eigentlich schon.

Jetzt habe ich diesen Brief an dich angefangen, und dabei weiß ich noch gar nicht, ob ich ihn je abschicke. Wie auch immer. Ich habe mich damals, vor vielen Jahren, zum Fortgehen entschlossen, um dein Leben nicht länger mit den bösen Erinnerungen zu belasten, die ich mit mir herumtrug. Ich bin gegangen, als du achtzehn warst. Du hast nie gefragt, warum, und ich frage mich seither, ob du wohl was wusstest. Die Wahrheit ist, dass mir erst später klar wurde, was passiert ist. Am Anfang hat die Angst alles Denken ausgelöscht, aber sobald die Erinnerungen wieder da waren, musste ich gehen. In den vielen Jahren seither ist es mir fast gelungen zu vergessen.

Ich habe in Spanien viele Verwandte, und es ist mir hier sehr gut ergangen, ich durfte meine Neffen und Nichten aufwachsen sehen, fand neue Freundinnen und Freunde. Ich versuchte, nicht mehr an die Schweiz zu denken, was nicht immer leicht war, denn hin und wieder kamen doch Nachrichten von zu Hause.

So ist mir jetzt zu Ohren gekommen, dass der Stausee noch einmal erweitert werden soll und dass der Bürgermeister auf tragische Weise ums Leben gekommen ist. Das hat mich ins Grübeln gebracht, und ich habe mich lange bemüht, die Ereignisse jenes Abends zu rekonstruieren. Was ich damals gesehen habe, will ich nicht ins Grab mitnehmen. Deshalb schreibe ich jetzt meine Erinnerungen auf und komme in die Schweiz und erzähle dir alles. Dann kannst du selbst entscheiden, was du damit anfangen willst.

Nachdem ich jetzt so weit bin, denke ich, dass ich dir diesen Brief doch schicken kann. Es scheint mir das Richtige.

In Zuneigung, deine alte Freundin

Desolina Fontana.

Nachdem er den Brief zweimal von Anfang bis Ende gelesen hatte, öffnete Contini das Fenster und rauchte noch eine Zigarette. Malvaglia, dachte er, musste bis zum nächsten Tag warten. Heute wollte er direkt nach Corvesco zurück: Er brauchte Stille, musste mit seinen Gedanken allein sein.

Da er schon seit Tagen keinen Blick auf seine Kakteen geworfen hatte, zog er zu Hause eine alte Hose und einen Wollpulli an und widmete sich seinen empfindlichsten Exemplaren, die den Winter in einem eigenen Quartier mit einer Temperatur um die fünf Grad verbracht hatten. Unter ihnen war ein Trichocereus candicans, der immer im Begriff zu sein schien, eine Blüte zu treiben. Contini betrachtete das dickbäuchige Exemplar mit den langen gelben Stacheln, fand aber kein Anzeichen dafür, dass sich etwas tat. Ohnehin pflegt der Trichocereus immer in der Nacht aufzublühen. Wenn du morgens aufstehst, sind sie da, ohne Vorankündigung, wunderhübsche Blüten, weiß und duftend.

Vielleicht ist es morgen so weit, dachte Contini.

Er füllte ein bisschen Erde nach und verschob den Trichocereus ein wenig, damit er mehr Sonne bekam. Dann wandte er sich einem im Entstehen begriffenen Pfropf zu, den er einem Exemplar von Gymnocalycium Friederickii aufpflanzen wollte.

Gegen halb acht empfand er einen Anflug von Appetit – nicht viel, nach dem späten Mittagessen, aber ausreichend, um in die Küche zu gehen. Wenn man allein lebt, muss man sich auch zum Kochen zwingen, jedenfalls ab und zu.

In der Speisekammer fand er eine angebrochene Schachtel Fettuccine, die er kochte und nach dem Abtropfen mit einem Löffel Mascarpone und angebratenem Schinken vermischte – eine Idee, die er von Piero hatte. Dazu öffnete er eine Flasche Merlot aus dem Mendrisiotto, den ihm Signor Rovelli zum Dank für die Beschattung seiner Ehefrau geschenkt hatte. Was für ein Beruf, dachte Contini wieder einmal. Während er aß, ließ sich der graue Kater zu einem Besuch am Tisch herab. Sag nichts, Chef: Ich wette, du steckst in einem Schlamassel. Sonst hättest du dir wohl kaum die Mühe gemacht zu kochen.

Pass auf, Kater, ich bin heut nicht in Stimmung …

Nach dem Essen ging er hinüber ins Wohnzimmer und blätterte in Dantes *Komödie*. Es war eine alte Ausgabe, die er von seinem Vater hatte: eines der wenigen Bücher, wenn nicht überhaupt das einzige, in dem Contini von Zeit zu Zeit las.

So kam die Stunde, die zu weichem Sehnen des Schiffers Seele zieht zum Scheidetage, und da sich liebesbang die Herzen dehnen den jungen Pilgern, die aus fernem Hage die Glocke hören, also weh erschwungen, als ob sie um des Tages Sterben klage …

Contini wusste nichts vom Sehnen des Schiffers. Was aber ist mit denen, die zurückbleiben? Niemand spricht je vom Sehnen des Gebliebenen, der seine Freunde sich verändern, Häuser sterben, Neues alt werden und Schmerzen zu Banalitäten verblassen sieht. Bis *aus fernem Hage die Glocke* ertönt und auch die Reglosen, die Sesshaften von Sehnsucht ergriffen werden …

Genug. Verdammt, wurde er jetzt zum Dreigroschenphilosophen? Ein Detektiv war er, und sein Job war es, zu ermitteln. Zu tun, was ein Schnüffler tut: seine Nase in fremde Angelegenheiten stecken, Fragen stellen, im Tratsch wühlen wie ein Schakal im Müll.

Was hat Pellandas Tod mit meinem Vater zu tun? Und mit dem Ausbau des Stausees? Und warum taucht Desolina ausgerechnet jetzt aus der Versenkung auf? Das waren die Fragen, denen er sich stellen musste. Das war seine Arbeit.

9
Und wenn ein Irrer frei herumläuft?

Gibt es etwas Traurigeres, fragte sich Chico Malfanti, als die Piazza del Sole an einem Wintertag? Mitten im Zentrum von Bellinzona klaffte diese gepflasterte Trostlosigkeit, die sich »Sonnenplatz« nennt; Betonwürfel in den vier Ecken markieren die Zufahrten zum Parkhaus: Das sah nicht aus wie ein urbaner Platz, sondern wie die Rampe zu einem Megaraumschiff, wie direkt aus *Star Wars.*

Lange hielt sich der Junganwalt mit solchen Gedanken freilich nicht auf. An diesem Vormittag hatte er eine Verabredung mit einem Privatdetektiv, und die wollte er auskosten.

Anfangs war er ein bisschen enttäuscht. Dieser Typ kam ihm überhaupt nicht vor wie ein Schnüffler. Als der Detektiv in der Bar in der Via Codeborgo, in der sie sich getroffen hatten, den Mantel auszog, kamen ein heller Anzug und eine fadendünne schwarze Krawatte zum Vorschein, und in diesem Aufzug, dazu mit diesem hageren Gesicht und den kalten Augen kam ihm der Mann eher vor wie ein argentinischer Gaucho denn wie ein Polizist.

Der zweite Eindruck war allerdings schon besser: Der Schnüffler, Contini hieß er, hielt sich nicht mit Präliminarien auf, sondern fiel sofort mit der Tür ins Haus. Bei einem Viertel Weißwein erzählte er, sein Vater sei seit zwanzig Jahren vermisst, und er, Contini, ermittle jetzt in der Angelegenheit; zu dem Zweck brauche er Auskunft über die Beschwerde gegen die Erweiterung des Staudamms. Chico war entzückt. Ein finsterer Detektiv, der seinen Vater sucht: Das war wirklich Abenteuer – ein ganz anderes Kaliber als dieser halbverrückte Porta! Freilich durfte er nicht vergessen, was seine Rolle war.

»Schauen Sie, Contini, ich bin Anwalt.«

Pause.

»Und als solcher kann ich Ihnen keinesfalls Auskünfte erteilen, die meine Mandanten betreffen, tut mir leid. Ich kann Ihnen nicht mal sagen, wer diejenigen sind, die ein Beschwerdeverfahren anstrengen.«

»Ach, es sind mehrere?«

Verdammt, verplappert! Chico räusperte sich.

»Na ja, so viel darf ich Ihnen wohl verraten. Ja, es handelt sich um eine Gruppe von Anwohnern; wir verhandeln allerdings nur mit ihrem Sprecher.«

»Und Ihr Chef hat den Fall übernommen?«

»Oh, das fragen Sie ihn lieber selber.«

»Das hab ich versucht, aber die Sekretärin hat mich an Sie verwiesen.«

»Weil ich natürlich die Details kenne.« In Erkenntnis seiner Stellung reckte Chico den Hals. »Aber seit Neuestem interessiert sich auch Herr Rechtsanwalt Calgari für den Fall.«

»Wie das?«

»Nach einem Gespräch mit dem Wortführer der Beschwerdewilligen hat mein Chef beschlossen, den Fall nicht abzulehnen.« Chico nahm einen Schluck Wein. »Offiziell übernommen hat er ihn allerdings auch noch nicht. Er hat lediglich zugesagt, dass er sich die Sache durch den Kopf gehen lässt: Offensichtlich hat sie seine Neugier geweckt.«

»Und warum?«

»Sie versuchen, mich zum Reden zu bringen, stimmt's? Sparen Sie sich die Mühe. Hören Sie, Contini, ich mach Ihnen einen Vorschlag.«

Pause. Der Anwalt genoss jedes einzelne Wort dieses Dialogs.

»Ich biete Ihnen ein Gespräch mit meinem Chef an. Heute Nachmittag.«

»Vielen Dank.«

»Ich weiß natürlich nicht, ob er einverstanden ist, aber ich tue mein Möglichstes. Als Gegenleistung verpflichten Sie sich, uns über alles, was Sie in Erfahrung bringen, auf dem Laufenden zu halten.«

Pause.

»Sind wir uns einig?«

»Ja«, sagte Contini. »Einverstanden.«

Nachdem er sich von dem Junganwalt verabschiedet hatte, spazierte Contini über die Piazza del Sole und vertrieb sich bis zum Mittagessen die Zeit. In einer Brasserie in der Bahnhofstraße aß er Eier mit Schinken, und pünktlich um zwei Uhr sprach er in der Kanzlei Calgari vor.

Der Anwalt empfing ihn mit einem kleinen Lächeln. Die Rätsel um den Stausee von Malvaglia schienen eine gewisse Erheiterung bei ihm zu bewirken.

»Also, Contini, mein junger Kollege sagt mir, Sie wollen einen Pakt mit uns schließen.«

»Eigentlich will ich nur Näheres über die Beschwerde erfahren.«

»Und weshalb?«

»Hat Ihnen Herr Malfanti nichts gesagt?«

»Doch, doch. Und in Vorbereitung auf unser Gespräch habe auch ich Auskünfte eingeholt. Ich weiß zum Beispiel, dass Sie eine Unterredung mit dem Herrn Amedeo Finzi von der Treuhandgesellschaft Finzi hatten.«

»Hat Ihnen das der Finzi gesteckt?«

Calgari schüttelte den Kopf.

»Ein Kollege. Schauen Sie, wir leben in einem kleinen

Land, und was diesen Stausee betrifft, sind die Gemüter schon sehr erhitzt, scheint mir. Ich verstehe, dass Sie wissen wollen, was mit Ihrem Vater ist, aber Sie müssen auch bedenken, dass jetzt schon zwanzig Jahre vergangen sind und ziemlich viele Interessen auf dem Spiel stehen.«

»Welche Interessen haben *Sie* denn?«

Calgari lächelte. »Ich hatte welche vor zwanzig Jahren, als wir diese Beschwerde führten.«

»Aber die wurde abgewiesen.«

»Richtig. Unter den Beschwerdeführern war auch Ihr Vater, wenn ich mich recht entsinne.«

»Ja. Und jetzt überlegen Sie, ob Sie noch einmal ein Mandat in dieser Sache übernehmen sollen.«

»Tja.« Calgari fuhr sich mit einer Hand durch die Haare. »Okay, ich gestehe es Ihnen: Es ist eine kleine Eitelkeit von mir. Wieso nicht, sage ich mir, wieso versuch ich's nicht noch mal?«

»Halten Sie die Erfolgsaussichten denn heute für besser?«

»Es sind in der Tat neue Umstände eingetreten. Ein Detektiv stellt Nachforschungen über das damalige Verfahren an, der Bürgermeister stirbt unversehens unter verdächtigen Umständen ... kurz, ich muss zugeben, dass meine Neugier geweckt ist. Deshalb wollte ich auch mit Ihnen reden ...«

»Wer sind die Beschwerdeführer?«

»Hm ... Vorläufig ziehen sie es vor, ungenannt zu bleiben. Glauben Sie denn, sie hätten etwas mit dem Gegenstand Ihrer Ermittlungen zu tun?«

»Kann man nie wissen. Wie denken Sie über den Tod des Bürgermeisters Pellanda?«

Calgari lächelte.

»Haben wir eine Wette laufen, wer mehr Fragen stellt?«

»Signor Calgari.« Contini presste die Lippen zusammen. »Die Sache ist ernst. Jemand könnte Pellanda aus Gründen, die mit dem Stausee und der Beschwerde zu tun haben, aus dem Weg geräumt haben.«

»Jemand, der zu meinen Mandanten zählt, nehme ich an.«

Contini gab keine Antwort.

»Ja, sicher.« Der Anwalt fuhr mit seinem Stuhl ein Stück zurück und starrte dem Detektiv in die Augen. »Gesetzt den Fall, an Ihrer Vermutung ist was dran, und jemand will tatsächlich aus irgendeinem Grund die Befürworter der Stauseeerweiterung umbringen. Dann frage ich Sie: Wer ist der andere große Verfechter des Projekts, derjenige, der sich zusammen mit dem Bürgermeister in besonderer Weise dafür eingesetzt hat?«

»Der Ingenieur Vassalli«, murmelte Contini.

»Nur mal angenommen, es läuft ein Irrer frei herum«, fuhr Calgari in vertraulichem Ton fort, »wissen Sie, was ich an Ihrer Stelle täte? Ich behielte den Ingenieur Vassalli im Auge.«

In dem folgenden Schweigen sahen der Anwalt und der Detektiv einander an, und jeder las im Gesicht des anderen den Schatten eines Zweifels. Kann da was dran sein? Kann es sein, dass tatsächlich nach so vielen Jahren der zweite Akt des Dramas um den Staudamm von Malvaglia begonnen hat?

10
Fasnacht

Zur Abwechslung arbeite ich momentan nicht für Geld. Das kann natürlich nicht anders sein, schließlich geht es um meinen Vater. Habe ich Ihnen übrigens gesagt, dass mich Finzi dafür bezahlen wollte, dass ich Nachforschungen über Pellandas Tod anstelle? Welche Rolle er bei der ganzen Sache spielt, ist mir noch völlig schleierhaft.

Ich hatte die Hoffnung, der Rechtsanwalt Calgari könnte mir beispringen, aber es steht fest, dass er keine Risiken eingehen will: Er beschränkt sich drauf, Zuschauer zu bleiben, und hat sich geweigert, mir die Namen der Beschwerdeführer zu nennen. So oder so dürfte es nicht allzu schwierig sein, sie herauszufinden, wenn ich mich in Malvaglia ein bisschen umhöre. Dann der Brief der alten Desolina. Sie ist keine, die Hirngespinsten aufsitzt: Wenn sie extra ins Flugzeug steigt und von Spanien herkommt, dann hat sie mir wirklich was Wichtiges zu sagen.

Ich weiß nicht mehr viel von der Zeit, nachdem mein Vater verschwunden war. Man ging sich den See anschauen und die Stelle, wo bis dahin unser Haus gestanden hatte. Die Leute musterten mich verstohlen und hatten Mitleid, weil sich mein Vater aus dem Staub gemacht hatte. Und Desolina sagte: Er kommt bestimmt wieder. Und die Polizei wollte wissen, ob Martignoni regelmäßiger Gast bei uns zu Hause war, bevor er verschwand. Martignoni war Finzis Teilhaber, und es ging wohl um ziemlich viel Kohle. Ich frag mich, wieso Finzi so heiß drauf ist, mir ein Honorar zu zahlen.

Ich weiß nicht mehr, ob ich in der Vergangenheit oder in

der Gegenwart ermitteln soll. Pellandas Tod zum Beispiel. War das ein Geistesgestörter, wie manche behaupten, oder hat es was mit Finzi und den Vorfällen damals zu tun? Und vor allem: Bleibt es bei diesem einen Tod?

Bellinzona ist die Hauptstadt des Kantons Tessin. Ruhig, ein wenig würdevoll, ähnelt sie einer Dame mittleren Alters, über die getuschelt wird, sie sei in ihrer Jugend eine ganz Wilde gewesen. Die drei Burgen, porphyrgepflasterte Plätze, Regierungsämter, eine gesetzte Bourgeoisie aus Anwälten und Verwaltungsangestellten.

Wie passt da die Fasnacht hinein?

Kaum zu glauben, aber wahr – während der alkoholgetränkten Wilden Tage der Fasnacht sind die als Zorro oder Schimpansen verkleideten Bewohner der Hauptstadt mächtig stolz auf ihre Stadt.

Weil sich Jahr für Jahr im Karneval eine Flut von Menschen über die Altstadt ergießt, finden am Eingang des närrischen Viertels scharfe Kontrollen statt. Der Ingenieur Sandro Vassalli und die übrigen Mitglieder der Spacatesta-Band hatten ihre Autos außerhalb in einem Schulhof abgestellt und sich zu Fuß in die »Città del Carnevale« aufgemacht, wo sie zuerst die Durchsuchung durch Sicherheitsleute über sich ergehen lassen mussten.

Es war Samstagabend, elf Uhr. Die heiße Phase begann.

Unter dem Transparent des Eingangs schritten Bären, Mönche, Supermen, ein Zug Kaninchen und drei Beduinen hindurch. Vassalli, der in der Warteschlange stand, sah eine Konfettiwolke auf Schneewittchens böse Stiefmutter regnen, und aus einer Ecke schlich sich der Rosarote Panther an Jack the Ripper an und kniff ihm in den Hintern. Er sah Luftschlangen, Tröten, einen Clown, der mit Marilyn Monroe tanzte. Fasnacht!

Vassalli liebte die Lärmkulisse, die grotesken Gestalten.

In diesen Augenblicken tankte er neue Energie, für ein paar Stunden fielen aller Ärger, alle Banalitäten des Alltags von ihm ab, Vassalli wurde ein anderer Mensch: Er verkleidete sich, spielte Tuba, verbündete sich mit der Jugend.

Eine spektakuläre Blondine kreuzte vor ihnen auf, und Vassalli stieß Tommi Porta mit dem Ellenbogen an und tuschelte: »Na? Ist die scharf?«

Tommi grinste.

»Grad schad, dass wir spielen müssen ...«

Die gemeinsam durchfeierten, durchspielten, durchzechten Nächte machten die Musiker zu Komplizen. Zumal sie in der Mehrzahl noch keine dreißig waren: Im Vergleich zu den anderen war sogar Tommi vergleichsweise alt – zu schweigen von einem alten Wolf wie Vassalli, der über fünfzig war. Aber der Ingenieur hielt ohne Weiteres mit den Zwanzigjährigen mit – jedenfalls ein paar Nächte lang – und schreckte vor nichts zurück. Schließlich war Fasnacht, oder?

An diesem Abend war Tommi nervös. Nach außen hin lachte und scherzte er, in seinem Herzen aber saß der Tod. Er verbarg ihn gut, umschmeichelte ihn, damit er sich ruhig verhielt. Doch es war nicht genug Zeit: Ein zwanzig Jahre lang niedergehaltener Hass stand kurz vor der Explosion. Tommi hatte Francesca eine SMS geschickt; er wusste, dass sie und Contini in Bellinzona waren. Und auch Elia, das wusste er, wollte es an diesem Abend passieren lassen. Tommi würde ihn benachrichtigen und dann so tun, als wäre nichts. Sein Herz aber barst schier vor Angst und Stolz.

Elia und Tommi. Zeit der Rache. Sie waren zwei Buben gewesen, als ihre Häuser geflutet wurden. Und jetzt war er hier, als Wiese verkleidet, mit angenähten Stoffblumen auf der Brust und seinem Saxophon um den Hals. Er war hier und lachte einträchtig mit dem Mann, der den Staudamm geplant hatte. Sie lachten und schauten den Frauen hinterher, insgeheim aber lauschte Tommi dem Tod in seiner Brust.

Chico Malfanti war als Marienkäfer maskiert. Dahinter stand eine Strategie: Die Marienkäferverkleidung erhöhte seine Eroberungschancen beträchtlich. Warum das so war, wusste er nicht. Aber Chico war kein Theoretiker: Wichtig war, was am Ende herauskam, und dass Marienkäfer bei Mädchen zärtliche Gefühle auslösen, war Fakt.

Deshalb trug der junge Anwalt ein rotes Kostüm mit schwarzen Punkten, zwei Nylonflügelchen auf dem Rücken und auf dem Kopf zwei vibrierende Drahtantennen als Fühler. In dem riesigen Zelt auf der Piazza del Sole wimmelte es von Verkleidungen, Masken, geschminkten Gesichtern; besonders ballte es sich an den Ausgängen, wo die Leute herein- und hinausdrängten.

Chico ging auf eine Bar zu, bahnte sich einen Weg zum Tresen und bestellte einen Gin Tonic. Er hielt nach Gianca und Ramon Ausschau und fand sie mit zwei Krankenschwestern beschäftigt. Jemand tippte ihm auf die Schulter und fragte: »Tschuldige, wie viel Uhr ist es, bitte?«

Chico drehte sich um und erblickte vor sich eine gewaltige Kuckucksuhr, die eine Minute vor zwei zeigte.

»Fast zwei«, antwortete Chico, »jedenfalls auf deinem Kopf.«

Die Kuckucksuhr lächelte. Blickte nach oben und sagte: »Na dann …«

Der Minutenzeiger rückte weiter, und auf dem Zifferblatt ging ein Türchen auf, ein kleiner Vogel kam heraus, rief viermal »Kuckuck« und verschwand wieder.

»Schon klar, es ist erst zwei«, sagte die Uhr. »Aber ab einer bestimmten Stunde schreit er doppelt.«

In diesem Moment hängte sich ein Mädchen mit nicht eindeutig erkennbarer Verkleidung, aber bemerkenswertem Minirock an den Arm der Uhr und sagte: »Wie süß! Darf ich *bitte* noch mal deinen Piepmatz sehen?!«

Chico beschlich der Verdacht, dass sein Marienkäfer ausgedient hatte. Es verlangte ihn nach frischer Luft. Gianca und Ramon hatten sich verflüchtigt. Angesichts der für die Fasnacht noch frühen Stunde hatte Chico schon zu viel getrunken, und das von Lichtblitzen und ohrenbetäubendem Lärm erfüllte Riesenzelt war schwer zu ertragen. Mühsam arbeitete er sich zum nächstgelegenen Ausgang durch und stieß, als er endlich draußen im Freien war, einen Seufzer der Erleichterung aus.

Er nahm sich vor, ein weniger überfülltes Zelt zu suchen. Als er in die Via Codeborgo einbog, wurde er von einer Gruppe junger Leute umringt, die alle einen weißen Overall mit der Aufschrift CSI auf dem Rücken trugen.

»Achtung, Achtung!«, riefen sie. »Wir haben einen toten Marienkäfer gefunden!«

Sie entrollten rings um ihn ein gelbes Band, auf dem *»Crime Scene«* stand, und Chico begriff, dass sie sich von der Krimiserie *CSI: Den Tätern auf der Spur* hatten inspirieren lassen; flügelschlagend mimte er den Tod eines Käfers, was bei den Leuten der Spurensicherung rasende Heiterkeit entfesselte. Als die Lachstürme verebbten, stand er wieder auf und ging mit ihnen weiter zur Piazza Collegiata.

Sie begegneten Ungeheuern, Meerjungfrauen, abgetakelten Cowboys und einem Spiderman, der nicht mehr aufrecht stehen konnte. Aber das machte nichts: Betrunkene wurden nicht ausgegrenzt, im Gegenteil, die ganze Stadt betrank sich mit, einzige Gewissheit ist die Anarchie. Neben dem Schaufenster eines Juweliers, am Beginn der Via Camminata, führte eine Gasse zur Burg hinauf, und dort im Dunkeln stand ein Skelett in innigster Umarmung mit einer Klosterfrau.

Auf der Piazza Nosetto spielte eine Guggenmusik, deren Blechbläser und Trommler einheitlich als Wiese verkleidet waren. Ab und zu forderte einer aus der ersten Reihe die Menge zum Tanzen auf, indem er hin und her sprang und über die große Trommel hinweg schrie: »Hoch die Hände, los, alle zusammen ...!«

Nach einer Weile bekam Chico Hunger und kaufte sich in der Via Camminata einen Fladen. Gleich nebenan befand sich ein Nachtlokal, und gegenüber, unter den Lauben, entdeckte er das Schaufenster einer Buchhandlung. Dorthin ging er, um seinen Fladen zu essen. Er lehnte die Stirn an die Glasscheibe und betrachtete die Buchtitel im Halbdunkel. Es waren, ganz banal, die Neuerscheinungen des Frühjahrs, aber in dem matten Licht hatten sie beinahe etwas Mysteriöses – wie die Verheißung eines Geheimnisses, einer Reise weit fort aus der gewohnten Welt.

Niedergeschlagen dachte Chico an sein ereignisloses Leben. Auch die Fasnacht war nur eine Illusion. Er malte sich aus, wie er in die behagliche Wärme der Buchhandlung eintauchte, um nach und nach all diese Bücher zu lesen ... Eine in der Glasscheibe gespiegelte Bewegung schreckte ihn auf.

Er drehte sich um und sah einen Mann in braunem Mantel mit Pelzkragen, heller Hose und breitkrempigem Hut vorübergehen.

»Contini!«, rief Chico aus.

»Bitte?«, sagte Contini.

»Malfanti, Anwalt! Erkennen Sie mich nicht?«

»Äh ...« Contini nickte ihm zu und sagte: »Verzeihen Sie, aber mit Fühlern sind Sie wirklich kaum wiederzuerkennen.«

»Und Sie?«, fragte Chico. »Was verschlägt Sie hierher – nachdem Sie offensichtlich kein Fasnachtfreund sind?«

Contini seufzte.

»Gute Frage ...«

Die Frau an Continis Seite war in schreiende Farben gekleidet – pinkfarbener Rock, violette Strümpfe, scharlachrotes

Schultertuch –, aber nicht unfesch. Ein Hauch Make-up, die Haare zu zwei Zöpfen geflochten. Chico stellte sich vor: »Ciao! Ich bin Chico.«

»Francesca.«

»Contini und ich, wir kennen uns beruflich.«

»Aha.«

»Wart ihr auf dem Weg irgendwohin?«

Contini nickte.

»Na los, ich begleit euch ein Stück!«

Wirklich ein schräger Typ, dieser Detektiv, dachte Chico auf dem Weg zur Piazza Nosetto. Trotz Alkohol und Müdigkeit, trotz dem Gejohle der Menge, in dem man das eigene Wort nicht verstand, witterte Chico Malfanti einen Hauch jenes Abenteuers, nach dem er sich chronisch sehnte. Contini hatte die Hände in den Taschen, die Hutkrempe verbarg seine Augen; Chico sah ihn sich eine Zigarette anzünden und Francesca etwas zumurmeln. Sie lächelte.

Wirklich eine Klassefrau. Wäre sie nicht mit Contini unterwegs, hätte Chico sie durchaus näher ins Auge gefasst. Sie schien jedenfalls von der Fasnacht begeistert, blieb immer wieder stehen und begrüßte jemanden, lachte … Er hingegen: der totale Kontrast. Er rauchte und betrachtete seine Umgebung, als spazierte er durch ein Kuriositätenmuseum.

Auf der Bühne der Piazza Nosetto spielte die Spacatesta-Band.

»Die sind super!«, schrie Chico über den Lärm hinweg.

In dem Moment kündigte der Pfeifer allerdings eine Pause an, mit der Musik war es erst mal vorbei. Francesca entdeckte eine Freundin in der Menge, winkte ihr zu und ging zu ihr hinüber. Chico jedoch erkannte einen der Saxophonisten, die jetzt von der Bühne herunterkamen.

»Ah, der schon wieder! … Mann, die Welt ist klein!«

Tommi fuhr jäh herum, als sich eine Hand auf seine Schulter legte.

»Tommaso Porta!«, rief Chico mit wippenden Käferfühlern. »Na, Sie kennen mich auch nicht mehr, oder? Ich bin Ihr Anwalt!«

Aber Tommi beachtete ihn nicht. Wie vom Donner gerührt stand er da und starrte Contini an.

»Elia …«, murmelte er.

»Ihr kennt euch?«, fragte Chico.

Contini versuchte hinter den auf die Wangen gemalten Blümchen, den in die Stirn fallenden Grasbüscheln die Gesichtszüge seines Gegenübers zu identifizieren.

»Das ist ein Mandant von mir«, erklärte Chico unterdessen. »Ein Gutes hat mein Beruf ja: Man lernt wirklich einen Haufen Leute kennen!«

»Tommi!«, rief Contini schließlich aus. »Du bist Tommi Porta!«

Ein Lichtstrahl durchschnitt die Wassermasse, die Contini von seiner Kindheit trennte. Das tote Dorf auf dem Grund des Sees schien für einen Moment wieder zum Leben erwacht, und Contini erinnerte sich an den jungen Tommaso.

»Endlich treffen wir uns!«, sagte Tommi.

»Also weißt du«, sagte Contini, »ich hätt dich jetzt fast nicht erkannt.«

»Euch beide muss man nicht mehr vorstellen, wie ich sehe«, warf Chico dazwischen. »Aber mir wird's allmählich ein bisschen kalt, was hieltet ihr davon, wenn …«

»Wie kommst du zu Malfanti?«, fragte Tommi.

»Das ist dein Anwalt?«, fragte Contini zurück.

»Das weißt du doch; oder?« Tommi lächelte. »Manchmal glaub ich, unser altes Dorf bedeutet dir gar nichts mehr …«

Contini erinnerte sich, wie sie miteinander durch die Gegend gestreift waren. Wie sie gelacht hatten! Wie sie im größten Regen unter einem zeltartigen Umhang Rad gefahren waren, wie sie so getan hatten, als wären sie außerhalb der Welt. Wie sie, nachdem sie in der Sonne herumgerannt waren und vor Durst umkamen, einen Kasten Sprudel aus dem Keller geholt hatten …

»Weißt du, in letzter Zeit interessiere ich mich für den Staudamm«, sagte Contini. »Und ich hatte vor, mit den Leuten zu reden, die sich vor Gericht beschweren wollen.«

»Keiner will die Erweiterung! Auch nicht die von der Band – dabei ist Vassalli, der Ingenieur, einer von uns, schau, dort drüben ist er!« Tommi deutete auf ein Grüppchen von Musikern und zwinkerte Contini zu. »Aber sich beschweren reicht eben nicht, wie du selber sagst.«

»Ich sag das?«

»Weißt du, Elia, ich hab nie verstanden, wieso du wegwolltest.«

Chico verfolgte diesen Dialog mit Interesse; obwohl er, typisch Contini, nach Abenteuer und Absurdität klang, schien er ihm alles in allem doch recht mysteriös. Aber es hatte wirklich eine Hundekälte – viel zu eisig, um sich hier die Beine in den Bauch zu stehen.

»He, Leute«, schlug er vor, »wieso gehen wir nicht wohin, wo es wärmer ist?«

»Weggegangen bin ich, das ist wahr«, sagte Contini. »Das Haus gibt es ja nicht mehr. Bist du denn im Dorf geblieben?«

»Klar, ich wohne direkt unter dem Staudamm.«

Chico fing an sich zu ärgern: Was soll das für eine Fasnacht sein, hier in der Kälte zu stehen und das Publikum für zwei Typen zu spielen, die von der guten alten Zeit reden!

»Tschuldigung, wenn ich in die schönen Erinnerungen hineinplatze«, sagte er, »aber es ist drei Uhr morgens und nicht direkt warm.«

»Es ist fast schon nicht mehr heute«, sagte Tommi lächelnd.

»Wie bitte?« Chico starrte ihn an.

»In ein paar Stunden wird es hell«, sagte Tommi. »Deswegen ist es kalt.«

»Na und?«, sagte Chico. »Die Nacht ist noch lang!«

Er sah Francesca zurückkommen und winkte ihr.

»He, hier sind wir!«

»Ich muss wieder«, sagte Tommi.

»Na gut.« Contini reichte ihm die Hand. »Freut mich, dass wir uns nach so vielen Jahren wiedergesehen haben.«

Tommi entfernte sich eilig. Gleich darauf war Francesca bei ihnen und sagte zu Contini: »Sara und die anderen gehen zur Piazza Governo. Gehen wir mit?«

Contini nickte. »Wie du willst.«

»Also los!«, rief Chico. »Schließlich ist doch Fasnacht, oder?«

Tommi zitterte. Kalt war ihm nicht – aber es ist eben nicht einfach, Saxophon zu spielen, wenn man den Tod im Herzen hat, der hinauswill. Elia zu treffen und so zu tun, als wäre nichts. Und sich vor Francesca verstecken zu müssen, um sich nicht an diese Nacht zu erinnern ... ach, diese Nacht mit Francesca ...

»He, Tommi, du bist aus dem Takt!«

»Ja, Scheiße, entschuldige ...«

Es war nicht die richtige Zeit, nicht die richtige Art. Mitten in der Fasnacht! Und als Wiese verkleidet, zu allem Überfluss. Aber da war das Gelübde. Und da war der Tod, der klopfte und klopfte und hinauswollte, und wie kann man denn mit dem Tod diskutieren?

Contini ließ Francesca und Sara im Zelt auf der Piazza Governo zurück, um sich draußen die Beine zu vertreten. Er kaufte sich ein Bier in einem Plastikbecher und trank es auf den Stufen vor der Statue einer Robbe. Er hörte hinter sich ein Gelächter, und als er sich umdrehte, sah er einen Jungen mit blau gefärbten Haaren, der die Robbe umschlag und sie aufs Maul küsste.

Irgendwas stimmte nicht. Vielleicht war es ein Fehler gewesen, sich zur Fasnacht verschleppen zu lassen, aber das war es nicht allein, die Sache war komplizierter. Erst das Zusammentreffen mit dem Anwalt Malfanti und jetzt auch noch Tommi Porta. War das noch Zufall? Wieso führten heute alle Fäden nach Malvaglia zurück?

Der Detektiv stand auf und schlenderte die Piazza entlang. Bald kam der Morgen. Hier und dort irrten ein paar Versprengte durch die Straßen, ein Betrunkener drückte sich an eine Mauer, vor dem Theater stritt ein Paar. Die Fasnacht ging zu Ende. Der Platz war übersät von Pappbechern, und Contini ging durch einen Matsch aus zertretenen Konfetti und Schmutz.

Als sein Mobiltelefon schrillte, dachte er zuerst, es sei Francesca. Aber die angezeigte Nummer war ihm fremd, und als er sich meldete, antwortete niemand.

»Hallo? Ist da jemand?«

Da war jemand. Contini hörte es atmen. Ein langes, tiefes Atmen, wie wenn jemand verschnauft, nachdem er gerannt ist.

»Wer ist dran?«

Schweigen. Nur dieses Atmen. Contini schaute auf das Display. Vielleicht wurde von einer Telefonzelle aus angerufen. Er wollte schon die Verbindung unterbrechen, als eine männliche Stimme sagte: »Sandro Vassalli.«

»Wie bitte?«, fragte Contini sofort. »Was sagen Sie?«

Aber der andere war schon fort. Contini stand mitten auf dem Platz, das stumme Telefon ans Ohr gedrückt, und ein scheußliches Gefühl breitete sich in ihm aus.

»Was für ein Leben! Ach!«

»Es ist eine schwierige Welt!«

»Findest du? Aber es gibt auch die Musik, und was spielen wir jetzt noch? He?«

»Die Schweizer Hymne! Schließlich wird heut gefeiert, oder?«

»Trittst in Morgenhoffnung her ...«

»Hoffnung? Was singst du denn für einen Mist? Trittst im Morgenrot daher!«

»... Seh ich dich im Strahlenlicht ...«

»Strahlenmeer! Das ist der Reim auf ›daher‹!«

»Aber geh, da red der Richtige – du haust immer mit der Melodie daneben!«

Auf der Piazza Collegiata gaben die Musiker der unentwegten Spacatesta-Band immer noch ihr Bestes. Sie versuchten es jedenfalls: Ein Trompeter brachte die Melodie noch richtig heraus, aber den vollständigen Text der Nationalhymne schaffte keiner mehr. Einer wusste die Strophen auf Deutsch, wurde aber sofort ausgepfiffen, kaum hatte er den Mund aufgemacht.

Spät war es. Ach, widerlich spät! Oder vielmehr früh ... Vassalli kicherte. Es war fast Morgen, und wo waren die Vöglein? Nichts war zu hören, aber um diese Zeit musste Vassalli nach Haus, möglichst schnell. Das Auto finden und nach Malvaglia fahren. So früh am Morgen wurde nicht kontrolliert. Wenn er langsam fuhr, kam er sicher an, wie ein aufgegebener Brief, direkt bis nach Haus!

»Ich gehe«, sagte er zu den anderen. »Sowieso habe ich das Auto bei der Schule.«

Zwischen den Fasnachtresten machte er sich auf den Weg. Vorsichtig umschiffte er die Pfützen von Erbrochenem auf dem Pflaster, die letzten Gruppen der Feiernden, die noch grölend durch die Straßen zogen. Die Tuba wurde ihm schon schwer auf dem Rücken, aber da war nichts zu machen – nur weitergehen, einen Schritt nach dem anderen, und am besten nicht nachdenken.

Wie aus einem Traum tauchten bemalte Gesichter vor ihm auf. In dem fahlen Licht, das der Dämmerung vorausgeht, verschwammen die Formen, die Kanten der Mauern, die Wände der Gassen. Vassalli überquerte den Parkplatz hinter dem Rathaus und blickte zur Befestigungsmauer der Burg hinauf. Undeutlich erkannte er die Umrisse der Zinnen und machte sich einen Spaß daraus, sie zu zählen, während er das Tor durchschritt und in der Via Dogana herauskam.

Einen Fuß vor den anderen, in aller Ruhe, Sandro, auch diesmal hattest du deine Fasnacht. Dabei wollten die anderen erst gar nicht, aus Pietät. Aber er, Sandro, wusste, dass der arme Giovanni es genauso gewollt hätte, und schließlich hatten sie für ihn mitgespielt und mitgetrunken …

Vassallis Rausch war traurig, er war jetzt schon ein Katzenjammer. Er ließ die Piazza Indipendenza hinter sich und ging die Via Lugano entlang. Schon seit einer ganzen Weile hörte er eine Musik, die er zuerst für Einbildung gehalten hatte, inzwischen aber war diese melancholische Musik ziemlich laut geworden; sie war es, die ihm diese trüben Gedanken eingab …

»Wer spielt denn da?«, fragte er laut.

Es war eine gemächliche Melodie, die um sich selbst kreiste und sich ausbreitete wie Wellen über die Oberfläche eines Tümpels, in den ein Stein gefallen ist. Vassalli erkannte die Klangfarbe des Saxophons. Er blieb kurz stehen, zog seine Wiesenverkleidung fester um sich – bei dieser klagenden Musik überlief es einen kalt. Und sie kam nirgendwo her, diese Gespenstermusik! Vassallis Schritte wurden immer langsamer.

An einem frühen Februarmorgen eine Person zu finden, die als Blumenwiese verkleidet ist, dürfte nicht allzu schwierig sein. Aber während der Fasnacht ist bekanntlich alles anders. Der erste Grüngekleidete, den Contini aufhielt, sagte leicht gekränkt: »Wieso denn Wiese, was für eine Wiese, siehst du nicht, dass ich ein Krokodil bin?«

Dann sichtete er einen Knaben, der mit seiner blümchenübersäten Tunika wirklich eine Wiese zu sein schien, in seinem Rausch aber nicht die leiseste Ahnung hatte, wo Vassalli war.

»Ah«, nuschelte er, »unser Dicker. Die Basstuba …«

»Wo hast du ihn zuletzt gesehen?« Contini legte ihm eine Hand auf den Arm.

»Was willst du denn von mir?« Der Knabe befreite sich mit einem Ruck. »Weiß ich doch nicht, wo ich ihn gesehen habe, spinnst du, oder was?«

Contini ließ ihn ziehen. Immer auf der Suche nach einem grünen Kostüm ging er rasch an den Zelten auf der Piazza del Sole vorbei, zwängte sich zwischen den Leuten hindurch, die sich in der Via Codeborgo stauten, musterte die Gesichter der Betrunkenen vor den Bars und störte die Pärchen in den dunklen Winkeln.

»Tschuldigung, sind Sie von der Spacatesta-Band?«

»Was denn, was denn, erinnerst du dich nicht?«

»Hast du Sandro Vassalli gesehen?«

»Dort!«

»Wo dort?«

»Na dort – eben. Irgendwo unterwegs. Was weiß ich. Ciao, gell, ciao, Hübscher.«

Sandro Vassalli war völlig gebannt von dieser Musik. Das Saxophon spielte langsam, ließ die tiefen Töne tremolieren und schraubte sich so hoch hinauf, dass es qualvoll wurde. Vassalli spürte den Gurt der Tuba einschneiden, sein Atem ging flach.

Eine Folter war diese Musik.

Die Via Lugano war beinahe menschenleer, nur ein paar Maskierte strebten heimwärts. Auf dem Parkplatz der Grundschule standen noch wenige Autos, darunter Vassallis Wagen.

Doch er ging nicht zu seinem Auto, sondern spähte in den Eingang der Unterführung rechts von ihm, denn dort war des Rätsels Lösung: Daher kam die Musik! Jemand spielte in der Unterführung der Via Lugano Saxophon.

Und was für eine Musik! Eine Kaskade von Tönen voller Nostalgie, ein Klang, der erstarb und matter, gehaucht, wieder einsetzte, wie ein zurückkehrender Schmerz ... Vassalli legte die Hände an die Schläfen. Welchem Idiot fällt es ein, morgens um sechs in einer Unterführung Musik zu machen?

Er stellte seine Tuba ab und ging die Treppe hinunter. In der Dunkelheit sah er das Messing des Saxophons schimmern und erkannte den Umriss einer männlichen Gestalt, die am gegenüberliegenden Ende der Tunnelröhre an der Mauer lehnte.

»Hey!«, rief er. »Hey, wer bist du?«

Francesca war sich darüber im Klaren, dass Contini kein Typ für die Fasnacht war. Eigentlich war auch sie nicht übermäßig begeistert. Aber es war eine soziale Pflicht – alle ihre Freunde gingen nach Bellinzona, kostümierten sich, ließen es sich gut gehen –, und wie jedes Jahr fiel es ihr anfangs nicht ganz leicht, so aus sich herauszugehen, nach einer Weile aber ließ sie sich doch mitreißen. Sie tanzte gern, gab sich dem Rhythmus hin und vergaß die Müdigkeit, das von allen Seiten heranrückende Gedränge.

Durch das Zelt auf der Piazza Governo dröhnte eine Remix-Version des alten Schlagers *Gianna*. Francesca und Sara tanzten neben dem Tresen. *Ma la notte la festa è finita, evviva la vita* – Sara schlug mit einem Blick einen Drohn in die Flucht, der sie umschwärmte – *la gente si sveste, comincia un mondo, un mondo diverso, ma fatto di sesso, chi vivrà vedrà.*

»Wo ist denn dein Contini?«, fragte Sara.

»Draußen, sich die Beine vertreten.«

»Amüsiert er sich denn?«

»Na, du weißt ja, wie er ist …«

Sara hatte wie Francesca keine spezielle Verkleidung, sondern trug viele bunte Fetzen, wie eine Zwiebel in Schichten übereinandergezogen, damit sie sich innerhalb und außerhalb der Zelte aufhalten konnte, ohne sich zu erkälten. Denn Sara war eine patente Person. Nach einem Blick auf Francesca hielt sie inne und bestellte zwei Gläser Fragolino.

Francesca nahm einen Schluck. Sich nicht von der Müdigkeit besiegen lassen, darum ging es. Denn dann stürzt alles auf einen ein wie ein Bleigewicht, der Alkohol, die Menge, die Absurdität der Welt um sechs Uhr morgens.

»Wie hast du ihn überhaupt hierhergelockt?«, fragte Sara.

»Weiß ich nicht.« Francesca leerte ihr Glas. »Ich dachte, es wird lustig, wenn wir ausnahmsweise mal was anderes machen … Keine Ahnung.«

»Und er hat sich überreden lassen.«

»Tja.«

»Das heißt doch, es liegt ihm was an dir.«

»Ach, Sara …«

»Na schau, für ihn ist es wirklich nicht einfach!«

»Glaubst du vielleicht, für mich? Mit diesen unmöglichen Uhrzeiten und diesen ständigen Geheimnissen und den Füchsen und … Er ist nicht wirklich *normal,* weißt du?«

»Wer ist schon normal?«, fragte Sara mit einem Lächeln zurück.

Francesca fing zu lachen an.

»Um die Uhrzeit zu philosophieren ist vielleicht nicht das Ideale!«

»Wieso denn nicht?« Sara betrachtete mit weiser Miene ihr Weinglas. »Nachts kann alles passieren. Und was morgen ist, weiß man nicht.«

»Und wer fröhlich sein will, sei es!«, tönte die Stimme von Chico Malfanti.

Francesca drehte sich um. Dieser verdammte Marienkäfer ging ihr langsam auf die Nerven. Aber der Anwalt war an Sara interessiert.

»Kann es sein, dass wir uns schon mal gesehen haben?«

»Kaum«, antwortete Sara.

Unterdessen hatte ein Medley der Gipsy Kings eingesetzt, und Chico musste sich, um sich nicht von den wilden Drehungen eines Elfenpaars umwerfen zu lassen, ein bisschen an Sara drücken. Sie versteifte sich, und der Anwalt, von Panik ergriffen, sagte ihr: »Du hast schöne Augen!«

»Was will der Typ!«, sagte Sara zu Francesca. »Komm, wir gehen raus, hier drin ist es zu heiß.«

Zum Teufel, dachte Chico und leerte seinen Gin Tonic, ich werde schwachsinnig. Die Fasnacht war jetzt gelaufen, da war nichts mehr zu machen. Chico hatte zu viel getrunken. Und war bei der Freundin der Freundin von Contini in zu viele Fettnäpfchen getreten. Komisch, dass Contini eine so junge Freundin hatte. Wo steckte der übrigens? War er nach Haus zurückgekehrt, oder gab es irgendwo in der Trostlosigkeit des postkarnevalistischen Morgengrauens noch die Möglichkeit eines Abenteuers?

»Was spinn ich mir denn wieder zusammen!«, sagte er zu einem Menschenfresser.

Der Menschenfresser, der sich ein letztes Bier genehmigte, um sich für den Fußmarsch zum Bahnhof zu wappnen, beäugte den eingefallenen Marienkäfer und versuchte zu lächeln. »Kopf hoch«, sagte er, »in ein paar Stunden kommt die Sonne raus …«

»Das ist wahr«, sagte Chico. »Die Sonne. Da hast du recht.«

Wie Betrunkene häufig, verstanden sich auch diese beiden auf Anhieb. Nachdem wenige Worte gewechselt waren, machten sie sich einträchtig auf den Weg zum Zug.

Chico war mit sich und der Welt wieder im Reinen. Von

Abenteuer war vorläufig keine Rede mehr. Zum Menschenfresser sagte er: »Na gut, dann halt das nächste Mal!«

»Jawohl«, antwortete der Menschenfresser, »und vielleicht gehen wir nachher frühstücken.«

Tommi hatte Contini angerufen. Das hatte er ihm doch selbst aufgetragen, nicht? Sag mir Bescheid, hatte er gesagt, wir sind ein Team. Aber wozu diese Geheimniskrämerei, warum half er ihm nicht, sprach ihm wenigstens Mut zu?

Genug! An Mut fehlte es Tommi wirklich nicht. An die Wand der Unterführung gelehnt, setzte er, ohne nachzudenken, das Saxophon an die Lippen und begann mit *Manha do carnaval.* Nach einer Weile löste das Lied sich auf und ging in eine Improvisation über, mühelos fügten sich die Töne zu einer neuen Melodie, die eindringlich und schön war. Eigentlich, sagte sich Tommi, müsste er losgehen und Sandro Vassalli suchen, aber lassen wir ihm noch Zeit, warten wir, bis er bei seinem Auto ist.

Und vielleicht hörte Vassalli ja das Saxophon. Vielleicht wurde er neugierig. Tommi warf einen Blick auf die Uhr. Noch eine Minute, dann wollte er losgehen, um ihn zu suchen. Die Musik entstand ganz von selbst, als entrollte sich ein Faden. Tommi starrte in die Finsternis, und es war ihm, als könnte er die erzeugten Töne sehen, als glitten sie, brennend, durch die kalte Luft von ihm fort. Im nächsten Moment hörte er Schritte. Er lauschte; spielte leiser, nahm den Rhythmus dieser langsamen Schritte auf, die voller Zögern waren.

»Hey! Hey, wer bist du?«

Tommi ließ das Instrument sinken.

»Aber Sandro! Kennst du mich nicht mehr?«

Als die Schweizer Hymne zu Ende war, ertönte ein langer Applaus.

Seit einer halben Stunde versuchten sie Schluss zu machen, aber das Publikum ließ sie nicht. Der Trompeter sah sich stolz um, nahm einen Schluck Wein und sagte: »Mann, ist das kalt!«

»Ach was!«, sagte ein anderer, »siehst du nicht schon das herantretende Morgenrot?«

Er erntete vielstimmiges Gelächter.

Contini wartete das Gelächter ab und stellte dann seine Routinefrage.

»Gehört ihr auch zur Spacatesta-Band?«

»Da guckstu«, sagte einer und deutete auf die Aufschrift *SPACATESTA BAND* auf dem gespannten Fell der Trommel. »Was sagst?«

Contini bemühte sich um Geduld, aber das Gefühl, dringend handeln zu müssen und womöglich zu spät zu kommen, schnürte ihm die Kehle zu. Seit diesem obskuren Telefonanruf, den gemurmelten Worten »Sandro Vassalli«, zerrann ihm die Zeit zwischen den Fingern.

»Habt ihr vielleicht Alessandro Vassalli gesehen?«, fragte er geduldig. »Wo könnte er sein?«

»Der Sandro? Sternhagelvoll isser.«

Wieder Gelächter.

»Vielleicht hat er eine gefunden, die ihn ins Bett bringt.«

Wieder lachte alles, und Contini machte einen letzten Versuch: »Leute, es ist Ernst! Wisst ihr, ob er nach Hause gefahren ist? Oder fahren wollte?«

»Ich glaub schon. Hat er nicht gesagt, dass er heimwill? Sein Auto steht im Schulhof der Grundschule Süd.«

»Falls man es ihm nicht geklaut hat.«

»Die Grundschule Süd?«, fragte Contini. »Und wie komm ich da hin?«

»Leicht«, sagte der Trompeter. »Du gehst hier gradaus und die Nächste rechts, bis du das Rathaus siehst, dann gehst du runter, direkt an der Polizei vorbei, und biegst nach rechts ab, nein, nach links, bis du auf der Piazza stehst, und dann gehst du wieder rauf.«

»Ah, danke.« Contini lächelte. »Geht das vielleicht noch mal ein bisschen langsamer?«

»Na klar! Also, du gehst hier raus und kommst auf die Piazza Nosetto, ja? Wo der Nussbaum steht. Dann gehst du weiter ...«

»Tommi? Bist du das?«

»In Person!«

»Und wieso stehst du da unten rum und machst Musik?« Vassallis Stimme hallte durch die Unterführung. »Spinnst du?«

»Mir war kalt, ich wollte mich ein bisschen aufwärmen.«

Tommi spielte den Betrunkenen; wankend trat er auf Vassalli zu und lehnte sich an ihn.

»Du musst mir helfen, Sandro, ich hab zu viel getrunken, mir geht's nicht so gut ...«

Vassalli grinste.

»Spielen kannst du aber noch! – Na los, komm, ich helf dir!«

Mühsam stapften die beiden zum Ausgang der Unterführung. Tommi, jammernd und bei jedem Schritt stolpernd, hing schwer an Vassallis Arm.

»Ich brauch einen Schluck Wasser, Sandro, bitte, es zerreißt mir den Schädel ...«

»Nur die Ruhe, alles wird gut!«

»Ich *muss* was trinken, verstehst du, ich muss mir Wasser ins Gesicht spritzen ...«

»Na komm, geh weiter, das wird schon.«

»Du hast nicht vielleicht eine Flasche, oder?«

Vassalli hatte keine Flasche. Aber wenige Meter hinter dem Parkplatz der Schule lief ein kleiner Bach, und Tommi flehte Vassalli an, zum Bachufer hinunterzusteigen und ihm

Wasser zu holen, es gehe ihm schlecht, wiederholte er, er brauche nur ein bisschen frisches Wasser.

»Okay, okay«, sagte Vassalli schließlich, »wir tun die Instrumente ins Auto und gehen …«

»Nein, nein, von meinem Saxophon trenne ich mich nicht, ins Auto kommt es mir nicht!«

Vassalli vermied eine Diskussion. Zwar brummte er ärgerlich vor sich hin – Wie kann man sich nur so volllaufen lassen, murrte er, völlig daneben ist der Kerl! –, marschierte aber zu seinem Auto, um die Tuba auf dem Rücksitz zu verstauen und irgendein Gefäß zu suchen. Mit einer leeren Plastikflasche kam er zu Tommi zurück.

Um ans Wasser zu gelangen, musste man über ein Mäuerchen steigen und springen. Mit einem Betrunkenen am Arm war das kein leichtes Unterfangen, zumal Tommi sein Saxophon mitschleppte, aber am Ende kamen beide wohlbehalten unten an. An dieser Stelle verschwand der Bach nach einem kleinen Wasserfall, vor dem sich das Wasser zu einem Tümpel staute, unter der Straße. Vassalli starrte in die finstere Röhre, durch die das Wasser rauschte.

»Weiter gehen wir nicht, sonst rutschen wir bloß aus«, sagte er zu Tommi. »Da, komm hierher, wo das Wasser läuft, los!«

»Ja, ja!«, antwortete Tommi, »gib mir deine Hand, dann komm ich …«

Während er eine Hand Vassalli entgegenstreckte, befühlte er mit der anderen seine Jackentasche, in der er seine Pistole hatte. Er hatte sie vor Betreten der Città del Carnevale auf dem Schulparkplatz deponiert: eine sichere Waffe, eine Taurus PT-92; er hatte sie einem Kunden des Autohauses abgekauft, der kurz darauf unbekannt verzogen war – irgendwohin nach Südamerika.

Jetzt begann indes der schwierige Teil, jetzt musste Tommi seinen Widerwillen überwinden und sich seiner Aufgabe würdig zeigen. Einerseits empfand er eine gewisse Euphorie bei dem Gedanken, dass er mit einer einzigen Handbewegung über Leben und Tod entschied. Andererseits schrie ihm fortwährend eine Stimme ins Ohr: Tu's nicht, tu's nicht, tu's nicht!

Dennoch zweifelte er nicht, nein. Dafür war es zu spät; er hatte ohnehin schon Pellanda auf dem Gewissen – auf dem Weg, den er eingeschlagen hatte, gab es kein Zurück. Aber was für eine missliche Situation: Jahrelang hatte er sich genau danach gesehnt, und jetzt, im entscheidenden Augenblick, fühlten seine Arme sich an wie Blei.

»Los, Tommi, nur noch einen Schritt, und du bist da!«

»Ja, ich komm schon, komm schon ... Wasser, ein bisschen, gibst du mir ein bisschen Wasser?«

Tommis Kehle war wirklich ausgedörrt. Das Adrenalin wirkte wie ein Peitschenhieb, der ihn vorwärtstrieb. Er legte die Hand um die Pistole. Er versuchte, gleichmäßig zu atmen, sich zu konzentrieren. Sein Magen war in Aufruhr.

»Moment, ich füll die Flasche auf«, sagte Vassalli. Er wandte sich ab und bückte sich zum Bach hinunter.

»Ja«, sagte Tommi und entsicherte die Taurus. »Danke.«

Contini rannte unter dem Transparent in der Via Camminata hindurch und die Via Lugano entlang. Die Sicherheitsleute warfen ihm einen argwöhnischen Blick nach, hielten ihn aber nicht auf. In dieser Nacht, zu dieser späten Stunde, war die Stadt sowieso voller Verrückter, einer mehr oder weniger spielte keine Rolle.

Auf dem Parkplatz der Grundschule hielt Contini keuchend an. Er riss sich den Mantel auf und schnappte nach Luft. Kein Mensch war zu sehen. Er ging die Reihe der geparkten Autos entlang; auf dem Rücksitz eines Mercedes erkannte er einen voluminösen Gegenstand, der seiner Form nach eine Tuba in ihrer Schutzhülle sein konnte.

Was tun? Wieso war Vassalli wieder verschwunden, nachdem er sein Instrument hier abgelegt hatte? Sollte er hier auf ihn warten oder weitersuchen? Aber wo? Contini trat auf das Trottoir der Via Lugano hinaus. In beiden Richtungen war die Straße menschenleer.

In dem Moment, als er kehrtmachte, um auf den Parkplatz zurückzukehren, krachte ein Schuss.

Das erkannte er sofort: So klingt kein Knallkörper, das war ein Pistolenschuss. Er schien ihm von der stadtauswärts gelegenen Seite des Parkplatzes zu kommen.

Er rannte zur Straße zurück. Bei einer Straßenlaterne neben dem Zebrastreifen an der Kreuzung Via Lugano und Via Ospedale blieb er stehen und horchte. Nirgends ein Laut. In den Straßen lag ein unklares Dämmerlicht, fast wie ein Widerschein der nächtlichen Dunkelheit.

An dieser Stelle floss ein Bach unter der Straße hindurch. Der Detektiv beugte sich über das Geländer und blickte zum Wasser hinunter. Im Licht der Straßenlaterne hinter ihm warf er einen grotesken Schatten, und deshalb traute Contini zuerst seinen Augen nicht, als er unter sich, am Bachufer, ein Stück Blumenwiese erblickte.

Tommi zog seine Pistole und spürte, wie ihm schlecht wurde, aber er sagte sich: Entweder ich tu's jetzt, oder ich erstarre auf der Stelle zur Salzsäule. Er zielte auf Vassallis Bauch und wartete, bis der sich umdrehte. Dann drückte er ab.

Mit einem japsenden Laut fiel Vassalli auf die Knie. Er hob den Kopf und sah Tommi an. Er begriff nicht. Er war nicht tot, Tommi hatte ihn nicht umgebracht: Lange Minuten des Todeskampfes warteten auf ihn ... Theoretisch. Denn Tommi hatte einen Plan und führte ihn aus wie ein Roboter, der sein Programm abspielt: Er trat auf Vassalli zu, bückte sich und packte ihn und zerrte ihn bis zum Bach. Dort drückte er ihm den Kopf unter Wasser und hielt ihn fest. Vassalli versuchte noch sich zu wehren, doch seine Kräfte verließen ihn rasch. Ein letztes Zucken ging durch seinen Körper, dann lag er still.

Tommi hielt ihn sicherheitshalber noch mehrere Sekunden fest. Dann meinte er näher kommende Schritte zu hören. Hastig packte er sein Saxophon und duckte sich in die Tunnelröhre, in die der Bach verschwand. Ein paar Meter schlich er den Wasserlauf entlang, dann wartete er, reglos und mit angehaltenem Atem.

Es war Elia. Tommi wusste, dass er kommen würde. Sie verstanden einander wortlos, wie früher. Tommi hatte ihn angerufen, und Elia hatte begriffen. Man musste nicht viele Worte verschwenden.

Im ersten Moment hatte er das Bedürfnis, sich bemerkbar zu machen, doch er verwarf den Gedanken rasch wieder. Es schien ihm nicht richtig: Der Plan sah vor, dass er so tat, als wäre nichts geschehen; dass das Geheimnis gewahrt blieb. Durch die Tunnelöffnung sah er Elia zum Bach hinuntersteigen und sich über Vassallis Leiche beugen. Sah, wie Elia den Toten umdrehte und nach Atmung und Puls fühlte. Er sah ihn sich wieder aufrichten und sein Mobiltelefon aus der Tasche ziehen, während er sich suchend umsah, fast wie um Tommi zu verstehen zu geben, dass er ihn in der Nähe wusste.

Aus seinem Versteck heraus hörte er Elia ins Telefon sprechen.

»Hier ist Elia Contini«, sagte er. »Ich bin in Bellinzona in der Via Lugano und habe soeben die Leiche von Alessandro Vassalli entdeckt.«

11
Dokumentation anliegend

Lieber Contini,
man kann nie vorsichtig genug sein, und Sie werden verstehen, dass gerade ich ein vitales Interesse daran habe, mich bedeckt zu halten. Wie ein weiser Mann sagte: Edel ist nur, was Bestand hat. Und ich hätte gern noch eine Weile Bestand. Deshalb ersuche ich Sie wie stets, dieses Schreiben nach Erhalt zu vernichten. Wenn Sie mich besuchen, werde ich Ihnen einige Dokumente vorlegen, die ich Ihnen auf diesem Weg natürlich nicht zukommen lassen kann. Mir scheint, Sie haben da in ein Wespennest gestochen.

Jedenfalls kann ich Ihnen sagen, dass die Treuhand Finzi mehrere Briefkastenfirmen gegründet hat, wie es so schön heißt, um ihr schmutziges Geld zu waschen. Die Unternehmen für nachhaltige Entwicklung, die Finzi als Rechnungsprüfer engagiert hatten, leben von privaten Spendengeldern, die ihnen überwiesen werden. Aber einige dieser Spender wissen selbst gar nichts von ihrer angeblichen Wohltätigkeit … Der Trick ist so genial wie einfach: Ich habe eine Million in bar und mache daraus Hunderte winzige Einzahlungen zugunsten meiner Firma, getätigt von vermeintlichen Spendern, deren Namen ich mir aufs Geratewohl aussuche. Die Bareinzahlung erfolgt über diverse Personen meines Vertrauens bei verschiedenen Geldinstituten: Dafür braucht es keinen Identitätsnachweis, und bei so kleinen Beträgen finden keine Kontrollen statt. Und am Ende ist mein schmutziges Bargeld virtuell geworden, und ich habe es auf elegante Weise in den Bankkreislauf eingespeist.

Die besagten Unternehmen für nachhaltige Entwicklung verteilten dann Subventionen an Landwirte und Umweltgruppen. Diese behielten einen Anteil für sich, und mit dem Rest finanzierten sie Pseudoprotestaktionen. Auf diese Weise kehrte das Geld zu einem Vertrauensmann von Finzi zurück, und der gab es mittels aufgeblähter Käufe von Luxusgütern oder Investition in ausländische Hedgefonds den Eigentümern zurück.

Tatsächlich, habe ich herausgefunden, investierten etliche Strohmänner in Finzis Auftrag in den Ausbau des Stausees von Malvaglia. Die Treuhandgesellschaft bedient diskret also beide Seiten, die Befürworter ebenso wie die Gegner – natürlich hat Finzi keine ideologischen Motive, ihm geht es ausschließlich darum, Geld in Umlauf zu bringen.

Nun scheue ich jeglichen Moralismus wie das gebrannte Kind das Feuer, aber dass Finzi Nachforschungen zum Thema »Stausee von Malvaglia« tunlichst vermeiden will, kann ich nachvollziehen: Gut möglich, dass er juristisch gesehen sauber aus der Sache rauskommt, aber irgendwas bleibt doch immer hängen – zumindest wird sein guter Ruf bekleckert, und der ist in seiner Branche immens wichtig. Auch die beiden Toten sind nicht über jeden Verdacht erhaben: Als Befürworter des Staudamms haben Pellanda und Vassalli einiges an Geld eingeschoben, ohne allzu viele Fragen zu stellen.

Ob hier jemand Rache übt? Möglich. Allerdings frage ich mich, wer – außer Ihnen mithilfe meiner Wenigkeit – heute in der Lage wäre, diese uralten, komplexen finanziellen Transaktionen zu rekonstruieren …

Mit vorzüglicher Hochachtung,

J. Maltese.

*

Signor Commissario De Marchi – persönlich!

Lieber De Marchi,

wie versprochen, schicke ich Ihnen vorab einige Auszüge aus dem offiziellen Obduktionsbericht im Fall Vassalli. Aus der Untersuchung des Einschusslochs mit Spuren von Hautabschürfungen geht eindeutig hervor, dass die Kugel aus einer Entfernung von weniger als 100 cm abgefeuert wurde; dies zeigt sich u. a. an den Schmauchspuren rund um die Wunde und den vom Projektil verursachten inneren Verletzungen. Meine Vermutung, die selbstverständlich vertraulich bleiben muss, ist, dass der Mörder unmittelbar nach dem Schuss auf Vassalli das Werk vollendete, indem er den Kopf des Opfers unter Wasser drückte. Natürlich wäre der Bauchschuss, der an mehreren Stellen den Darm perforierte und die Aorta verletzte, binnen Kurzem tödlich gewesen. Aber offensichtlich wollte der Mörder den Prozess abkürzen: Die eigentliche Todesursache ist Ertrinken, wie auch die mikroskopische Untersuchung zweifelsfrei bestätigt. Der Todeszeitpunkt ist auf kurz nach sechs Uhr anzusetzen. Aller Wahrscheinlichkeit nach hat Contini die Polizei wenige Minuten nach dem Tod des Opfers alarmiert. Ich bitte Sie, obige Mitteilungen als vertraulich zu behandeln.

Mit herzlichem Gruß,

Paolo Pessina.

EMPFÄNGER: *Herrn p. p. Staatsanwalt Attilio Rodoni*
ABSENDER: *De Marchi*
GEGENSTAND: *Bericht Pellanda-Vassalli*
PRIORITÄT: *hoch*
BEMERKUNG: *persönlich*
TEXT: *Nachfolgend einige Auszüge aus dem Bericht über die Mordnacht. Ich zitiere nicht die Querkontrollen an den Verdächtigen im Fall Pellanda, sondern, wie von Ihnen gewünscht, lediglich die Aussagen bez. Elia Contini.*

RA FEDERICO MALFANTI

Frage: Wann haben Sie Contini zum ersten Mal getroffen und wo?

Antwort: Ich erinnere mich, dass wir uns zwischen der Via Camminata und der Piazza Nosetto begegnet sind, aber wann genau das war, kann ich nicht sagen.

Frage: Aber ungefähr?

Antwort: Schwer zu sagen, denn meine Aufmerksamkeit galt nicht immer der Uhr. Ich schätze jedenfalls, nach Mitternacht.

Frage: Wie viel nach Mitternacht?

Antwort: Ich glaube, die Begegnung fand zwischen Mitternacht und fünf Uhr morgens statt.

Frage: Haben Sie Contini danach noch einmal gesehen?

Antwort: Wir haben die nächsten Stunden miteinander verbracht. Es war auch eine gewisse Francesca anwesend, Continis Begleiterin. Von circa drei bis circa fünf Uhr habe ich mich mit diesen beiden in und vor dem Zelt auf der Piazza Governo aufgehalten.

Frage: War Contini die ganze Zeit mit Ihnen und den anderen zusammen?

Antwort: Nein, irgendwann gegen fünf hat er sich entfernt.

TOMMASO PORTA

Frage: Wie lange haben Sie sich mit Contini unterhalten?

Antwort: Ich weiß es nicht mehr genau, aber grob geschätzt, nehme ich an, dass die Unterhaltung nicht länger als ein paar Minuten gedauert hat.

Frage: Haben Sie Contini in dieser Nacht dann noch einmal getroffen?

Antwort: Nein, ich war bis ungefähr fünf Uhr morgens mit den anderen Musikern der Gruppe namens »Spacatesta Band« zusammen, dann begab ich mich in eine in der Via Guisan gelegene Wohnung, die mir ein urlaubsbedingt ab-

wesender Kollege zur Übernachtung zur Verfügung gestellt hat.

FRANCESCA BESSON

Frage: Sie sagten, Sie seien um fünf Uhr morgens noch mit Elia Contini zusammen gewesen. Wann haben Sie sich getrennt?

Antwort: Ich kann leider nicht mit Bestimmtheit sagen, zu welcher Uhrzeit Contini sagte, er wolle einen Spaziergang machen, und sich entfernte.

GIANCARLO PAPA

Frage: Sie spielen in der Musikgruppe mit, die sich »Spacatesta Band« nennt?

Antwort: Richtig.

Frage: Ist in der Nacht von Samstag auf Sonntag jemand auf Sie zugekommen, um Sie um eine Auskunft zu bitten?

Antwort: Ja, mehrere Personen haben uns nach dem Weg irgendwohin gefragt.

Frage: Erinnern Sie sich an einen Mann mit Hut und dunklem Mantel über hellem Anzug?

Antwort: Tatsächlich hat sich eine Person, die dieser Beschreibung entspricht, an uns gewandt und nach Vassalli Alessandro gefragt.

Frage: Erinnern Sie sich noch, wann das war?

Antwort: Das kann ich nicht mit Bestimmtheit sagen, denn ich hatte einiges getrunken. Auf jeden Fall erinnere ich mich, dass wir nicht lang danach zum Bahnhof gegangen sind, um nach Hause zu fahren, und zwar mit dem Zug, der kurz nach sechs Uhr von Bellinzona abfährt.

Ebenfalls mit Bezug auf Contini schicke ich Ihnen ein Papier mit seiner Rekonstruktion der Fakten; darin erwähnt auch jener Anruf, dessentwegen er sich angeblich auf die Suche nach Vassalli machte. Nach Auskunft der Telefongesellschaft fand der Anruf tatsächlich statt, und zwar kurz nach fünf, rund eine Stunde vor dem Mord, von einer Telefonzelle aus. Deshalb beabsichtige ich, den Verdächtigen erneut zu vernehmen. Was Continis Verbindung nach Malvaglia betrifft, so lege ich dem fertigen Bericht ein altes Dokument über das Verschwinden Ernesto Continis bei; der Sohn war damals noch minderjährig.

Herzlich,
Emilio De Marchi
Commissario Emilio De Marchi.

*

VON: *francesca.b@bluewin.ch*
GESENDET: *heute 21:44*
AN: *contini.ufficio@hotmail.com*
BETREFF: *kein Betreff*

Ciao! Ich mail dir jetzt mal, das geht schneller. Heute habe ich den ganzen Tag in der Bibliothek gearbeitet, jede Menge recherchiert und sehr wenig geschrieben … Der Prof sagt, das ist wie der Teil des Eisbergs, der unter Wasser ist: Man muss zehnmal mehr lesen, als am Schluss an Geschriebenem herauskommt. Nichtsdestoweniger ist es eine stressige Arbeit … außerdem muss ich bei Eisbergen immer an die Titanic denken;-)

Jetzt möchte ich wissen, wie's dir geht – schließlich haben wir uns seit der Fasnacht praktisch nicht gesehen. Die Polizei hat mich verhört. Sie wollten wissen, was du zu mir gesagt hast und wohin wir gegangen sind. Warum, was ist los? Sie sind überzeugt, dass du was über Pellanda und Vassalli weißt, stimmt's? Und was weißt du wirklich?

Mir ist klar, dass dich dieser Fall sehr in Anspruch nimmt, aber bitte rede mit mir! Gemeinsam stehen wir die Situa-

tion doch viel besser durch. Oje! Jetzt ist mir ein Gemeinplatz unterlaufen – entschuldige, aber ich muss dieses Mail in einem Zug schreiben, denn wenn ich es noch mal lese, trau ich mich nicht, es abzuschicken. Jedenfalls: Will nur sagen, dass ich in Gedanken bei dir bin und mir eine baldige Antwort wünsche!!

Gute Nacht!

F.

*

Sehr geehrter Herr Porta,

Herr Rechtsanwalt Giorgio Calgari hat sich mit der von Ihnen und anderen Grundeigentümern aus der betroffenen Zone ergriffenen Einsprache gegen die Erweiterung des Wasserkraftstausees in Malvaglia befasst. Das Thema ist recht heikel.

In Ausübung des der Eidgenossenschaft gemäß Art. 22ter BV erteilten Auftrags, allgemeine Normen aufzustellen, auf deren Grundlage die Kantone eine funktionale Nutzung des Bodens zu gewährleisten haben, entstand das Bundesgesetz über die Raumplanung (RPG), wonach Bund, Kantone und Gemeinden verpflichtet sind, die erforderlichen Raumplanungsmaßnahmen zu ergreifen, damit »der Boden haushälterisch genutzt wird. Sie stimmen ihre raumwirksamen Tätigkeiten aufeinander ab und verwirklichen eine auf die erwünschte Entwicklung des Landes ausgerichtete Ordnung der Besiedlung. Sie achten dabei auf die natürlichen Gegebenheiten sowie auf die Bedürfnisse von Bevölkerung und Wirtschaft« (Art 1 Abs 1 und Art 2 Abs 1 RPG). Dies sind die allgemeinen Ziele des Raumplanungsgesetzes; der Kanton Tessin gewährt den Kommunen hierbei in der Regel einen beträchtlichen Ermessensspielraum (BGE 115 Ia 44). In unserem Fall ist indes der politische Ansprechpartner der Elektri-

zitätsgesellschaft der Kanton, der das Gemeinwohl im Auge zu behalten hat, welches also die Gesamtheit oder einen signifikanten Anteil der Bürger betrifft und welches die öffentliche Hand in der Ausübung ihrer Funktionen zu fördern hat (vgl. G. Müller, Commentaire de la Const. Féd. No. 34).

Um Ihre Frage zu beantworten, weise ich Sie darauf hin, dass im Fall eines von der Elektrizitätsgesellschaft errichteten Staudamms die Gemeinde sich auch dann nicht gegen das Projekt hätte stellen können, wenn sie es gewollt hätte: Tatsächlich ist das Vorhaben auf kantonaler Ebene von öffentlichem Nutzen. Eine etwaige Einsprache könnte sich auf mögliche Verfahrensfehler und vielleicht auf das Fehlen der Voraussetzungen für die Erweiterung des Stausees berufen, doch unter den gegebenen Umständen unterstützen die politischen Behörden die SET. Auch nachteilige ökologische Konsequenzen sind fraglich: Der Stausee existiert bereits, eine Erweiterung zöge keine unverhältnismäßigen Umweltschäden nach sich. Ich bitte Sie daher, auch die anderen Beschwerdewilligen zu einer erneuten Meinungsbildung aufzufordern, und gebe zu bedenken, dass die Unterstützung der Gemeinde nicht vorliegt: Herr Bürgermeister Pellanda saß im Verwaltungsrat der SET, und Herr Ingenieur Vassalli war einer der entschiedensten Befürworter des Vorhabens. Nach deren Hinscheiden werden weder die Gemeinde noch gar der Kanton eine posthume Desavouierung anstreben. Ich schreibe Ihnen im Vertrauen, damit Sie sich vor unserer für Mittwoch geplanten Besprechung ein Bild von der Sachlage machen können. In Erwartung unseres Treffens verbleibe ich

mit freundlichen Grüßen,
Federico Malfanti.

RA Federico Malfanti
Rechtsanwälte Calgari & Partner

*

KANTONSPOLIZEI

An Herrn
Staatsanwalt p. p. Attilio Rodoni
6500 Bellinzona

VORLÄUFIGER BERICHT DER KRIMINALPOLIZEI –
AUSZÜGE ZU IHRER KENNTNISNAHME

Betr.: MORDFALL VASSALLI / MALVAGLIA

Anlagen: Vernehmungsprotokolle »Spacatesta Band«

AUSSAGE RATTI, ANTONIO

Sig. Ratti, Antonio, 63, Schweizer Staatsbürger, wohnhaft in Malvaglia, erklärt, er habe mit eigenen Augen eine verbale und handgreifliche Auseinandersetzung zwischen dem oben genannten Contini, Elia und dem verstorbenen Vassalli, Alessandro, genannt Sandro, beobachtet. Nach Aussage des Zeugen (s. Anlagen) stellte Contini mehrere Fragen über den jüngst erfolgten Tod des Herrn Bürgermeisters Pellanda, die Vassalli so nervös machten, dass er den genannten Contini erst verbal und danach auch physisch angriff, nämlich mittels eines Faustschlags gegen die Schulter. Als sich die Schlägerei horizontal auf dem Fußboden fortsetzte, gelang es Contini, sich in Sicherheit zu bringen, und die übrigen dem Streit beiwohnenden Musiker konnten die beiden Gegner trennen, welche danach keine weiteren Kontakte gewalttätiger Natur hatten.

Aufnehmender Beamter: Jonathan Visetti

*

Ciao Francesca, Mail erhalten, Antwort kommt. Sorry wg. Polizeifragen. Gespannte Lage im Kanton. Bis bald!
SMS GESENDET AN: Francesca Besson
ABSENDER: Elia Contini
UHRZEIT: 15:25
DATUM: HEUTE

Ciao! Hab's im Fernsehen gesehen, mach mir Sorgen. Reden wir morgen, falls wir's schaffen, uns abends zu sehen. O.k.? Kuss! F.
SMS GESENDET AN: Elia Contini
ABSENDER: Francesca Besson
UHRZEIT: 15:26
DATUM: HEUTE

O.k.
SMS GESENDET AN: Francesca Besson
ABSENDER: Elia Contini
UHRZEIT: 15:30
DATUM: HEUTE

*

TREUHANDGESELLSCHAFT
AMEDEO FINZI & PARTNER

An Franco Sutter
Road Town
Tartola, British Virgin Islands

– persönlich / dringend –

Sutter,

in Eile eine kurze Nachricht, um dir den Inhalt unseres gestrigen Telefonats zu bestätigen. Sie erreicht dich zusammen mit den Unterlagen über die Verwaltung der Indambiente S.A. gemäß dem von Passalacqua vorbereiteten Plan.

Apropos Passalacqua. Nach der idiotischen Idee, Contini ins Boot zu holen, hat er nichts mehr gesagt, aber seit den beiden Mordfällen hat er Muffensausen. Ich denke, wir sollten uns keine großen Sorgen machen: Am Ende wird sich rausstellen, dass sie wegen einer Familiensache um die Ecke gebracht wurden. Und selbst wenn die Polizei anfangen sollte, ihre Nase in die Transaktionen von vor zwanzig Jahren zu stecken, sind wir auf der sicheren Seite. Wenn wir verhindern können, dass die Medien sich draufstürzen, wird auch unser guter Ruf keinen Schaden nehmen.

Das einzig Ärgerliche wäre, wenn Passalacqua irgendeinen eigenmächtigen Mist baut, aber ich werd ihn im Auge behalten; oder aber wenn dieser Contini weiter in unseren Angelegenheiten herumschnüffelt. Allerdings dürfte ihm inzwischen klar sein, dass wir mit den Todesfällen nichts zu tun haben. So oder so: Denk bitte dran, das fragliche Sammelkonto über Jersey nach Tortola zu verlegen – wie immer es weitergeht, kann es nicht schaden, wenn wir vorsichtig sind. Ich ruf dich in den nächsten Tagen an.

Gruß,

A. F.

AN HERRN GIORGIO CALGARI

Noch eine Nachricht, bevor ich die Kanzlei für heute verlasse. Gegen sechs hat Tommaso Porta angerufen: Er sagt, er will die Sache fallen lassen, an der Besprechung am Mittwoch will er auch nicht mehr teilnehmen. Er denkt, dass andere Grundeigentümer aus Malvaglia an der Einsprache festhalten werden, aber sicher ist er nicht. Lassen Sie mich wissen, ob ich mich morgen früh mit den anderen in Verbindung setzen soll oder ob wir es lieber ganz bleiben lassen. Schönen Feierabend! Federico.

*

VON: *tommi2520@yahoo.com*
GESENDET: *gestern 23:48*
AN: *eliacontini@hotmail.com*
BETREFF: *Morgen*

Wir hatten dieselbe Kindheit, mussten dasselbe Unrecht hinnehmen; das weißt du ja. Ich hatte lange nicht den Mut, etwas zu tun. Aber dann hab ich's doch getan, und jetzt gibt es kein Zurück mehr. Sie sind tot, Elia, alle beide im Wasser gestorben!

Wie du gesagt hast: lieber vorsichtig sein und den Polizisten ein bisschen Sand in die Augen streuen. Aber wir müssen nichts fürchten, denn wir sind im Recht. Jeden Abend höre ich, was mir die Fotos zu sagen haben: Höre ihre Meinungen, denke nach und versuche, die beste Entscheidung zu treffen. Wenn du magst, können wir auch mal persönlich darüber reden: Mir ist es immer recht. Auch morgen. Sag Bescheid!

Weißt du, dass mir der alte Fontana, der noch im Dorf wohnt, neulich gesagt hat, dass Desolina aus Spanien zurückkommt? Sie will irgendwo im Luganese bei einer Verwandten wohnen, und der alte Fontana meint, sie hat gerade dir etwas Wichtiges zu sagen! Hoffentlich hilft es uns! Unterdessen habe ich beschlossen, die Beschwerde sein zu lassen. Die Elektrizitätsgesellschaft, die Gemeinde, der Staat und die Polizei, alle sind gegen uns, eben weil nur wir die Wahrheit kennen.

Ich folge den Ratschlägen derer, die mir wohlwollen.

Grüße! Tommi.

*

VON: tommi2520@yahoo.com
GESENDET: heute 00:16
AN: eliacontini@hotmail.com
BETREFF: Morgen?

Wieso nicht morgen? Ich warte; ich verstehe schon, dass wir vorsichtig sein müssen. Aber manchmal fühl ich mich wirklich sehr allein gelassen. Ciao! Tommi.

12

Sagen Sie's mir, Contini!

Attilio Rodoni fühlte sich wie der Korken einer Champagnerflasche, kurz bevor ihn jemand knallen lässt. Die Leute flüsterten, die Journalisten ließen ihm keine Ruhe. Und alle erwarteten eine offizielle Stellungnahme. Er massierte seine Nase und sagte: »Sie irren sich, Doktor Lamberti. Die politische Frage spielt keine Rolle.«

Rodoni verstummte und betrachtete seinen Gesprächspartner, eine spindeldürre Gestalt mit violettem Hemd und einer Weste in der Farbe von Erbrochenem.

»Schauen Sie, Doktor«, fuhr er dann fort, »aus exzessiver politischer Vorsicht hätten wir den Pellanda-Mord von Anfang an als die Tat eines Geistesgestörten behandeln können, aber wir wollten lieber warten.«

Doktor Lamberti, forensischer Psychiater, dessen Titelsammlung noch mächtiger war als seine Brauen, ließ ein zustimmendes Brummen hören.

»Okay«, setzte er hinzu, während er seinen Laptop einschaltete. »Tun wir so, als stünde euch das Wasser nicht bis zum Hals. Könnten Sie vielleicht das Licht ein bisschen dämpfen, Herr Kommissär?«

De Marchi, der noch kein Wort gesagt hatte, stand auf und drehte die Beleuchtung herunter. Die Fotos auf Rodonis Schreibtisch verschwanden im Halbdunkel. In einer Ecke des Zimmers saß Tettamanti, der hoch aufgeschossene Chef der Kriminalpolizei, der in dem nun herrschenden Zwielicht eine trübsinnigere Wirkung entfaltete als eine Beerdigung bei Regen.

»Also«, begann Lamberti und rief seine vorbereitete Power-Point-Präsentation auf. »Meine Untersuchung stützt sich auf zahlreiche psychologische Indizien, die der Täter buchstäblich ausgestreut hat.«

Die Behauptung klang wie eine Anklage. Rodoni, auf seinem Stuhl hin und her rutschend, knurrte unwirsch: »Na, dann lassen Sie mal sehen.«

Jede Hoffnung, mit der raschen Lösung des Doppelmords Pellanda-Vassalli eine gute Figur zu machen, hatte sich in Luft aufgelöst. Jedes Mal, wenn Rodoni seinen kräftigen Hintern in den Schreibtischsessel sinken ließ, meinte er das Zischen der glühenden Kohlen unter ihm zu hören ... Er verdrängte den Gedanken und richtete seine Aufmerksamkeit auf Lambertis Erklärungen.

»Fangen wir mit dem Auffälligsten an.« Der Psychiater projizierte den Inhalt seines Bildschirms an die weiße Wand gegenüber. »Der Mörder folgt einem Ritual. In beiden Fällen tötet er nicht einfach, sondern legt Wert darauf, dass der Tod auf bestimmte Weise erfolgt: Erst wendet er Gewalt an, um sein Opfer wehrlos zu machen, dann lässt er das Wasser sein Werk vollenden. Wie Sie sehen, weisen die beiden Morde eindeutige Parallelen auf.«

Der rote Laserpunkt illustrierte die Gemeinsamkeiten auf dem dargestellten Schema.

Mordfall Pellanda	
1) Gewalt	*Schlag in den Nacken*
2) Todesursache	*Ertrinken infolge Schocks*

Mordfall Vassalli	
1) Gewalt	*Schuss in den Magen*
2) Todesursache	*Ertrinken infolge Schocks*

Gemeinsamkeiten: Todesursache abgelegener Ort im Freien
Tatzeit: – Pellanda kurz nach Tagesanbruch
– Vassalli kurz vor Tagesanbruch

(Anm.: Im zweiten Fall liegt ein Projektil für etwaige ballistische Vergleiche vor.)

»Natürlich«, bemerkte Lamberti, »sind zwei Morde nicht gerade viel, um Informationen über den Modus Operandi zu sammeln. Aber falls ein weiterer Mord geschieht, was durchaus möglich, wenn nicht sogar wahrscheinlich ist …«

Rodoni rutschte wieder auf dem Stuhl hin und her. In seiner Phantasie zischten die glühenden Kohlen lauter. »Ich unterbreche Sie ungern, Herr Doktor, aber das sind jetzt keine Neuigkeiten.«

Lamberti musterte ihn.

»Um Neuigkeiten geht es auch gar nicht, Herr Staatsanwalt. Hier geht es darum, die uns bekannten Fakten sprechen zu lassen, damit sie uns zum Mörder führen.«

»Na gut«, seufzte Rodoni. »Lassen wir sie also sprechen.«

»Also«, fuhr Lamberti fort und projizierte einen neuen Bildschirminhalt an die Wand. »Was hatten die Opfer gemeinsam?«

»Sie waren Schwager«, warf der Kripochef aus seiner finsteren Ecke ein.

»Richtig«, sagte Lamberti. »Und sie waren Befürworter der Erweiterung des Stausees von Malvaglia, vor zwanzig Jahren schon und heute wieder.« Der Psychiater räusperte sich geräuschvoll. »Ich glaube, dass das Rituelle an den beiden Morden der Typologie eines Mörders mit sehr speziellen Motiven entspricht.«

»Nämlich?«, fragte Rodoni.

»Vor allen Dingen«, antwortete Lamberti, »lässt das besondere Augenmerk, das auf die Todesursache, nämlich Ertrinken, gelegt wird, vermuten, dass der Mörder diese Todesart nach seinem Verständnis von Gerechtigkeit für die geeignetste hielt. Er wollte jedoch kein Risiko eingehen und sorgte dafür, seine Opfer zuvor wirkungsvoll außer Gefecht zu setzen. Was lernen wir daraus?«

»Er ist eher der vorsichtige Typ«, antwortete wiederum Tettamanti.

»In erster Linie deutet es auf eine komplexe Persönlichkeit hin«, präzisierte Lamberti. »Einerseits haben wir ein Individuum, das nicht nur eine sehr feste Vorstellung von Gerechtigkeit hat, sondern diese auch mit einem erheblichen Maß an ritueller Kodifizierung in die Tat umsetzt. Andererseits erkennen wir eine umsichtige und berechnende Einstellung: Um sein Ziel zu erreichen, wartet der Mörder geduldig auf den geeigneten Zeitpunkt und demonstriert somit, dass er in der Lage ist, seinen Modus operandi zu variieren.«

Während er sprach, projizierte Doktor Lamberti eine Tabelle mit seinen wichtigsten Erkenntnissen an die Wand:

Parameter	Alter	Beruf	Beziehungen	Vergangenheit
Hypothesen	halbwegs jung, ca. 30–35 Jahre	hat studiert, übt einsame, nicht ereignislose Arbeit aus	Single, schließt nicht leicht Freundschaften	vielleicht ungelöster familiärer Konflikt

BEMERKUNGEN: *Falls das Individuum mit den Opfern nicht verwandt ist, hat es sich jedenfalls schon mit dem Staudamm von Malvaglia auseinandergesetzt (dagegen protestiert, ihn bekämpft) und betrachtet den Stausee – oder seine Erweiterung – als persönliche Kränkung.*

»Das sind natürlich alles nur Vermutungen«, sagte Lamberti, »aber einige Angaben wie ›Alter‹ und ›Beziehungen‹ werden von zahlreichen Übereinstimmungen mit ähnlichen Fällen bestätigt.«

»Mit anderen Worten«, sagte Rodoni, »der Täter könnte aus Rache gehandelt haben.«

»Nun, offen gestanden, er selbst hält das eher für Gerechtigkeit, aber …«

»Sie glauben, man hat ihm ein Unrecht zugefügt, oder?«, fragte wiederum Rodoni.

»Ja, er glaubt, dass …«

»Also sagen wir, er will sich rächen. Wofür?«

»Objektiv betrachtet, kann die Ursache geringfügig sein«, erklärte Lamberti. »Dass *er* sie schwernimmt, bedeutet nicht zwangsläufig, dass sie schwerwiegend ist.«

»Vielleicht eine erlittene Kränkung«, spekulierte Tettamanti.

»Kann sein«, sagte Rodoni. »Ich wäre da allerdings sehr vorsichtig. Wenn dieses Profil den Journalisten in die Hände fällt, schaut es nicht gut aus.«

»Auch deshalb, weil es im Grunde lauter Luftschlösser sind«, warf Tettamanti ein.

»Und Sie, Commissario, was denken Sie?«, fragte Rodoni, um Lambertis Protest zuvorzukommen.

De Marchi zog die Rollläden hoch und antwortete langsam, als spräche er einen noch unfertigen Gedanken aus.

»Schwer zu sagen … Ich weiß nicht, ob man so einem Profil allzu sehr trauen darf …«

»Herr Kommissär«, begann Doktor Lamberti. »Es handelt sich hierbei um ein streng wissenschaftliches Vorgehen, das …«

»Schon gut, schon gut«, unterbrach De Marchi. »Ich meine nur, dass ein Mörder dieses Schlags mir eher Angst macht. Auch deshalb, weil …«

Er verstummte.
»Weshalb?«, fragte Rodoni nach.
»Nichts«, sagte De Marchi. »Nichts.«

Es war eine Vollmondnacht. Contini nahm seine Kamera und machte sich auf in den Wald. Die Paarungszeit näherte sich dem Ende, und er hatte noch kein einziges anständiges Foto zustande gebracht.

Füchse verteidigen das Territorium rund um ihren Bau vehement und unermüdlich. Ihr Jagdrevier sehen sie allerdings weniger streng und unternehmen schon einmal Streifzüge in fremdes Gebiet. Da Contini in den letzten Wochen den Kontakt zu den Füchsen verloren hatte, pirschte er sich gegen den Wind in einem großen Bogen so nahe an den Bau des Rüden heran, wie es ging.

Im Wald herrschte diese typische Mattigkeit, die den ersten Anzeichen des Frühlings vorausgeht. Contini, um Lautlosigkeit bemüht, schaltete von Zeit zu Zeit seine Taschenlampe ein, um niedrigem Gezweig auszuweichen.

Nahe der Stelle, an der die Belüftungsröhre des Fuchsbaus hervorkam, hielt er an; sich noch weiter zu nähern wäre zu riskant gewesen. Er kauerte sich auf den Stumpf einer Kastanie und wartete. Es roch nach nasser Erde.

Nach einer knappen halben Stunde sah er den Fuchs fünfzig Meter unter ihm aus dem Haupteingang hervorkommen und brachte seine Kamera in Anschlag. Es war ein Prachtexemplar von einem Rüden. Der Fuchs sah sich um, witterte, scharrte im Boden, ließ ein dumpfes Winseln hören.

Contini fragte sich nach dem Grund dieser Unruhe, erfuhr sie aber gleich, denn ein zweiter Rüde tauchte auf – Contini hörte ihn, noch ehe er ihn sah, was ein Zeichen dafür war, dass das Tier alle Zurückhaltung aufgegeben hatte. Jäh brach der Fuchs aus einem niedrigen Haselnussstrauch hervor und stellte sich direkt vor dem Besitzer des Baus auf. Er ließ ein kurzes Knurren hören, und im nächsten Moment hatten beide Rüden sich auf die Hinterbeine aufgerichtet, während sie einander mit den Vorderbeinen angriffen und Beißversuche abwehrten.

Contini fotografierte. Die Rüden umklammerten sich – Contini fotografierte wieder – und wälzten sich auf dem Boden, schnappten und kämpften, und der Eindringling jaulte auf. Der andere aber ließ nicht locker, sondern griff mit harter Schnauze immer wieder an. Geduckt, die Ohren angelegt, setzte er zum Sprung auf die Flanke des Gegners an. Der versuchte noch auszuweichen, aber es gelang nicht, er verlor das Gleichgewicht. Er gab sich geschlagen: Drehte sich auf den Rücken und bot seinem Feind die Kehle dar. Contini fotografierte weiter, während der Sieger den Besiegten beroch und neben ihm auf den Boden urinierte. Stolz reckte er seinen Schweif in die Höhe, während der unterlegene Fuchs den Schwanz über den Boden schleifen ließ und zum Zeichen der Demut wedelte.

Was für eine Glücksnacht! Einen Kampf zwischen zwei Fuchsrüden bekommt man so gut wie nie zu sehen, nicht einmal während der Fortpflanzungszeit. Befriedigt kehrte Contini nach Hause zurück.

Am nächsten Morgen aber, als er mit Brot, Honig und schwarzem Kaffee beim Morgenessen saß, ließ die Zeitungslektüre seine schlechte Laune sehr schnell zurückkehren.

Zu der Zeit bekam er zwei Tageszeitungen – die eine wurde ihm zu Werbezwecken zwei Wochen lang kostenlos geliefert. Beide behandelten auf der Titelseite die Krise im Staatsrat, von der Contini wenig wusste und nichts wissen wollte. Im Innenteil aber fand er diverse als Nachrichten verkleidete Hypothesen über den Mordfall Vassalli.

Die Polizei sucht einen geheimnisvollen Vagabunden, der wohlinformierten Kreisen zufolge …

… auch Alessandro Vassalli, Schwager des Bürgermeisters

Pellanda, soll einen mysteriösen Detektiv erwähnt haben, der …

Wie Teleticino gestern berichtete, will Staatsanwalt Rodoni jetzt die nächsten Angehörigen vernehmen, um …

… erinnern wir an die heftigen und anhaltenden Auseinandersetzungen um die Erweiterung des Stausees, die nach Ansicht von …

Das Problem war, dass der Kanton Tessin weltweit die höchste Journalistendichte aufzuweisen hat, die sich in Fernseh- und Radiosendern tummeln, in Tageszeitungen, in Wochenzeitungen, im Internet und so weiter und so fort. Wie kann ein Detektiv angesichts dieser Aufmerksamkeit anonym bleiben?

Contini warf ergrimmt die Zeitungen auf den Tisch und stand auf, um seinen Gymnocalycium Friederickii zu gießen. Da der Pfropf kein Chlorophyll besaß, hatte ihn Contini einer grünen Sukkulente aufgepflanzt: Der Pfröpfling sah aus wie eine Laterne, eine im Herzen eines Kaktus brennende Kerze. Während er seine kleine Gießkanne füllte, läutete das Telefon.

»Contini.«

»Hallo, Signor Contini! Hier spricht Adele Fontana. Sie kennen mich nicht, aber ich bin die Nichte von Desolina, und ihretwegen rufe ich Sie an.«

»Ja …« Contini drückte den Hörer fester ans Ohr. »Wie geht's ihr denn?«

»Sie ist gestern mit dem Flugzeug in Agno angekommen. Wenn Sie in den nächsten Tagen Lust haben, vorbeizukommen, würde sie das ganz bestimmt sehr freuen. Sie hat immer voller Zuneigung von Ihnen gesprochen, wissen Sie, und überhaupt von der damaligen Zeit! Gerade erst hat sie mir vom Leben damals in Malvaglia erzählt …«

Ihrer Stimme nach zu urteilen, war Adele Fontana eine Frau mittleren Alters. Contini sagte: »Entschuldigen Sie, dass ich Sie unterbreche, aber ich habe nicht verstanden, von wo Sie anrufen.«

»Ah ja, natürlich, wie gedankenlos von mir! Ich wohne in Villa Luganese, wissen Sie, aber ein bisschen außerhalb, unweit der Kreuzung mit der Via Dassone …«

Die Wegbeschreibung nahm eine gewisse Zeit in Anspruch. Am Ende gelang es Contini, noch einmal seine ursprüngliche Frage anzubringen: »Und wie geht es Desolina?«

Adele Fontana senkte die Stimme: »Sie ist sehr erschöpft, die Arme. Aber Charakter hat sie, das muss man sagen, und denken Sie sich, sie wollte keine Minute ausruhen, sondern setzt sich gleich hin und fängt an zu schreiben.«

»Sie schreibt?«

»Ja, sie trägt ständig ein Bündel Papiere mit sich herum, und sie sagt, sie schreibt ihre Memoiren. Und sie schreibt unentwegt! Was für eine Energie! Was gäb ich drum, so altern zu können wie sie!«

In De Marchis Büro musste Contini an den Kampf der Füchse denken. Er ließ die verschiedenen Phasen der Auseinandersetzung, die Abfolge von Angriff und Abwehr, Revue passieren.

Aber es fehlte ein Gesamtbild.

Es fehlt immer das Gesamtbild, dachte er, während er die Risse in den Wänden und die alten metallenen Karteikästen betrachtete. Immer, aus den verschiedensten Gründen.

»Ich bräuchte ein bisschen Zeit«, sagte er laut. »Es ist viel passiert.«

»Zeit?«, fragte De Marchi. »Zwei Menschen sind tot – das ist Ihnen schon klar, oder?«

Schweigen. Dann fragte Contini: »Haben Sie denn eine Vermutung?«

»Wollen Sie mich auf den Arm nehmen?«, fragte der Kommissär zurück.

»Das würde ich nie tun.«

»Sie tun es jetzt.«

»Aber aus Versehen.«

»Aus Versehen?«

»Sie legen mir die Worte in den Mund, Herr Kommissär.«

De Marchi griff nach seinem Feuerzeug und ließ es aufschnappen. Er zündete die Flamme an, ließ sie ausgehen, zündete sie wieder an, ließ sie wieder ausgehen. Der Kommissär rauchte gelegentlich eine Zigarre, trank sehr maßvoll, fluchte niemals: Zur Beruhigung der Nerven pflegte er nur Feuerzeuge zu malträtieren.

»Hören Sie, Contini, ich will hier nicht die übliche Komödie aufführen.«

»Gut.«

Die Bewegung des Daumens auf dem Feuerzeug wurde hektischer.

»Soll ich's Ihnen klipp und klar sagen? Soll ich Ihnen das Profil vorlesen, das die Experten erstellt haben?«

De Marchi stöberte in seinen Unterlagen auf dem Schreibtisch, bis er ein gelbes Kuvert gefunden hatte. Er zog ein Blatt heraus und las die Anmerkungen von Doktor Lamberti vor. Besonderen Nachdruck legte er auf den letzten Satz: »... und es ist möglich – hören Sie gut zu –, es ist möglich, dass er in seiner Kindheit im Zusammenhang mit dem Stausee ein Trauma erlitten hat. Was sagen Sie dazu?«

»Nichts.«

»Geben Sie zu, dass dieses Porträt auf Sie passt?«

»Finden Sie?«

»Schauen Sie, wir wissen, dass Sie sich schon seit einer ganzen Weile für den Stausee interessieren, Sie waren bei Pellanda, bei Vassalli, bei Finzi, und Sie haben nicht den Hauch eines Alibis.«

In dem Moment ging die Bürotür auf, und herein kam, im

dunklen Mantel mit aufgestelltem Kragen, aus dem ein rundes, vor Kälte gerötetes Gesicht ragte, Attilio Rodoni, der Staatsanwalt.

»Das kann ich mir natürlich nicht entgehen lassen«, erklärte er und setzte sich vor De Marchis Schreibtisch, »auch wenn es kein formelles Verhör ist.«

»Ach!«, sagte Contini. »Mir war nicht bewusst …«

»Genug!«, unterbrach De Marchi. »Sie wissen schon, dass wir Sie festnehmen könnten? Sagen Sie's ihm, Herr Staatsanwalt.«

»In der Tat«, antwortete Rodoni nach einem raschen Hüsteln, »ist Ihre Lage, Signor Contini, prekär. Sie sind sich darüber im Klaren, nicht wahr, dass Sie leider nicht das geringste Alibi …«

»Weil ich Single bin und ein zurückgezogenes Leben führe, ja?«

Das Feuerzeug schnappte auf.

»Was haben Sie zu der Schlägerei mit Vassalli zu sagen?«

»Nichts.«

»Ist es wahr, dass Sie den Bürgermeister Pellanda gefragt haben, wann er seinen Morgenspaziergang macht?«

»Weiß ich nicht mehr.«

»Ach nein?«, fuhr De Marchi fort. »Und wie erklären Sie mir, dass Sie zwei Minuten nach dem Mord an Vassalli auf der Bildfläche erscheinen?«

»Ich habe einen Anruf erhalten und mich dann auf die Suche nach Vassalli gemacht.«

»Ja, dieser Anruf, lächerlich!«

»Vom Mörder.«

»Aber vor dem Tod des Bürgermeisters hat er Sie nicht angerufen, oder?«

»Nein.«

»Aha. Diesmal aber informiert er Sie freundlicherweise vorher. Und deshalb haben Sie Vassalli gesucht, richtig?«

»Ja.«

»Und was wollten Sie von ihm, als Sie ihn gefunden haben?«

»Nichts, denn da war er schon tot.«

»Weil Sie auf ihn geschossen und ihn dann ertränkt haben?«

»Ich habe nicht auf ihn geschossen.«

»Wer hat dann auf ihn geschossen?«

»Das weiß ich nicht.«

»Aber Sie haben ihn ertränkt?«

»Als ich ihn fand, war er tot.«

»Haben Sie wieder miteinander gestritten?«

»Als ich ihn fand, war er tot.«

»Stimmt es, dass Sie Vassalli geschlagen haben?«

»Nein.«

»Dann hat Vassalli Sie geschlagen?«

»Er hat eben die Nerven verloren, aber …«

»Hat er Sie geschlagen oder nicht?«

»Na ja, ich würde nicht sagen, dass …«

»Und das haben Sie ihm nachgetragen.«

»Ich trage niemandem irgendwas nach.«

»Und was haben Sie mir über Ihren Vater zu sagen, Contini?«

»Nichts.«

»Hoffen Sie ihn zu finden, zwanzig Jahre später?«

»Ich habe nichts zu sagen.«

»Glauben Sie nicht, dass Ihr Vater tot ist?«

Contini schwieg.

»Glauben Sie nicht, dass Ihr Vater tot ist?«

Keine Antwort. Dann fragte Rodoni: »Stimmt es, dass Sie mit Kommissär Laffranchi gesprochen haben?«

»Ich habe ihm ein paar Fragen nach dem Verschwinden meines Vaters gestellt.«

»Was für Fragen?«, wollte De Marchi wissen.

»Über die damaligen Ermittlungen.«
»Glauben Sie, dass Ihr Vater ermordet wurde?«
»Dazu habe ich nichts zu sagen.«
»Wer ist schuld dran?«
»Schuld woran?«
»Sagen Sie's mir, Contini. Schuld woran?«
»Ich weiß es nicht.« Contini, die Hände auf die Knie gestützt, schüttelte den Kopf. »Hören Sie, ich habe niemanden umgebracht.«
»Sie haben niemanden umgebracht«, wiederholte De Marchi.
»Nein, Sie kennen mich, Sie wissen, dass …«
»… dass Sie niemanden umgebracht haben. Also ich sag Ihnen eins. Vorläufig lassen wir Sie gehen, aber wir befehlen Ihnen – und ich betone: *befehlen* –, sich in Zukunft rauszuhalten: Sie beschäftigen sich weder mit diesem Staudamm noch mit den beiden Morden. Ist das klar?«
»Ich mache meine Arbeit …«
»Ist das klar?«
»Ist klar.«
»Gut. Und halten Sie sich zur Verfügung.«
Draußen vor dem Büro des Kommissärs zündete sich Contini eine Zigarette an. Wenn sich jetzt nicht bald irgendeine neue Spur ergibt, dachte er, wird das hier ein schlechtes Ende nehmen.
Langsam, ohne das Autoradio einzuschalten, fuhr er nach Corvesco zurück und dachte nach. War in dieser glatten Mauer, an der sich alle die Köpfe blutig stießen, denn nicht irgendwo ein Spalt zu entdecken, an dem man ansetzen konnte; eine Schwachstelle, die zu Pellandas und Vassallis Mörder führte?
Und sein Vater?
War er wirklich tot? Bis jetzt hatte sich Contini bemüht, das Thema möglichst zu verdrängen. Aber vielleicht bestand

ja wirklich eine Verbindung zwischen dem Verschwinden eines ehemaligen Polizisten in den achtziger Jahren und zwei Mordfällen zwanzig Jahre später?

Er glaubte nicht mehr recht daran. Contini war mit der Absicht aufgebrochen, in der Vergangenheit zu graben, aber sein Vater war ihm wieder einmal entglitten. Auch von den eventuellen Enthüllungen der alten Desolina versprach er sich nicht mehr viel. Das Haus auf dem Grund des Sees war weit fort, vom Wasser und von der Zeit zerstört.

Jetzt hatte er andere Sorgen: Wenn er nicht selbst des Mordes angeklagt werden wollte, musste er schleunigst den Mörder finden.

Zu Hause angelangt, legte er sich in seine Hängematte und hörte eine neu erstandene CD: Eric Barret spielte mit seinem Saxophon *Quand maman reviendra* von Jacques Brel: »Wenn Mama zurückkommt« – schon nach wenigen Takten merkte Contini, dass das nicht die richtige Musik war. *Quand maman reviendra, à cheval d'un chagrin d'amour* … Er musste an seine Familie denken, von der er so gut wie nichts wusste. Die Erinnerung an seine Mutter waren ein paar verschwommene Bilder.

Das Telefon läutete. Er sprang aus der Hängematte und hastete zum Apparat im Flur. Eine Hand an die Wand gestützt, nahm er ab.

»Ciao, Contini, wie geht's?«

»Ah, Francesca, ciao, wie geht's selbst?«

»Gut. Und dir?«

»Ebenfalls.«

Dann schwiegen beide. Bis Francesca fragte: »Es geht noch immer um diese Sache, oder?«

»Ja.«

»Weißt du, dass mich die Polizei immer noch mit Fragen nervt?«

»Das tut mir leid.«

»Hast du nicht gesagt, dass du um sechs bei mir vorbeikommst?«

Contini sah auf die Uhr. Es war Viertel nach sieben.

»Oje. Entschuldige, Francesca, ich ... hatte zu tun ... und ...«

»Du hast es vergessen?«

»Nein, oder vielmehr ja, aber ...«

»Soll ich stattdessen zu dir kommen? Wir können zusammen was essen und ein bisschen reden.«

»Gute Idee.«

Wieder schwiegen sie. Francesca seufzte tief.

»Überzeugt bist du nicht, oder?«

»Das ist es nicht.«

»Was ist es dann?«

»Schau, Francesca, nimm's bitte nicht persönlich, aber ich wäre heute Abend gern allein.«

»Aber ...«

»Es ist halt so eine Phase, weißt du ... also ich hab grad kein Bedürfnis zu reden ...«

»Wann hast du je ein Bedürfnis?«

»Ach, du weißt doch, dass ...«

»Aber früher oder später *müssen* wir reden, weißt du?«

»Ich weiß.«

»Es sei denn, du hast dich bereits entschieden.«

Schweigen.

Dann sagte Francesca: »Wir hören uns in den nächsten Tagen, okay?«

Und legte auf, ehe er antworten konnte. Er hätte aber ohnehin nichts zu sagen gewusst. Er legte ebenfalls auf und ging in die Küche, wo der Kater maunzend auf und ab tigerte. Ich bin ein geduldiges Wesen, Contini, ich habe Verständnis für Ärger mit Polizisten und Beziehungskisten. Aber Essen ist Essen, kapier das endlich ...

»Fang du jetzt nicht auch noch an«, fauchte Contini und öffnete eine Futterdose.

Während der Katzenhunger gestillt wurde, stieg Contini in den Keller hinab und kam mit einer Salami und einer Flasche Merlot wieder herauf.

Ab und zu, wenn sein Leben nicht rundlief, gönnte er sich einen alten Film. An diesem Abend legte er die Videokassette mit *Gefährliche Begegnung* ein, und während er aß, sah er zu, wie Edward G. Robinson als Wanley von der Polizei verfolgt wurde und die geheimnisvolle Frau aus dem Porträt floh und wartete, floh und schrie, als riefe sie aus der Tiefe einer verflossenen Zeit, als wäre unter dunklem Wasser das Haus noch lebendig, voller menschlicher Stimmen und ohne Geheimnis. Aber die porträtierte Dame war zu schön, als dass sie einen Mann nicht ins Verderben gestürzt hätte.

Am Ende wusste Contini nicht mehr, ob er einen Film gesehen oder geträumt hatte.

Sicher war nur, dass die Weinflasche leer war.

13
Villa Luganese

Tommi bemühte sich, alle miteinander zu versöhnen. Drei Fotos hingen noch an der Wand: Andrea Porta, Desolina Fontana und Elia Contini. Tommi lauschte. Vassalli und Pellanda waren dahin, und niemand vermisste sie. Du musst bedenken, sagte Contini, dass mein Vater verschollen ist. Deiner nicht, deiner ist bei dir geblieben. Andrea Porta rief: He, Junge, ist dir klar, dass ich alles verloren habe? Tommi versuchte beide zu beschwichtigen: Na kommt, jetzt regt euch doch nicht auf. Andrea Porta krakeelte weiter: Mich haben sie rausgeschmissen, gekündigt, verstehst du? Wir standen auf der Straße, ich und mein Sohn! Tommi sagte: Aber verstehst du denn nicht, Papa, Elia hat doch ebenfalls Schlimmes durchgemacht …

Ja, wer hätte das nicht?, schaltete sich die alte Desolina ein.

Wer hätte das nicht, wiederholte Tommi und setzte die Bierflasche an die Lippen. Die alte Desolina ist weise, sie kennt die Wahrheit. Ich aber habe Gerechtigkeit hergestellt. Der ironische Ton seines Vaters: Ach, das glaubst du, ja? Diesen Tonfall konnte Tommi nicht ausstehen. Und du, was hast du getan, Papa? Außer dich an der Flasche festzuhalten, natürlich! Daraufhin entfernte sich sein Vater beleidigt, doch zum Glück sagte Contini: Jetzt wird alles gut.

Jetzt wird alles gut.

Die alte Desolina war anderer Meinung. Wer sagt das? Früher oder später hast du die Polizei am Hals. Die erwischen dich, davon bin ich überzeugt.

Nun wandten alle den Blick ab, und Tommi wusste, was

sie dachten. Wieder einmal war es an ihm, zu handeln, um die Polizei in die Irre zu führen. Aber er war es leid, mit dem Tod zu spielen. Alles schwieg, nur Contini flüsterte …

Am Ende bleibt sowieso immer der Tod, das weißt du.

Das ist unvermeidlich.

Tommi riss die Augen auf, schüttelte den Kopf. Aber insgeheim war ihm klar, dass sie recht hatten. Er rief: »Ich tu's, ich schwör's euch!« Ihm kamen die Tränen. »Als wär's ein Spiel, nicht? Ist es so nicht richtiger?«

Am Ende bleibt der Tod.

Fünf Flöße. Eines nach dem anderen ließ Contini am Tresalti ins Wasser fallen. Es war schon dunkel, und er hörte nur, wie sie landeten, sah aber nicht, wie die Strömung sie mitnahm. Diese Flöße hatte er aus Korken und dünnem Stahldraht gebaut. Hoffentlich gehen sie diesmal nicht verloren, dachte er. Ich könnte ein bisschen Glück gebrauchen.

Es war später Nachmittag. Ein scharfer Nordwind ging, der sich wie eine Handvoll Nadeln im Gesicht anfühlte. Contini zog sich den Hut tief ins Gesicht und blickte auf die Lichter von Corvesco hinunter. Er stellte sich die vom Wind leer gefegten Straßen, die vom blauen Flackern der Fernsehapparate erleuchteten Fenster vor. An diesem Abend würde er endlich die alte Desolina treffen und nach ihren Erinnerungen befragen.

Zuerst aber musste er noch einen Brief schreiben.

Amedeo Finzi legte auch im Winter Wert auf gebräunte Haut. Nicht aus Eitelkeit: Es kam bei den Kunden einfach gut an, wie er festgestellt hatte. Das Sportlich-Lässige an ihm – T-Shirt und lange Haare, die Gesichtsbräune – in Kombination mit seinem Auftreten als Geschäftsmann und Profi war eine recht wirkungsvolle Mischung. Finzi kämpfte

Tag für Tag gegen Haie, und Jackett und Krawatte brauchte er dafür nicht. Wesentlich war vielmehr, dass er mit jeder Geste Autorität und Macht ausstrahlte.

Der Staatsanwalt Attilio Rodoni trug hingegen eine Krawatte, und er sprach mit der Behutsamkeit eines entwaffneten Jägers im Angesicht eines Nashorns. Dabei hatte er, das war Finzi klar, durchaus noch Trümpfe in der Hand: Die Partie verlangte viel diplomatisches Geschick.

»Ich verstehe wirklich nicht, warum ich in diese Ermittlung einbezogen werde.«

»Gott bewahre!« Rodoni hob abwehrend beide Hände. »Sie werden doch nicht einbezogen, Signor Finzi, das fehlte noch. Allerdings …«

Aha, dachte Finzi, sind wir so weit.

»Allerdings«, sagte der Staatsanwalt, »könnte die Ermittlung gewisse Aspekte berühren, die uns in die Vergangenheit zurückführen. Zu diversen Versuchen, die damalige Erweiterung des Stausees von Malvaglia zu verhindern.«

Finzi ließ ihn reden.

»Fakt ist, dass Sie und etliche Bürger von Malvaglia bei dem damaligen Rechtsstreit Bürgermeister Pellanda und den Ingenieur Vassalli als Gegner hatten. Außerdem verschwanden um dieselbe Zeit Ihr Teilhaber Luigi Martignoni und Ernesto Contini.«

»Ja, und?«, fragte Finzi.

»Fakt ist außerdem, dass sowohl Pellanda als auch Vassalli jetzt tot sind und dass der Sohn von Ernesto Contini mit beiden kurz vor ihrem Tod noch zu tun hatte. Er war auch bei Ihnen, Signor Finzi, und es steht eine neuerliche Erweiterung des Stausees an und … Die Lage ist unübersichtlich, das gebe ich zu, aber vielleicht …«

»Vielleicht?«

»Vielleicht lässt sich in der Vergangenheit ein Hinweis finden, der uns weiterhelfen könnte.«

»Sie wollen also ...«

»Nichts Spezielles ...«, sagte Rodoni mit einer unbestimmten Geste. »Ich möchte nur wissen, was Contini von Ihnen wollte, und außerdem würde ich gern in die alten Akten Einblick nehmen, ich will wissen, wer die damaligen Erweiterungsgegner waren, woher sie kamen ... ähm ... woher das Geld kam ... und ...«

»Verstehe«, sagte Finzi. »Das scheint mir nur recht und billig. Contini kam nach dem Tod des Bürgermeisters zu mir und war eher zurückhaltend: Auch er wollte wissen, was damals war, aber nichts Genaues. Er war ziemlich kurz angebunden, fast schon unhöflich, und ich hatte das Gefühl, dass er insgeheim eine Mordswut auf die Leute hat, die den weiteren Ausbau des Stausees betreiben.«

»Sie hatten das Gefühl, dass er eine Wut hatte?«

»Genau. Wut, Ressentiment, nennen Sie es, wie Sie wollen. Ich versuchte ihn zu beschwichtigen, ich wollte ihn sogar engagieren, damit er mir hilft, Licht in diese Sache zu bringen. Denn sehen Sie, für einen Geschäftsmann wie mich ist es nicht gerade hilfreich, im Mittelpunkt der Aufmerksamkeit zu stehen, vor allem wenn es um Mord geht ...«

»Ja, klar, das kann ich mir vorstellen.«

Nun gab Finzi die Richtung vor. Contini habe seine Versöhnungsgeste abgelehnt, erklärte er und versprach, den Ermittlern alle Unterlagen zur Verfügung zu stellen, die sie brauchten. Dann begleitete er den Staatsanwalt zur Tür und verabschiedete sich herzlich, nicht ohne sich zuvor nach dem Befinden von Frau und Kindern erkundigt zu haben.

An den Schreibtisch zurückgekehrt, rief er über die Gegensprechanlage Passalacqua zu sich.

»Hast du mitgehört?«, fragte er.

Passalacqua nickte und nahm auf der Sesselkante Platz.

»Weißt du, Amedeo, ich bin beunruhigt.«

»Ja, das sagtest du bereits. Aber verdammt!«, rief Finzi aus und hieb mit der Faust auf seinen Schreibtisch. »Das ist doch alles Schnee von gestern! Zwanzig Jahre, Mann!«

»Aber wenn sie bestimmte Unterlagen genauer unter die Lupe nehmen …«

»Schon recht!« Finzi rollte seinen Stuhl zurück und streckte die Beine aus. »Pellanda und Vassalli sind ja jetzt tot.«

»Eine scheußliche Sache«, murmelte Passalacqua kopfschüttelnd. »Das wird keinem unserer Partner gefallen. Können wir die Ermittlung nicht totschweigen?«

»Hm. Könnte man natürlich«, brummte Finzi. »Ist aber riskant. Zu viele Haie in diesem Becken. Wenn du mich fragst, haben die sowieso schon einen Verdächtigen.«

»Ach.« Passalacqua hüstelte. »Und wer …«

»Na, dieser Contini, wer sonst?« Finzi lächelte. »Sag, hast du ihn dir genauer angeschaut? Der ist doch eindeutig durchgeknallt.«

… Je länger ich mich mit dieser Ermittlung beschäftige, desto tiefer versinke ich in Erinnerungen. Oder in dem Versuch, mich zu erinnern. Wer war mein Vater? Ich weiß nur noch ein paar typische Ausdrücke, die er gern benutzte, seine Art zu reden. Aber was er sagte, weiß ich nicht mehr. Manchmal erzählte er von meiner Mutter, von der Zeit, als sie in Frankreich lebten. Wie Sie wissen, ist meine Mutter gestorben, als ich drei war. Von ihr weiß ich noch viel weniger, und dieses Thema gehört auch nicht hierher.

Seitdem ich fünfzehn war, bin ich ohne Familie aufgewachsen und lebe seither allein. Abgesehen von den drei Jahren mit Desolina Fontana. Man könnte fast sagen, dass sie eine Zeit lang versucht hat, eine Ersatzmutter für mich zu sein, aber es hat nicht funktioniert. Kaum war ich achtzehn, ist sie nach Spanien gezogen, und seither bin ich dem psychologischen Profil des Kommissärs De Marchi immer ähnlicher geworden.

Ich lebe fernab der Welt, stöbere in der Vergangenheit herum – manche würden sagen, ich bin besessen von ihr –, bin beziehungsunfähig. Ich glaube, mit Francesca ist es vorbei, auch diese Illusion kann ich begraben. Ich sag Ihnen was – wenn ich Polizist wäre, mir kämen ebenfalls Zweifel.

Ich aber weiß, dass hier irgendwo noch ein Irrer herumläuft, und das bin nicht ich.

Was soll ich tun? Wenn Desolina mir helfen könnte, wenn ich die Verbindung zwischen den Ereignissen vor zwanzig Jahren und heute erkennen könnte ...

Contini nahm die Autobahnausfahrt Lugano Nord. In Pregassona fand er, nach kleineren Irrfahrten, die Straße nach Soragno, Davesco, Cadro und schließlich Villa Luganese.

Es war fast sieben, als er am Ziel war, und es sah nicht danach aus, dass der Wind sich demnächst legte. Auch hier war kein Mensch unterwegs; auf dem Hügel, zwischen den beleuchteten Villen, war nur das Gebell der Wachhunde zu hören. Das Haus der Signora Fontana stand, von einer Hecke geschützt, gegenüber der Straße leicht erhöht inmitten einer Wiese voller Obstbäume.

Adele Fontana war eine üppige Frau um die fünfzig. Sie strahlte den Detektiv an und musterte ihn mit einer kaum von Anstand verhohlenen Neugier.

»Sie sind bestimmt der Herr Contini! Nur herein, herein, Tante Desolina erwartet Sie schon ...«

Die Einrichtung des Hauses bestand aus hellen, modernen Designermöbeln und nutzte die Weitläufigkeit der Räume sehr gut aus. Die Mitte des Wohnzimmers nahm eine Sitzgruppe ein, bestehend aus einem von weißen kubischen Sesseln umringten niedrigen Glastischchen.

Auf dem Tisch stand eine Glasvase mit einer weißen Rose

darin. Und dort saß eine zierliche Frau, die sich hinter ihren Runzeln zu verstecken schien: die alte Desolina Fontana, die sich schon vor zwanzig Jahren nur in Schwarz gekleidet und selten gelächelt hatte. Sie blickte dem Detektiv entgegen und sagte: »Elia.«

Contini erkannte sie ohne Mühe. Einer Frau, die früh altert, kann die Zeit danach nicht mehr viel anhaben, und sie sieht mit neunzig so aus wie mit sechzig.

»Guten Abend, Desolina«, begrüßte er sie und nahm ihr gegenüber Platz.

»Wie lang haben wir uns nicht gesehen«, sagte Desolina mit einem ganz leichten spanischen Einschlag. »Eine Ewigkeit. Wie geht's dir, Elia?«

»Nicht schlecht. Und dir?«

»Ach ...« Desolina seufzte. »Alt bin ich.«

Dann schwiegen sie.

Adele Fontana hatte Contini ins Wohnzimmer geführt und die beiden dann allein gelassen. Jetzt kam sie mit einem Tablett zurück, auf dem eine Flasche und zwei Kelchgläser standen.

»Tante Desolina trinkt gern einen Schluck Portwein«, sagte sie und stellte das Tablett ab. »Und Sie, Signor Contini, was hätten Sie gern? Ich habe praktisch alles im Haus ...«

»Portwein ist mir sehr recht, danke.«

Adele schenkte ein und zog sich wieder zurück. Contini fragte sich, ob sie wohl hinter der Tür lauschte, verwarf die Idee aber rasch wieder.

»Adele ist eine ganz Liebe«, sagte Desolina, als hätte sie seine Gedanken gelesen. »Sie hat einen tüchtigen Mann geheiratet, meinen Neffen, einen Arzt, der leider vor Kurzem gestorben ist. Jetzt ist sie so freundlich, mich bei sich aufzunehmen.«

Contini nahm einen Schluck Portwein.

»Ich habe gehört, dass Vassalli tot ist«, fuhr Desolina fort. »Ermordet, heißt es.«

Contini nickte.

»Auch Pellanda, der Bürgermeister, wurde ermordet, richtig?«

»Ich glaube ja.«

»War es derselbe Täter?«

»Es ist anzunehmen, aber die Polizei ermittelt noch.«

»Und die glaubt, du bist es gewesen?«

Contini stellte sein Glas ab und starrte Desolina an.

»Ja, möglich. Aber woher weißt *du* das denn?«

»Ah«, sagte sie mit einem angedeuteten Lächeln, »Tratsch. Gerüchte sind geschwind ... Stell dir vor, ich hab in der Zeitung über dich gelesen, im Zusammenhang mit den Todesfällen in der Familie Ruggeri. Und ich hab gehört, du hast eine Freundin ...«

Contini runzelte die Brauen. Dann platzte er heraus: »Hör zu, Desolina ...«

»Francesca heißt sie, ja?«

»Ja. Aber jetzt hör mir zu, Desolina, ich brauche deine Hilfe.«

Desolina hob ihr Glas an die Lippen, ohne den Blick von Continis Gesicht zu wenden. Ihm fiel auf einmal wieder ein, dass sie es einst fertig gebracht hatten, lange Zwiegespräche zu führen, ohne ein einziges Wort zu wechseln.

»Ich weiß nicht, Elia. Es sind so viele Jahre vergangen.«

»Eben.«

»Du hast schon recht, aber ...« Wenn sie sprach – mit halb geschlossenen Lippen –, bewegte sich fast kein Muskel in ihrem Gesicht. »Schau, Elia, ich weiß doch nicht, wer den Bürgermeister und den Ingenieur umgebracht hat.«

»Besteht denn kein Zusammenhang zwischen dem Verschwinden meines Vaters und den beiden Morden?«

Desolina schüttelte den Kopf. »Ich weiß nichts, Elia. Und

auch mir ist unheimlich zumute. Ich weiß nicht, was hier geschieht, ich verstehe nichts davon.«

»Aber du wolltest mir was erzählen.«

»Ja, ja, das wollte ich. Es ist ziemlich verworren, aber ich schreibe jetzt alles auf, und in ein paar Tagen bin ich so weit.«

»Gut, dann warte ich.« Contini blickte ihr in die Augen. »Ich möchte wirklich wissen, was aus meinem Vater geworden ist.«

»Vielleicht müsstest du unten nachschauen«, murmelte Desolina.

»Unten?«

»Am Grund des Sees, wo euer altes Haus steht. Wenn es ein Geheimnis gibt, dann wird es noch dort unten sein und warten.«

14
Das Haus am Grund des Sees

In den Bergen oberhalb von Corvesco lebte ein alter Eremit mit Namen Giona, oder Jonas.

Jonas lebte von der Jagd, vom Fischen und von dem, was die Leute ihm brachten. Er hatte sich eine Unterkunft gebaut, eine Hütte, die an eine Höhle angrenzte. Jeden Tag sah er zu, wie die Sonne auf- und unterging und das Wasser des Tresalti talwärts floss. Manche, die ihn so sitzen sahen, hielten es für eine Meditation, aber er vertrieb sich einfach die Zeit. Er hatte einen mächtigen Bart, der wild war wie sein Charakter, und er kam so gut wie nie ins Dorf herunter.

Wenn man sich in der Gegend nicht auskannte, fand man nicht leicht zu ihm hinauf. Man musste im Norden von Corvesco durch den Wald aufsteigen, erst zwischen Kastanien, dann zwischen Fichten und, noch höher, zwischen Latschenkiefern. Den Gipfelstock des Monte Basso ließ man links liegen und kam bald auf einer weiten Bergwiese heraus, einer Alpe. Aber es ging noch weiter. Nachdem man einen kleinen Felsenkamm überwunden hatte, überquerte man zuletzt den Tresalti, und es war leicht möglich, dass man, mitten im Fluss auf einem Stein stehend, ein Gekläff von den Felsen widerhallen hörte: »Wer da?!«

Contini hätte eigentlich schon daran gewöhnt sein müssen, aber der alte Jonas schaffte es immer wieder, einen zu erschrecken.

»Bitte nicht schießen«, rief er und hob die Hände, »ich bin's nur …«

Unter einer schmutzstarrenden Mütze der Chicago Bulls tauchte aus dem Gestrüpp das bärtige Gesicht des Alten auf. Er hatte ein Jagdgewehr in der Hand.

»Sieh an!«, rief er. »Der arme Contini! Dass du noch lebst!«

»Sieht so aus«, sagte Contini. »Wieso, sollte ich tot sein?«

»Jedenfalls im Knast, wenn es nach den Zeitungsfritzen ginge. Aber komm, denn heute lacht dir das Glück: Heute gibt es Hasenbraten ... Frisch erlegt.«

Giona redete wie einer, der häufig Selbstgespräche führte, er würzte seine umgangssprachliche Ausdrucksweise mit literarischen Wendungen, die er aus Büchern hatte. Contini sprang ans andere Ufer und sagte: »Aha, einen Hasen! Wer hätte gedacht, dass im Februar schon die Jagdsaison eröffnet ist ...«

Der Alte grinste.

»Der Hase hat das anscheinend auch nicht gedacht.«

»Ein Wilderer bist du, so schaut's aus«, sagte Contini vorwurfsvoll.

»Ja, ja, sicher, von welcher Kanzel herab tönt mir solche Predigt! Los, komm mit zu mir nach Hause ...«

Die Einrichtung der Hütte war von der Art, die Zeitschriften gern als »individuell« bezeichneten. In den Regalen an den Wänden hatte Giona Bücher, Zeitungen, Flaschen, Jagdtrophäen und einige von Contini gespendete Fuchsbilder. In seinem »Salon«, wie er sagte, gab es vier Sitzgelegenheiten: ein Fass, einen modernen Stuhl aus Stahlrohr, einen mit Stroh gefüllten Jutesack und einen Holzschemel.

Contini wählte den Schemel und zündete sich eine Zigarette an. Giona war sein Tabaklieferant, machte allerdings ein großes Geheimnis um die Herkunft seiner Ware. In einer Ecke der Hütte hatte er einen offenen Herd, auf dem ein Feuer brannte. Giona stocherte mit einem Schürhaken in der Glut und fachte sie an, um seinen Hasen zu braten.

»Mach dir meinetwegen keine Umstände«, sagte Contini, »ich hab schon gegessen.«

»Sieht aber nicht so aus: Du kommst mir recht ausgemergelt vor!«

»Ist grad eine schlechte Zeit.«

»Eine Herzstärkung nimmst du wenigstens, ja?«

Der Detektiv nickte, und der Alte brachte ihm ein Glas von seinem Geheimlikör, den angeblich ein Kloster im Herzen der Alpen herstellte.

»Schau, ich hab dir was zu essen und eine Kiste Zigarren mitgebracht«, sagte Contini.

»Sehr liebenswürdig«, antwortete Giona und zündete sich sofort eine an.

Eine Zeit lang rauchten sie schweigend. Dann sagte Giona: »So, Junge, du steckst zur Abwechslung also wieder mal in Schwierigkeiten.«

»Ja, und diesmal ist es ernst.«

»Ach was? Erzähl, erzähl!«

Giona hielt sich gern auf dem Laufenden, las die Tageszeitungen der Woche, wenn er sie bekam, oder des vergangenen Monats. Contini fasste zusammen, was in den letzten Wochen geschehen war, begann mit seinem Wunsch, mehr über das Schicksal seines Vaters zu erfahren, berichtete von den Morden an Pellanda und Vassalli und vergaß auch nicht zu erwähnen, dass dem Polizeiprofil zufolge der Mörder Elia Contini sein musste.

»Und die Polizei versteht ihr Geschäft«, bemerkte Giona nachdenklich.

»He, jetzt sag bloß nicht, dass du genauso denkst!«

»Wer weiß.« Giona stocherte wieder im Feuer. »Wer weiß ... Scheußliche Geschichte. Eine Rache? Hm. Und wer rächt sich? Der kleine Elia, weil sein Vater verschwunden und sein Haus einem Stausee zum Opfer gefallen und er selber nervenkrank ist? Scheint dir das plausibel?«

Contini schwieg nachdenklich. Dann sagte er: »Ja, es ist plausibel. Das ist ja das Schlimme.«

»Und ist es wahr?«

»Ich habe niemanden umgebracht, wenn du das meinst!«

»Das wissen wir. Aber ist es irgendwie möglich, dass das alles wahr ist, auch wenn du nicht der Mörder bist?«

»Versteh ich nicht.«

Umwölkt von Zigarrenrauch, murmelte der alte Jonas in seinen Bart hinein: »Die Überlegungen der Polizei sind richtig. Sie sehen die Indizien und sagen sich: Der kleine Elia ist unser Mann. Aber die Indizien sind immer auf einer Leinwand, verstehst du? Oder einer Spiegelfläche, und darauf erscheint unser Elia. Ja, alle Indizien verweisen auf ihn, und es ist ja auch sein Bild, das im Spiegel erscheint, aber ...« Der Alte hob den Kopf und die Stimme: »Aber wer ist auf der anderen Seite des Spiegels?«

»Was meinst du?«

»Du bist das Spiegelbild, wer aber spiegelt sich? Das ist die Frage, die du beantworten musst.«

»Hör zu, Giona ...«

»Und hast du dich mal gefragt«, fuhr der Alte fort, ohne auf ihn zu achten, »wieso der Mörder dich anruft, bevor er hingeht und Vassalli umbringt?«

»Das ist mir ein Rätsel. Exhibitionismus? Prahlerei?«

»Hm ... wer weiß. Aber wer steht vor dem Spiegel und schaut hinein?«

Der Detektiv sah ihn fragend an.

»Es ist nur ein Gefühl von mir«, sagte Giona, »aber derjenige, der das Bild wirft, ist eine Sache, eine andere, was sich unter der Oberfläche tut. Du musst nachschauen, was drunter ist, unter dem Spiegel – es reicht nicht zu beweisen, dass du nicht der Mörder bist.«

»Jetzt lass doch mal deine Metaphern. Was soll ich deiner Meinung nach tun?«

»Du musst schauen, was auf dem Grund des Sees ist. Du musst rausfinden, was vor zwanzig Jahren passiert ist. Wenn alles auf dich hindeutet, dann heißt das, dass der Schlüssel zu dem, was morgen passiert, dort unten liegt.«

»Weil deiner Ansicht nach morgen …«

»Oder übermorgen oder in fünf Tagen. Er kann wieder morden. Wer immer es ist, er kann es wieder tun.«

Der Kanzleichef Rechtsanwalt Giorgio Calgari nahm vorsichtig die Akte mit der Bezeichnung *Stausee Malvaglia* aus dem Schrank. Sie war sehr voluminös und der Aktendeckel in schlechtem Zustand, und Calgari hatte keine Lust, einzelne Blätter vom Fußboden aufzusammeln. Vor allem aber roch sie faul: nach einem Morast aus zu vielen ökologischen, persönlichen, wirtschaftlichen, juristischen Konsequenzen. Ein schönes Schlamassel. Hier konnte man nur seinem strategischen Sinn vertrauen und sich einen eleganten Ausweg erarbeiten.

Er trug die Akte in sein Büro, legte sie auf den Schreibtisch. Dann schloss er die Tür und machte sich ans Aktenstudium. Warum hatte er die Sache nicht von Anfang an in die Hand genommen? Aus übertriebener Vorsicht, wie immer. Schöne Taktik. Jetzt war aus der Angelegenheit ein Pulverfass mit brennender Lunte geworden, und an ihm war es, die Explosion in die richtige Richtung zu lenken.

»Strategie«, sprach Calgari zu sich. »Eine elegante Strategie.«

Zunächst galt es herauszufinden, ob überhaupt noch jemand an der Einsprache interessiert war, nachdem sich Tommaso Porta zurückgezogen hatte. Mit dem es im Übrigen ziemlich rasant bergab ging. Völlig durchgeknallt. Halluzinationen.

Der Fall war so oder so nicht zu gewinnen, das stand jetzt schon fest. Nach der unausbleiblichen Abweisung der Beschwerde würde die Elektrizitätsgesellschaft voranpreschen und mit den Vorarbeiten beginnen – zum Beispiel den Stausee abzulassen, ohne sich groß für die Überreste der Vergangenheit zu interessieren.

Es klopfte. Der Anwalt schloss die Akte und öffnete die Tür. Draußen stand Chico Malfanti.

»Ah, Sie kommen wie gerufen«, begrüßte ihn Calgari. »Ich bin gerade mit der Staudamm-Sache beschäftigt.«

»Und genau deswegen komme ich zu Ihnen«, antwortete Malfanti.

Calgari bat ihn herein und schloss hinter ihm wieder die Tür.

»Also, Kollege, Sie kennen ja unsere Tessiner Landsleute.«

»Ähm …«, sagte Chico Malfanti.

»Unsere Landsleute lieben Skandale. Schon die kleinen. Um wie viel mehr dann die großen.« Calgari faltete die Hände vor sich. »Sei es wegen des Klimas, sei's wegen der Leidenschaft für die Politik – wenn der Tessiner auf ein Geheimnis stößt, klammert er sich daran fest wie ein Urwaldaffe an eine Liane. Und was haben wir getan?«

»Äh … hm …«, sagte Chico Malfanti.

»Wir haben es ihm auf einem silbernen Tablett serviert. ›Die mysteriöse Geschichte des Stausees von Malvaglia‹. Ein Detektiv dreht durch und ermordet zwei redliche Staatsbürger, die sich tatkräftig für das Gemeinwohl eingesetzt haben. Fügen Sie dem noch die Winkelzüge eines bekannten Geschäftemachers aus Chiasso hinzu, und Sie sehen: ein gefundenes Fressen für die Journaille.«

»Sie meinen, die Presse zieht auch Finzi in die Sache hinein?«, fragte Chico. »In den Zeitungen hab ich seinen Namen nicht gelesen.«

»Nein, sicher nicht. Finzi genießt nach wie vor einen gewissen Einfluss. Und wir wollen ihn nicht zum Feind haben. Klar, oder?«

»Klar.«

»Schön ist es nicht, aber so ist es.« Calgari legte die Hand auf die Akte STAUSEE MALVAGLIA. »Bald wird die Öffentlichkeit einen Sündenbock brauchen, und ich möchte nicht, dass *wir* dafür herhalten müssen. Was wollten Sie eigentlich mit mir besprechen?«

»Contini bietet uns eine Zusammenarbeit an. Er will Nachforschungen über alle enteigneten Grundstücksbesitzer anstellen, und wir sollen dafür ...«

»Malfanti! Was habe ich gerade gesagt? Sie wissen, wer der Sündenbock ist?«

Chico senkte den Blick und nickte.

»Wir bewegen uns auf einem Minenfeld, ist Ihnen das klar?«

»Ja.«

»Und wollen Sie vielleicht in die Luft fliegen?«

»Nein.«

»Eben. Also halten wir uns raus und schauen zu und warten ab, was dieser Contini zustande bringt.«

Contini blickte auf die vom Wind gekräuselte Oberfläche des Sees und stellte sich die Temperatur des Wassers vor.

Er war in seinem Büro in Paradiso. Vor sich hatte er eine Weinflasche stehen. Seit mehr als einer Stunde saß er da und tat nichts, trank Wein und betrachtete die Sonne auf dem Fußboden, die je nach den Schatten der über den See fegenden Wolken verschwand und wieder auftauchte.

Er dachte daran, was ihm die alte Desolina gesagt hatte. Und was sie ihm nicht gesagt hatte. Und an Giona und seinen Rat.

Schau nach, was unter dem Spiegel ist.

Erst als die Flasche zur Neige ging, war Contini so weit, diese Möglichkeit wenigstens in Betracht zu ziehen. Er hatte ja nichts zu verlieren. Auf den Grund des Sees hinabsteigen und sich das alte Haus ansehen. Ja, vielleicht hat sie recht, dachte er, vielleicht liegt die Erklärung seit zwanzig Jahren dort unten.

Pietro Villa hieß mit Spitznamen Pancho, was von einer gewissen Ähnlichkeit mit seinem berühmten Namensvetter Pancho Villa herrührte. Von Beruf war er Fotograf und hatte sogar einmal eine Reportage über die Stationen im Leben des mexikanischen Freiheitskämpfers gemacht, sein Spezialgebiet aber war Afrika, und er träumte davon, irgendwann genügend Geld beisammenzuhaben, um ein Buch, einen Fotoband über den Schwarzen Kontinent, machen zu können.

Aber das Geld blieb aus; er brachte sich mit Kleinaufträgen und Gelegenheitsjobs über die Runden und bemühte sich, das Fernweh nach Afrika im Zaum zu halten. Wenn Contini jemanden brauchte, der ihm, sei es in fotografischer oder sonstiger Hinsicht, zur Hand ging, vertraute er auf das vielseitige Talent von Pancho. Tatsächlich war der Fotograf auch ein ausgezeichneter Fahrer, ein sehr brauchbarer Mechaniker, ein passabler Elektriker und nebenbei auch ein erfahrener Taucher.

Deshalb war er es, an den der Detektiv sich wegen seines Anliegens wandte: ein Tauchgang im Stausee von Malvaglia.

»Du spinnst«, kommentierte Pancho, als er in Continis Büro saß und eine Flasche Bier öffnete.

»Kann sein«, antwortete der Detektiv.

Der Fotograf fuhr sich mit einer Hand über den Bart und rief: »Was glaubst du denn dort unten zu finden? Das Versteck des Mörders?«

»Vielleicht. Schauen wir einfach mal.«

»Hm«, sagte Pancho mit einer Grimasse. »Schwierig.«

»Wieso?«

»Weil es natürlich verboten ist. Und ausgerechnet jetzt … stell dir die Mengen von Schaulustigen vor.«

Contini zuckte mit den Schultern.

»Dann tun wir es halt in der Nacht.«

Pancho hätte sich beinahe am Bier verschluckt. »Du spinnst wirklich!«, rief er.

»Warum, dann sieht uns keiner.«

»Ja, aber wir sehen auch nichts. Und Februarnächte sind nicht unbedingt ideal zum Tauchen.«

»Schon, aber du kannst sicher alles besorgen, was nötig ist, damit wir nicht erfrieren, was weiß ich – geheizte Tauchanzüge oder so was.«

»Geheizte Tauchanzüge. Jesusmaria! Aber ich seh schon, du lässt dich von der Idee nicht mehr abbringen, wie?«

»Ich *kann* mich von der Idee nicht abbringen lassen«, erwiderte Contini. »Ich kann doch mit runterkommen, oder?«

Diesmal bekam Pancho das Bier wirklich in den falschen Hals und musste, bevor er antworten konnte, ausgiebig husten.

»Du spinnst eindeutig. Nicht nur hast du keine Ahnung vom Tauchen, sondern bist auch noch dürr wie ein Skelett … wann hast du zuletzt ordentlich gegessen?«

»Also, kann ich mit runter oder nicht?«

»Genauso gut kann ich an eine Hauswand hinreden.«

»Eine Hauswand? War es bisher nicht immer ein Grab?«

»Ist doch dasselbe. Lass mich nachdenken. Hast du ein Papier? Oder Moment …«

Pancho trug eine Fischerweste über einem khakifarbenen Hemd, in dessen zahlreichen Taschen er wühlte, bis er einen Bleistift und einen Zettel zutage gefördert hatte.

»Also …« Pancho fing an zu notieren. »Wir brauchen natürlich zwei Tauchmasken. Dann … Wie tief ist der See?«

»Unser Haus stand an einem Hang – maximal dreißig Meter, schätze ich.«

»Ja … dann würde ich sagen, wir nehmen zwei Druckluftflaschen à fünfzehn Liter, zwei Hundert-Watt-Lampen. Ich hab natürlich meine Tauchausrüstung, aber du brauchst: Flossen, Halbtrockenanzug, Handschuhe, Fußlinge, Bleigewichte, Messer, Tarierweste, Neoprenkopfhaube gegen die Kälte, Inflatorschlauch. Einer muss für den Notfall draußen die Stellung halten. Wen willst du fragen?«

»Renzo vielleicht.«

»Hm, okay. Hauptsache, er macht keinen Krach.«

Renzo Malaspina war ebenfalls ein Experte, an den sich Contini um Hilfe wandte, wenn er allein nicht weiterwusste, allerdings war er der Mann fürs Grobe.

»Das kostet dich eine Stange Geld«, sagte Pancho. »Deine Ausrüstung kann ich teilweise leihen.«

»Gut. Sag mir Bescheid, was ich zahlen muss.«

»Aber du hast doch gar keinen Auftraggeber …«

»Nein.«

Pancho sah den Detektiv an. »Na ja. Du weißt sicher, was du tust.«

»Ich werde des Mordes an Pellanda und Vassalli verdächtigt.«

»Und um dich zu entlasten, musst du in den See von Malvaglia hinuntertauchen?«

»Nein.« Contini zündete sich eine Zigarette an. »Vielleicht nicht. Aber ich will jetzt endlich wissen, was aus meinem Vater geworden ist.«

Mit einem Fernglas beobachtete Tommi von oben den Staudamm. Seit dem frühen Nachmittag war er auf seinem Posten und verstand nicht recht, was sie eigentlich vorhatten. Zum Glück war Samstag. Obwohl er in letzter Zeit ohnehin nicht mehr regelmäßig im Büro gewesen war. Was er momentan erlebte, war zu wichtig, als dass man die Zeit mit den Banalitäten des Alltags verplempern durfte. Spazierfahrten,

Disconächte, Telefonate mit Autohauskunden – wozu denn noch?

Endlos langsam verstrichen die Minuten. Tommi stand dort oben zwischen den Felsen, kämpfte gegen die Kälte und beobachtete Contini und einen zweiten, die irgendein Material das Ufer entlangschleppten. Taucherausrüstung, erkannte er durch das Fernglas. Tommi war nahe daran, die Geduld zu verlieren, die Zeit schien stillzustehen. Dabei bestanden die Minuten nur aus kleinen Sekunden. Und wenn n eine kleine Zahl ist, dann gilt das auch für $n+1$. Also ist jede Zahl klein.

Jede Zahl ist klein, jede Zahl ist klein, sagte sich Tommi. Trotzdem hatte es eine gemeine Kälte! Außerdem war er nicht gern so lang allein. An die Zukunft zu denken machte ihn nervös.

Immerhin schämte er sich nicht mehr. Tommi war jetzt seiner Sache sicher. Es heißt, es sei besser, sich einer Gewalttat zu schämen, als ohne Scham zu handeln. Aber wenn es einem besser geht, weil man sich geschämt hat, dann lässt das Gefühl der Scham nach. Ein Paradox.

Tommi liebte Paradoxe. Zurzeit studierte er die Spieltheorie, und die Welt der Logik faszinierte ihn. Um sich die Zeit zu vertreiben, dachte er an eine Denksportaufgabe, die er am Morgen gelesen hatte, das Problem eines Dreikampfs, sozusagen eines Duells zu dritt. Herr A ist ein miserabler Schütze und trifft das Ziel nur jedes dritte Mal, Herr B trifft zwei von drei Malen, und Herr C trifft immer. Bei ihrer Konfrontation schießen sie hintereinander: erst A, dann B, dann C. Herr A ist als Erster an der Reihe. Frage: Auf wen muss er schießen?

Auf wen muss er schießen?

Tommi betrachtete durch das Fernglas, wie der Bärtige Contini den Umgang mit einer Tauchermaske zeigte. Auf dem Boden neben den beiden standen Sauerstoffflaschen, aus einer Tasche ragten Flossen. Die wollen tatsächlich in den See hinunter, dachte Tommi. Wozu denn noch? Die Vergangenheit ist doch für immer tot. Und Tommi hatte sie begraben. Und Elia wusste alles, er hatte ihm doch immer alles gesagt.

15
Das Meer von Malvaglia

Das Läuten des Telefons: Contini stellte sich die leeren Zimmer vor, den Apparat auf der Arbeitsfläche der Küche, der nicht aufhörte mit seinem aufdringlichen Lärm, auch wenn keiner reagierte.

Vielleicht wollte Francesca ja gar nicht mehr mit ihm reden. Im Übrigen hätte Contini nicht gewusst, was er sagen sollte. Es war ihm klar, dass er sich von ihr entfernt hatte, sehr deutlich standen ihm die Etappen der Entfremdung vor Augen. Und jetzt? Wäre es nicht besser gewesen, der Sache ein für alle Mal den Rücken zu kehren?

Allgemein gefragt: Wäre es nicht besser gewesen, der Vergangenheit ein für alle Mal den Rücken zu kehren?

Stattdessen hockte er hier, rauchend, im Abendlicht am Ufer des Malvaglia-Stausees. Als die Sonne untergegangen war, wurde es richtig kalt. Er rappelte sich auf und verscheuchte seine trüben Gedanken, indem er Pancho, der ihm die Tauchausrüstung erklärte, seine ungeteilte Aufmerksamkeit widmete.

»Weil du null Erfahrung hast, verwenden wir lieber möglichst einfaches Material. Ich hingegen habe hier einen Rebreather, ein sogenanntes Kreislaufatemgerät, den es im Angebot gab …«

»Ist das dann auch zuverlässig?«, fragte Contini.

»Du machst Witze! Das ist ein erstklassiges Teil! Schau her, wie das geht …« Pancho zeigte ihm allerlei Schläuche und beschrieb die Funktionsweise. »Die ausgeatmete Luft wird in einem Behälter aufgefangen, das Kohlendioxid chemisch gebunden und der verbrauchte Sauerstoff durch frischen ersetzt. Dieses hier ist ein experimentelles Modell, das …«

»Experimentell??«

»Keine Sorge, es wird alles prima klappen.«

Seiner anfänglichen Skepsis zum Trotz wirkte Pancho inzwischen direkt begeistert von dem Plan.

»Wir tragen diese Neoprenanzüge, sonst erfrieren wir. Vorsichtshalber binde ich dich an mir fest, wenn wir uns hinunterlassen, man weiß ja nie. Wir kommunizieren mit den üblichen Tauchzeichen, und bevor ich irgendwas unternehme, frage ich dich nach deinem Okay, so.« Er bildete einen Kreis aus Zeigefinger und Daumen. »Und warte, bis du antwortest. Okay?«

Contini antwortete mit der Geste. Pancho schlug ihm auf die Schulter.

»Gut! Ich sehe, du erfasst allmählich den Geist der Sache! Denk dran, regelmäßig zu atmen – auf keinen Fall darfst du die Luft anhalten. Wenn wir am Schluss wieder aufsteigen, machen wir zehn Meter pro Minute. Ich habe den Tauchcomputer bei mir und sorge dafür, dass wir nicht zu schnell auftauchen, also die nötige Pause einhalten: drei Minuten in fünf Metern Tiefe.«

Pancho ging zur Tarierweste über, die er Jackett nannte. Er erklärte, wie die Riemen verstellt wurden, wie das starre Rückenteil als Tragegestell für die Druckluftflasche verwendet wurde, und vor allem, wie die Luftzufuhr aus dem Atemregler über den Inflatorschlauch in die Tarierweste gesteuert wurde.

Nach dem Jackett waren die Tauchzeichen für das Ab- und Aufsteigen an der Reihe, die Körperbewegungen, das Ausleeren der Maske und andere Details, die sich Contini, der seinen Mantel fest um sich zog und vor Kälte mit den Füßen stampfte, einzuprägen versuchte.

»Heute Abend machen wir nur einen Testgang«, sagte Pancho.

»Aber wieso denn!«, protestierte Contini. »Jetzt bin ich doch schon belehrt und bereit und …«

»Wir machen eine Generalprobe, und morgen tauchen wir zu diesem alten Haus hinunter.«

Contini kniff die Lippen zusammen.

»Hör zu«, sagte Pancho, »du scheinst dir nicht darüber im Klaren zu sein, dass ein Tauchgang in dreißig Metern Tiefe ein großes Risiko für einen Neuling wie dich ist! Also sehen wir zu, dass wir so vorsichtig wie möglich sind!«

Contini war im Begriff zu einer Erwiderung, doch ein Rascheln im Gebüsch kündigte die Ankunft von Renzo Malaspina an.

»Da seid ihr!«, rief er und stellte seinen Rucksack ab. »Seit einer Stunde laufe ich in der Gegend herum und finde euch nicht!«

Renzo war ein robuster Mann, der sich mit der Geschmeidigkeit eines Raubtiers bewegte. Sein Schädel war rasiert, die Wangen aber zierten mächtige Koteletten, und er hatte eine Vorliebe für bunte Klamotten. An diesem Abend trug er eine violette Hose und eine voluminöse gelbe Windjacke.

»Also wirklich!«, protestierte er. »Hättet ihr mir nicht genauer erklären können, wo dieser Platz ist?«

Pancho bat um Verzeihung wegen der mangelhaften Wegbeschreibung. Der eigentliche Tauchgang, sagte er, werde erst tags darauf stattfinden.

»Und was hab ich dann jetzt hier verloren?«

»Wir machen Generalprobe. Wie im Theater«, sagte Pancho. »Hast du die Heizung?«

Statt einer Antwort verzog Renzo das Gesicht, öffnete den Rucksack und nahm einen kleinen Gasheizstrahler heraus. »Das Teil ist nicht gerade leicht«, brummte er, während er ihn in Gang setzte.

Eine halbe Stunde lang saßen die drei Männer um den Heizstrahler. Renzo hatte einen Flachmann dabei und genehmigte sich ein paar Schlucke Grappa zum Aufwärmen. Die beiden anderen rauchten, Pancho einen Zigarillo, Contini eine Zigarette. Bis Pancho schließlich seinen Stummel ausdrückte und sagte: »Okay, los geht's.«

Das Anlegen des Tauchanzugs dauerte lang und war von weiteren Erklärungen Panchos begleitet. Contini befolgte gehorsam alle Anweisungen, und während sie mit einem Schlauchboot auf den See hinausruderten, versuchte er sich auf den langsamen und gleichmäßigen Atemrhythmus einzustellen, den er während des Tauchgangs beibehalten musste.

Am Nachmittag hatte Contini anhand der umliegenden Berge und einer alten Landkarte die Lage des Hauses rekonstruiert, und Pancho hatte die Stelle errechnet, an der man das Schlauchboot positionieren musste. Sie hatten dort eine Boje verankert, und wenn sie senkrecht entlang dem Ankerseil abstiegen, mussten sie das Haus einigermaßen zuverlässig finden. Es sei denn, die Erinnerung hatte ihn, nach so vielen Jahren, im Stich gelassen.

In dem kleinen Boot auf dem See kam man sich vor wie auf dem Boden einer Tasse. Das Ufer war unsichtbar bis auf die kleine Petroleumlampe, die sie neben dem Gasstrahler hatten brennen lassen. Die rechts und links aufragenden Flanken der Berge waren nur zu ahnen, und von der Staumauer her wehte eine leichte Brise, wie ein Schaudern.

Renzo blieb im Boot, während sich Pancho und Contini langsam ins schwarze Wasser hinabließen. Am Nordufer lag eine feste Eisplatte, doch oberhalb des gefluteten Dorfs war der See zum Glück eisfrei. Contini zuckte zusammen, als er die Kälte in seinen Tauchanzug eindringen spürte.

»Das ist nur der erste Eindruck«, sagte Pancho. »Geht gleich vorbei.«

Sie schwammen ein Stück an der Oberfläche hin und her, dann schalteten sie die Lampen ein. Beide hoben den linken Arm, öffneten den Lungenautomaten und begannen mit dem Tauchgang. Ringsum war es vollkommen dunkel. Contini hatte ein Rauschen in den Ohren und das Gefühl, langsam ins Nichts abzugleiten. Er spürte einen Händedruck und sah im Lichtstrahl der Lampe das Zeichen für okay. Er antwortete sofort, verwundert über die Langsamkeit seiner Bewegungen. Das Zischen seines Atems füllte seinen Kopf aus.

Man sah absolut nichts.

Die Lampe erhellte nur einen kleinen Ausschnitt dieser pechschwarzen Finsternis, der hinter ihnen sofort wieder pechschwarz wurde. Diese Trostlosigkeit, dachte Contini, musste doch auch Pancho verblüffen – ein nächtlicher Tauchgang in einem künstlichen See im Spätwinter ist schon etwas anderes als ein tropisches Meer voller bunter Fische und Pflanzen und Lichtreflexe ...

Ein kräftigerer Händedruck. Das Zeichen für okay. Contini antwortete und folgte mit dem Blick dem Lichtstrahl, bis er unter ihnen undeutlich eine dunkle Masse erkannte. Sie leerten ihre Westen und ließen sich noch ein paar Meter tiefer sinken. Als sie den Boden berührten, stieg eine Wolke aus Sand und Ablagerungen auf. Pancho bedeutete ihm, zu warten, und schaltete die Lampe aus.

Contini konzentrierte sich auf seinen Atem. Nach ein paar Minuten hatte das Sediment sich wieder gesetzt, und Pancho ließ den Lichtstrahl über die Szene gleiten. Die Holzwände waren eingestürzt, doch Contini erkannte die Ruine eines alten Bauernhofs. Und ein Stück höher, links ... Contini spürte einen Stich in der Lunge, und sein Atem stockte.

Über ihnen, ganz nahe, stand sein Elternhaus.

Er erkannte es auf Anhieb, auch wenn die Lampe nur wenige Details erfasste. Die gemauerten Wände standen noch, das Dach war eingestürzt. Pancho ließ das Licht über die Fassade gleiten. In dieser Finsternis, dieser Schwerelosigkeit, die ihm vorkam wie ein Schweben im Raum, hatte Contini das Gefühl einer Reise in der Zeit, oder in der Phantasie. Aber das Haus stand hier vor ihm, auf dem Grund des Sees, mit steinernen Mauern und leeren Fensterhöhlen, in denen hier und dort noch ein Stückchen Glas aufblitzte.

Contini zwang sich, regelmäßig zu atmen. Er dachte an die Sonnentage in seiner Kindheit, an die weiten Wiesen rund ums Haus. Jetzt trieb er hier im schwarzen, kalten Wasser, und eine namenlose Furcht drückte ihm auf einmal das Herz zusammen.

In Corvesco gab es keine Restaurants. Aber weiter oben, zum Gebirge hin, befand sich in einer Felswand voller klaffender Höhlen und Schluchten ein urchiges Lokal, das Grotto Pepito. Der Weg dorthin führte über eine Zitadelle aus Stollengängen, die in den Stein geschlagen waren: Diese Kellerräume waren mit schweren Holztüren verschlossen, und aus den Ritzen wehte selbst an brütend heißen Sommertagen ein eiskalter Luftzug.

In diesen Grotten wurden Wein, Käse, Würste gelagert, und Pepito, die größte Grotte, bot auch eine Gastronomie an: sommers im Freien, an Steintischen, und im Winter in einer nach Rauch riechenden Stube. Dorthin ging Contini am Sonntag, dem Tag nach seinem ersten Taucherlebnis, um etwas zu trinken. Giocondo Bottecchi, der schnauzbärtige Wirt, war der Enkel des Gründers Pepito. Er entdeckte Contini sofort, kaum war der zur Tür hereingekommen, und musterte ihn.

»Contini!«

»Giocondo.«

»Wie geht's?«

»Geht.«

»Wein?«

»Danke.«

In Corvesco macht man keine überflüssigen Worte.

Nur ein paar Minuten lang konnte Contini schweigend bei seinem Wein sitzen und in die Flammen des Kaminfeuers starren, bis Giocondo ihn zu umschwirren begann, wie es wissbegierige Wirte gern tun.

»Schon gegessen?«, fragte er. »Ein Stück Braten hätte ich noch.«

»Danke, ich hab keinen Hunger.«

Es war kurz vor zwei Uhr nachmittags. Giocondo schenkte sich einen kleinen Grappa ein und setzte sich zu seinem Gast.

»Wie man hört, hast du ein bisschen Ärger mit der Polizei?«

»Na ja …«

»Ist es wegen den beiden, die ermordet wurden?«

Contini blickte auf und fragte: »Haben sie dich auch ausgefragt?«

»Ja. Anscheinend fragen sie jeden, der dich kennt – wollten wissen, seit wann du in Corvesco wohnst, was du so treibst, wie du bist und so weiter. Die glauben wirklich, dass du's warst, wie?«

»Ich schätze schon.«

Contini senkte wieder den Blick zu seinem Glas, aber Giocondo, der selten ein Blatt vor den Mund nahm, stieß einen Fluch aus und rief: »Dabei bist du selber ein Polizist, schon ewig!«

»Privatdetektiv.«

»Ist doch dasselbe. Wieso hättest du sie denn umbringen sollen?«

»Weil ich ein Irrer bin«, sagte Contini, »und weil mein Vater vor zwanzig Jahren, bei der ersten Stauseeerweiterung, verschwunden ist.«

»Was hat das mit den Morden zu tun?«

Contini breitete die Hände aus.

»Mich darfst du das nicht fragen.«

Giocondo nippte an seinem Grappa und sagte: »Du schaust scheußlich aus. Willst du wirklich nichts essen?«

Contini leerte sein Glas und stand auf.

»Mach dir um mich keine Sorgen, Giocondo. Ich esse und trinke genug, sogar zu viel. Und jetzt muss ich weiter. Man sieht sich.«

»Hm«, brummte der Wirt nur, als er ihn zur Tür begleitete.

In der feuchten Waldluft knöpfte Contini seinen Mantel bis zum Kinn zu, und nach ein paar Schritten hörte er Giocondo, der ihm von seiner Türschwelle aus nachrief: »Hey, Contini!«

Der Detektiv drehte sich um.

»Zeig's ihnen, den Bullen! Mach sie fertig!«

Als sie abends wieder um den Gasstrahler saßen, vertilgte Renzo Malaspina ein dreistöckiges Sandwich. »Ich muss schließlich nicht ins Wasser«, rechtfertigte er sich.

Contini entfernte sich ein paar Schritte, um die alte Desolina anzurufen: Er wollte ihr von seinem Vorhaben erzählen und um einen Rat bitten.

Aber Desolina reagierte nicht wie erwartet.

»Elia«, unterbrach sie ihn atemlos. »Elia, ich kann mich nicht mehr erinnern … tut mir leid …«

»Das muss dir nicht leidtun, aber …«

»Es ist so lang her, und ich bin alt. Ja, es war damals die Rede von viel, viel Geld … Und ich hab den Streit mitgekriegt, weil unten im Keller des Hauses …«

Sie brach ab, und Contini begriff erst nicht, weshalb, aber dann vernahm er ein ersticktes Geräusch und merkte, dass sie weinte.

»Desolina«, begann er.

»Entschuldige«, sagte sie. »Was du vorhast, ist richtig. Tu's nur. Sieh dich gründlich um. Es ist deine Vergangenheit, du hast das Recht dazu.«

»Aber du wolltest doch ...«

»Ich kann nicht ... nicht am Telefon. Ich schreibe dir!«

Und ehe Contini noch etwas hinzufügen konnte, hatte sie das Telefonat beendet.

Pancho sah ihn fragend an, sagte aber nichts. Stattdessen stand er auf und reckte die Arme. Dann legte er Contini eine Hand auf die Schulter und sagte: »Na, bist du bereit zur Reise in die Vergangenheit?«

Tommi saß in seinem Versteck, sah zu und begriff nicht.

Er war völlig erstarrt vor Kälte, konnte aber den Blick nicht von den drei Männern dort unten wenden. Viele Jahre lang hatte unter der Asche seine Wut geschwelt und war nie verlöscht. Jetzt, da es Zeit war, die Glut anzufachen, zu handeln, verirrte sich Elia wieder in den Erinnerungen. Wie konnte man ihm klarmachen, dass es ein Fehler war? Man musste sich doch an den Plan halten, das war das Wichtigste. Warum will einer wiedersehen, was seit zwanzig Jahren tot und begraben ist?

Als die drei im Schlauchboot auf den See hinausruderten, kroch Tommi aus dem Gestrüpp hervor und trat an den Heizstrahler, neben dem eine Petroleumlampe brannte.

Contini war müde. Nächtliche Tauchgänge in einem eiskalten Gebirgssee waren gewiss nicht sein bevorzugter Zeitvertreib; dazu kam, dass ihn an diesem Abend auf dem Weg hinaus zur Boje eine seltsame Erstarrung übermannt hatte. Er zwinkerte zwei, drei Mal, gähnte und fragte: »Ist es so weit?«

»Ja«, antwortete Pancho, »Moment, ich muss das Boot festmachen.« Ein letztes Mal kontrollierte er die Ausrüstung, dann ließen sie sich ins Wasser fallen.

Renzo blieb, in eine Decke gewickelt, im Boot sitzen und sah sich um. Die Nacht war finster wie ein Brunnenschacht. Ebenso gut hätte er auf dem offenen Meer sein können, und anstelle der unsichtbaren Wälder am Ufer könnten endlose Wellen sein und Tausend und Abertausend Meilen Wasser …

Finstere Nacht. Aber er hatte ja die Petroleumlampe, die sie am Ufer neben dem Heizstrahler hatten stehen lassen. Renzos Blick kehrte zu dem kleinen Licht zurück. Das war sein Bezugspunkt, der sichtbare Beweis, dass man zum Glück nicht auf dem Meer war: Das Wasser unter dem Schlauchboot war nur der kleine Stausee von Malvaglia, und dort drüben, hinter der Staumauer, waren das Dorf, die Bahnstrecke, die Autobahn. Zivilisation.

Renzo blickte zur Staumauer hin. Dann wieder zum Ufer. In dem Moment meinte er vor der Lampe eine Gestalt sich bewegen zu sehen. Ein Tier? Sie hatten alle ihre Rucksäcke dort stehen, und Renzo hatte wenig Lust, seine Sachen von einem Wildschwein zerstört vorzufinden. Gab es Wildschweine in Malvaglia?

Während er noch zoologische Überlegungen anstellte, verschwand das Licht. Erst rieb er sich die Augen, schob die plötzliche Sehschwäche auf Müdigkeit, aber es half nichts, das Licht war verlöscht – wie ein Wildschwein das fertig gebracht haben sollte, war ihm ein Rätsel. Wie sollten sie jetzt in dieser bedeckten, mondlosen Nacht ans Ufer zurückfinden? Wenn Pancho und Contini wieder auftauchten, mussten sie so schnell wie möglich zur Basis zurück, damit sie sich nicht den Tod holten.

Im nächsten Moment war das Licht wieder da. Aber, sah er gleich darauf, es war nicht das Licht der Petroleumflamme, sondern der hin und her huschende Strahl einer Taschenlampe. Renzo biss die Zähne zusammen. Von wegen Wildschwein. Irgendein menschlicher Hurensohn war das, der vor seinen Augen das Basislager durchstöberte.

Tommi hatte die Petroleumlampe heruntergedreht, bis sie verlöschte. Zwar konnten sie ihn sowieso nicht sehen, wenn sie abtauchten, aber sicher ist sicher. Und es war Eile geboten, denn er wusste nicht, wie viel Zeit er hatte, bis sie zurückkamen. Hätte er sich ohne Grund gezeigt, so hätte Elia jedes Recht gehabt, wütend zu werden. Tommi fand diverse Rucksäcke, die Taschen, in denen die Tauchausrüstungen transportiert wurden, einen gasbetriebenen Heizstrahler … Er untersuchte einen Gegenstand nach dem anderen und prüfte, ob einer davon eindeutig Elia gehörte.

Er musste ihm irgendwie klarmachen, dass er hier war und wusste, was Elia tat, dass er seine hirnverbrannte Idee missbilligte. Was war mit ihrem gemeinsamen Plan, hatte er alles vergessen? Stattdessen tauchte er hinab zu dem versunkenen Dorf, besuchte das alte Haus, von dem nichts übrig war als ein paar tote Trümmer.

In einem der Rucksäcke fand er einen verschlossenen Briefumschlag, auf dem als Absender Elia Contini stand. Tommi kramte in seinen Hosen- und Jackentaschen, bis er einen Stift gefunden hatte. Von den Handschuhen behindert, schrieb er eine Zeile auf den Briefumschlag. Ganz nahe fühlte er den See, wie eine Gefahr. Als könnte jeden Moment ein Ungeheuer daraus hervortauchen.

Renzo kämpfte eine halbe Minute mit seiner Unschlüssigkeit. Dann schaltete er seine Taschenlampe ein und befestigte sie an der Boje, um zu ihr zurückzufinden, zog seine Handschuhe an, packte die Ruder und verlor keine weitere Zeit. Als er sich dem Ufer näherte, hatte sich das hektische Zucken der Taschenlampe beruhigt, und als er sich abermals umsah, meinte er eine über einen Rucksack gebeugte männliche Gestalt zu erkennen. Er bemühte sich, die Ruder möglichst sanft ins Wasser zu tauchen, seine Geräusche auf ein kleines Plätschern zu reduzieren.

Dann stieß das Heck seines Schlauchboots ans Ufer. Wie ein Blitz sprang Renzo hinaus und stürzte sich auf den Unbekannten. Aber der Mann war schneller; mit einem Satz rückwärts entwischte er ihm und löschte die Taschenlampe. Renzo verpasste sein Ziel um ein Haar. Er holte aus und schlug aufs Geratewohl in die Dunkelheit. Er traf etwas Weiches, vernahm einen erstickten Laut aus einer menschlichen Kehle. Da war er ja, keine zwei Schritte entfernt. Beide Hände zu einer Faust geschlossen, holte er noch einmal aus und spürte seine Fingerknöchel knackend auf einem Nacken landen. Der Unbekannte stürzte zu Boden.

Renzo wollte sich auf ihn werfen, um ihn festzunageln, aber er verlor selbst das Gleichgewicht: Dieser Bastard hatte sich zur Seite gedreht und ihm ein Bein gestellt. Verdammt, der Kerl ist schneller als ein Wildschwein. Renzo rappelte sich auf und drehte sich verwirrt um die eigene Achse, aber sein Gegner war verschwunden.

Er hörte ein Rascheln im Gestrüpp und stürzte dem Geräusch sofort nach, bog die Zweige auseinander, die sein Gesicht peitschten, und drang tiefer ins Dickicht ein, doch den Lauten nach zu urteilen, entfernte der Fliehende sich schnell. Zu schnell. Renzo hielt inne und lauschte. Seufzend wischte er sich den Schweiß vom Gesicht. Verdammter Mist, er hatte ihn verloren. Und womöglich hatte er was mitgenommen!

Hastig kehrte er zum Lager zurück, und im schwachen Licht seines Feuerzeugs beugte er sich über den geöffneten Rucksack, den der Bursche durchsucht hatte. Es war der von Contini. Obenauf lagen, flüchtig hingeworfen, ein Briefumschlag und ein Stift. Er hielt den Umschlag dicht an die Flamme und las:

AUF WEN MUSS HERR A ALS ERSTES SCHIESSEN?

Was für ein Scheiß ist das denn?, dachte Renzo. Aber mir egal, Contini wird es wissen, sagte er sich, während er den Umschlag zurück in den Rucksack stopfte. In der Hoffnung, dass der Bastard nicht dreist genug war wiederzukommen, beeilte er sich, zur Boje zurückzurudern, bevor die anderen womöglich wieder auftauchten.

Das Gefühl, durch Luft zu schwimmen, wurde immer stärker. Das Licht der Lampe durchschnitt die Dunkelheit wie ein Mondstrahl. Hin und wieder vergaß Contini durch die Nase in die Maske zu atmen; dann quetschte sie sich in sein Gesicht, als wollte sie ihm die Augen heraussaugen. An den Seiten spürte er das Gewicht des Bleigürtels.

Auf der Höhe des Hauses angelangt, richtete Contini den Lichtstrahl auf seine Hand und deutete mit dem Daumen nach unten, um Pancho mitzuteilen, dass er noch ein Stück tiefer hinunter wollte. Aneinandergeseilt, berührten sie den Boden. Während sie warteten, dass sich das aufgewühlte Sediment wieder setzte, sah Contini im Geist die endlosen Wiesen seiner Kindheit, und dieser schlammige Boden schien ihm wie ein Verrat an der Erinnerung. Er stützte eine Hand an die Hauswand. Pancho deutete auf die Türöffnung. Contini bildete mit den Fingern ein Okay, und sie traten ein.

Es war ihm, als dringe er schwimmend in eine optische Täuschung ein. Der große gemauerte Herd an der Küchenwand, die Fußbodenfliesen, das Treppengeländer – alles war an Ort und Stelle. Der Lichtstrahl der Lampe holte die Küche seiner Kindheit ins Leben zurück, vom Spülbecken über die Deckenbalken bis hin zur Kellertür. In einer Wolke aus aufgewirbelten Ablagerungen glitten sie durch den Raum. Contini drückte Panchos Hand und deutete zum Keller.

Dort unten schien es noch dunkler zu sein, obwohl die Menge des verfügbaren Lichts dieselbe war. Die Wände, die zum Teil nicht gemauert, sondern behauener Fels waren, schienen Teil einer unterseeischen Höhle zu sein. Der Boden im Lichtstrahl der Lampe war übersät von Kieselsteinen und morschen Holzstücken, die von den zerfallenen Flaschenregalen, einem kaum noch kenntlichen Schrank mit ausgehängten Türen stammten. Contini drehte sich um die eigene Achse, gleichmäßig atmend, und nahm mit einem Blick alles auf, worauf der Lichtstrahl fiel.

Nach einer Weile richtete Pancho den Strahl auf seine Hand, deutete auf eine Truhe in einer Ecke und schrieb ein Fragezeichen. Eine Seitenwand fehlte weitgehend, der Deckel aber war geschlossen. Pancho schwamm darauf zu und zerrte daran, aber ohne Erfolg. Deshalb reichte er Contini die Lampe, zog sein Messer und stocherte an dem vom Rost zersetzten Schloss herum. Es gab schnell nach. Pancho steckte sein Messer in die Scheide zurück und klappte den Deckel auf. Contini leuchtete hinein.

In dem Bruchteil einer Sekunde, den er brauchte, um zu begreifen, explodierte seine gesamte Kindheit und stand in lodernden Flammen.

Sekundenlang vergaß Contini zu atmen und begann in Richtung Kellerdecke abzuheben, aber Pancho riss kräftig an der Leine, holte ihn wieder herab und bedeutete ihm, regelmäßig zu atmen. Contini gehorchte, atmete ein und aus, aber er war wie gelähmt, starrte entsetzt und doch gebannt in die Truhe und fühlte sich der Ohnmacht nahe. Auch Pancho leuchtete jetzt in die Truhe.

Vor ihnen auf dem Grund der Truhe lagen zwei Leichen. Derart monströs, dass sie aussahen wie nicht echt, wie aus dem Hinterzimmer eines Horrorkabinetts. Aber sie waren echt: die Überreste zweier menschlicher Wesen. Mumifiziert, wie es geschieht unter Luftabschluss, wenn sich im Lauf der Jahre alles Körperfett in Fettwachs verwandelt, das die Umrisse einer Gestalt wie ein Panzer konserviert. Allerdings gedunsen – die Gesichtszüge waren verzerrt. Stofffetzen, unkenntliche Lumpen umhüllten die Körper. Der Lichtstrahl fiel auf die Schädel, die leeren Augenhöhlen, das erstarrte Grinsen darunter. Dank der Fettwachsbildung waren die Gesichter selbst nach dieser langen Zeit deutlich zu erkennen. Contini hatte sich oft vorgestellt, wie er eines Tages seinen Vater wiederträfe, aber nie, niemals hätte er an eine solche Begegnung gedacht. Es war wie eine grausame Verhöhnung der Erinnerung. Er wandte sich Pancho zu und legte ihm eine Hand auf die Schulter. Pancho sah ihn an, und Contini machte mit erhobenem Daumen die Geste für das Aufsteigen.

16
Road Town

Vielleicht war er selbst nervös, vielleicht war auch die Atmosphäre turbulenter als sonst. Jedenfalls machte Amedeo Finzi auf dem gesamten Flug praktisch kein Auge zu und war froh, als sie in San Juan landeten. Viel Zeit hatte er nicht, aber für eine flüssige Stärkung reichte es noch, bevor sein Anschlussflug nach Saint Thomas ging.

Er übernachtete in einem schäbigen Hotel in der Nähe des Flughafens und musste am nächsten Tag feststellen, dass es keine Direktflüge nach Tortola gab. Nachdem er mit dem halben Flughafenpersonal gestritten hatte, bekam er schließlich einen Flug der LIAT (Leave for the Islands Anytime) nach Virgin Gorda.

Klimaschock, Jetlag und Schlafmangel hatten seine Nerven bloßgelegt. Dementsprechend ungut verlief die Begegnung mit einem puertoricanischen Taxifahrer, der glaubte, er könne Zeit schinden. Nachdem er den Taxameter eingeschaltet hatte, schüttelte er Finzi erst einmal die Hand und stellte sich als Joachim vor. Dann reckte und dehnte er sich ausgiebig, richtete Innen- und Außenspiegel, und als er sich endlich anschickte loszufahren, entdeckte er einen winzigen Fleck auf der Windschutzscheibe. Er murmelte etwas, das »*Wait a minute, amigo*« heißen konnte, ergriff einen Lappen und stieg aus, um dem Schmutz zu Leibe zu rücken.

Finzi rastete aus.

Eigentlich reichte sein Spanisch, um einen Taxifahrer zusammenzustauchen, diesmal indes war er an einen Meister in der Kunst der Beschimpfung geraten. Deshalb musste

Finzi, nachdem er sich zahllose phantasievolle Attribute zur Beschreibung seiner Mutter angehört hatte, deren Bedeutung ihm des Öfteren entging, die weiße Fahne hissen und mitsamt seinem Gepäck zu einem anderen Taxi abziehen.

Der Beef Island International Airport, fünfzehn Kilometer östlich der Hauptstadt gelegen, ist mit der Ostküste von Tortola über eine Holzbrücke verbunden. In seiner Nervosität ließ sich Finzi während der Fahrt, obwohl aus dem Schweizer Winter kommend, weder von der Wärme noch von der üppig blühenden Vegetation besänftigen. Gemächlich fuhr das Taxi die Queen Elizabeth II Bridge entlang, vorbei an blühenden Bougainvilleen und Hibiskusbüschen, erschreckte eine Gruppe brauner Tauben, die zeternd aufflatterten, und zuckelte weiter bis Road Town.

»Und was machen wir jetzt, Chef«, fragte der Taxifahrer. »Wollen Sie in den Botanischen Garten?«

»Wenn's Ihnen nichts ausmacht: Mir pressiert es ein bisschen«, antwortete Finzi.

»Ah, schade! Aber klar. Sie sind geschäftlich hier?«

Als sie endlich vor Maria's By The Sea Hotel standen, war der Herr Finzi mit seinen Nerven definitiv am Ende. Der heiße Anhauch der Passatwinde begann ihm zu Kopf zu steigen, zumal er zu warm angezogen war. Das Hotel, dem eine Reihe Palmen einen recht mageren Schatten spendete, gleißte weiß und blendend in der Sonne. Finzi sperrte seine Zimmertür ab, schaltete die Klimaanlage ein und ließ sich ermattet aufs Bett fallen.

Franco Sutter liebte die Britischen Jungferninseln. Die Amerikanischen waren ihm zu laut, zu schrill, zu sehr von Dummheit verseucht. Road Town war viel weniger tourismusorientiert. Gut, da waren die Cane Garden Bay und ein paar Häuser im pseudokreolischen Stil, in Pastelltönen gestrichene Holzkonstruktionen, sonst aber war Road Town eine Stadt der Pragmatiker: fünfzehntausend Einwohner und dreihundertfünfzigtausend Offshore-Firmen.

Sutter liebte das Surfen, und er liebte das Geld; das Chaos und das irre Gehetze der europäischen Städte verachtete er. Deshalb war er von der Schweiz auf die Insel Tortola ausgewandert, wo er sehr schnell zum Spezialisten geworden war. Innert achtundvierzig Stunden war er in der Lage, für weniger als zehntausend Franken eine Briefkastenfirma oder kleine Holding aus dem Boden zu stampfen. Und dank den Trainingsstunden in der Apple Bay hatte sich auch sein Surfstil bemerkenswert verbessert.

Warm war es. Sutter trug einen hellblauen Leinenanzug und fuhr mit seinem alten Ford die Waterfront Road vom Postamt in die Innenstadt. Es war ein bedeutender Tag: Signor Finzi hatte sich persönlich nach Tortola begeben. Normalerweise traf Sutter nie mit seinen Kunden zusammen. Er, der in der Steueroase Tortola lebte, war nur das erste Glied einer Kette. Finzis Firma zum Beispiel begann hier auf den Jungferninseln, setzte sich über die Insel Jersey fort und mündete schließlich, nach diversen Zwischenstationen in Liechtenstein, Dublin, London und Zürich, in eine Telefonnummer in Chiasso und ein Messingschild, auf dem stand: *TREUHANDGESELLSCHAFT AMEDEO FINZI & PARTNER.*

Dem Herrn Finzi stand keine gute Zeit bevor. Sutter hatte die jüngsten Entwicklungen mit Interesse verfolgt: Die Chance, dass die Veruntreuung von Geldern im Zusammenhang mit dem Staudamm von Malvaglia ans Licht kam, war ziemlich groß, das war ihm klar. Wenn die Zeitungen so viel Wind um die Sache machten, wurde es für Finzi & Partner brenzlig.

In dem Fall musste Herr Sutter einschreiten. Mit der üblichen Diskretion, versteht sich.

Das Zentrum von Road Town war ein Kehrplatz mit einem Blumenbeet in der Mitte, einer Straßenlaterne, ein paar geparkten Autos vor den himmelblauen und rosaroten Häusern. Auf einer Parkbank saßen zwei Müßiggänger mit weit offen stehenden Hemden, während ein sichtlich nach klimatisierter Luft verlangender Herr mit Sakko und Krawatte schwer atmend an ihnen vorbeistrebte. Sutter bog links in die Fleming Street ab und fuhr ein paar Kilometer weiter, bis er vor einem massigen Gebäude angelangt war, über dessen Eingang *Public Library* stand.

Es war drei viertel zwei. Nachdem er zu früh war, stellte er seinen Wagen in den Schatten, kippte die Rückenlehne nach hinten, lockerte seinen Krawattenknoten und gönnte sich seinen kleinen Mittagsschlaf, auf den er nie verzichtete, auch dann nicht, wenn heikle Angelegenheiten anstanden.

Punkt zwei Uhr trat ein Mann aus der Bibliothek. Eine Hand über die Augen gelegt, sah er sich um, und als er den Ford des Herrn Sutter erspäht hatte, kam er auf ihn zu. Sutter lehnte sich aus dem Seitenfenster und sagte: »Joachim. Wie geht's?«

»Mühsamer Tag«, antwortete Joachim. »Keiner will Taxi fahren.«

»Außer Signor Finzi.«

»Außer ihm.«

»Hast du ihn rausgeekelt?«

Joachim nickte selbstgefällig und lieferte eine Kostprobe der Beschimpfungen, mit denen er den Herrn Finzi in die Flucht geschlagen hatte. Sutter unterbrach ihn.

»Schon gut, verstehe. Und die Wanzen?«

»Zwei. Eine im Gewand, eine im Gepäck.«

»Sehr gut. Komm morgen zu mir ins Büro.«

Sutter fuhr wieder los und die Main Street entlang. Um drei war er mit Finzi am Ferry Terminal verabredet, rund zehn Kilometer im Süden.

Er fühlte sich wie ein Chirurg vor einer schweren Operation. Dass der Eingriff sich nicht umgehen ließ, stand fest. Nun galt es festzustellen, wo und wann geschnitten werden musste. Sutter brauchte seine gesamte Konzentration; es war nicht das erste Mal, dass er einen Kunden, der in Schwierigkeiten steckte, hochgehen ließ, ihn mit einem Taschenspielertrick um sein Geld brachte und ihn dann dem Ärger mit der Justiz überließ. Jedoch war größte Vorsicht geboten. Auf keinen Fall durfte Sutters guter Name mit irgendwelchen unsauberen Geschäften in Verbindung gebracht werden.

Allzu viele Sorgen musste er sich allerdings nicht machen. Schließlich war ihm dieses Spielchen schon mit weitaus lästigeren Kunden gelungen, als es diese traurige Gestalt Finzi war. Er schaltete das Radio ein und trat aufs Gas: Die Klänge von Bob Dylans *Forever Young* ließen ihn an die Zeit denken, als er in der Bank gearbeitet hatte, im grauen Zürich, in einer grauen Bahnhofstrasse, die in seiner Erinnerung immer von einem eiligen Menschenstrom erfüllt war. Zu seiner Linken leuchtete das strahlend blaue Meer, das sich in der Ferne mit dem dunkleren Blau der Landmasse jenseits des Golfs vereinigte. Und dazwischen das Blau der Häuschen von Crafts Alive, die karibische Souvenirs ausstellten. Sutter gab noch mehr Gas: Er hasste Touristen.

Vor seiner Bekanntschaft mit Herrn Sutter und dessen Finanzgeschick hatte Amedeo Finzi niemals größere Geldbeträge gewaschen. Aber die Sache hatte sich entwickelt. Seit den achtziger Jahren unterhielt Sutter einen Hedgefonds, der unter der Leitung eines untadeligen Managers als Limited Partnership firmierte. In Wahrheit gehörte der Fonds über mehrere Ecken einem Strohmann Sutters. Kontrollen gab es auf Tortola nicht, und deshalb konnte man Investitionen *à fonds perdu* vortäuschen, auch wenn in Wirklichkeit Staatsobligationen mit acht Prozent Verzinsung dahinterstanden. Sodass Finzis Komplizen in aller Ruhe die über verschiedene Umweltunternehmen gewaschenen Beträge in den Hedgefonds »investieren«, dann ihren Verlust vorschützen und den Eigentümern zurückerstatten konnten, nicht ohne zuvor einen gewissen Prozentsatz als Provision für Finzi und Sutter abgezogen zu haben. Es war eine raffinierte und sichere Methode.

Eine beinahe sichere Methode, dachte Sutter, als er am Ferry Terminal sein Auto parkte. Wenn im Tessin ein Skandal ans Licht kam, wie jetzt im Zusammenhang mit dem Staudamm zu befürchten stand, war Finzi erledigt. Er prüfte etliche Unterlagen in seiner Aktenmappe, zog seine Krawatte wieder fest und stieg aus.

Das Terminal war ein quadratisch angelegter Bau mit einem roten, spitz zulaufenden Dach wie eine Pagode. Ringsum herrschte ein ständiges Kommen und Gehen von Touristen und Einheimischen, Verkäufern und Seeleuten auf Landgang. Sutter sah Finzi schon aus der Ferne im Schatten an einer Mauer des Terminals lehnen. Neben ihm bot ein langhaariger Fotograf Touristenaufnahmen im Reggaestil an: mit Rastaperücke und falschem Joint; er winkte dem näher kommenden Sutter verstohlen zu.

Gut, dachte Sutter. Das Netz ist ausgeworfen. Nach den von Joachim am Flughafen angebrachten Mikrophonen hatte jetzt der Fotograf übernommen. Finzi wurde rund um die Uhr überwacht.

Die beiden Männer begrüßten einander knapp und sachlich. Sutter wollte nicht wissen, wie die Reise gewesen war, und Finzi wollte nichts erzählen. Sie gingen in Pusser's Outpost, ein Lokal direkt gegenüber dem Terminal, in dem immer lebhafter Betrieb herrschte: Man aß dort Pizza und Hamburger und trank dazu aus Großbritannien importierten Rum, der in hölzernen Bechern serviert wurde und die Touristen in wilde Piraten verwandelte. Hier konnte man sogar schwarze Augenklappen erstehen.

»Und?«, fragte Sutter, nachdem er zwei Pints bestellt hatte.

»Ich bin ein bisschen ratlos«, gestand Finzi. »Es wäre wirklich notwendig, etwas Solides zu organisieren. Meine Kunden kriegen kalte Füße.«

»Und du?«

»Ich ebenfalls. Du weißt ja, wenn sie anfangen, die Vergangenheit aufzurollen ...«

»Hast du Angst, dass sie Martignoni finden?«

Finzi sagte nichts. Sutter sah ihn mit seinen aus tiefer Surferbräune hervorstechenden himmelblauen Augen an und wartete höflich die Antwort ab.

»Aber nein«, sagte Finzi schließlich.

Sutter hob schweigend die Brauen.

»Schau, was weiß denn ich, was aus Martignoni geworden ist.« Auf Finzis Stirn und Schläfen glänzte Schweiß. »Natürlich frag ich mich ... So oder so, ich sitze in der Bredouille.«

»Aber Martignoni wusste nichts von deinen Transaktionen, oder?«

»Das ist zwanzig Jahre her! Er wusste nichts, aber ich hätte ihn überredet ... Du glaubst doch wohl nicht, dass ich ihn umgebracht habe?«

»Was ist dann aus ihm geworden?«

»Das weiß ich nicht! Das Problem ist nicht Martignoni, sondern es besteht die Gefahr, dass sie die Sache mit den Finanzierungen herausfinden. Gibt es denn keine Möglichkeit, die Spuren ein für alle Mal verschwinden zu lassen?«

Signor Sutter gestattete sich einen geduldigen Seufzer und einen ausgiebigen Schluck Bier. Ringsum redeten und schrien die Leute auf Englisch, Spanisch, Holländisch durcheinander, zwischen den Tischen im Kolonialstil bewegten sich Fragmente versprengter Völker: verschwitzte Kinder und elegante Männer mit Wolfsaugen, schöne Frauen und blonde Aussteiger aus Europa. Sutters Wanzen waren zum Glück leistungsstarke Mikrophone, die jedes hier gesprochene Wort aufzeichneten. Er sah Finzi fest an und sagte leise: »Ich soll deine Wirtschaftsverbrechen von vor zwanzig Jahren verhehlen?«

»Ich muss jeder Überprüfung standhalten können.«

»Schau, lieber Finzi, ich kann da wirklich nichts tun.« Sutter hob bedauernd die Hände. »Wenn du Spuren hinterlassen hast, ist es jetzt zu spät. Wir können lediglich deine gegenwärtigen Transaktionen sichern.«

»Was hast du vor?«

»Wir lassen die Firmen verschwinden, an denen du Beteiligungen hast, und gründen neue, mit anderen Prokuristen, die keine Verbindungen zu deiner Treuhandgesellschaft haben.«

»Ist das wirklich unumgänglich?«

»Nun …« Sutter legte seine Aktentasche auf den Tisch und nahm einige Unterlagen heraus. »Ich habe Freunde in der Schweiz, weißt du. Und die teilen mir mit, dass deine Kunden nicht sehr zufrieden sind. Du weißt sicher, weshalb?«

Sutter erwartete keine Antwort, ließ die Frage aber einen Moment im Raum schweben.

»Sie befürchten, mit hineingezogen zu werden«, fuhr er dann fort. »Schau, diese Post kommt von unserem Kontaktmann in London.« Er reichte ihm einen Stoß Papiere. »Darunter sind einige deiner früheren Geschäftspartner, die wegen der Martignoni-Sache Bedenken haben. Und anscheinend wären manche nicht abgeneigt, dir jetzt eins auszuwischen …«

»Wie bitte?« Finzi fuhr zusammen und stieß sein Bierglas um, das sich auf den Tisch der Holländer entleerte. »Aber … Jetzt begreife ich!«

Mit geweiteten Augen starrte Finzi auf einen Namen auf einem Dokument aus dem Stoß Papiere. Sutter wunderte sich. Er rief eine Kellnerin herbei, und während er sich mit einer Hand über seine perfekt rasierte Wange fuhr, fragte er sich, ob Finzi vielleicht durchdrehte.

»Was ist?«

»Ich habe verstanden«, wiederholte Finzi grimmig. »Ich weiß jetzt, wer der Bastard ist, der mich auffliegen lassen will.«

»Nämlich?«, fragte Sutter, noch höflich, doch in einem Ton, in dem ein leiser Anflug von Drohung mitschwang.

»Und ich weiß, warum Pellanda und Vassalli sterben mussten … ich weiß jetzt, was er tut. Und ich sag dir was: Wenn dir nicht ein Ausweg einfällt, sitzen wir alle in der Scheiße.«

Zwar konnte sich Sutter beim besten Willen keinen Reim auf Finzis Gefasel machen, doch einen Ausweg wusste er durchaus. Vor seinem geistigen Auge sah er eine saubere Liste seiner Kunden, und darauf strich er mit schwarzem Stift den Namen Amedeo Finzi aus. Genug. Der Alte war zum Risiko geworden: So einen schaltet man lieber gleich aus.

»Sicher«, sagte er lächelnd. »Das kriegen wir schon wieder hin, mein Freund, kein Problem.«

»Aber der Mörder wird wieder zuschlagen …«

»Das besprechen wir jetzt alles«, fiel ihm Sutter beschwichtigend ins Wort. »Schau, hier kommt dein frisches Bier.«

Contini traute seinen Augen nicht. Fünf Flöße hatte er in den Tresalti fallen lassen, und fünf waren im Sammelbecken aufgetaucht. Wie war das möglich? Noch nie war in seinem Leben auf einmal so viel schiefgegangen, und doch hatten alle Schiffchen die Stromschnellen des Tresalti überwunden und waren hier gelandet.

War das jetzt ein gutes oder ein schlechtes Zeichen?

In den letzten beiden Tagen wusste er überhaupt nicht mehr, was er denken sollte. Es herrschte akuter Auftragsmangel: Wer will einen Detektiv, hinter dem die Polizei her ist? An sein Privatleben wollte er lieber nicht denken. Der

»Fall Malvaglia« hingegen … nun, inzwischen war klar, was aus Ernesto Contini geworden war.

Seit zwanzig Jahren eine Leiche, seit zwanzig Jahren auf dem Grund des Stausees in eine Truhe eingeschlossen, im Wasser, ganz langsam verwesend.

Er hatte noch einmal Desolina angerufen, hatte ihr von seinem Fund berichtet und wollte weitere Informationen. Zum Beispiel: Wer war der Tote neben seinem Vater? Martignoni wahrscheinlich. Aber warum, was war geschehen? Desolina wusste es nicht. Sie war durcheinander, fast panisch. Er hatte sie bedrängt, natürlich, aber sie hatte sich immer weiter zurückgezogen und war schließlich ganz verstummt. Es half nichts zu schreien, es half nichts, wütend zu werden. Sofern die alte Desolina wirklich etwas wusste, war jedenfalls nichts aus ihr herauszubringen. Sie benahm sich, als fühlte sie sich bedroht. Aber vielleicht hatte sie nur leere Sprüche gemacht.

Es war beinahe Mittag. Continis Kopf fühlte sich an, als läge ein eiserner Reifen darum. Er fischte die Flöße aus dem Wasser und kehrte rasch nach Hause zurück. Die Luft war sehr klar: Scharf zeichneten sich die Zweige und Äste, die Dächer von Corvesco, die Umrisse der Berge vor dem weißen, reglosen Himmel ab.

Er war mit Rechtsanwalt Calgari verabredet, obwohl er sich nicht viel von dem Gespräch erwartete. Inzwischen zog er seine Ermittlung in die Länge wie ein Faulpelz seinen Mittagsschlaf: weil er nicht wusste, was er sonst tun sollte.

Bevor er das Haus wieder verließ, schluckte er zwei Aspirin und stellte dem Kater Futter hin. Er merkte, dass ihm das Herz bis zum Hals klopfte, und setzte sich kurz in die Küche, um wieder zu Atem zu kommen. Er hatte Hunger, aber keine Lust zu essen, deshalb schenkte er sich ein Bier ein und stürzte es hastig hinunter, dann machte er sich auf den Weg.

Die Kälte ließ ihm Gesicht und Hände erstarren, und als er im Auto saß, drehte er die Heizung ganz auf. Noch immer hämmerte sein Herz. Während der Fahrt hörte er im Geist die Stimme des alten Jonas: *Wer ist auf der anderen Seite des Spiegels?* Wo immer er hinblickte, sah er immer nur das eigene Spiegelbild: Wie sollte er die Polizei widerlegen? *Du musst schauen, was auf dem Grund des Sees ist.*

Nun, das wusste er jetzt. Er und Pancho waren die Einzigen, die es wussten – abgesehen von Desolina. Aber deshalb wusste er noch lange nicht, wer Pellanda und Vassalli umgebracht hatte, so wenig wie er sich erklären konnte, wer seinen Vater umgebracht und seine Leiche in diese Truhe gelegt hatte. – War es denn sein Vater? Natürlich, wer denn sonst – auch so entstellt, wie er war, hatte er ihn doch eindeutig erkannt. Allerdings hatte er ihn zwanzig Jahre nicht gesehen …

Contini, rief er sich zur Ordnung, sieh der Wahrheit ins Auge.

Ein Kälteschauder überlief ihn. Er legte eine Georges-Moustaki-Kassette ein, um sich der Illusion mediterraner Sonne hinzugeben, aber es gelang nicht recht.

Chico Malfanti begrüßte ihn höflich, seine Miene aber zeigte ein gewisses Befremden, und Contini wurde sich bewusst, dass er sich seit Tagen nicht rasiert hatte und insgesamt nicht aussah wie das blühende Leben. Aber für Erklärungen war keine Zeit, denn die Tür zum Büro des Kanzleichefs öffnete sich weit, und Calgari sagte: »Ah, Contini. Bitte, kommen Sie herein.«

Contini setzte sich auf den Besucherstuhl vor dem Schreibtisch und wartete, bis Calgari ebenfalls Platz genommen hatte, dann sagte er: »Ich habe meinen Vater gefunden.«

Calgari riss die Augen auf. Neben Verblüffung drückte seine Miene dasselbe Befremden aus, das Contini bei Chico Malfanti wahrgenommen hatte.

»Sie scheinen mir ein bisschen mitgenommen, Contini. Geht's Ihnen wirklich gut?«

»Ich sagte, ich habe meinen Vater gefunden.«

Rechtsanwalt Calgari verkniff sich einen Seufzer und sagte: »Wo denn? Erzählen Sie.«

Contini berichtete von dem Tauchgang und den Leichen im gefluteten Keller, ohne dass ihn Calgari ein einziges Mal unterbrach. In seinem Blick stand Skepsis.

»Glauben Sie mir nicht?«, fragte Contini schließlich.

»Es ist nicht so, dass ich Ihnen nicht glaube«, präzisierte Calgari. »Aber ich weiß nicht, was ich in der Sache tun soll. Wieso erzählen Sie das *mir*?«

»Weil ich alles über die Staudammgegner wissen will, die damaligen und die heutigen. Als ich unten war, hat jemand in meinen Sachen gewühlt, und ich bin sicher, das war der Mörder. Das ist einer, der mich kennt, einer aus Malvaglia.«

Diesmal verkniff sich Calgari den Seufzer nicht.

»Hören Sie, Contini, darüber haben wir doch schon gesprochen. Es gibt Regeln, und daran müssen wir uns halten ... Gehen Sie nur dran, kein Problem!«

Das Läuten des Mobiltelefons hatte Contini zusammenfahren lassen. Normalerweise stellte er den Apparat auf Vibration um, wenn er Termine hatte, aber diesmal hatte er es vergessen.

»Verzeihung, bitte.« Er hielt sich das Telefon ans Ohr. »Contini.«

Niemand meldete sich.

»Hallo, wer ist da?«

Nach mehreren Sekunden hörte er eine männliche Stimme. Murmelnd, aber deutlich jede Silbe betonend, sagte sie ein Wort: »Desolina.«

Contini erkannte das heisere Flüstern: Das war dieselbe Person, die ihn während der Fasnacht, kurz vor Vassallis Tod angerufen hatte.

»Wer ist da?«, fragte er. »Wer spricht?«

Aber die Stimme wiederholte nur noch einmal »Desolina«, dann brach die Verbindung ab.

17
Es riecht nach Schnee

Wie nur hatte sich Rechtsanwalt Calgari herumkriegen lassen? Schwer zu sagen. Vielleicht hatte ihn die Abenteuerlust infiziert, die von Zeit zu Zeit seinen jungen Mitarbeiter befiel: Chico Malfanti konnte sich nur wundern, als er Contini und Calgari gemeinsam und eilig die Kanzlei verlassen sah.

»Malfanti, ich bin eine Stunde weg!«, rief sein Chef über die Schulter.

»Ja, ähm, und wo …«

»Wiedersehen!«

Vielleicht las der Anwalt in Continis Blick, dass die Sache ernst war. Vielleicht hatte der Detektiv einen so zerrütteten Eindruck auf ihn gemacht, dass ihn Calgari nicht allein gehen lassen wollte. Oder vielleicht war etwas geschehen, das er, der Chef, sich lieber mit eigenen Augen ansah.

Contini hatte gemerkt, dass Calgari nicht recht wusste, ob er an die Entdeckung zweier Leichen im Keller glauben sollte. Deshalb war er froh, als der Anwalt sich bereit erklärte, ihn nach Villa Luganese zu begleiten. Um den Kopf aus der Schlinge zu bekommen, musste er so schnell wie möglich seine Glaubwürdigkeit zurückgewinnen, und ein Zeuge konnte ihm da nur gelegen kommen. Nach dem zweiten mysteriösen Anruf fragte er sich, ob man die Polizei benachrichtigen sollte. Allerdings konnte es ein falscher Alarm sein. Ein Anwalt als Zeuge musste ausreichen.

Mit Calgaris Cherokee-Jeep brachen sie von Bellinzona auf. Auf dem Weg nach Villa ließ sich der Anwalt noch einmal in allen Details von der Entdeckung der Leichen berichten und fragte nach dem Sinn der Nachricht auf dem Briefumschlag in Continis Rucksack.

»›Auf wen muss Herr A als Erstes schießen?‹«, murmelte er. »Was soll das bedeuten?«

»Keine Ahnung.« Contini starrte zum Fenster hinaus. »Ich versteh das alles nicht.«

In Villa angelangt, parkten sie vor Adele Fontanas Haus. Es war schneidend kalt, und Contini meinte vereinzelte Schneeflocken zu sehen. Niemand reagierte auf ihr Läuten. Doch die Tür war unverschlossen. Sie schoben sie auf und riefen. Keine Antwort. Das Haus schien leer.

»Und jetzt?«, fragte Calgari.

»Wir gehen hinein.«

»In ein fremdes Haus! Kommt nicht infrage!«

»Wir müssen uns vergewissern, ob Desolina wohlauf ist.«

»Ich weiß wirklich nicht, warum ich Sie herbegleitet habe.« Calgari trat einen Schritt zurück. »Wenn Sie Hausfriedensbruch begehen wollen und sich einbilden, ein Anwalt an Ihrer Seite wird Ihnen helfen ...«

»Verstehen Sie denn nicht? Desolina kann *wirklich* in Gefahr sein!«

Sekundenlang standen die zwei Männer einander gegenüber. Dann sagte Calgari: »Kehren wir um.«

»Die Tür ist offen«, gab Contini zurück. »Das lässt nichts Gutes vermuten. Ich gehe hinein.«

Calgari wollte etwas erwidern, zuckte aber mit den Schultern und kehrte zum Auto zurück. Ehe er den Wagenschlag öffnete, sagte er: »Ich warte fünf Minuten, dann fahre ich nach Bellinzona zurück.«

»Ich bin gleich wieder da!«, rief Contini und verschwand im Haus. Die Tür ließ er angelehnt.

»Desolina!«, rief er. Es kam noch immer keine Antwort.

Auf der Treppe rief er erneut. Bei einem Blick aus dem

Fenster sah er Calgari im Auto sitzen, die Hände auf dem Steuer. Rasch ging er weiter, entschlossen, nach Desolinas Zimmer zu suchen.

In dem Moment, als er in den Flur einbiegen wollte, hörte er einen Schuss.

Wie neulich während der Fasnacht, ging es ihm durch den Kopf. Auch diesmal konnte er das Geräusch eindeutig zuordnen, und der Nachhall ließ ihn denken: Das war hier ganz in der Nähe!

Eine Sekunde stand er da wie angewurzelt. Es war ein Augenblick der Erkenntnis: Er hat auf mich gewartet, begriff er, er hat es drauf angelegt. Jetzt wird gleich Calgari aufkreuzen, während der Mörder sich ungesehen aus dem Staub macht … Er rüttelte sich auf. Ohne auf den Anwalt zu warten, stürzte er los, riss sämtliche Zimmertüren auf, warf einen raschen Blick hinein.

Er fand sie sehr schnell.

Desolina lag, den Rock hochgestreift, mit dem Gesicht nach unten auf dem Fußboden. Ihre weißen Haare standen wirr ab, um ihren Kopf hatte sich auf dem Teppich ein dunkler Fleck gebildet, wie ein Heiligenschein.

Das Fenster stand offen, Kälte drang herein. Die oberste Schublade der Kommode war herausgerissen und lag neben dem Bett auf dem Boden, Taschentücher und Medikamente waren auf dem Teppich verstreut, ebenso diverse Kleidungsstücke; eine Schranktür stand offen. Die Schreibtischlade war herausgezogen und durchwühlt worden, auf der Tischplatte lagen Papiere, Stifte, Fotos durcheinander, als wäre ein Windstoß hineingefahren. Unter Desolinas Hand sah Contini ein Papier hervorspitzen; vielleicht hatte sie es gehalten, bevor sie starb. Mit zwei behandschuhten Fingern, um keine Abdrücke zu hinterlassen, drehte er es um.

Und seine Augen weiteten sich. Das war er selbst! Das war ein Jugendfoto von ihm!

Aber warum?

Es war kein normaler Abzug, sondern ein Computerausdruck. Im Vordergrund ein junger Contini mit Strohhut.

Der Detektiv ließ das Bild fallen und stand auf. Vom Fußboden her starrte ihn sein Gesicht an. Und es schien ihn ebenfalls anzuklagen.

Inzwischen fiel es ihm selber schwer, sich für unschuldig zu halten.

»Contini?«

Das war Calgari. Contini ging zur Tür und sah den Anwalt die Treppe heraufkommen.

»Hier oben«, sagte er. »Ich habe Desolina gefunden.«

»Was war das, ein Schuss?«

Contini gab keine Antwort, sondern ließ Calgari sich mit eigenen Augen überzeugen.

»Um Gottes willen ...« Calgari schluckte schwer; dann sah er ihn an. »Was ist hier passiert?«

Der Detektiv gab keine Antwort: Er stand am Fenster und sah unten auf der Straße einen Mann neben einem schwarzen Auto stehen, der zu ihm heraufblickte und grüßend die Hand hob.

»Aber das gibt's doch nicht ...«, murmelte Contini.

Calgari trat zu ihm. »Was?«, fragte er.

»Der Mann dort unten, der jetzt in den schwarzen Honda eingestiegen ist!«, rief Contini aufgeregt. »Das ist er ... der Mörder!«

»Wie bitte?«

»Der Kerl da unten – ich hab ihn nicht genau gesehen, aber er kommt mir bekannt vor ... Da, jetzt fährt er weg.«

Contini rannte aus dem Zimmer und die Treppe hinunter, stürzte hinaus auf die Straße.

Aber es war zu spät. Einen Moment lang hatte er die Idee, ihn mit dem Jeep zu verfolgen, aber das wäre sinnlos gewesen – der Vorsprung war zu groß. Sie hätten ihn nicht mehr eingeholt, und nachher hätte er der Polizei erklären müssen, weshalb er sich Hals über Kopf vom Tatort entfernt hatte.

Apropos Polizei.

Allein im Haus. Ein Schuss, eine Leiche. Dann das mysteriöse Telefonat. Und das Foto! Das Foto neben der Toten … Es ist wirklich Contini, Leute, jetzt haben wir ihn. Wie kam dieses Foto hierher?

»Contini, was ist, geht's Ihnen nicht gut?«

Calgari war ihm nachgegangen, er berührte seinen Arm. Contini stand mit hängenden Schultern auf der Straße und reagierte nicht.

»Contini, hören Sie mich?«

Der Detektiv wandte ihm sein Gesicht zu und murmelte: »Ich bin erledigt.«

Nach der Spurensicherung, nach den Journalisten und Fotografen, nach den Fragen und Zeugenvernehmungen und Presseverlautbarungen war nur noch Commissario Emilio De Marchi am Tatort.

Er wollte sich noch einmal umsehen, weitersuchen, als wäre hier irgendwo die Lösung zu finden. Dabei wusste er, dass es lächerlich war, ein Wort wie »Lösung« auch nur in den Mund zu nehmen. Was heißt das denn? Daran ist die Flut der Krimis schuld, dachte er, die inzwischen sogar die Polizei vergiftet. Er bildete sich ja selbst schon ein, dass irgendwo eine fehlende Masche im Netz zu entdecken sei.

Dabei brauchte man bloß Contini zu verhaften.

Aber sie hatten ihn gehen lassen und ihm zum Schluss nur gesagt: Halt dich zur Verfügung. Warum? Das wusste nicht einmal De Marchi. Seit Jahren kannte er ihn. Contini ein Mörder? Sehr unwahrscheinlich. Bevor er ihn definitiv als Psychopathen abstempelte, wollte De Marchi einen letzten Beweis sehen.

Aber Beweise sind heutzutage ja eine Seltenheit, dachte er,

während er die Treppe hinunterging. Im Wohnzimmer fand er die Hausherrin Adele Fontana. Den Rock über die Knie herabgezogen und die Haare zu einem Knoten aufgesteckt, saß sie gefasst auf der Kante eines weißen Sessels.

»Und, was denken Sie, Commissario?«

De Marchi sah sie an und fragte sich, ob sie tatsächlich eine Antwort erwartete.

»Möchten Sie vielleicht was trinken?«, fragte sie, als er nichts sagte.

»Nein danke. Ich muss gehen.«

»Haben Sie in Desolinas Zimmer noch was entdeckt?«

»Hm«, sagte De Marchi, »mir scheint, da gibt es wenig zu entdecken.«

Signora Fontana stand auf, um ihn zur Tür zu begleiten. Im Dämmerlicht der Umgebung sah der Kommissär ihren Gesichtsausdruck nicht, dennoch war ihr die Erschütterung anzumerken: Die frühere Adele Fontana, die lächelnde, redselige, hatte der Mörder ausgelöscht. Jetzt verriet jede ihrer Gesten Furcht.

»Glauben Sie denn, er wird wiederkommen, Commissario?«

»Nein, keine Sorge, Signora Fontana.« Er drückte ihr die Hand. »Er hat es nicht auf Sie abgesehen. Aber zu Ihrer Sicherheit wird die ganze Nacht ein Beamter vor Ihrem Haus stehen. Sie haben nichts zu befürchten.«

Auf dem Rückweg, als er langsam die Serpentinen hinunterfuhr, dachte De Marchi zum x-ten Mal darüber nach, ob Contini als Täter infrage kam, und gelangte zum x-ten Mal zu keiner Antwort.

»Ich verstehe Ihre Lage. Aber ich weiß, offen gestanden, nicht mehr, was ich denken soll.«

Calgari schien in echter Verlegenheit. Bei Anwälten weiß man freilich nie. Contini ließ ihn reden.

»Ich kann jetzt nichts mehr für Sie tun, es sei denn, Sie konsultieren mich als Verteidiger.«

»Ich habe schon einen Anwalt. Ich möchte Sie nur noch eines fragen.«

Calgari seufzte. »Na gut, sagen Sie schon.«

»Haben Sie der Polizei von dem Mann erzählt, den wir auf der Straße gesehen haben?«

»Nein.«

»Warum nicht?«

»Tja. Weil ich niemanden gesehen habe«, erklärte Calgari. »*Sie* haben gesagt, Sie hätten einen gesehen. Als ich zum Fenster kam, war da nur noch ein schwarzes Auto, das die Straße hinunterfuhr.«

Contini dachte eine Weile nach. »Dann haben Sie der Polizei sicher auch erzählt, dass ich allein im Haus war, als der Schuss fiel«, sagte er.

Calgari hob befremdet die Brauen. »Ich habe die Wahrheit gesagt, Contini: *Ich* war nicht im Haus. Und dann lag ja auch dieses Foto neben der Toten, nicht? Der erste Polizist am Tatort hätte es umgedreht und seine Schlüsse gezogen: Sieh an, wen haben wir denn da ...«

»Das ist kein Beweis, das ist ein Wink mit dem Zaunpfahl. Als Mörder hätte ich ja gleich meine Visitenkarte hinterlegen können.«

»Nein, natürlich ist das kein Beweis«, sagte Calgari mit halbem Lächeln. »Aber leider werden die Leute nur im Film aufgrund von Beweisen vor Gericht gestellt. Sie wissen doch, dass das Gesetz denjenigen als auf frischer Tat ertappt betrachtet, der von der Stimme des Volkes als Urheber ebenjener Tat verfolgt wird?«

»Die Sache scheint Ihnen ja einen Mordsspaß zu machen«, sagte Contini und stand auf.

»Natürlich nicht! Aber Sie müssen mich verstehen.« Calgari räusperte sich. »Es sprechen Indizien gegen Sie.«

Mit anteilnehmendem Lächeln und beherztem anwaltlichem Händedruck wurde der Detektiv verabschiedet. In Calgaris Blick aber las er ein unerbittliches Urteil: Du bist der Mörder, sagte dieser liebenswürdige Blick, und das wissen wir beide.

Tommi war früh aufgestanden und ins Büro gefahren.

Draußen war es noch so dunkel wie in tiefer Nacht. Ein feiner Schneestaub tanzte im Lichtschein der Straßenlaternen. Was für eine Kälte. Tommi setzte Kaffee auf und schaltete den Computer ein. Er war verwirrt. Seine Taten vom Vortag hatten bei ihm vor allem ein Gefühl wachsender Beklemmung ausgelöst. Tu nie irgendwas ohne Grund, pflegte sein Vater zu sagen. Aber jetzt hatte sich Tommi auf ein Spiel eingelassen, das er nicht mehr beherrschte.

Er begann die Mails zu lesen. Das meiste war Spam; dazwischen ein paar Kundenanfragen, die Signor Barenco beantworten würde, und ein paar Briefe, die in Tommis Zuständigkeit fielen. Die Kontakte mit Zulieferern zum Beispiel waren sein Aufgabengebiet, ebenso alles, was mit Versicherungen zu tun hatte.

Er schenkte sich Kaffee ein und dachte: Jetzt ist alles sinnlos. Er empfand kein Bedauern, dass er gemordet hatte, aber es war ihm auf einmal der Plan abhandengekommen.

Und Contini? Wusste Contini, was sie da taten?

Der Kaffee hatte einen metallischen Nachgeschmack. Tommi stürzte ihn mit einer Grimasse hinunter. Das Neonlicht im Büro war auch nicht aufmunternd. Er schaltete das Radio ein und hoffte auf Musik, aber es kam das Morgenjournal. Er war am Abend früh zu Bett gegangen, ohne das Radio oder den Fernseher einzuschalten, und als er jetzt die Nachrichten hörte, war er wie vom Donner gerührt. Die Tasse fiel ihm aus der Hand und zerbrach auf dem Fußboden, ohne dass er es merkte.

Das war doch nicht möglich.

Und doch …

Tommi fiel es schwer, ruhig zu bleiben. Er wollte schreien, auf die Straße hinausrennen. Um sich in den Griff zu bekommen, dachte er an die Logikaufgabe mit den drei Duellanten. Herr A trifft das Ziel nur jedes dritte Mal, Herr B trifft zwei von drei Malen, und Herr C trifft immer. Jeder darf einmal schießen, erst Herr A, dann B, dann C. Auf wen schießt Herr A? Und warum? Warum?

Supplique pour être enterré à la plage de Sète. Während er Georges Brassens zuhörte, stellte sich Contini den Tod als ausgedehnten Urlaub in Südfrankreich vor: über ihm die Laubkrone eines Baums und vor ihm nichts als das Atmen des Meeres. Unterdessen stand er, mit Hut und Mantel gegen den Wind gewappnet, auf der Veranda vor seinem Haus, rauchte und blickte hinab auf die Lichter von Corvesco. Die unregelmäßigen Böen wehten den Duft des Waldes und Wolken winziger Schneeflöckchen zu ihm her.

Contini wartete auf Malfanti, der ihm eine Liste mit den Namen aller Eigentümer von Grundstücken rund um den Stausee zusammengestellt hatte. Er war überzeugt, dass der Mörder unter ihnen war. Aber wer konnte es sein? Für eingehende Recherchen blieb ihm keine Zeit; deshalb hoffte er, den Anwalt zu illegalen Auskünften über seine Mandanten überreden zu können.

Malfanti hatte eigentlich ein Talent dafür, die Dinge ganz pragmatisch zu nehmen. Nicht anders war es zu begreifen, weshalb er sich bereit erklärt hatte, den Hauptverdächtigen im »Fall Malvaglia« trotz expliziten Verbots vonseiten seines Arbeitgebers zu Hause aufzusuchen.

Das Schneegestöber fegte gegen das Verandageländer und durch den offenen Türspalt ins Haus. Die Windböen übertönten Brassens' Stimme. Der Tod. Was sagst du dazu,

Kater? Unsereiner denkt über so was nicht nach, Contini, wir sind *Katzen*. Der Detektiv ging ins Haus und holte sich noch ein Bier aus dem Kühlschrank.

Mit einem Kater über den Tod zu reden wäre also geschmacklos?

Aber nein, Contini, red nur. Der Kater ließ seinen Schwanz zucken und reckte sich mit huldvoller Miene. Contini ließ sich in seine Hängematte fallen. Seine Gedanken schweiften wieder ab; in letzter Zeit fiel es ihm zunehmend schwer, sich auf ein Thema zu konzentrieren. Die Polizei hatte ihn am Tag zuvor, nach der Tat, und heute noch einmal vernommen, mehr als sechs Stunden lang. »Nachdem ihn die Polizei jedoch wieder laufen ließ, ist es denkbar, dass sie ihn für unschuldig hält.« So der Nachrichtensprecher vor einer halben Stunde im Radio; und diese Formulierung »für unschuldig *hält*« klang eigentlich, wenn man es recht bedachte, wie eine Verurteilung.

Es läutete. Das war Malfanti. Der bei Continis Anblick mit dem Ausdruck befremdeten Erschreckens ausrief: »Contini! Was ist denn mit Ihnen passiert?«

Der Detektiv lächelte.

»Was denken Sie denn?«

Chico nickte. »Hat die Polizei Sie misshandelt?«

»Wir sind doch nicht im Krimi!«

»Na dann ...«

»Dann bin ich der Mörder, wie es aussieht.«

Chico zwinkerte, sagte aber nichts.

»Nur noch eine Frage der Zeit, bis sie mich verhaften«, sagte Contini. »Es sei denn ...« Er ließ den Satz unvollendet.

Aber Chico schüttelte den Kopf: »*Sie* sagen, dass wir hier nicht im Krimi sind. Den Mörder zu finden, sollten Sie deswegen lieber der Polizei überlassen, nicht?«

Contini sah ihn wortlos an, und Chico begriff, dass er einen Verzweifelten vor sich hatte. Die Augen rot gerändert und tief in den Höhlen, die Wangen eingefallen, sah Contini aus wie einer, der seit Tagen kaum gegessen und geschlafen hat.

»Na gut«, sagte Chico, nachdem er hereingekommen war und Platz genommen hatte. »Wenn ich Ihnen irgendwie behilflich sein kann …«

Contini holte zwei Bier und reichte Chico das eine. Dann sagte er: »Die Polizei hat sich von einem Psychiater ein Gutachten erstellen lassen. Danach sei der Mörder ein Irrer, der den Staudamm hasst und sich rächt.«

»Und was haben Sie damit zu tun?«

»Mein Vater ist unmittelbar nach dem Ausbau des Sees vor zwanzig Jahren verschwunden. Nach Ansicht der Experten hätte ich eine dissoziative Identitätsstörung. Also so was wie eine gespaltene Persönlichkeit. Und ich hätte aus dem Staudamm beziehungsweise dessen Erbauer den Sündenbock für meine Probleme gemacht und Rache gesucht.«

»Und das glauben Sie?«

»Fragen Sie mich, ob ich der Mörder bin?«

»Nein, das heißt, ich …«, verhaspelte sich Malfanti und verstummte.

Contini blickte wortlos zum Fenster hinaus. Aus ein paar Schritten Entfernung sah er nichts als sein Spiegelbild in der Glasscheibe, erst als er nah ans Fenster trat, konnte er sehen, was draußen vor sich ging. Die Verandalampe schwang im Wind, und das beleuchtete Schneegestöber sah aus wie ein Mückenschwarm.

»Ich habe niemanden umgebracht«, sagte Contini und machte einen Schritt rückwärts. »Aber das psychiatrische Gutachten könnte durchaus auch auf mich zutreffen: um die fünfunddreißig, alleinstehend, früheres Trauma im Zusammenhang mit dem Staudamm, misstrauischer, menschenscheuer Charakter …«

»Das sind doch Banalitäten.«

»Mag sein, aber wenn sie stimmen? Dann muss man nur noch die dazu passende Person finden ... das ist wie ein Spiegel, verstehen Sie?«

Wieder musterte er sein Gesicht in der Fensterscheibe, und wieder fielen ihm die Worte des alten Jonas ein. Er war das Spiegelbild. Und wer spiegelte sich?

»Man muss einen zweiten wie mich finden«, sagte Contini. »Sie müssten herausfinden, wer unter den Staudammgegnern das sein könnte.«

»Wer sagt, dass es einer von ihnen ist?«

»Fangen wir wenigstens mit ihnen an. Um die fünfunddreißig, lebt allein – einer, der mir ähnlich ist, verstehen Sie?«

Chico stellte die Bierflasche auf den Teppich. Dann blickte er langsam auf. Seine Augen waren geweitet.

»Tommaso Porta«, murmelte er. »Aber das gibt's doch nicht ...«

18
Der Kindheitsfreund

Es wollte kein rechtes Gespräch in Gang kommen. Chico steuerte schweigend seinen Peugeot, während Contini die eine oder andere Frage nach Porta stellte. Aber Chico war noch immer wie vor den Kopf geschlagen. Wieso hatte er nicht früher daran gedacht? Da lag die Wahrheit zum Greifen nah, und er erkannte sie nicht. Alles starrte auf Contini, und kein Mensch dachte an seinen alten Freund, an Tommaso Porta mit seiner Liebenswürdigkeit und seinen unvorhersehbaren Wutausbrüchen.

»Hat er mal mit Ihnen über mich gesprochen?«, fragte Contini.

»Weiß ich nicht mehr. Vielleicht flüchtig.«

»Und über den Bürgermeister Pellanda, über Vassalli, über Desolina?«

»Ich glaub nicht. Aber jetzt, wo ich dran denke – ihr habt euch doch während der Fasnacht getroffen, ich war doch dabei!«

»Ja. Er spielt in derselben Band, in der auch Vassalli war. Die Polizei hat ihn sicher vernommen.«

Eine Zeit lang fuhren sie schweigend dahin. Dann sagte Contini: »An dem Abend hat er gesagt, er freut sich, dass wir uns nach so vielen Jahren wiedersehen. Und er hat gefragt, warum ich von Malvaglia und vom Stausee weggezogen bin.«

Das hatte er mehr vor sich hin gesprochen, doch Chico wagte eine Frage: »Sie beide kennen sich aus der Kindheit, ja?«

»Wir sind zusammen aufgewachsen«, antwortete der Detektiv. »Das ist ja der Grund, weshalb ich ebenso gut der Mörder sein kann: Wir haben die gleiche Geschichte.«

Chico kannte zwar Tommaso Portas Adresse, aber in den Straßen oberhalb von Malvaglia war es stockfinster: Um die Namen auf den Briefkästen zu entziffern, musste man aussteigen. Als sie endlich das richtige Haus gefunden hatten, hielten sie ein Stück entfernt und besprachen, wie sie sich verhalten sollten.

»Vielleicht ist es besser, Sie bleiben da«, sagte Chico.

»Finde ich nicht«, antwortete Contini. »Es ist sicherer, wenn ich mitgehe.«

»Aber ich kann meinen Besuch begründen, Sie hingegen …«

»Tommi ist doch kein Idiot! Es ist neun Uhr abends – nicht unbedingt die Zeit, zu der Anwälte ihre Mandanten besuchen, oder?«

»Schon, aber ich könnte ihn beschwichtigen.«

»Und wenn es nicht gelingt? Muss ich Sie daran erinnern, dass er bereits drei Morde begangen hat?«

»Das steht überhaupt noch nicht fest.«

»Das werden wir sehen!«

Sie stiegen aus. Im Erdgeschoss brannte Licht, aber die Fensterläden waren so weit zugezogen, dass kein Blick ins Zimmer möglich war.

Ehe er auf die Klingel drückte, blickte Contini zum Berg hinauf, dessen dunkle Masse undeutlich hinter der Staumauer aufragte. Dort hinter dem Betonblock, tief unter dem Wasserspiegel lagen die Wiesen, über die Tommi und er sommers im Sonnenschein und winters im Schnee gerannt waren, bis sie außer Atem waren. Und dort lag, in einer Truhe im Keller, Ernesto Continis Leiche.

»Worauf warten wir?«, fragte Chico.

»Auf nichts«, sagte Contini und drückte auf die Klingel.

Nichts geschah. Contini musste daran denken, wie er zwei Tage zuvor ebenfalls vor einer Haustür gestanden und gewartet hatte, vor dem Haus von Adele Fontana. Damals wie jetzt war hinter der Tür ein Mörder.

»Vielleicht schläft er«, sagte Chico. »Dabei meine ich, was gehört zu haben …«

Contini läutete noch einmal, länger.

Unterdessen war das Schneegestöber dichter geworden. Wie auf einem Weihnachtsbild schwebten die Flocken gemächlich durch den Lichthof der Straßenlaternen herab.

»Da rührt sich nichts«, sagte Chico. »Was tun wir?«

»Wir versuchen es hinten.«

Contini war müde. Die nervliche Anspannung hielt ihn auf den Beinen, doch sein Kopf war bleischwer, und wenn er sich schnell bewegte, musste er gegen Schwindel ankämpfen. Die Hintertür war zwar verschlossen, aber das Schloss ein einfaches Modell mit Schließblech.

»Jedes Mal, wenn ich solche Dinge tue«, murmelte Contini, während er in seinen Taschen grub, »hab ich einen Anwalt bei mir.«

»Was für Dinge?«

»Hausfriedensbruch. Was war das noch mal? Artikel 186, glaub ich …«

Der Detektiv förderte aus seiner Hosentasche einen gekrümmten Haken und ein Mehrzwecktaschenmesser zutage. Damit begann er das Schloss zu bearbeiten.

»He, Moment mal!«, flüsterte Chico beunruhigt.

»Still«, antwortete Contini, und nach wenigen Sekunden öffnete sich die Tür. Contini trat auf leisen Sohlen ein und ließ den verdutzten Anwalt draußen stehen. Doch kurz darauf war der Detektiv wieder da und sagte: »Kommen Sie rein.«

Sein Tonfall duldete keinen Widerspruch. Chico folgte Contini durch einen langen Flur bis zu einer Tür, unter der Licht schimmerte.

»Fassen Sie nichts an«, befahl der Detektiv.

»Natürlich nicht, aber was haben Sie denn vor?«

Statt einer Antwort stieß Contini die Tür auf. Sie standen auf der Schwelle eines taghell erleuchteten Wohnzimmers, in dem mindestens vier, fünf Lampen an verschiedenen Stellen brannten. Und in der Mitte des Raums erblickte Chico den in einem Sessel zusammengesackten Tommaso Porta.

Das Kinn lag auf seiner Brust, und ein dünner Faden Blut war aus dem halb geschlossenen Mund geronnen. Die weit aufgerissenen Augen starrten auf den Teppich, als betrachtete Porta voller Grauen einen widerlichen Flecken. Absurde Idee, rief sich Chico zur Ordnung: Porta war nicht von Grauen ergriffen, er war tot. Unrettbar verloren. Aus der rechten Seite seines Nackens quoll eine dunkle, verklumpte Substanz, die herabgeflossen war und auf der Armlehne des Sessels große Flecken gebildet hatte. Der rechte Arm hing auf den Teppich, und wenige Zentimeter neben der Hand lag eine Pistole. Chico wunderte sich, dass sie so riesig war, und wandte sich fragend an Contini. Der aber hatte bereits sein Taschentuch gezückt, um Fingerabdrücke zu vermeiden, und durchsuchte die auf dem Wohnzimmertisch verstreuten Papiere.

»He, was tun Sie da?«, rief der Anwalt.

»Ich schau nur«, sagte Contini, »ob er vielleicht eine Nachricht hinterlassen hat.«

»Sie … Sie glauben, dass Porta sich selbst … ich meine …«

»Lang kann er noch nicht tot sein«, sagte Contini und drehte sich um. »Ja, es macht durchaus den Eindruck, dass er sich umgebracht hat.«

In diesem Moment reagierte Chicos Organismus auf den Schock. Eine Hitzewelle ließ ihm den Schweiß aus allen Poren brechen, sein Magen verkrampfte sich. Um gegenzusteuern, begann er langsam und tief zu atmen, dennoch gewann die Übelkeit die Oberhand, und er stürzte ins Freie. Er war aber geistesgegenwärtig genug, um bis zum Auto zu laufen und aus dem Handschuhfach eine Plastiktüte zu reißen.

Wie komm ich dazu!, dachte er. Faltete die Tüte auseinander, beugte sich darüber und spie sich die Seele aus dem Leib.

Unterdessen setzte Contini seine Durchsuchung fort. Er umrundete den Toten, ließ den Blick über ein Sideboard, über die Fächer des Bücherregals wandern. Auf dem Fernseher fand er schließlich einen mit Computer geschriebenen Brief.

Lieber Elia,

ich muss dir meine große Enttäuschung bekennen. Ich habe mich rückhaltlos für unseren Plan eingesetzt, aber jetzt sehe ich keinen Sinn mehr darin – wo soll das hinführen. Seit dem Mord am Bürgermeister Pellanda habe ich mich gefragt: Tommi, was nutzt Gewalt, wenn sich sowieso nichts ändern lässt? Das hättest du von Anfang an wissen können, wirst du mir jetzt sagen. Aber das stimmt nicht. Es musste ein Unrecht wiedergutgemacht werden, für meinen und für deinen Vater. Aber seitdem auch du den Tod suchst, begreife ich nicht mehr, was du willst. Es ist schwierig, lieber Elia, es ist enorm schwierig, etwas wieder in Ordnung zu bringen, das in einer lang vergangenen Zeit untergegangen ist. Vielleicht ist es unmöglich.

So hörte der Brief auf, ohne Gruß, ohne Unterschrift. *Vielleicht ist es unmöglich.* Auch Contini, der auf das Blatt starrte, murmelte: »Natürlich ist es unmöglich.«

Was für eine Rolle spielte er in dieser Sache? Erst das neben Desolina liegende Foto, jetzt dieser Brief. Unmöglich … Während er zwischen den Papieren auf dem Tisch kramte, entdeckte Contini auch einige Fotos, und zu seinem Entsetzen blickte ihn abermals sein Gesicht an! Hastig stopfte er Bild und Brief in die Tasche. Die übrigen Fotos zeigten Porta senior und die alte Desolina.

»Haben Sie was gefunden?«

Contini fuhr herum. Chico stand vor ihm, bleichen Angesichts, doch fest auf den Beinen.

»Nichts«, antwortete Contini. »Ich frage mich, wieso Porta keinen Abschiedsbrief hinterlassen hat.«

»Haben Sie denn überall geschaut?«, fragte Chico und betrachtete, ohne sie anzurühren, die Papiere auf dem Tisch. »Was ist das?«

»Was?« Contini blickte ihm über die Schulter.

»Sieht aus wie ein Rätsel ...« Chico las laut vor: »›Man nehme drei Duellanten an: Herr A trifft das Ziel nur jedes dritte Mal, Herr B trifft zwei von drei Malen, und Herr C trifft immer. Beim Duell schießen sie nacheinander, beginnend mit A. Frage: Auf wen muss Herr A, wenn er gewinnen will, als Erstes schießen?‹«

»Aber ...« Contini nahm ihm das Blatt aus der Hand und betrachtete es. »Das ist ja genau der Satz, der mir als Nachricht hinterlassen wurde ...«

»Was für eine Nachricht? Wann?«

»Direkt nach unserem Tauchgang – das hätte ich jetzt fast vergessen ... Was mag das bedeuten?«

»Nicht die leiseste Ahnung.« Chico zuckte mit den Schultern. »Eine mathematische Aufgabe. Lösen Sie sie, dann wissen Sie vielleicht mehr. Überhaupt war er, scheint's, ein Freund der Mathematik – schauen Sie sich diese Blätter an, alles voll mit Gleichungen und ähnlichem Zeug.«

»Verstehe«, sagte Contini. »Wir sollten lieber gehen.«

»Wollen Sie nicht die Polizei verständigen?«

»Wir haben ja keine Spuren hinterlassen. Und falls doch, sagen wir lieber, dass wir irgendwann in den letzten Tagen da waren, um uns mit Porta zu unterhalten.«

»Aber ...«

»Wenn ich De Marchi erzähle, dass ich die zweite Leiche in zwei Tagen entdeckt habe, dann locht er mich sofort ein.«

»Aber das Türschloss?«, fragte Chico.

»Das war er selbst – wer sperrt sich nicht gelegentlich aus?«

»Aber die Entdeckung einer Leiche nicht zu melden ist ungesetzlich«, versuchte Chico einen neuerlichen Einwand.

»Ja.«

Der Anwalt seufzte. »Also gut, ich sag nix. Aber ich hoffe … ich hoffe *wirklich*, Sie können bald was beweisen.«

»Ich auch, glauben Sie mir! Jetzt gehen wir.«

Auf der Rückfahrt schlief Contini beinahe ein. Er wandelte auf einem schmalen Grat zwischen Wachen und Schlafen dahin, durch seinen Kopf waberten verworrene Bilder aus Vergangenheit und Gegenwart. Im Schneegestöber draußen vor der Windschutzscheibe überblendeten sich Tommis totes Gesicht, das alte Haus, die finstere Miene des Kommissärs De Marchi …

Das Schrillen des Telefons ließ ihn zusammenfahren. Hektisch tastete er danach und rief hinein: »Ja! Contini!«

»Guten Abend, Signor Contini. Hier ist Adele Fontana.«

»Guten Abend. Wie geht's Ihnen?«

»Na ja. Jedenfalls rufe ich Sie an … also, es geht um Desolina.« Eine Pause. »Sie hat doch alles Mögliche aufgeschrieben, Sachen, die sie Ihnen … Und am Abend vor … vor ihrem Tod hat sie zu mir gesagt, sie sei jetzt fertig.«

Contini fragte sich, ob auch Signora Fontana ihn für schuldig hielt. Sie war liebenswürdig, doch in ihrem Tonfall schwang unverkennbar Furcht mit. »Vielen Dank, dass Sie mir Bescheid sagen«, sagte er.

»Aber sie hat mir nicht gesagt, wo sie ihre Aufzeichnungen aufbewahrt hat. Möglich, dass sie Ihnen ein Päckchen mit der Post geschickt hat. Sie hat auch mal erwähnt, sie würde sie gern bei einem Anwalt deponieren, damit sie gut aufgehoben seien; ich weiß, dass sie den Rechtsanwalt Calgari kennt – vielleicht hat sie sich ja mit ihm in Verbindung gesetzt. Tut mir leid, dass ich Ihnen nicht mehr sagen kann …«

»Kein Problem«, sagte Contini rasch. »Sie haben mir schon sehr geholfen. Das ist wirklich wichtig für mich.«

»Ja, Tante Desolina hätte schon gewollt, dass ich es Ihnen sage, glaub ich.«

Der Detektiv bedankte sich noch einmal und verabschiedete sich, dann wandte er sich an Chico, erklärte ihm alles und fragte zuletzt: »Haben Sie denn eine Sendung erhalten?«

»Glaube nicht. Aber vielleicht war sie an den Chef persönlich adressiert.«

»Könnten Sie ihn vielleicht fragen?«

»Jetzt? Bisschen spät, oder?«

»Sagen Sie, dass ich Sie drum gebeten habe, sagen Sie, dass ich Ihnen wahnsinnig auf den Wecker damit gehe und Sie nicht mehr wissen, wie Sie sich meiner erwehren sollen. Schließlich bin ich doch wahnsinnig, oder?«

»Oje.« Chico wand sich vor Verlegenheit. »Also gut. Ich könnte ihn mobil anrufen.«

Calgari aber meldete sich nicht.

»Es läutet immerhin«, sagte Chico. »Vielleicht ruft er ja zurück.«

Inzwischen hatten sie die letzten Serpentinen vor Corvesco erreicht. Es schneite heftig, Chico fuhr sehr langsam, mit Fernlicht, und den Straßenverlauf vor ihm musste er sich mehr vorstellen, als dass er ihn wirklich erkennen konnte.

»Hoffentlich komm ich noch nach Haus«, murmelte er. »Wenn es so weiterschneit, weiß ich nicht …«

»Sie können bei mir übernachten, wenn Sie wollen«, sagte Contini.

»Ich fahr lieber heim«, antwortete Chico. Sein Ton war

höflich, aber Contini war nicht entgangen, wie hastig die Ablehnung erfolgt war. »Ich werd's schon schaffen.«

»Wie Sie wollen.«

Eine Minute später schaltete Chico das Radio ein. Die Nachrichten meldeten den Tod von Desolina, der mit den Morden an Pellanda und Vassalli in Zusammenhang gebracht wurde. Das Bindeglied – der *trait d'union,* sagte die Sprecherin – sei »ein gewisser Elia Contini, angeblicher Privatdetektiv, welcher in die Kungeleien rund um den Ausbau des Stausees von Malvaglia verstrickt sein soll«.

Nach weiteren trivialen Meldungen kam der Wetterbericht, der aus gegebenem Anlass eine »Unwetterwarnung« aussprach, und es folgte eine Schaltung zum Tessiner Wetterdienst, dem Observatorium in Locarno-Monti. Chico drehte lauter und murmelte vor sich hin: »Jetzt kommt tatsächlich noch ein Schneesturm.«

Die Stimme eines Meteorologen bestätigte, dass im Lauf der Nacht auch im Flachland heftiger Schneefall zu erwarten sei. Vielleicht lenkt das scheußliche Wetter wenigstens die Journalisten ein bisschen ab, dachte Contini im Stillen. Das Sturmtief werde insbesondere die Alpensüdseite treffen, fuhr der Meteorologe fort, man rechne mit bis zu 70 Zentimetern Neuschnee. Die Straße, der Wald, der Berg waren schon jetzt nicht mehr zu sehen, die Welt war nichts als ein weißes Gewirbel, das im Scheinwerferlicht fortwährend neu aufschien und wieder zurücksank. In den Bergen, tönte es aus dem Radio, betrage die Windgeschwindigkeit an die hundert Stundenkilometer.

»Sie können mich hier aussteigen lassen«, sagte Contini. »Ich bin ja gleich zu Hause. Sind Sie sicher, dass Sie noch heimfahren wollen?«

»Ja, klar, keine Sorge.«

Contini blieb stehen und sah ihm nach, während Malfantis Auto davonfuhr und bereits nach wenigen Metern im Schneegestöber verschwunden war. Dann zog er seinen Hut tiefer in die Stirn und machte sich auf den Heimweg.

Er würde Pancho bitten, der Polizei einen anonymen Hinweis zukommen zu lassen. Wenn sie Porta fanden, hätte sich die Liste der Toten im »Fall Malvaglia« abermals verlängert, auch wenn dieser letzte Tod ein Selbstmord war. Oder würden sie auch in diesem Fall von Mord ausgehen? Einer mehr oder weniger machte freilich kaum einen Unterschied …

Der Kater schlief zusammengerollt in einem Sessel. Contini legte Hut und Mantel ab und rief sofort Pancho an. Der Fotograf, diskret wie immer, stellte keine Fragen, sondern versprach, am nächsten Morgen die Polizei zu verständigen. Contini dankte ihm; dann förderte er aus der Tiefe der Küchenkredenz eine Flasche Grappa zutage, nahm sie mit ins Wohnzimmer und war im Begriff, den Korken herauszuziehen, als ihm das Schrillen des Telefons wie ein stechender Schmerz in den Kopf fuhr. Hastig griff er danach.

»Hallo, Contini? Malfanti hier.«

»Ah! Sind Sie stecken geblieben?«

»Nein, sondern mein Chef hat zurückgerufen, und er hat keine Sendung erhalten.«

»Sehr schade«, sagte Contini. »Vielleicht kommt sie ja noch.«

»Vielleicht.«

Ein Schweigen trat ein. Contini meinte zu spüren, dass der Anwalt noch etwas auf dem Herzen hatte, und wirklich sagte Chico: »Ich weiß nicht, ob es Sie interessiert, aber mir ist eine Idee gekommen, auf wen Herr A schießen sollte.«

»Wie?«

»Sie wissen doch – das Rätsel, das bei Porta auf dem Tisch lag, erinnern Sie sich? A, B und C wollen sich duellieren und schießen nacheinander, als Erster A, der sein Ziel nur jedes dritte Mal trifft …«

»Ja, ja! Und?«

»Also, wir wissen, dass C nie danebenschießt und B von drei Schüssen einen versiebt. Wenn A auf B schießt und ihn trifft und dann C an der Reihe ist, dann ist A ein toter Mann.«

»Ja, schon, aber ...«

»Warten Sie. Wenn er hingegen auf C schießt und ihn trifft und dann B dran ist, der nur zwei von drei Mal richtig schießt, dann hat A eine größere Chance zu überleben und noch mal zu schießen.«

»Ich verstehe Bahnhof.«

»Geduld. Die zweite Strategie ist also schon mal eine bessere, aber es gibt noch eine dritte: A könnte in die Luft schießen, richtig?«

»Wozu denn – ich denke, er will sich duellieren?«

»Dann wäre B an der Reihe, der auf C schießen würde, denn das ist der gefährlichste Gegner. Wenn C überlebt, schießt er auf B, und das heißt: Wenn A in die Luft schießt, gibt er den anderen beiden die Möglichkeit, sich gegenseitig zu eliminieren, und reduziert damit die Zahl der Duellanten auf zwei. Somit wächst seine Überlebenschance.«

Chico schwieg endlich, und Contini stieß einen Seufzer aus: Der Reifen um seinen Kopf fühlte sich inzwischen an wie glühendes Eisen, und es fehlte ihm jeder Sinn für logische Übungen.

»Danke, Malfanti, das ist wirklich interessant: Herr A schießt also in die Luft, um seine Überlebenschance zu erhöhen. Philosophisch. Rufen Sie mich an, wenn Sie morgen Post von Desolina bekommen?«

»Sicher. Keine Sorge.«

»Dann gute Nacht! Und kommen Sie gut nach Hause!«

Contini legte das Telefon ab, als wäre es weißglühend. Er betrachtete den grauen Kater, der nach wie vor reglos schlief.

»Es hat eine Schweinekälte, Kater«, sagte er und ließ sich in die Hängematte fallen.

Der Kater reagierte mit keinem Zucken des Ohres.

Contini spürte die Müdigkeit in den Schultern und im Rücken wie einen Kälteschauder. Als er die Augen schloss, bohrte sich ihm ein Schmerz in den Scheitelpunkt des Kopfes. Im Liegen wurde es besser, aber das Schaukeln der Hängematte ging ihm auf die Nerven. Er stand wieder auf und trat ans Fenster: Nichts als Schnee, Schnee, wie eine Mauer rund ums Haus. Er schenkte sich ein Gläschen Grappa ein und leerte es in einem Zug. Davon wurde die Übelkeit besser, nicht aber das Kopfweh. Er setzte sich auf einen seiner Rohrstühle gegenüber dem dunklen Fenster und machte sich auf eine schlaflose Nacht gefasst.

Morgen würden sie ihn holen, kein Zweifel. Die Geschichte der Morde von Malvaglia stand kurz vor dem Ende. Hier war der Mörder, allein in seinem großen Haus mit seinen vor Müdigkeit brennenden Augen und seinem pochenden Kopfschmerz. In seinem Geist tauchten die Gesichter der Toten auf, von seinem Vater über Pellanda und Vassalli bis hin zu Tommi, und zuletzt erschien ihm der zerzauste Leichnam der alten Desolina.

Es gab kein Entrinnen. Morgen würden sie ihn holen.

19
Hinter dem Spiegel

Keinen überflüssigen Gegenstand gab es in Kommissär De Marchis Büro. Karteikästen, Aktenschränke, ein uralter Schreibtisch, Landkarten an den Wänden: alles abgenutzt, aber gediegen und so unverrückbar, als hätte jedes Objekt nach jahrhundertelangen Wechselfällen hier endlich seinen idealen Platz gefunden.

Chico Malfanti betrachtete den Commissario und dachte, auch er schien jahrhundertelange Wechselfälle hinter sich zu haben.

»Herr Anwalt, ich will Sie ja nicht unter Druck setzen.« Der Kommissär wartete ein paar Sekunden, wie um Chico Zeit zur Widerrede zu geben. »Aber«, fuhr er fort, als nichts kam, »Sie müssen zugeben, dass das alles reichlich merkwürdig ist. Weshalb ruft ein Nachwuchsanwalt mitten in der Nacht bei unserem Hauptverdächtigen an? Und rein zufällig gibt es tags darauf schon wieder einen Toten im Zusammenhang mit dem Fall Malvaglia. Was war denn so wichtig, dass Sie Contini um diese Uhrzeit anrufen mussten?«

Chico schüttelte den Kopf. »Die Frage habe ich bereits beantwortet.«

»Aber sehr unbefriedigend! Glauben Sie vielleicht, wir sitzen hier aus Jux und Tollerei?«

»Bitte?«

»Contini ist kein Mandant von Ihnen. Hier gilt keine anwaltliche Schweigepflicht.«

»Könnte doch sein, dass Contini mir ein Mandat erteilt hat.«

»Ach ja? Als Strafverteidiger, wenn er vor Gericht steht, oder wie? Glauben Sie, das befördert Ihre Karriere?«

»Es gibt keine Beweise, die Contini als Mörder überführen.«

»Woher wollen Sie das wissen?«

»Ich folge meiner Intuition.«

Bei dem Wort »Intuition« schien der Kommissär innerlich zusammenzubrechen. Seine Hand schoss zum Feuerzeug auf seinem Schreibtisch und ließ in regelmäßigen Abständen die Flamme emporschnellen und wieder verlöschen.

»Ich bitte Sie! Sie als Anwalt sollten es besser wissen! Was hätte irgendeine schwammige Intuition hier verloren?«

»Fakt ist, dass keine Indizienbeweise gegen Contini vorliegen. Porta kann durchaus der Mörder sein! Er hat Selbstmord begangen, oder?«

»Woher wissen Sie das?«

Aha, der Kommissär versuchte ihm eine Falle zu stellen. Aber so leicht lässt sich ein Anwalt nicht ins Bockshorn jagen.

»Von Ihnen selber, Herr Kommissär, Sie haben es mir gesagt. Ich darf Sie zitieren: Porta hat sich mit einem Schuss in die Schläfe getötet.«

»Er sich«, seufzte De Marchi, »oder jemand anderes ihn. Wissen Sie, was in Portas Abschiedsbrief stand?«

Chico zuckte mit keiner Wimper.

»Das weiß ich nicht. Was stand drin?«

»Es gab keinen!«, rief De Marchi und sprang unvermittelt auf. »Keine einzige verdammte Nachricht! Nur ein paar Fotos und seitenweise mathematisches Zeug.«

»Mathematik?«, fragte Chico. »Vielleicht …«

»Was denken Sie denn«, unterbrach ihn der Kommissär. »Da begeht einer Selbstmord, nachdem er drei Menschen umgelegt hat, und empfindet nicht das leiseste Bedürfnis, zu erklären, weshalb?«

»Könnte dieses mathematische Zeug nicht vielleicht eine verschlüsselte Botschaft sein?«

»Ich seh schon, Sie sind ein Freund von Fernsehkrimis.«

De Marchi stand mit dem Rücken zum Fenster. Hinter ihm schneite es ununterbrochen.

»Nein, eigentlich nicht«, sagte Chico. »Vielmehr ...«

»Es reicht!« Der Kommissär setzte sich wieder. »Continis Telefon wird überwacht. Das wussten Sie nicht, aber wir wissen, dass Sie ihn angerufen haben. Wenn Sie's drauf anlegen, bis zum Hals in der Scheiße zu stecken, dann ist das genau der richtige Weg dorthin.«

»Ich protestiere energisch!« Chico kehrte den Anwalt heraus. »Ich protestiere auch gegen Ihre unorthodoxen Verhörmethoden und Ihre haltlosen Verdächtigungen. Ich darf Sie daran erinnern, dass Ihnen das Gesetz nicht das Recht einräumt, mir ...«

»Ja, schon recht«, brachte ihn der Kommissär zum Schweigen. »Was sollen Sie auch sonst sagen. Gehen Sie, Malfanti, und gehaben Sie sich wohl.«

Um einen selbstsicheren Eindruck bemüht, stand Chico langsam auf. In Wirklichkeit war er eingeschüchtert. Die Polizei hatte zwar die Liste der Anrufe auf Continis Mobiltelefon, kannte zum Glück aber nicht den Inhalt des Gesprächs. Nicht zum ersten Mal beschlich ihn der Verdacht, dass Contini mancherlei verheimlichte.

»Schauen Sie, Herr Kommissär, ich weiß über Contini nicht mehr als Sie. Wenn Sie Beweise gegen ihn haben, warum nehmen Sie ihn dann nicht fest?«

»Wer sagt denn, dass wir ihn nicht festnehmen?«

Der Kommissär betrachtete ihn mit resignierter Miene, wie ein Vater, der zum hundertsten Mal dieselbe Frage seines Sohns beantwortet.

»Also glauben Sie wirklich, dass Contini ... Aber wieso denn ...?«

»Ich will Sie nicht länger aufhalten.« De Marchi stand auf. »Schönen Tag noch.«

Chicos Befürchtungen wuchsen.

»Hat er denn gestanden?«

»Wiedersehen, Herr Anwalt«, sagte De Marchi fest. »Und halten Sie sich zur Verfügung.«

Contini träumte ein Kopfweh. Im Traum ging er durch den Flur im Haus von Malvaglia, ging immer auf und ab und versuchte sein Kopfweh zu vergessen. Er wusste genau, dass es nur ein Traum war, doch der Schmerz störte ihn enorm.

Er konnte aufwachen. Er musste sich nur einen Ruck geben, und das Kopfweh wäre fort. Aber dann wäre auch das Haus fort. Und Contini wollte seinen Vater wiedersehen. Er hörte Hammerschläge aus dem Keller, wo der Vater seine Schreinerwerkstatt hatte. Immerzu baute oder reparierte er irgendetwas. Als Kind dachte Contini, sein Vater mache absichtlich Dinge kaputt, nur um sie wieder richten zu können.

Wer weiß, vielleicht stimmte das ja ... Jetzt konnte er ihn fragen. Er musste nur in den Keller hinuntergehen. Die Hammerschläge wurden lauter; sie spalteten ihm den Schädel. Eine Stufe nach der anderen.

Bis hinunter in den Keller.

Dort war zu viel Licht. Durch die Tür kam ein gleißendes Licht, er konnte nicht mehr schlafen. Der Traum begann sich zu verflüchtigen. Noch war er im alten Haus, doch die Bilder verblassten, schon begann er an Corvesco zu denken, an sein Bett. Seine Kehle war ausgedörrt, und er schwitzte unter der Decke.

Als er wach war, stach ihn ein rhythmischer Schmerz in den Kopf.

Erst dieses Kopfweh rief ihm den Traum in Erinnerung. Normalerweise erinnerte er sich selten an Träume. Vorsichtig setzte er sich auf, stellte die Füße auf den Boden und wartete, bis das Zimmer sich nicht mehr drehte. Zwischen zwei Schmerzattacken kamen ihm die Ereignisse des zurückliegenden Tages in den Sinn. Er hatte wieder eine Leiche gefunden: Das wurde schon zur Gewohnheit. Erst Vassalli, dann die beiden Mumien auf dem Grund des Sees, dann Desolina, jetzt Tommi. Er war in einen Teufelskreis der Toten geraten.

Er ging ins Badezimmer und ließ Wasser in die Wanne laufen. Nur ein heißes Bad konnte den Nebel in seinem Gehirn vertreiben: Er hatte das Gefühl, dass sich die Schlinge um seinen Hals zuzog. Es blieb nicht mehr viel Zeit. Würde die Polizei denn an Tommis Schuld glauben?

Contini hatte seine Zweifel. Barfuß, schaudernd vor Kälte, ging er in die Küche, setzte Kaffee auf, öffnete auf der Suche nach etwas Essbarem den Kühlschrank. Und schloss ihn gleich wieder: Allein beim Gedanken an Essen wurde ihm schlecht. Er setzte sich auf einen Hocker. Die Müdigkeit hing an ihm wie ein Bleigewicht.

Der Kater strich um seine Beine, und Contini streckte die Hand nach ihm aus. Allein davon drehte sich ihm der Kopf.

Während der Kater zu schnurren anfing, dachte Contini an Francesca. Vielleicht hielt wenigstens sie ihn nicht für einen Mörder? Vielleicht. Aber bald würde kein Mensch mehr an seine Unschuld glauben. Er war ja der perfekte Täter: Der teilnahmslose, einzelgängerische Detektiv verschließt sich gegen die Welt und beginnt einen erbarmungslosen Rachefeldzug …

Ein kalter Luftzug streifte seinen Rücken, er nieste. Das fehlt mir noch zu meinem Glück, dachte er, eine nette Grippe. Er betrachtete seine bloßen Füße auf den Fliesen, aber aufzustehen kostete ihn große Überwindung. Durch das Küchenfenster fiel weißes Tageslicht herein.

Der Kaffee kochte. Er schenkte sich eine Tasse ein und kehrte ins Bad zurück, um das Wasser abzudrehen; die

Wanne war voll. Bevor er hineinstieg, betrachtete er sich im Spiegel: hohläugig, bärtig, ausgemergelt – ein passender Mörder. Wie der alte Jonas gesagt hatte, spiegelten Tommi und er sich gegenseitig. Deshalb hatte Tommi gemordet, und deshalb war Contini, im Spiegel, der Schuldige.

Zumal neben Desolinas Leiche ein Foto von ihm auf dem Boden gelegen war, wie ein weiterer Spiegel. Und Tommi hatte eigens auf ihn gewartet, bevor er davongefahren war – es war doch Tommi gewesen, der von der Straße her zu ihm heraufgeschaut hatte? Was wollte er? Weshalb wollte er ihn zum Komplizen machen?

Er wandte den Blick ab und prüfte mit der Hand die Wassertemperatur. Kochend heiß. Er ließ es eine Weile kalt nachlaufen und stieg dann mit angehaltenem Atem in die Wanne. Während er eintauchte, hatte er ein Gefühl im Magen, das wie ein Alarmsignal war. Es kam und war augenblicklich wieder verschwunden, gerade lang genug, um sich zur Kenntnis zu bringen.

So verharrte er zwischen kalter Umgebung und heißem Wasser.

Wieder hörte er den alten Jonas: *Du musst nachschauen, was drunter ist, unter dem Spiegel – es reicht nicht zu beweisen, dass du nicht der Mörder bist.* Es reicht nicht? Nun, es wäre immerhin etwas. Er stellte die Kaffeetasse auf dem Wannenrand ab und ließ sich, dampfumwogt, bis zum Hals ins Wasser gleiten.

Seine Gedanken führten ein Eigenleben. Das heiße Wasser lullte seinen übernächtigten Kopf ein, als wäre er ein kleines Kind.

»Ah, Contini«, murmelte er, »du wirst jetzt gleich irgendeinen Mist reden …«

Irgendetwas entging ihm. Etwas Eigenartiges, das hinter Tommis Worten und hinter De Marchis Fragen stand … aber wieso De Marchi? Eher Malfanti: Auf wen schießt Herr A?

Auf wen schießt Herr A? Und diese Truhe im Keller, diese zwei Fettwachsleichen auf dem Grund des Sees …

Es läutete an der Tür.

Contini schreckte auf. Genau in dem Moment, als der letzte Gedanke sich zu verwehen anschickte, hatte es ihn von der Schwelle des Schlafs zurückgerissen. Die Polizei. Das sind sie, dachte er, jetzt verhaften sie mich.

Und in dem Augenblick war das Alarmsignal wieder da. Es war etwas Unerwartetes, wie eine bekannte Stimme inmitten der Menschenmenge in einer großen Stadt. Aber diesmal war er auf der Hut und ließ sich das Signal nicht entgehen.

»Also ist es so«, flüsterte er, »wenn sie mich holen, ist es aus …«

Es läutete zum zweiten Mal.

Doktor Lamberti, von De Marchi scharf beobachtet, las kommentarlos die Ausdrucke.

»Und?«, fragte der Kommissär schließlich. »Tut mir leid, dass ich Sie dränge, aber Sie verstehen sicher, dass die Sache eine gewisse Dringlichkeit hat.«

Lamberti schob seine Brille höher und sagte: »Sie sehen mich verblüfft.«

»Tja, was glauben Sie, wie's mir geht. Aber was ist Ihre Einschätzung?«

Der Psychiater seufzte.

»In wenigen Worten, nehme ich an?«

»Bitte.«

»Also«, begann Lamberti. »Es handelt sich um eine Seite eines elektronischen Briefes, nicht wahr …«

»Nennen wir's E-Mail«, warf De Marchi ein.

»Gewiss, gewiss … kurz gesagt, um eine schriftliche Korrespondenz zwischen Porta und Contini, aus welcher eine Komplizenschaft dieser beiden bei der Durchführung der Verbrechen hervorgeht. Und die Rollen scheinen klar verteilt: Offenbar war der Vollstrecker ebenjener Porta, hingegen treibt der Detektiv ihn fortwährend an, ermutigt ihn, verspricht ihm, die Polizei auf falsche Fährten zu führen …«

»Stimmt das nicht mit seinem Profil überein?«

»Tja, in gewisser Weise nicht; Tatsache ist aber, dass mein Profil auf beide passt: Es wäre eine Begegnung zweier Einzelgänger, verstehen Sie, woraus eine ausweichende Freundschaft entstünde, in welcher Übermenschliches mitschwänge …«

»Ja.« De Marchi räusperte sich. »Also ist die Hypothese eines Bündnisses Porta-Contini nicht aus der Luft gegriffen?«

»Nein, ich würde eher sagen, was mich verblüfft, ist der Umstand, dass Porta sich das Leben genommen hat. Ich verstehe nicht, weshalb er plötzlich – und diesem Brief nach zu urteilen war es ein plötzlicher Entschluss – in einem Tun, das ihm kurz zuvor noch notwendig schien, keinen Sinn mehr erkennt.«

»Vielleicht hat Contini ihn umgebracht.«

»Aus welchem Grund?« Lamberti war mit einem Eifer bei der Sache, als diskutierten sie einen akademischen Fall. »Ich gestehe Ihnen ferner, lieber De Marchi, dass mich auch die Umstände stutzig machen.«

»Was Sie nicht sagen. Wieso?«

»Sie folgen keinem Muster. Die ersten beiden Morde gleichen einem Ritual, Porta hat die Opfer wehrlos gemacht und dann ertränkt: Ich bin nach wie vor überzeugt, dass das Wasser ein wichtiges symbolisches Element für ihn ist. Bei Desolina Fontana hingegen begnügt er sich mit einem Pistolenschuss.«

Das Läuten des Telefons unterbrach die Ausführungen des Psychiaters.

»Hallo?«, meldete sich De Marchi. »Ja ... Darüber diskutiere ich gerade mit Lamberti ... Ja, klar, ich komm gleich.«

Er legte den Hörer auf und schnaubte. Zu Lamberti sagte er: »Entschuldigen Sie mich eine Minute?«

»Aber ja, sicher ...«

De Marchi ging hinunter in die Eingangshalle, wo ihn Attilio Rodoni mit verschneitem Sakko und einem Taschentuch vor der Nase erwartete.

»Ich geb Ihnen nicht die Hand«, sagte der Staatsanwalt. »Mich hat eine kleine Grippe am Wickel. Aber ich muss unbedingt noch mit Ihnen reden, bevor ich ins Büro gehe. Was sagen Sie zu dem Schnee?«

»Wahnsinn«, sagte De Marchi. »Für den Herweg hab ich eine ganze Stunde gebraucht!«

»Was für ein Wetter!« Rodoni nieste. »Könnte ich wohl ein Glas Wasser haben?«

Der Kommissär führte Rodoni in ein freies Büro, um nicht in Lambertis Gegenwart mit ihm reden zu müssen. Als sie Platz genommen hatten, schnäuzte sich der Staatsanwalt erst geräuschvoll, dann nahm er ein Aspirin mit einem Schluck Wasser, und nach seinen Verrichtungen sagte er schließlich: »Also was halten Sie von diesen Mails?«

»Bin unschlüssig ... Lamberti sagt, er ist verblüfft.«

»Also passen sie nicht zu seinem Profil?«

»Jein.« De Marchi zuckte mit den Schultern. »Es ist irgendwie kompliziert.«

»Sicher. Aber wie lang können wir uns noch die Presse vom Leib halten? Sie wissen es, oder? Und Sie wissen auch, was wir tun müssen?«

Der Kommissär sagte nichts, aber es war, als hätte er geantwortet. Nach ein paar Sekunden sagte Rodoni: »Genau so. Wir müssen Contini festnehmen.«

Panchos Bart war voller Schnee.

»Wie geht's?«, fragte Contini und trat zur Seite, um ihn hereinzulassen.

»Ich bekämpfe die Kälte«, sagte Pancho und putzte sich die Schuhe am Fußabstreifer ab. »Und dir?«

»Tja«, sagte Contini nur. »Willst du was trinken?«

»Ja, wieso nicht?«

Angesichts der Kälte, die einem bis ins Mark drang, bereitete Contini zwei Grogs aus Brandy, Whiskey und Gin mit heißem Wasser und Zucker zu.

Ein Blick aus dem Fenster hatte ihm verraten, dass es Pancho war, der vor seiner Tür stand, und er hatte geseufzt vor Erleichterung über die Galgenfrist. Dann war er schnell in Jeans und Hemd geschlüpft und hatte die Tür geöffnet. Pancho sah nicht so aus wie einer, der einen Höflichkeitsbesuch abstattet.

»Starke Sache«, sagte Pancho, nachdem er seinen Grog gekostet hatte. »Contini, ich mach mir Sorgen um dich.«

Contini sah ihn fragend an.

»Ich meine, schaust du mal in den Spiegel?«, rief Pancho aus. »Wie lang hast du nichts gegessen? Und wann hast du das letzte Mal richtig geschlafen? Du siehst aus wie ein scheußliches Gespenst.«

»Danke«, antwortete Contini. »Aber ich habe momentan nicht viel Hunger. Und mit dem Schlafen ist es auch so eine Sache ...«

»Jetzt sag schon: Was ist los?«, drängte Pancho.

Contini seufzte. »Kompliziert ...«, sagte er.

»Ich hab Zeit. Und wieso hast du übrigens der Polizei nichts von den zwei Leichen gesagt, die wir auf dem Seegrund gefunden haben?«

»Weil mich die Polizei für einen Mörder hält.«

Eine Zeit lang tranken sie schweigend, dann fragte Pancho: »Und? Was ist denn jetzt?«

Contini, in die Enge getrieben, erzählte schließlich alles, was in den letzten Tagen geschehen war. Er erzählte sogar von seinem Traum.

»Ich war wirklich im Begriff meinen Vater zu sehen, im nächsten Moment wär's so weit gewesen, aber dann hat mich das Licht dran gehindert. Seitdem denke ich, dass alles damit angefangen hat, mit dem Tag, an dem er ermordet wurde.«

»Und das heißt?«

»Mein Vater hatte nichts mit Geld oder anderen Schiebereien am Hut.« Contini schenkte sich nach. »Er war ein ehemaliger Polizist, der in sein Dorf zurückgekehrt ist, er baute seine Weintrauben an, arbeitete in seiner Schreinerwerkstatt, reparierte alte Sachen. Nichts Besonderes. Warum liegt er tot im Keller seines gefluteten Hauses?«

»Du meinst, das kannst du heute noch rausfinden?«

»Weiß ich nicht.« Contini fuhr sich mit der Hand über die Stirn. »Vielleicht bleibt keine Zeit mehr. Ich entspreche dem Profil des Mörders, aber Tommi ebenfalls …«

»Hat er nicht sowieso gestanden?«

»Ja … Tommi hat Pellanda und Vassalli umgebracht, weil sie die Erweiterung des Stausees befürwortet haben. Wieso aber Desolina Fontana? Sie hat doch nichts damit zu tun.«

»Wieso bist du dir da so sicher?«

»Sie wurde auf ganz andere Weise umgebracht«, murmelte Contini, »das ist eine andere Kategorie von Mord, verstehst du? Hinter dem Spiegel verbirgt sich ein anderer … Das ist eben die Täuschung!«

»Was für ein Spiegel, wovon redest du?«

Contini ging nicht auf ihn ein, sondern fuhr fort: »Mir ist der Verdacht gekommen, dass nicht Tommi sich Zutritt zum Haus Fontana verschafft hat, sondern jemand anderes. Dieser Mensch hat eigens gewartet, bis Calgari und ich da waren und ich das Haus betrat – er hat ja sogar die Türe angelehnt! Und er hat Desolina umgebracht.«

»Aber ihr wart doch sofort zur Stelle, wie konnte er denn fliehen?«

»Ich war im Flur, als der Schuss fiel. Es hat eine Weile gedauert, bis ich das Zimmer fand. In der Zeit konnte er ohne Weiteres durch die Hintertür verschwinden. Und dann winkt er mir noch dreist von der Straße zu ... Jetzt kann Desolina nicht mehr verraten, was sie weiß, und ich habe einen weiteren Mord am Hals.«

»Wieso versteifen die sich eigentlich ausgerechnet auf dich?«

»Na ja, ich war von Anfang an immer mittendrin, und Tommi wollte mich ja auch hineinziehen, aus welchen Gründen auch immer. Also ich frag mich, ob er sich wirklich umgebracht hat. Vielleicht nicht – aber das wird die Polizei sicher bald herausbringen.«

Pancho nickte. »Wer Desolina umgebracht hat, kann natürlich auch ihn umgelegt haben. Zumal ohnehin du der Schuldige bist ... Aber wer könnte das alles bewerkstelligt haben?«

»Jemand, der wusste, dass Tommi ein Mörder ist und ihn machen ließ, jemand, der bereit war, ihn zu eliminieren, wann es ihm passte. Jemand, der von Anfang an alles manipuliert hat, mich, Tommi, auch die Polizei.«

Pancho seufzte und stellte die Frage, die schon die ganze Zeit im Raum stand: »Und was hast du jetzt vor?«

»Ich muss rausfinden, wer derjenige ist«, antwortete Contini rasch. »Ich brauche ein bisschen Zeit. Wenn mir die alte Desolina wirklich was aufgeschrieben hat ... dann muss ich diese Aufzeichnungen finden, und zwar bevor mich die Polizei holen kommt.«

»Also bei diesem Schnee bezweifle ich, dass sie's so schnell schaffen«, sagte Pancho grinsend. »Ich zum Beispiel habe bis hierher ...«

Er konnte den Satz nicht beenden, denn wie ein höhnischer Kommentar zu seinen Worten klingelte es. Contini erbleichte. Pancho ging zur Tür und schaute durch den Spion. Dann kam er wieder zurück und sagte: »Das ist der Kommissär De Marchi.«

20
Der Fuchswald

Contini starrte auf die geschlossene Tür.

»Das war ja klar«, murmelte er. »Jetzt ist keine Zeit mehr ... Das ist eine Falle.«

Pancho fragte: »Was mach ich jetzt, soll ich ihm aufmachen?«

»Nein!«

Ein Schwall Adrenalin schoss durch Continis Kreislauf; jäh war er hellwach. Er musste nachdenken, schnell. Er hatte den Eindruck, dass nicht einmal Pancho so ganz überzeugt war. Diese Geschichte war so verdreht, so verworren, dass sie wirklich schwer zu glauben war: Tommi als Continis Abbild im Spiegel, hinter dem Spiegel aber der lenkende Geist eines anderen, der die Partie zu gewinnen drohte.

Es läutete wieder, länger diesmal. Außerdem wurde an die Tür gehämmert.

»Nein«, wiederholte der Detektiv. »So darf es nicht enden. Ich muss fliehen.«

»Contini, das kannst du nicht tun, hör auf mich ...«

Aber Contini hatte bereits seine dicke Winterjacke angezogen, den Hut aufgesetzt. »Ich geh hinten raus«, sagte er, während er sich die Stiefel zuschnürte. »Ich muss für eine Weile verschwinden.«

»Du haust ab? Und was soll ich derweil tun?«

»Du hältst den Kommissär hin. Erzähl ihm irgendwas – dass ich in Bellinzona bin oder sonst wo.«

Pancho protestierte, aber Contini hörte ihn schon nicht

mehr. Er war ins Bad gehastet und hatte das Fenster aufgerissen, das zum Wald hinausging. Er sah sich um: niemand zu sehen. Dass keiner daran gedacht hatte, die Rückseite des Hauses zu bewachen, war ein schier unfassliches Glück.

Er sprang hinaus und suchte sofort die Deckung des Unterholzes. Von der vorderen Seite des Hauses tönte De Marchis rufende Stimme. Ohne sich umzudrehen, verschwand Contini im Wald. Mit jedem Schritt versank er knietief im Schnee, während ringsum weiter sacht die Flocken herabschwebten.

Er verfluchte sich, dass er nicht daran gedacht hatte, seine Schneeschuhe mitzunehmen, aber zum Umkehren war es natürlich zu spät. Er bemühte sich, die exponiertesten Flecken zu meiden, und vertraute ansonsten auf seinen Instinkt. Er marschierte ohne Pause, Zweige peitschten sein Gesicht, und wenn er eine Lichtung querte, fuhren ihn Windböen an, die ihn fast das Gleichgewicht kosteten.

Allmählich hatte er das Gefühl, dass ihn die Kräfte verließen.

Die unter dem Schnee begrabene Piazza Grande in Locarno erinnerte an eine Winterlandschaft aus einem russischen Roman. Francesca Besson blieb stehen und betrachtete die unter hohen weißen Hauben verschwundenen Autos, die Passanten, die ihre Schirme ausschüttelten, die Schneebälle werfenden Kinder, deren Stimmen von all dem Weiß ringsum seltsam gedämpft klangen. Sie erinnerte sich nicht, je solche Schneemassen erlebt zu haben. Sie klopfte sich die Mütze ab und ging weiter, nach Hause.

An diesem Nachmittag musste die Bibliographie ihrer Doktorarbeit fertig werden: Es war der Teil, den sie am ödesten fand, der ihrem Professor jedoch am meisten am Herzen lag. Gewiss, die Aufzählung von Artikeln und Büchern stellte das Fundament ihrer Arbeit dar, trotzdem hätte

Francesca sehr gern auf diesen Grundstock verzichtet – sie befasste sich lieber mit der Errichtung der oberen Stockwerke, auch wenn …

»Obacht!«

Ein Schneeball verfehlte sie um ein Haar; Francesca fand sich unversehens mitten in einer Schneeballschlacht wieder. Die eine Gruppe der Kinder hatte sich unter den Lauben verschanzt, während der Trupp der Gegner hinter dem prekären Schutz zweier Schirme einen Angriff versuchte. Die Verteidiger verfügten zwar über ausreichend Munition, die anderen aber hatten den Vorteil der Beweglichkeit. Ein Streifschuss traf Francesca an der Schulter.

»Runter auf den Boden, schnell!«, rief einer der Buben unter den Lauben, und Francesca lächelte: Wer weiß, wie oft er davon geträumt hatte, diesen Satz anzubringen, dachte sie, während sie sich in Sicherheit brachte.

Das Schlachtfeld verlagerte sich die Lauben abwärts: Francesca war unbeschadet davongekommen. Sie klopfte sich die Mantelärmel ab, und als sie weiterging, überkam sie eine jähe Traurigkeit, deren Ursache sie sich nicht erklären konnte. Geh zurück an die Arbeit und verlier keine weitere Zeit, sagte sie sich. Sie wohnte im Bahnhofsviertel, und deshalb stand sie schon wenige Minuten später vor ihrem Haustor. Stampfend befreite sie ihre Schuhe vom Schnee, leerte ihren Briefkasten und stieg die Treppe hinauf, während sie die Titelseite der Zeitung überflog.

WINTEREINBRUCH: JAHRHUNDERTSCHNEEFALL ZU ERWARTEN, las sie und dachte: Wieder mal typisch, ausgerechnet jetzt, wo ich meine Dissertation abgeben muss. *UNFÄLLE IM GEBIRGE, VERKEHR KOMMT ZUM ERLIEGEN*. Die Meteorologen sagten weitere Schneefälle für den Nachmittag und Abend voraus. Vorläufig seien die Straßen noch befahrbar, aber laut Meteo-Schweiz sei gegen Abend mit bis zu 120 Zentimetern Neuschnee auch in tiefen Lagen, bei einem Gewicht von 150 Kilogramm pro Quadratmeter, die Gefahrenstufe 3 erreicht. GANZ TESSIN UNTER EINER SCHNEEDECKE.

Francesca fror schon bei der Lektüre.

Sie legte Zeitung und Post auf dem Tisch ab und drehte die Heizung höher; dann merkte sie, dass sie Hunger hatte. Dabei hatte sie doch erst gegessen. Vielleicht regt Schnee den Appetit an, dachte sie. Sie setzte den Wasserkocher auf und holte sich eine Schachtel Schokoladenkekse aus ihrem Vorratsschrank.

Auf dem Esstisch gab es fast keinen freien Zentimeter, Bücher, Kopien, Notizen, Computer und Drucker beanspruchten allen Platz. Francesca trank ihren Tee lieber in der Küche, wo sie Kekse futtern und die Post durchschauen wollte.

Ein großer Umschlag aus gelbem Papier weckte ihre Neugier. Sie öffnete ihn und fand darin einen zweiten, etwas kleineren Umschlag mit der Aufschrift: *BITTE WEITERLEITEN AN ELIA CONTINI – DRINGEND – VERTRAULICH*. Francesca starrte entgeistert auf die Schrift – es war, als hätte ihr jemand in einem Moment der Unaufmerksamkeit einen Schlag versetzt. Was mach ich jetzt?, dachte sie nach dem ersten Schrecken.

Sie las die Absenderadresse: *DESOLINA FONTANA, 6966 VILLA LUGANESE*. Ausgerechnet jetzt, wo sie sich bemühte, darüber hinwegzukommen. Sie wollte nicht an Contini denken, geschweige denn ihn sehen. Vielleicht konnte sie, wenn sie sich anstrengte, wieder vergessen, dass sie diesen Brief je erhalten hatte.

Aus dem Dickicht, aus der Deckung einer uralten Kastanie, aus dem Unterholz, blickten die Füchse ihm aufmerksam nach. Der Schnee wirbelte unaufhörlich vor Continis Augen herab, und er wusste, dass die Füchse ganz in der Nähe waren. Das ist *mein* Wald, dachte er, es ist meine Geschichte.

Das Gelände wurde immer unwegsamer, jeder Schritt kostete Kraft. Aber er musste weiter. Nie in all den Jahren hatte er so deutlich seinen Vater gesehen. Bei ihm käme keiner auf die Idee, dass er mal Polizist gewesen ist, hatte jemand über ihn gesagt. In schrägen Strahlen fällt die Nachmittagssonne durch sommergrüne Baumkronen, und Contini beobachtet seinen Vater, der im Wirtshausgarten Bier trinkt. Sein Vater, der ihm die *Göttliche Komödie* nacherzählt. Der ihm beibringt, Holzflöße zu bauen. Ist eine brotlose Kunst, sagt er mit seinem typischen Grinsen, aber man muss es trotzdem gut machen.

Und ein Lügner war er! Wenn er jemanden traf, den er von seinem früheren Beruf her kannte, tat er, als wäre er ein anderer. Nein, wirklich, da müssen Sie sich irren: Ich heiße nicht Contini. Und danach zwinkerte er seinem Sohn zu, als hätten sie gemeinsam ein kleines Ding gedreht.

Das Schlimmste war nicht der Wald, sondern die ansteigenden Alpwiesen. Weil er dort viel tiefer einsank als im Schutz der Bäume, kam er nur noch schneckenlangsam voran, und der peitschende Wind nahm ihm den Atem und trieb ihm den Schnee in die Augen. Er war nahezu blind.

Ein Schauspieler war er, sein Vater, auch wenn er nie auf einer Bühne gestanden hatte. Vielleicht wollte er wirklich nicht Ernesto Contini sein. Er redete, und er schwieg. Manchmal war er tagelang verschwunden, und wenn er wiederkam, erzählte er Geschichten, die er sich ausgedacht hatte. Vielleicht hatte er eine Frau. Vielleicht war auch das eine Lüge.

Elia war zu jung gewesen, um es zu wissen. Und jetzt, während er sich vorgebeugt durch den Schnee kämpfte, war er wenige Schritte von seinem Vater entfernt. Der Anblick der beiden Mumien auf dem Grund des Sees, der sich ihm eingebrannt hatte, zersplitterte zu einer Folge von Bildern, die sofort wieder verblassten, sobald er versuchte sie heranzuholen. Ernesto Contini, der in seinem Weinberg arbeitet, der einen Apéro auf der Piazza trinkt, und da, jetzt streitet er sich mit jemandem, nicht laut, er wird ja nie laut, aber knurrend wie ein in die Enge getriebener Hund. Mit wem streitet er? Da ist er lachend, er geht mit einem Zweiten zum Angeln, da ist das Bild von Luigi Martignoni.

Der Tresalti war zugefroren und verschneit. Mit zwei Schritten hatte er ihn überquert.

Ernesto Contini war Martignonis Freund. Die beiden kamen aus zwei verschiedenen Welten, aber sie hatten offensichtlich gemeinsame Gesprächsthemen. Redeten sie über Geschäftliches, über Geld? Hatte sein Vater Finzi gekannt? Wusste er von den Intrigen rund um den Bau des Staudamms?

Warum, warum hatten sie ihn umgebracht?

»Das hätte es wirklich nicht gebraucht, diesen Schnee«, kommentierte Staatsanwalt Rodoni nasal.

»Nein.« De Marchi war stocksauer. »Vor allem hätte man ihn nicht so leicht abhauen lassen dürfen. Alles wartet auf eine Verhaftung, und wenn wir uns dann endlich aufraffen …«

Der Satz blieb unvollendet.

Außer De Marchi saßen in Rodonis Büro der Kripochef Tettamanti sowie der Pressesprecher Romeo Bernasconi, ein kleiner rundlicher Mann, der nicht gern viele Worte machte, um sich nicht womöglich zu weit aus dem Fenster zu lehnen. Unter den gegebenen Umständen jedoch fühlte er sich zu einer Bemerkung genötigt: »Trotz des meteorologischen Ausnahmezustandes können wir jedoch, glaube ich, den gescheiterten Verhaftungsversuch nicht verschweigen. Zu viele wissen Bescheid, angefangen bei diesem Pietro Villa.«

»Wie verhalten wir uns?«, fragte Tettamanti.

»Können wir nicht noch ein bisschen abwarten?«, fragte De Marchi.

»Sicher«, antwortete Rodoni, »aber inzwischen ist Contini imstande und verschwindet über alle Berge oder tut sonst was Unüberlegtes.«

De Marchi blickte skeptisch drein, sagte aber nichts. So kontrolliert, wie er Contini kannte, konnte er sich nur schwer vorstellen, dass der Mann je irgendetwas Unbedachtes tat. Freilich war auch schwer vorstellbar, wie er drei Männer und eine alte Frau ermordet oder jedenfalls Beihilfe zu ihrer Ermordung geleistet haben sollte. Aber allem Anschein nach …

»Kommissär, hören Sie mir zu?«, fragte der Staatsanwalt ungeduldig.

»Ja, natürlich, entschuldigen Sie.«

Rodoni nieste und gab Unverständliches von sich. Dann sagte er, klarer: »Ich habe Sie gefragt, wie konkret die Vermutung ist, dass sich unser Verdächtiger im Wald versteckt hält?«

»Einer unserer Beamten«, antwortete De Marchi, »hat eine Bewegung zwischen den Bäumen mitbekommen.«

»Ja, und Spuren?«, fragte Tettamanti.

»Schon möglich«, sagte der Kommissär, »aber es schneit ja in kürzester Zeit alles zu. Jedenfalls wissen wir aufgrund der in der Bevölkerung von Corvesco durchgeführten Befragungen, dass Contini angeblich eine Art Unterschlupf am Berg oben hat, eine Hütte, in der anscheinend eine Art Einsiedler lebt.«

»Ah, der Einsiedler, der fehlt mir grad noch …«, murrte Rodoni.

»Wie auch immer, nachdem wir die Straße überwachen lassen und Contini offensichtlich nicht im Dorf untergetaucht ist, erscheint der Wald wohl am naheliegendsten.«

»Vielleicht«, sagte Rodoni. »Läuft die Fahndung?«

»Nicht offiziell.« Bernasconi fühlte sich abermals genötigt, das Wort zu ergreifen. »Es liegt eine interne Mitteilung vor, aber eine Presseverlautbarung habe ich noch nicht vorbereitet.«

»Dann lassen Sie das vorläufig noch«, sagte Tettamanti. »Versuchen wir es. Schicken wir jemanden in den Wald, der ihn sucht, ohne dass es die Presse erfährt. Was meinen Sie, Kommissär?«

»Hm.« De Marchi nickte. »Ist vielleicht eine Idee. Auch deshalb, weil die Presse, falls Contini sich verletzen oder abstürzen sollte …«

Auch diesmal blieb der Satz unvollendet.

Der Schnee wich weiterem Schnee und dann einem Wind, der winzige, wie Feuer brennende Eiskristalle vor sich herfegte. Bei jedem Schritt dachte Contini an die Muskeln, die arbeiten müssen, um einen Fuß aus dem Schnee zu ziehen, vor den anderen zu setzen, das Gewicht des Körpers zu stützen.

Es war fast dunkel. Vor Anstrengung rann ihm der Schweiß herab, aber seine Zehen spürte er nicht mehr. Vielleicht ist gar nichts in meinen Stiefeln, dachte er, und bei der Vorstellung leerer Wanderstiefel musste er lachen; er lachte laut, hysterisch.

Ah, so viel Schnee, so viel Schnee und du ohne Füße, kein Wunder, dass du nicht vorankommst. Das ist dasselbe wie unter Wasser schwimmen, die Hand an die Mauer deines versunkenen Hauses stützen. Und zwei Leichen auf dem Grund des Sees. Eingesperrt in eine Truhe, damit sie ja nicht herauskommen.

Er stolperte und fiel in den Schnee. Er rappelte sich auf, klopfte sich ab, ging weiter. Wie gern er erzählt hat, sein Vater. Jagderlebnisse erzählte er oder Anekdoten aus seinem früheren Leben als Polizist. Und er, der Sohn, fragte nie nach, auch wenn er merkte, dass manches erfunden war. Jetzt hingegen …

Wieder fiel er hin, und das überraschte ihn so, dass es ihm den Atem verschlug.

Da war er, als hätte er ihn gerufen. Ja, es war sein Vater. Da müssen Sie sich irren: Ich heiße nicht Contini. Erkennst du mich nicht? Man müsste eine kurze Rast einlegen, aber so viele Fragen, zu viele Fragen …

Wo warst du denn die ganze Zeit?

Während ein Teil von ihm wusste, dass er phantasierte, versuchte ein anderer Teil zu verstehen, was sein Vater sagte. Das war nicht leicht. Er kauerte im Schnee und dachte an Tommi, an Desolina, beide ermordet. Wer war vor ihm im Haus gewesen, wer hatte den Schuss abgefeuert? Auf wen schießt Herr A?

Er merkte, dass er im Begriff war, das Bewusstsein zu verlieren, aber er hatte keine Kraft, dagegen anzukämpfen. Morgen antworte ich, morgen kriegst du eine Antwort auf deine Fragen. Auf wen schießt er? Auf wen schießt er? Er konnte die Augen nicht mehr offen halten, er hatte Schnee im Mund; aber unmittelbar bevor es dunkel wurde, stand ihm wieder ein Bild vor Augen, und eine Stimme war in seinem Ohr, und jetzt war er sicher. Wie schlau, dachte er, wirklich schlau. Jetzt kannte er den Mörder, jetzt wusste er, wer Desolina und Tommi Porta umgebracht hatte.

Aber zu spät.

21
Desolinas Geheimnis

Bevor er wieder sah, bevor er riechen und fühlen konnte, trieb ihn ein langer Traum um. Erst spürte er intensive Kälte, dann breitete sich von innen her eine Hitze aus und er begann zu schwitzen, als hätte er eine Wüste in sich.

Irgendwann begann er eine Veränderung wahrzunehmen: ferne Geräusche; ein Licht, das sich auf- und niederbewegte, begleitet von einer Salve von Schlägen, paf, paf, paf, mit unterschiedlicher Kraft ausgeführt.

Es verging eine Zeit. Er schlief, er wachte auf, er dachte: Ein Feuer. Er lag vor einer Feuerstelle und hörte das Knacken und Knistern brennender Scheite.

»Aha, Junge, wieder unter den Lebenden? Ich nehme an, du hast eine Erklärung für das alles?«

Die Stimme des alten Jonas. Contini rappelte sich auf und wollte sprechen, aber seine Kehle war ausgedörrt. Giona reichte ihm einen Becher Tee. Contini trank ihn gierig aus, dann hob er den Kopf und sagte: »Danke! Hunger hätt ich auch!«

Giona seufzte.

»Das glaub ich. Du siehst aus wie ein Geist.«

Er stand auf und stöberte in einem Winkel und kam mit Brot und einem Stück Wurst zurück. Während er die Wurst aufschnitt, sagte Contini: »Ich wusste mir keinen Rat mehr.«

Giona wiegte den Kopf hin und her und fragte: »Und jetzt weißt du mehr?«

»Ich glaube schon. Aber vielleicht ist es zu spät.«

Giona beugte sich vor und blies ins Feuer. Contini aß

schweigend. Giona schenkte ihm Wein in seinen Becher und sagte: »Ich hab's gehört. Alle Welt hält dich für einen Mörder, wie?«

»Ja.«

»Und du hast mich für deinen Vater gehalten.«

»Was?« Contini stellte die Tasse ab. »Wann?«

»Ich hab dich halb tiefgefroren diesseits des Tresalti im Schnee gefunden, und du hast mich gefragt, wo ich denn die ganze Zeit gewesen sei.«

»Ich glaube, ich weiß jetzt, wer ihn umgebracht hat.«

»Aha.« Giona kramte im Hosensack und förderte eine Zigarre und eine Zigarette zutage; Letztere reichte er Contini. »Erzähl.«

Contini zündete die Zigarette an und sagte: »Malfanti hatte recht, dieses Rätsel war wirklich ein Hinweis.«

Er berichtete von seinem Tauchgang, von der Entdeckung der Leiche seines Vaters, von der Nachricht, die ihm jemand hinterlassen hatte: *Auf wen muss Herr A schießen?*

»Dieselbe Frage fanden wir bei Tommi zu Hause, als Teil einer mathematischen Aufgabe«, fügte Contini hinzu. »Und Malfanti hat mir eine Lösung vorgeschlagen.«

Giona betrachtete den Detektiv aus halb geschlossenen Augen, als könnte er jeden Moment einschlafen. Aber Contini kannte ihn und wusste, dass dieser Gesichtsausdruck gespannte Wachsamkeit bedeutete: Den hatte der Alte, wenn er auf der Jagd nach einem Hasen oder Fisch war.

»Malfanti meint, nachdem A der miserabelste Schütze der drei ist, sei die beste Lösung für ihn, sich nicht zwischen dem einen und dem anderen Gegner zu entscheiden, sondern in die Luft zu schießen: Damit erhöht er die Wahrscheinlichkeit, dass die beiden anderen sich gegenseitig umbringen.«

»Aha«, sagte Giona und stieß eine Rauchwolke aus. »Und was heißt das in diesem Fall?«

»Das heißt, dass Tommi mir klarmachen wollte, was im

Haus Fontana geschehen würde. Auf wen schießt Herr A? Er schießt in die Luft! Denn Tommi war wirklich da, als ich und Calgari kamen, er war im Garten und feuerte einen Schuss ab, als wir das Haus betraten.«

Giona legte seine Zigarre auf der Einfassung des Herds ab. »Was hätte er damit bezweckt?«

»Jemand hat ihm eingeredet, dass er Teil eines Plans zur Irreführung der Polizei ist. Tommi ist offensichtlich drauf reingefallen – anscheinend dachte er, der Vorschlag kommt von mir. Deshalb hat er mich mit diesem einen Satz, mit seiner Botschaft, an den Plan erinnert – um unsere Komplizenschaft zu bestätigen. Glaub ich jedenfalls.«

»Und Desolina war schon tot, als du ihr Haus betreten hast …«

»Wir haben den Schuss gehört«, sagte Contini. »Ich dachte, der Mord sei genau in dem Moment passiert, aber das stimmt nicht.«

»Und der wahre Mörder war über alle Berge«, sagte Giona. »Denn er ist hinter dem Spiegel.«

»Ja … und jetzt schnappt die Falle zu.« Contini suchte in seinen Taschen nach seinem Telefon. »Hoffentlich gibt es hier Empfang.«

Schweigend lauschte Giona dem Gespräch zwischen Contini und einer männlichen Stimme.

STIMME: Sind Sie verrückt, Contini, wissen Sie nicht, dass nach Ihnen gefahndet wird?

CONTINI: Und woher wissen Sie das?

STIMME: Hören Sie, ich will nicht mit Ihnen reden. Ihr Telefon wird überwacht. Ich lege jetzt auf …

CONTINI: Warten Sie, nur noch eine Frage bitte, die letzte. Dann stelle ich mich der Polizei.

STIMME (nach einer kurzen Pause): Also?

CONTINI: Denkt die Polizei, ich hätte auch Desolina umgebracht?

STIMME: Woher soll ausgerechnet ich das wissen?

CONTINI: Wegen dieses Fotos auf dem Fußboden? Oder …

STIMME: Was soll man denn sonst denken? Sie betreten das Haus, ein Schuss fällt, die alte Dame ist tot.

CONTINI: Aber das Foto? Mir scheint, als Beweis ist das nicht besonders …

STIMME: Sie hielt es immerhin in der Hand, Contini. Warum weiterfliehen? Sie haben verloren, sehen Sie's endlich ein …

CONTINI: Vielen Dank.

Er beendete das Gespräch, sah Giona an und sagte: »Das war der Mörder.«

Giona nickte.

»Der Mörder von Desolina Fontana und Tommi Porta«, präzisierte Contini, »und zwar …«

»Rechtsanwalt Giorgio Calgari«, ergänzte Giona.

»Und woher weißt du das jetzt?«

»Ach!« Der Alte grinste. »Sagen wir, ich hab ihn an der Stimme erkannt.«

»Tatsächlich?«

»Der Schuss in die Luft sollte ihm also ein Alibi verschaffen, ja?«

»Sicher.« Contini nickte. »Es ist so: Calgari fährt nach Villa, bringt sie um, kehrt nach Bellinzona zurück. Er ist es, der Tommi manipuliert, der ihm eingeredet hat, es gebe einen Plan und wir seien geheime Bundesgenossen.«

»Tommi glaubte, du gehörst mit zum Plan.« Giona starrte in die Flammen. »Deshalb hat Calgari den ahnungslosen Tommi angewiesen, dich anzurufen …«

»Und zu warten, bis ich da bin, um dann in die Luft zu schießen.«

»Deswegen saß Calgari in dem Moment, als der Schuss fiel, unschuldig wie ein Täubchen unten im Auto.«

»Ja, und was ich bei Tommi zu Hause gefunden habe, war

nicht sein Abschiedsbrief … sondern eine Nachricht an mich, mit der er Erklärungen verlangt.«

»Meinst du, Calgari hat ihn erschossen?«

»Natürlich. Tommi hat mit ihm gemeinsame Sache gemacht, er hat sich von ihm täuschen lassen, aber Desolina wollte er bestimmt nicht umbringen, was hatte sie denn mit der Sache zu tun. Wenn überhaupt, war sie ein Opfer, oder? Aber Calgari hat sie erschossen, und Tommi nahm an, das sei ich gewesen.«

»Ein Opfer, ja.« Giona nickte langsam. »Und die Person hinter dem Spiegel, das ist Calgari … Wieso hast du ihn angerufen?«

»Um sicherzugehen. Mir war klar, dass ein Detail nicht ins Bild passte, aber ich kam nicht drauf, was es war. Dann fiel es mir wieder ein: Calgari sagte, der erste Polizist am Tatort hätte dieses Foto umgedreht und gedacht: Contini ist unser Mann.«

»Das Foto lag wirklich da.«

»Ja, aber *ich* war derjenige, der es umgedreht hat, und ich habe es mit dem Gesicht nach oben fallen lassen; so hat es auch Calgari gesehen, als er ins Zimmer kam … Wieso beschreibt er den Tatort so, wie ich ihn vorgefunden habe, nämlich mit dem Foto umgedreht in Desolinas Hand? Das ist doch nur damit zu erklären, dass er vorher schon mal dort war. Dass er selber, der Mörder, ihr das Foto in die Hand gelegt hat!«

Giona nickte, trank einen Schluck, dann fragte er leise: »Und wie geht's jetzt weiter?«

Contini legte das Mobiltelefon ab und drückte die im Aschenbecher vor sich hin glimmende Zigarette aus.

»Weiß ich nicht«, antwortete er mit einem Blick auf sein Telefon. »Man bräuchte Beweise, müsste mit der Polizei reden … Ah, schau, jemand hat angerufen!«

Giona zuckte mit den Schultern. »Ja, vorhin, als du geschlafen hast, da hat das Teil hier geläutet, aber ich versteh ja nix davon …«

»Francesca«, sagte Contini. »Das war Francesca.«

Polizeiwachtmeister Elvis Tarlisetti konnte nicht glauben, dass ausgerechnet er jetzt diesen Job am Hals hatte. War dieser Jahrhundertschnee mit den unpassierbaren Straßen und den Verkehrsstaus und den Autofahrerinnen, die nicht imstande sind, Schneeketten anzulegen, nicht schon ärgerlich genug?

Von allen ätzenden Aufträgen war Elvis an den allerschlimmsten geraten. Hören Sie, hatte der Kommissär gesagt, mir ist klar, dass es keine angenehme Sache ist, aber wir müssen diesen Contini finden, verstehen Sie?

Verstehen Sie?

Und deshalb war er hier, halb erfroren in einem Blizzard, und kämpfte sich einen verdammten Berg hinauf. »Dieser Contini« hatte offenbar schon drei bis vier Personen gekillt. Deshalb seien Sie auf der Hut, Herr Tarlisetti, passen Sie auf sich auf. Und instruieren Sie Ihre Kollegen entsprechend. Vielen Dank. Seine Kollegen krochen in der Furche, die er freundlicherweise für sie gespurt hatte, hinter ihm her, und keiner sagte ein Wort.

Anscheinend war er der Einzige aus der Truppe, der alpine Erfahrung besaß. Na und? Muss einer, der sportliche Erfahrungen hat, deshalb gleich einen Marathon rennen? Elvis hatte sich den Weg zur Hütte des Einsiedlers beschreiben lassen, aber bei dieser Finsternis, diesem Dreckswetter konnte Contini in zwei Metern Abstand an ihnen vorbeiziehen, ohne dass sie es merkten. Wenn einer Segelerfahrung hat, schmeißt man ihn dann in einen Tsunami?

»Ich muss nach Villa Luganese«, sagte Contini.

»Na toll«, antwortete Giona. »Schon wieder? Und wieso?«

»Weil dort eine Nachricht für mich liegt. Eine schriftliche Erklärung von Desolina, die mich entlasten könnte. Sagt Francesca.«

»Und woher weiß sie das?«

»Desolina hat ihr einen Brief an mich geschickt. Darin steht, dass sie im Haus von Adele Fontana Dokumente über den Staudamm von Malvaglia und ihre Aussage über meines Vaters und Martignonis Tod versteckt hat.«

»Und der Mörder ...«

»Das ist er, der Rechtsanwalt Calgari. Mehr steht nicht in dem Brief. Und wir müssen jetzt diese Unterlagen finden.«

»Wieso rufst du nicht sofort die Polizei an?«

»Weil ich für die ein Mörder bin! Was glaubst du, wer mir zuhört? Nein, viel zu riskant, stell dir vor, wenn Calgari von den Dokumenten erfährt, bevor ich die Polizei überreden kann, mir zu glauben. Ist dir klar, dass ...«

»Okay, okay.« Giona hob eine Hand. »Ich versteh schon, ich begleite dich nach Corvesco. Aber wie kommst du nach Villa?«

»Ich habe Renzo gebeten, zu Francesca zu fahren; dann holen sie mich ab.«

»Kannst du nicht Signora Fontana anrufen? Sie könnte die Papiere zur Polizei bringen.«

»Hab ich versucht. Sie scheint nicht zu Hause zu sein. Außerdem wird auch sie mich für schuldig halten.« Continis Miene verdüsterte sich. »Wer kann's ihr verdenken. Calgari hat ganze Arbeit geleistet!«

Giona zog seinen alten Militärmantel an, der älter war als er selbst, wickelte sich einen Schal um den Hals, setzte eine Pelzmütze auf und rief: »Also hinunter ins Tal, Junge, und Gott sei uns gnädig!«

Draußen war es stockfinster. Der Sturm fegte den Schnee gegen die Hütte und pfiff zwischen den Baumwipfeln.

Amedeo Finzi war ein guter Pokerspieler, und er beherzigte stets die goldene Regel: Ein guter Amboss fürchtet den Hammer nicht. Seine Karten waren denkbar schlecht, daran war nicht zu rütteln, aber machen ließ sich nichts.

Allerdings besaß er auch ein paar Informationen über die Karten seines Gegners, und deshalb konnte er einen kleinen Bluff versuchen. Zum Glück war Sutter auf seiner Seite und hatte ihm Calgaris Brief gezeigt.

Aber wie konnte ich nur so dämlich sein? Wieso hab ich das nicht viel früher gemerkt?

Finzi war allein im Büro. Sie hatten vorzeitig Schluss gemacht, seine Mitarbeiter waren alle nach Hause gefahren, bevor sie womöglich im Schnee stecken blieben, und Finzi hatte Zeit zum Nachdenken. Er dachte an die Anfänge seines Unternehmens, die mehr als zwanzig Jahre zurücklagen. Wie leicht es damals gewesen, wie glatt alles gegangen war. Calgari, der Anwalt, brachte ihm das schmutzige Geld, und Finzi schleuste es durch diverse Umweltschutzorganisationen, spendete es ökologischen Lobbys, und die investierten es in juristische Angelegenheiten, die demselben Calgari anvertraut waren. Danach brauchte man das Geld nur noch in Sutters Hedgefonds zu »verlieren« und konnte es den Eigentümern wie neu zurückgeben. Und alle waren zufrieden. Alle bis auf seinen Partner Luigi Martignoni, der die Bücher der Gesellschaft allzu gründlich studiert hatte und drohte, den Ring auffliegen zu lassen. Aber Finzi verstand ihn zu nehmen, nur die Ruhe, hatte er gesagt, recht hast du, das war ein Fehler von mir, und ich biege das wieder gerade.

Hatte ihm Martignoni geglaubt? Finzi meinte Ja, aber sicher sein konnte er nicht. Tatsächlich hatte dieser Idiot Calgari die Nerven verloren und ihn umgebracht.

Danach hatte Finzi den Kontakt zu ihm abgebrochen. Aber jetzt, vor ein paar Tagen, hatte Sutter ihm einen Brief vorgelegt, in dem Calgari Informationen über die Aktivitäten der Treuhandgesellschaft forderte. Die Sache war klar: Wenn etwas schiefging, wollte Calgari mit dem Finger auf Finzi zeigen können.

Und das war unbedingt zu vermeiden.

Eines aber begriff er nicht: Warum so viele Tote? Wovor hatte Calgari Angst? Gab es irgendwo einen Beweis für seine Tat? So oder so: Calgari wusste zu viel. Und Finzi musste an seine Geschäfte, seine Klienten denken:

Wenn sie Elia Contini verhafteten, wäre es für alle das Beste.

Außer Francescas Nummer hatte Continis Mobiltelefon noch weitere Anrufe in Abwesenheit registriert. Einer war von Pancho. Bevor sie von Gionas Hütte aufbrachen, schickte ihm Contini eine Nachricht, um ihn wissen zu lassen, dass alles in Ordnung sei. Ihn konnte er nicht mehr um Hilfe bitten: Es war mehr als wahrscheinlich, dass die Polizei ihn überwachte. Der zweite Anruf war von Malfanti, und Contini wusste nicht, ob er zurückrufen sollte oder nicht. Vielleicht war auch Malfanti von seiner Schuld überzeugt, vielleicht suchte auch er nach ihm. Was aber, wenn er eine wichtige Nachricht für ihn hatte?

Er beschloss, das Risiko einzugehen. Malfanti meldete sich sofort: »Hallo?«

»Hier ist Contini.«

»Ah, ich versuche schon die ganze Zeit, Sie zu erreichen, wo stecken Sie?«

»Ich bin auf der Flucht vor der Polizei?«

»Was?«

»Sie wollten mich festnehmen, und ich bin abgehauen.«

»Aber wieso denn, warum denn?«

»Hätte ich mich verhaften lassen sollen?«

Das war der entscheidende Moment. Malfanti schwieg eine Weile, seufzte dann und sagte: »Wahrscheinlich bleibt

Ihnen nichts anderes übrig. Solang Sie nichts in der Hand haben, glaubt Ihnen sowieso keiner.«

Contini, insgeheim erleichtert, fragte: »Haben Sie was für mich?«

»Leider nein. Ich wollte nur wissen, ob Sie über dieses Rätsel nachgedacht haben – auf wen schießt Herr A? Glauben Sie nicht, dass das eine Botschaft ist?«

Contini seufzte tief.

»Doch. Hören Sie, Malfanti, ich muss Sie um einen Gefallen bitten. Falls Sie mir vertrauen.«

»Worum geht's?«

»Haben Sie ein Auge auf Ihren Chef.«

»Hä?«

»Hört Ihnen jemand zu?«

Contini entschloss sich, seine Karten auf den Tisch zu legen. Er erzählte alles, erzählte auch von dem an Francesca adressierten Brief, verschwieg jedoch vorsichtshalber, was darinstand, also auch die in Villa Luganese versteckten Dokumente. Malfanti war sprachlos. Aber Contini hatte keine Zeit zu verlieren.

»Denken Sie drüber nach«, drängte er ihn, »und wenn es irgendwie geht, behalten Sie Calgari im Blick.«

Chico saß an seinem Schreibtisch, den Telefonhörer in der Hand, und rührte sich nicht. Er war fassungslos, musste aber zugeben, dass Continis Darstellung eine gewisse Logik hatte. Wenn Calgari tatsächlich etwas zu verbergen hatte und Nachforschungen über den Staudamm vermeiden wollte, dann … Aber warum hatte er zugelassen, dass Tommi so viele Menschen umbrachte, warum hatte er seinen Wahnsinn auch noch geschürt?

Ein Teil von ihm konnte nicht glauben, dass Calgari zu so etwas fähig war. Eine andere Stimme aber sagte ihm, dass seinem Chef das Wasser bis zum Hals stand: Wenn Tommis Morde bewirkten, dass der Fall wieder aufgerollt wurde, wenn Desolina Fontana tatsächlich aussagte, dann wäre er erledigt. Also wehrte er sich.

Hat er sich gewehrt? Du lieber Gott, was reime ich mir da zusammen? Calgari hat zwei Menschen kaltblütig ermordet, und dass die Polizei Contini im Verdacht hatte, kam ihm gerade recht. Wenn das alles tatsächlich wahr wäre … ist es wahr? Chicos Hand, die immer noch den Telefonhörer umklammerte, war schweißfeucht, und doch konnte er nicht auflegen. Es überlief ihn kalt.

In diesem Moment vernahm er ein leises Klicken. Das Telefon, schoss es ihm durch den Kopf, Scheiße, das Telefon! Jemand hatte das Gespräch von einem anderen Apparat mitgehört.

In der Kanzlei befanden sich um diese Zeit nur noch er und sein Chef.

Trotz Sturm und Dunkelheit und Schnee und des lächerlichen Lichtstrahls der Taschenlampe verlief Elvis Tarlisetti sich nicht. Er liebte die Berge: Er wusste, wie man sich im Gebirge verhält, er fand sich immer zurecht.

Natürlich war die Gewissheit, dass hier irgendwo ein Mörder unterwegs war, nicht die ideale Voraussetzung, um den Ausflug zu genießen. Aber es half ja nichts. Was konnte man anderes tun, als langsam und stetig zu steigen, mit allen Sinnen wachsam zu sein und offene Flächen zu meiden?

Der Wind heulte wie ein verwundetes Tier, und der waagrecht heranstürmende Schnee nahm einem Sicht und Atem. Im Gänsemarsch, mit eingezogenem Kopf, kämpften die Beamten sich vorwärts.

Vielleicht hatte sich Contini verirrt, dachte Elvis, und fror jetzt irgendwo fest. Vielleicht hatte er es sich anders überlegt und hockte in einem Kellerversteck in Corvesco. Vielleicht war der Einsiedler ein Gerücht, und es lebte kein Mensch dort oben am Berg.

Aber dann drang in all dem Lärm eine Stimme an sein Ohr, und er blieb wie angewurzelt stehen.

Sie schien von weither zu kommen, war kaum mehr als eine vom Wind verwehte Silbe. Aber mit Sicherheit war sie keine Einbildung. Er bedeutete seiner Eskorte, sich zu ducken, und schlich ein paar Schritte weiter. Und prallte gleich darauf zurück, denn aus dem Schneegestöber vor ihm tauchten zwei schemenhafte Gestalten auf.

»Halt!«, schrie er. »Polizei! Keine Bewegung!«

Chico legte vorsichtig den Telefonhörer ab, als wäre er ein Sprengkörper. Zum ersten Mal hatte er das Gefühl, dass sich sämtliche Puzzleteile zu einem vollständigen Bild fügten. Tommis Wahnsinn, Calgaris gefährliches Geheimnis. Eine Kombination, die nicht auf Anhieb plausibel war: der Heißsporn und der mit allen Wassern gewaschene Anwalt.

Und jetzt?

Wenn Contini recht hatte, dann saß Chico jetzt in der Klemme.

Aber das Nichtwissen war ebenso unerträglich. Er musste herausfinden, ob Calgari das Gespräch wirklich mitgehört hatte. Wie in Zeitlupe stand er auf – vielleicht teilte sich die Besonnenheit seiner Gesten ja seinem Geisteszustand mit. In was für ein verdammtes Schlamassel war er da hineingeraten! So hatte er sich das Abenteuer nicht vorgestellt – warum musste es so absurd, der Weg mit so vielen Leichen gepflastert sein, bevor es ausgestanden war!

Bis auf den Lichtschein seiner Schreibtischlampe lag die Kanzlei im Halbdunkel. Draußen vor den Fenstern wirbelte der Schnee im Licht der Straßenlaternen. Vor Calgaris Büro blieb Chico stehen. Sollte er anklopfen? Lieber nicht. Warum ihn vorwarnen? Wenn er sich alles nur eingebildet hatte und Contini log, würde er sich eben für seine mangelnde Höflichkeit entschuldigen.

Er riss die Tür auf, jäh und lautlos.

Calgaris Büro war dunkel. Chico schaltete die Deckenlampe ein. Niemand da. Der Schreibtisch völlig leer. Ich habe mich geirrt, dachte er, da war kein Klicken in der Leitung. Vielleicht war auch Continis Geschichte ein Hirngespinst.

Aber komisch, dass Calgari gegangen war, ohne was zu sagen. Als Chico sich abwandte und schon die Tür hinter sich schließen wollte, beschlich ihn ein Zweifel. Er machte kehrt und legte die Hand an den Schirm der Schreibtischlampe. Und zuckte sofort zurück: Er war glühend heiß. Rasch sah er sich im Raum um. Nein, es war wirklich niemand da. Offensichtlich hatte Calgari, nachdem er Chico belauscht hatte, sofort die Kanzlei verlassen.

Es war also doch noch nicht ausgestanden.

Signor Finzi ging den Viale Manzoni entlang. Chiasso war nicht wiederzuerkennen: Unter der Schneedecke hatte es beinahe seinen städtischen Status verloren und war wieder zum Dorf geworden. Begeisterte Kinder rannten kreuz und quer durch die Straßen, auf denen kaum noch Autos verkehrten, Familien fuhren dick eingepackte Kleinkinder spazieren, hier und dort war einer mit Langlaufskiern unterwegs.

Das kurze abschüssige Stück vom Bahnhof zur Piazza Independenza beherrschte eine Gruppe schlittenfahrender Kinder. Am Ende der Straße näherten sich die Scheinwerfer eines Räumfahrzeugs, und Finzi hatte den Kopf voller finsterer Gedanken. Viel Zeit hatte er nicht. Wenn Calgari den Kopf verlor, würde er ihn mit in den Abgrund reißen. Eigentlich hatte er ihn ja schon verloren. Aber wenn es gelang, alle Schuld auf Contini zu schieben, konnte man noch einigermaßen unbeschadet aus der Sache herauskommen. Sicher, Calgari versuchte ihn zu bescheißen; aber Finzi war ein guter Spieler und wusste, wann es Zeit ist, einen Pakt anzubieten.

Er erklomm den Rodelhang und erreichte den Bahnhof. Der Wartesaal war voller lärmender, empörter Menschen – wahrscheinlich war wieder ein Zug ausgefallen. Finzi suchte sich eine halbwegs ruhige Ecke. Obwohl sie geschäftlich nichts mehr miteinander zu tun hatten, besaß er Calgaris Mobilnummer: Er hatte immer alle Telefonnummern, die wichtig für ihn sein konnten.

»Hallo, hier Amedeo Finzi.«

Am anderen Ende war erst einmal Schweigen. Das fängt ja gut an, dachte Finzi.

»Da schau her, was für eine Überraschung«, ließ sich Calgari schließlich vernehmen. »Lang nichts gehört! Wie geht's immer?«

»Ich habe erfahren, dass du versuchst, mich übers Ohr zu hauen.«

»Wie bitte?«

»Ich sagte, ich habe erfahren, dass du mit meinen Kunden Kontakt aufgenommen hast und dich für frühere Spendentätigkeiten von mir interessierst.«

»Aber nein, du irrst ...«

»Gib dir keine Mühe. Ich weiß alles. Schon damals war mir sehr schnell klar, *wer* die zwei umgelegt hat, Contini und Martignoni. Jetzt bildest du dir ein, du seist auf elegante Weise auch noch Pellanda und Vassalli losgeworden, außerdem diesen Porta und die alte Fontana. Ich weiß nicht, weshalb du glaubst ...«

»Und ich weiß nicht, wie du auf diesen Scheiß kommst!«, fuhr ihn Calgari an.

»Ist es dir unangenehm? Willst du nicht am Telefon drüber reden? Keine Sorge, mich interessiert das momentan gar nicht. Ich rufe an, weil ich dir ein Treffen vorschlagen will, bei dem wir ein bisschen über unsere Angelegenheit reden.«

»Ich verstehe nicht, was …«

»Ich weiß, dass du versuchst, dich gegen mich abzusichern, aber ich kann dir sagen, dass ich nicht die Absicht habe, irgendetwas verlauten zu lassen. Mir ist es recht, wenn sie Contini junior verhaften.«

Calgari schwieg. Dann sagte er, hastig, beinahe ohne Atem zu holen. »Hör zu, ich habe Contini gehört, am Telefon will ich darüber nicht reden, nur so viel: Er sagt, dass Desolina einen Brief geschrieben hat, in dem sie alles erzählt, und diesen Brief hat eine gewisse Francesca Besson, die in Locarno wohnt und anscheinend nach Corvesco kommen will – also wenn du jemanden in Locarno kennst … sieh selber.«

Dem fügte er nichts weiter hinzu, nach Abschluss seiner Tirade beendete er das Gespräch. Finzi aber ließ sich nie etwas zweimal sagen, und er war auch keiner, der sich von meteorologischen Ausnahmezuständen einen Knüppel zwischen die Beine werfen ließ. Er dachte ein paar Sekunden nach, dann tippte er eine weitere Telefonnummer.

Contini und Tommi waren beide ohne Mutter aufgewachsen. Contini fragte sich manchmal, ob das nicht die Ursache allen Übels war. Außerdem hatten beide früh ihren Vater verloren: Andrea Porta war wenige Jahre nach Ernesto Contini gestorben, alkoholkrank und fern der Heimat.

Während er in Gionas Spuren durch den tief verschneiten Wald abstieg, dachte er über Tommi nach. Wie war er bloß auf die Idee gekommen, Pellanda und Vassalli umzubringen? Calgari hatte ihn sich hörig gemacht, hatte ihn getäuscht und ausgenutzt. Aber er hatte ihn sicher nicht gezwungen zu morden.

Tommis Vater hatte sich von dem Geld, das er als Entschädigung für die durch den Dammausbau notwendig gewordene Enteignung erhalten hatte, in Bellinzona niedergelassen, wo er bei der Eisenbahn arbeitete. Aber das Leben freute ihn nicht mehr, er hatte zu trinken angefangen und war gewalttätig geworden, und schließlich hatte man ihn entlassen. Wer weiß, wie diese Ereignisse in Tommis Seele weitergewirkt hatten, wer weiß, wie viel Hass sich im Lauf der Jahre angesammelt hatte …

»Stopp«, flüsterte Giona, »da ist wer!«

Sie duckten sich hinter eine Bodenfalte und vernahmen den Ruf: »Halt! Polizei! Keine Bewegung!«

Das war's dann wohl, dachte Contini. Jetzt gibt es keine Flucht mehr.

»Schau«, raunte Giona ihm zu, »fünf Taschenlampen! Du bist gefährlicher, als ich dachte, Junge.«

»Hoffentlich schießen sie nicht aus lauter Angst vor mir«, flüsterte Contini zurück und wollte sich aufrichten.

»Was tust du!« Giona riss ihn wieder zu Boden. »Noch haben sie dich nicht. Ich halte sie hin, und du mach dich derweil aus dem Staub.«

»Aus dem Staub! Mann, wir sind doch nicht im Western …«

Aber Giona blieb dabei: Bei diesen Witterungsbedingungen, bei dieser Sicht käme er, wenn er nur die ersten hundert Meter schaffte, völlig unbemerkt durch. Unterdessen wollte Giona mit den Polizisten verhandeln und Zeit schinden.

»Aber die merken doch, dass du allein bist.«

»Sicher nicht.« Giona nahm Contini den Hut ab. »Ich lass sie einfach ab und zu sehen, dass du neben mir bist.«

Sprach's und hob den Hut ein Stück über die verschneite Erhebung, hinter der sie kauerten.

Contini schnaubte. »Du hältst dich wirklich für einen Westernhelden, wie?«

»Jetzt mach schon, hau ab!« Giona warf ihm einen Seitenblick zu. »Ich bleibe hier mit meinem falschen Contini, und du geh und finde diese Dokumente, wenn du nicht hinter Gittern enden willst!«

Contini gehorchte. Geduckt und barhäuptig schlich er davon. Giona und die Polizisten waren bald außer Sichtweite und er mitten im Wald, fernab von allen Pfaden. In einer Winternacht, wenn es wirklich stockfinster ist, spricht der Wald zu dem, der zuhört. Jedes Rascheln, jedes Knarzen eines Astes, jedes Plumpsen fallender Schneelasten erzählt eine Geschichte. Ehe er sich wieder auf den Weg machte, stand Contini ein paar Sekunden lang reglos da und lauschte.

Irgendwo in dieser Nacht streiften die Füchse auf der Suche nach Nahrung lautlos durch den Wald. Die alten Bäume ächzten unter dem Gewicht des Schnees, und das Eis hielt die Wildbäche fest in der Zange. Contini setzte sich wieder in Bewegung. Das war sein Revier, sein Wald. Und er würde jetzt, in dieser Nacht, ein für alle Mal mit der Vergangenheit abschließen.

22
Der letzte Akt

Francesca war nervös. Contini hatte sie gebeten, auf Renzo zu warten und mit ihm zusammen nach Corvesco zu kommen. Aber hier herumzusitzen, nichts tun zu können außer zum x-ten Mal einen Brief zu lesen, auf den sie sich keinen Reim zu machen wusste, das war unerträglich.

Diese Desolina Fontana hatte nichts besonders Aufschlussreiches geschrieben. Nur dass der Rechtsanwalt Calgari aus Bellinzona-San Giovanni der Mann sei, den Contini suche. Und es folgte der Hinweis auf irgendein Dokument, das alles erklären werde; sie habe es in Villa Luganese hinter dem roten Gemälde versteckt.

Bis auf das rote Gemälde fand Francesca das alles recht rätselhaft, aber was Contini so trieb, war ihr so oder so ein Buch mit sieben Siegeln. Sie zweifelte nicht an seiner Unschuld, obwohl in der Zeitung stand, er werde polizeilich gesucht. Welche Rolle aber spielte dieser Anwalt? Und was hatte es mit den Geldwäschereigeschäften auf sich, die Contini am Telefon angedeutet hatte?

Francesca dachte an den Sommer zurück, in dem sie ihn kennengelernt hatte. Auch damals war sie in etwas hineingeraten, das größer war als sie. Und mit Elia hatte für sie ein gewundener Weg voller Sackgassen und Umwege begonnen: Sie suchten einander, bemühten sich, einander einen Einblick in die Welt zu geben, aus der sie kamen, er aber hatte sich immer mehr verschlossen, hatte sich immer weiter zurückgezogen.

Und jetzt sollte Renzo kommen, und Francesca sollte sich, wieder einmal, auf die Suche nach Elia machen.

Als es läutete, stürzte sie zur Tür. Sie wusste nicht, weshalb es Contini dermaßen pressierte, aber wenn er sie schon bat, sich zu beeilen, dann hieß das – so weit kannte sie ihn –, dass ihm das Wasser bis zum Hals stand.

»Renzo, endlich …«

Das Lächeln gefror ihr auf den Lippen. Dafür lächelte der Unbekannte, der vor ihr stand, umso enthusiastischer.

»Signorina Besson! Sie wissen gar nicht, wie mühsam es war, Sie zu finden! Noch dazu bei diesem Schnee – die öffentlichen Verkehrsmittel zusammengebrochen, wie Sie sich denken können, und auch die Straßen ein komplett …«, Francesca versuchte die Tür zu schließen, doch der Fremde wand sich einfach durch den Türspalt, »… ein komplettes Desaster, Sie haben keine Vorstellung!«

Francesca wich zurück und überlegte, wie sie den Mann wieder loswurde. Für einen Handelsvertreter war er mit seinem grauen Maßanzug unter dem Kaschmirmantel zu gut gekleidet, und dieses gebräunte Gesicht, wie von einem gealterten Star auf der Titelseite einer Illustrierten …

»Also, Signorina …«

»Ich kaufe ganz bestimmt nichts!«

»Kaufen, wieso kaufen? Nein, nein, ich bin hier, um was zu holen!«

»Wie bitte?«

»Hm, schauen wir mal.« Der Mann sah sich forschend um. »Wenn ich recht informiert bin, besitzen Sie einen Brief von einer gewissen Desolina Fontana – sonderbarer Name, finden Sie nicht?«

Francesca riss die Augen auf und wich noch weiter zurück. Ihr Herz schlug schneller. Der Brief lag, offen und unübersehbar, auf dem Tisch in ihrem Wohnzimmer.

Fieberhaft dachte sie nach. Auf keinen Fall diesen Menschen ins Wohnzimmer lassen … versuch Zeit zu gewinnen! Abermals wich sie ein Stück zurück, wechselte dabei aber die Richtung. Der Mann warf ihr wieder sein breites Lächeln zu und sagte: »Signorina, Sie werden verstehen, dass es mir wirklich widerstrebt, aufdringlich zu werden. Aber Sie sollten mich nicht zum Narren halten.«

Und er steuerte in die entgegengesetzte Richtung. Francesca beschloss, alles auf eine Karte zu setzen. Sie stürzte an ihm vorbei ins Wohnzimmer und auf den Tisch zu. Der Unbekannte aber bewies eine verblüffende Reaktionsschnelligkeit trotz fortgeschrittenen Alters. Er warf sich auf sie und packte sie am Arm, während er sie mit einem Bein zu Fall brachte. Bevor sie aber auf dem Boden auftraf, fing er sie auf, legte sie weich ab und sagte: »Verzeihen Sie.«

Dann trat er auf den Tisch zu, nahm rasch den Brief und steckte ihn ein.

Francesca war unterdessen wieder aufgesprungen und wollte ihn angreifen, doch in seinem Blick lag etwas, das sie auf Distanz hielt.

»Ich stelle fest, Signorina, dass Sie inzwischen die wahre Tragweite der Situation erfassen. Ich nehme diesen Brief jetzt mit, und Sie werden mich begleiten. Einverstanden?«

Francesca schlug das Herz vor Furcht bis zum Hals. »Warum?«, fragte sie.

»Oh, keine Sorge: Ich will Ihnen nur ein paar Fragen stellen und vermeiden, dass Sie jemand anderem Fragen stellen.«

»Aber ich …«

Wieder läutete es an der Tür.

»Erwarten Sie jemanden, Signorina?«

»Renzo!«, schrie Francesca gellend. »Renzo, pass auf …«

Den Rest ihres Satzes erstickte die Hand des Mannes auf ihrem Mund.

Renzo läutete noch einmal und rief von draußen: »He, antworte, was ist?«

Der Mann, der ihr noch immer den Mund zuhielt, zerrte Francesca zur Tür. Dann stieß er sie jäh von sich, riss die Tür auf und war draußen. Francesca prallte unsanft gegen die Wand, fuhr herum und sah, dass der Mann sich auf den verdutzten Renzo gestürzt hatte. Trotz seines gezierten Gehabes war er muskulös genug, um sogar einen Renzo Malaspina ins Wanken zu bringen. Zu Fall brachte er ihn allerdings nicht.

Renzo fand am Treppengeländer Halt. Mit einem Kniestoß trieb er den Unbekannten zurück und versetzte ihm dann eine wohlgezielte Gerade, die ihn die Treppe hinunterpoltern ließ. Der Mann brauchte ein paar Sekunden, um wieder zur Besinnung zu kommen.

»Alles okay?«, fragte Renzo, an Francesca gewandt.

»Er hat den Brief an Contini!«, rief sie. »Nimm ihn ihm ab!«

Renzo drehte sich um und sah, dass sich der Mann auf dem Treppenabsatz entlang der Wand aufgerichtet hatte, und als er Renzo die Stufen herab auf ihn zukommen sah, fand er im Handumdrehen seine Kräfte wieder und stürmte treppab. Renzo zögerte, blickte Francesca an.

»Soll ich ihm nach? Aber Contini …«

»Ich fahre selbst!«, sagte sie. »Gib mir dein Auto! Lass ihn nicht laufen!«

Renzo war nicht überzeugt, ob es richtig war, Francesca allein fahren zu lassen. Doch er war es gewohnt, schnelle Entscheidungen zu treffen, und der Mann drohte ihm zu entwischen. Er warf ihr Autoschlüssel und Fahrzeugausweis zu.

»Steht am Bahnhof!«, rief er und rannte los, die Treppe hinunter. Draußen vor dem Haus sah er den Mann das von Schneehaufen verengte Trottoir entlangjoggen. Er heftete sich an seine Fersen.

Francesca verlor keine Zeit. Rasch schlüpfte sie in Mantel

und Stiefel und hastete zum Bahnhof. Unterdessen hatte es wieder zu schneien begonnen, die Flocken deckten die von Renzo und seinem Angreifer hinterlassenen Fußspuren bereits zu.

Ein Unbekannter war in ihre Wohnung eingedrungen und hatte sie misshandelt; wieder war sie in eine Sache hineingeraten, die eine Nummer zu groß für sie war; und Contini steckte wie üblich in der Klemme. Doch aus der Tiefe ihres Gefühlschaos stieg, unerklärlicherweise, ein Funken Fröhlichkeit empor, der sie zuversichtlich stimmte.

Contini wartete. Es war klar, dass vieles davon abhing, wie rasch er in den nächsten Stunden handeln konnte. Rechtsanwalt Calgari wusste nichts von Desolinas Brief und fühlte sich sicher. Also hatte Contini eine Chance, sich zu entlasten: Er musste nur irgendwie unbemerkt nach Villa Luganese gelangen.

Aber Francesca und Renzo kamen nicht.

An die Hausmauern gedrückt, den Schal vor dem Gesicht und mit schneenassen Haaren ging der Detektiv die Hauptstraße entlang. Als sein Telefon läutete, fürchtete Contini weitere Hiobsbotschaften.

Aber er vernahm Gionas Stimme und traute seinen Ohren nicht: Niemals, seitdem er ihn kannte, hatte sich der alte Zivilisationsfeind in solche Nähe eines »telefonischen Apparates«, wie er zu sagen pflegte, gewagt.

»Hei, Junge, bist du heil angekommen?«

»Ich ja, aber du? Und wie kommt es, dass du telefonierst? Und wo …«

»Nur die Ruhe«, unterbrach ihn Giona. »Ich telefoniere mit dem Apparat eines jungen Mannes namens Elvis Tarlisetti, welcher so freundlich war, die Nummer, auf die ich in dem mir vor Jahren von dir überreichten Taschenkalender gestoßen bin, für mich zu wählen.«

»Elvis Tarlisetti?«, fragte Contini. »Wer ist das denn?«

»Der Polizeibeamte, der dich einlochen wollte. Weißt du, nachdem ich alles ausführlich erklärt hatte, kamen wir zu dem Schluss, dass der Schnee ein Ausmaß erreicht hat, welches jeden Versuch, ins Tal zurückzukehren, als unverantwortlichen Leichtsinn erscheinen lässt, vor allem wenn man sich im Wald nicht hundertprozentig auskennt. Deshalb habe ich dem netten Herrn Elvis und seinen Kollegen Gastfreundschaft in meiner bescheidenen Hütte angeboten.«

»Du spinnst!«

»Durchaus nicht. Ein paar Gläschen Schnaps konnten unsere Misshelligkeiten leicht bereinigen ...«

»Entschuldige, Giona«, sagte Contini, »aber hier kommen Renzo und Francesca, ich muss gehen – bitte pass auf dich auf, lass dich nicht ...«

»Was?«

»Ach, egal«, sagte der Detektiv. »Ciao und danke!«

Er wusste selbst nicht, was er ihm eigentlich sagen wollte. Was hätte man einem alten Einsiedler zu raten, der mit fünf Polizisten in einer Berghütte sitzt und Schnaps bechert, während draußen ein Schneesturm tobt?

Francesca hielt neben ihm an. Contini sah, dass Renzo fehlte, und fragte, als er sich neben sie setzte: »Ist was passiert?«

»Kann man so sagen ...«

Zwar hatte Francesca den Brief nicht mehr, aber sie wusste, was darinstand: Hinter dem roten Gemälde war das Versteck. Sie fuhren gleich los, ohne auf eine Nachricht von Renzo zu warten, und unterwegs erzählte sie ihm, was geschehen war.

»Wenn dieser Typ sich mit Calgari kurzschließt«, sagte Contini, »kommen wir wahrscheinlich zu spät ...«

»Er hat mich wirklich total überrumpelt«, sagte sie entschuldigend.

»Wieso wusste er von dem Brief? Hast du mit jemandem gesprochen?«

»Mit niemandem außer dir«, antwortete Francesca.

»Und ich nur noch mit Malfanti und Renzo. Ich frag mich, ob …«

Da Francesca fuhr, hatte Contini Muße zu telefonieren. Chico Malfanti meldete sich nach dem ersten Läuten, sein Tonfall klang leicht erschüttert.

»Wir haben ein Problem, Contini.«

Der Detektiv seufzte. »War ja nicht anders zu erwarten. Was ist es?«

»Mein Chef hat unser Telefonat mitgehört. Über eine Nebenstelle. Ich hab's nicht mitgekriegt.«

»Woher wissen Sie dann …«

»Ich hab ein Geräusch in der Leitung gehört, nachdem Sie schon aufgelegt hatten. Dann war ich in seinem Büro, das leer war, aber der Lampenschirm war noch heiß – offensichtlich hat er sich unbemerkt davongeschlichen.«

Contini war verblüfft. Gut, Calgari hatte das Gespräch mitgehört. Aber wie hatte er so schnell jemanden nach Locarno geschickt? Und wen? Hatte er Komplizen?

»Sind Sie sicher, dass Ihnen jetzt keiner zuhört?«, fragte er.

»Ja, klar. Hören Sie, es tut mir leid …«

»Schon gut, jetzt ist keine Zeit.« Contini erzählte, was in Locarno geschehen war, während Francesca vorsichtig die Serpentinen bergab steuerte. Die Straße war tief verschneit, und die Sichtweite betrug nur wenige Meter; zwar hatte Renzos Mitsubishi einen guten Allradantrieb und stabile Schneeketten an allen vier Rädern, dennoch geriet der Wagen in den Kurven leicht ins Rutschen.

»Verstehe ich nicht«, sagte Malfanti, »wer wird denn mit Calgari gemeinsame Sache machen?«

»So wie ich das sehe«, sagte Contini, »kommt dafür nur einer infrage: Amedeo Finzi. Calgari wird ihn um Hilfe gebeten haben, um Desolinas Aussage verschwinden zu lassen.«

»Was hat denn Finzi mit der Sache zu tun? Er hat aber doch keinen umgebracht, oder?«

»Nein, aber er wusste alles. Und er hat selbst Dreck am Stecken, und ich bin der ideale Sündenbock: Wenn die Polizei sich auf mich einschießt, profitieren sie alle davon. Hören Sie, Malfanti, es gibt jetzt zwei Möglichkeiten. Entweder hat mein Freund den Brief zurückgeholt, bevor Finzi ihn gelesen hat, oder Finzi und Calgari wissen über die versteckten Dokumente Bescheid.«

»Und was dann?«

»In dem Fall, scheint mir, werden sie vor uns dort sein. Die Straße hier ist eine Katastrophe, ich weiß nicht, wie's im Süden ist, aber wenn es weiterschneit ...«

»Hier in Bellinzona«, sagte der Anwalt, »schneit es wie verrückt. Können wir nicht alles der Polizei erzählen?«

»Was alles? Dass Ihr Chef ein Mörder ist, dass es Dokumente gibt, die das beweisen? Dass Finzi ein Lump ist? Die Hände werden sie sich reiben und uns beide zusammen einlochen.«

»Und bei Signora Fontana anrufen?«

»Scheint nicht zu Hause zu sein. Ich versuch's noch mal. Allerdings sind die anderen sicher schon auf dem Weg nach Villa.«

»Und was haben Sie vor?«

»Sie sind näher dran«, sagte Contini. »Sehen Sie sich in der Lage, es zu versuchen?«

»Wie bitte?«

»Ob Sie sich in der Lage sehen, nach Villa Luganese zu fahren?«

»Aber ...«

»Die fraglichen Dokumente befinden sich hinter dem roten Gemälde im Arbeitszimmer. Wir sind unterwegs und versuchen unser Möglichstes, um rechtzeitig zu kommen, aber …«

Dem Anwalt hatte es sekundenlang die Sprache verschlagen. Dann stieß er die Luft aus und rief: »Okay! Sagen Sie mir Bescheid, sobald Ihr Freund sich meldet, dann mach ich mich gegebenenfalls auf den Weg. Jetzt stecke ich sowieso schon bis zum Hals mit drinnen – Sie wissen ja, wie es ist.«

»Allerdings, das weiß ich. Ich melde mich!«

Die Stufen der Collegiata-Kirche in Bellinzona waren zur Snowboard-Piste geworden. Jugendliche hatten den Schnee zu einer Schanze, einer behelfsmäßigen Quarterpipe, modelliert, an der sich der Snowboard-Nachwuchs übte und in Straight Jumps durch die Luft flog.

Die Landung erfolgte allerdings meistens eher unsanft.

Rechtsanwalt Calgari blieb einen Moment stehen und sah den Snowboardern zu. Er war auf dem Weg zum Parkhaus Cervia, wo er sein Auto abgestellt hatte, da er nicht damit gerechnet hatte, so bald wieder fahren zu müssen.

Dann aber hatte ihn Finzi wieder angerufen und ihm mitgeteilt, was in Desolinas Brief stand. Zwar hatte er ihn zu beschwichtigen versucht – Reg dich nicht auf, ich schicke jemanden und lass das Zeug verschwinden –, aber Calgari war ja kein Idiot: Mit solchen Dokumenten lieferte man sich jedem beliebigen Erpresser aus. Deshalb gab es nur eine Antwort: Nein, vielen Dank, bemüh dich nicht, ich mach das schon.

Ich mach das schon, ja, aber wie? Er musste Schneeketten aufziehen und schleunigst nach Villa Luganese fahren, bevor Contini dort ankam. Und das war noch gar nichts: Dort angelangt, musste er sich durch Bezirzung der Signora Fontana Zutritt zum Haus verschaffen und verrichteter Dinge wieder verschwinden, bevor Contini auftauchte.

Wenn man bedenkt, dass er nie jemanden umbringen wollte …

Das Ganze war doch bloß die Verkettung verhängnisvoller Umstände gewesen. Es war einfach passiert, eigentlich fast zufällig. Als er begriffen hatte, dass Tommi der Mörder von Pellanda war, wollte er ihn stoppen. Aber dann kam Contini und stellte Fragen nach seinem Vater und schien gewillt, dieser uralten Sache jetzt doch noch auf den Grund zu gehen: Was, wenn er herausfand, was damals passiert war? Was, wenn er die Leichen entdeckte und mit Finzi sprach, mit Desolina?

Er hatte kein Risiko eingehen dürfen. Er musste sich dieses Detektivs entledigen und bei der Gelegenheit auch gleich diesen anderen Irren loswerden. Deshalb hatte er eine neue Mailadresse eingerichtet; deshalb hatte er Tommi ermutigt, Contini zu schreiben, und ihm in Continis Namen geantwortet.

Vorsichtig ging er die schneeglatte Via Camminata entlang und nahm eine Abkürzung quer über die Piazza Cervo zum Parkhaus. Die Autos, die noch auf dem Platz standen, hatten sich in Natur zurückverwandelt: Sie waren nur noch Schneehaufen, vereinzelte Hügel in der geschlossenen Schneedecke, aus denen hier und dort ein Scheibenwischer, eine Antenne ragten.

Scheußliches Schlamassel, in das er da geraten war!

Als er vor zwanzig Jahren die beiden Leichen dem Stausee überlassen hatte, war ihm diese Lösung genial erschienen; nie hätte er gedacht, dass sie je wieder zum Vorschein kämen. Sicher, Desolina Fontana ahnte etwas. Zwar war sie eingeschüchtert genug und weit fort, in Spanien. Aber es ist doch immer dasselbe: Wenn man einen Zeugen zurücklässt, lauert hinter jeder Ecke die Angst.

Und dann kommt sie doch glatt aus Spanien zurück, diese Verrückte, dachte Calgari, als er die Schneeketten aus dem

Kofferraum seines Cherokee holte, und zwingt mich, auch sie aus dem Weg zu räumen.

Zum Glück waren Polizei und Justiz so auf Porta und Contini fixiert, dass niemand an den unverdächtigen Rechtsanwalt Giorgio Calgari dachte. Jetzt galt es, den letzten Akt nicht zu verpfuschen.

Was aber, wenn ihm in Villa Luganese Contini über den Weg lief?

Nun, im Handschuhfach seines Wagens lag, in ein Tuch gehüllt, eine Pistole, eine SIG P 228. Es konnte ja nicht so schwierig sein, einen weiteren Selbstmord zu inszenieren.

23
Ein alter Blues

… bittet die Polizei die Bevölkerung, auf Autofahrten zu verzichten, sofern sie nicht unbedingt erforderlich sind; es sind bereits mehrere Straßen unpassierbar geworden, und auf der Autobahn A2 staut sich der Verkehr aufgrund eines …

Contini drehte das Radio wieder ab. Laut Swissinfo hatte sich kurz hinter dem Autobahndreieck Bellinzona-Nord ein Unfall ereignet. Um nicht stecken zu bleiben, fuhr Francesca von der Autobahn ab und bog auf die Kantonstraße am rechten Ufer des Ticino.

Immer wieder passierten sie am Straßenrand stehende Pannenautos mit blinkenden Warnlichtern, die auf Hilfe warteten. Da sich alle ohnehin nur kriechend fortbewegen konnten, waren es keine schlimmen Unfälle – aber ihnen durfte auf keinen Fall etwas passieren: nicht auszudenken, wenn sie liegenblieben! Deshalb schlich Francesca nervös und extrem vorsichtig dahin, während Contini versuchte, Signora Fontana zu erreichen.

»Sie meldet sich noch immer nicht.«

»Tja«, sagte Francesca. »Aber du sagst, sie wird dir sowieso nicht glauben.«

»Ich weiß nicht …«, murmelte Contini und starrte auf sein Mobiltelefon. »Manchmal denke ich, dass es nicht wieder so wird wie früher.«

»Wann früher?«

»Wenn ich meine Unschuld beweisen kann, meine ich. Denn wenn das nicht gelingt …«

»Denk so was gar nicht erst.«

»Ja. Obacht!«

Francesca schlitterte durch eine Haarnadelkurve.

»Soll ich lieber fahren?«

»Kein Problem!«, sagte sie würdevoll. »Das schaff ich schon.«

Die Kantonstraße führte ins Gebirge hinauf. Aber das Auto war wie ein eigener, der Welt und der Zeit entrückter Raum. Inmitten des Schneegestöbers, an das schwache Licht der Scheinwerfer geklammert, musste es sich auf einer Straße vorankämpfen, die immer mehr einem Feldweg ähnelte. Sie hätten irgendwo auf der Welt sein können: Landschaftliche Merkmale gab es nicht mehr. Es gab nur noch sie beide, den Schnee vor den Fenstern und das Geräusch des Motors.

»Was meinst du damit: Es wird nicht mehr so wie früher?«, fragte sie nach einer Weile.

Contini antwortete nicht gleich. Dann sagte er: »Diesmal weiß ich nicht, ob ich da wieder rauskomme. Es ist das erste Mal, dass …« Er stockte. Francesca sagte nichts. »Du findest das vielleicht komisch«, fuhr er fort, »aber es ist das erste Mal, dass ich mich wirklich allein fühle.«

»Aha!«

»Das ist eine ganz neue Erfahrung für mich. Ist mir früher nie passiert. Und der Anblick der Leiche meines Vaters … Irgendwie ist mir klar geworden, dass ich diesmal nicht so glimpflich davonkomme. Irgendwie kommt mir jetzt alles sehr fragwürdig vor.«

»Was alles?«

»Meine Arbeit, meine Gewohnheiten, meine Lebensweise … alles. Wenn ich noch mal von vorn anfangen kann, werd ich kämpfen müssen, denn …«

»Oh!«

Francesca schaffte es, den Wagen rechtzeitig abzubremsen, um die Einfahrt in den Kreisverkehr nicht zu verpassen und zugleich den Zusammenstoß mit einem entgegenkommenden Räumfahrzeug zu vermeiden.

»Uff …«, stieß sie hervor, während sie das Auto um die Kurve lenkte. »Das war knapp.«

Contini wollte etwas sagen, überlegte es sich aber. Man musste jetzt wirklich nicht reden. Wichtig war, dass sie als Erste in Villa ankamen. Dort oben, im Haus Fontana, lagen Continis Zukunft, seine Freiheit, seine Hoffnung.

Sie bogen nach links ab und überquerten die Brücke, die von Monte Carasso nach Giubiasco führt. Francesca hielt den Wagen auf der Mitte der Fahrbahn. Das Räumfahrzeug, das ihnen entgegengekommen war, hatte eine Spur gebahnt und einen meterhohen Wall am Straßenrand aufgetürmt. Aber es würde die ganze Nacht weiterschneien und die geräumte Spur wieder auffüllen, unaufhörlich, als sollte es bis in alle Ewigkeit so weitergehen …

Auf der Höhe von Camorino, vor der Autobahnauffahrt Bellinzona-Süd, wartete eine Polizeistreife.

»Was tun wir jetzt?«, fragte Francesca.

»Umkehren können wir jedenfalls nicht«, sagte Contini. »Mach langsam …«

Die roten und weißen Lichter erwarteten sie dort, wo sie das Ende der Straße vermuteten. Zum Wenden war so oder so nicht genügend Platz.

»Und wenn sie uns nicht weiterfahren lassen?«, fragte Francesca.

»Glaub ich nicht. Abraten werden sie uns.«

»Und wir?«

»Wir versichern, dass wir supervorsichtig sind, und fahren weiter.«

Ein Polizist forderte sie auf, ein Stück weiter auf einem geräumten Platz anzuhalten, wo bereits ein Wagen stand.

Francesca ließ die Scheibe herunter und lächelte den Beamten an: »Guten Abend! Schreckliches Wetter, oder?«

»Guten Abend«, antwortete der Polizist, dessen Gesicht hinter dem hellen Licht seiner Lampe nur zu erahnen war. »Stellen Sie bitte den Motor ab.«

Francesca gehorchte.

»Führerschein und Fahrzeugausweis.«

Francesca reichte ihm die Papiere. Der Polizist studierte den Fahrzeugausweis, dann beugte er sich zum Fenster hinunter, spähte ins Wageninnere und fragte Contini: »Und Sie sind Malaspina, Renzo?«

»Nein«, antwortete er. »Das ist unser Freund, der uns das Auto geliehen hat.«

Dass Francesca am Steuer saß, war ein Vorteil. Es gab keinen Grund, weshalb die Polizei den Beifahrer auffordern sollte, sich auszuweisen, und folglich sollte Contini unerkannt durchkommen können …

Nur war dieser Polizist leider offensichtlich ein Pedant. Oder es war ihm langweilig. Oder er wollte sich dafür rächen, dass er an einem Abend wie diesem Dienst hatte. Tatsache war, dass er Contini fragte: »Und wie heißen Sie?«

Hatte sich Chico Malfanti nicht immer nach Abenteuern gesehnt?

Dann konnte er jetzt, am Steuer seines klapprigen Peugeot 206, mitten im schlimmsten Schneesturm, den man sich denken konnte, todmüde und mit lediglich einer vagen Ahnung, wo er hinmusste und was ihn dort erwartete, durchaus zufrieden sein. Und warum war er in dieser Situation? Weil er ein Dokument beschaffen musste, das, vielleicht, einen Mörder auffliegen ließ. Einen Mörder, der, vielleicht, sein Chef war. Sein Chef, der, vielleicht, ebenfalls auf dem Weg nach Villa Luganese war.

Vielleicht?

Er hatte beschlossen, Contini zu vertrauen, also Schluss mit dem Zweifel, freie Bahn für Recht und Gerechtigkeit!

Er musste sich beeilen. Sonst traf er erst nach Finzi oder seinem Chef ein. Und wenn sein Chef wirklich zwei Menschen ermordet hatte, dann wollte ihm Chico lieber nicht in einer stockfinsteren Unwetternacht begegnen.

Die Autobahn erschien ihm wie ein Korridor – wie ein endloser Gang aus einem Albtraum, du rennst und rennst, aber der Korridor wird immer länger, und irgendwann meinst du in einen Abgrund zu fallen, immer tiefer hinab … Chico schreckte auf. Was fiel ihm ein? Ein Schneesturm, ein Abenteuer voller Mörder, und er schlief am Steuer ein?

Damit ihm das nicht noch einmal passierte, schaltete er das Radio ein. Aber der Empfang war sehr mäßig. *Und was gibt es Besseres, um uns in dieser unwirtlichen Nacht bei Laune zu halten, als einen alten Blues …* Chico wechselte den Sender, hoffte auf Verkehrsnachrichten. *Nach diesem Stück von Tschaikowsky, interpretiert von …* Hochtourig quälte sich das Auto bergauf, jetzt bloß nicht stecken bleiben! *Du bist klasse! Einen ganz lieben Gruß von Chantal an ihre Freundin Lilli!* Chico blinzelte hypnotisiert in die tanzenden Schneeflocken im Scheinwerferlicht. *Ich aber gebe euch ein weiteres Gebot, spricht der Herr, liebet einander …* Sobald er nur ein bisschen mehr Gas gab, drehten die Räder durch. *Die Kaltfront, die derzeit über dem Alpensüdkamm liegt, zeigt keine Anzeichen einer Abschwächung, es ist weiter mit massiven Schneefällen zu rechnen. Morgen …*

Die Stimme verlor sich in einem Rauschen, und Chico drehte das Radio wieder ab. Adrenalin wühlte ihm den Magen auf, dennoch schwappte gelegentlich eine Welle der Müdigkeit über ihn hinweg und umnebelte seine Aufmerksamkeit.

Wieso eigentlich nicht den Chef anrufen, dachte er.

Nur so, um zu hören, was er sagt. Chicos rationale Seite konnte noch immer nicht glauben, dass sein Chef ein Mörder sein sollte. Sicher lag er um diese Zeit längst im Bett und ging nicht ans Telefon … Oder aber er war bereits in Villa Luganese und sagte: Zu spät, du Trottel, ich habe längst alles verbrannt.

Bei der Einfahrt in den Tunnel unter dem Monte Ceneri wählte Chico schließlich seine Nummer.

Es läutete einmal, zweimal, dreimal. Calgari hatte keine Mobilbox eingeschaltet. Es läutete das sechste, das siebte Mal. Chico grauste es, und er dachte: In diesem Moment schaut der Chef auf das Display. Und er meldet sich nicht. Und vielleicht sagt er sich: Wenn der kleine Malfanti seine Nase in Sachen steckt, die ihn nichts angehen, wird er ebenfalls zum Risikofaktor.

Chico atmete tief durch. Tja. Jetzt bestand wohl keine Gefahr mehr, am Steuer einzuschlafen.

Alles unter Kontrolle haben. Vielleicht ist einfach das der Schlüssel zum Glück. Ein vollgetanktes, gut geheiztes, gut ausgestattetes Auto. Und natürlich ein Ziel, eine Aufgabe, die erledigt werden muss. Rechtsanwalt Calgari war ein guter Fahrer, und er fühlte sich bereit zu handeln.

Auf der linken Spur zog der Jeep an den wenigen Fahrzeugen vorbei, die außer ihm unterwegs waren. Calgari erkannte, dass er jahre-, nein: jahrzehntelang im Schatten der Angst gelebt hatte. Vor zwanzig Jahren war ihm das Wasser bis zum Hals gestanden, er hatte zwei Morde begehen müssen, um nicht verhaftet zu werden. Aber seither hatte er in einer anderen Art von Gefängnis gelebt.

Desolina Fontana hatte er konsequent aus seinen Gedanken verdrängt. Er hatte alle Kontakte zu Finzi abgebrochen und übte seinen Beruf so vorbildlich aus, dass er seinem Stand alle Ehre machte. Aber selbst in den banalsten Handgriffen – wenn er Briefe an Mandanten unterschrieb, schwimmen ging, sich die Zähne putzte – spürte er etwas wie einen bösen Nachhall, eine Schattenzone, die kein Gedanke zu queren wagte.

Jetzt endlich hatte er diese Zone betreten.

Noch eine Nacht, dachte er, noch ein paar Stunden, und morgen früh ist alles vorbei, auf die eine oder andere Weise. Calgari war auf alles gefasst: Er fühlte sich wie ein zum Tode Verurteilter vor der Chance einer Begnadigung. Sagt mir, was ich tun soll, irgendwas, ich bin bereit. Was muss ich tun?

Wie ein Zuchthäusler, der sich freiwillig als Versuchskaninchen für ein wissenschaftliches Experiment anbietet, nur um aus der Haft entlassen zu werden. Um seine Obsession loszuwerden, würde es vielleicht nicht reichen, wenn er diese Dokumente einfach verbrannte. Vielleicht musste er einen weiteren Mord begehen. Aber auch dazu war er bereit. Klar, Herr Doktor, nur zu, geben Sie mir die Spritze, hier bin ich!

Bei der Ausfahrt aus dem Tunnel unter dem Monte Ceneri schrillte das Mobiltelefon, das neben ihm auf dem Beifahrersitz lag. Er warf einen Blick auf das Display. Malfanti. Dieser kleine Dreckskerl, was wollte der denn jetzt. War ihm nicht klar, dass er sich in eine Sache einmischte, die mehrere Nummern zu groß für ihn war?

Calgari war verstimmt. Wenn Glück bedeutet, alles im Griff zu haben, dann reichte der Klingelton eines Telefons, um Gewissheiten ins Wanken zu bringen. Er wartete ab, bis der Apparat verstummte, dann schaltete er ihn aus.

Nach einer Weile fühlte er sich wieder besser. Wenn dieser Idiot Malfanti Ärger haben will, bitte. Vielleicht kann Contini, dieser finstere, mordende Detektiv, am Ende auch noch Malfanti umlegen. Keine schlechte Idee, oder?

Bitte, Herr Doktor, tun Sie's jetzt, bringen wir's hinter uns.

Durch das offene Fenster drangen Schnee und Kälte herein. Francesca schloss es. Der Polizist hatte sich entfernt. Okay, hatte er gesagt, als er ihr Führerschein und Fahrzeugausweis zurückgab. Und dann: Warten Sie kurz. Was sollte das bedeuten? Musste er was überprüfen? Francescas Führerschein war in Ordnung, der Fahrausweis für den Mitsubishi ebenfalls.

Wollte er etwa den Namen Elia Contini überprüfen?

Francesca und Contini berieten sich.

»Das kann doch nicht sein«, sagte sie. »Die sind wegen dem Schneechaos hier, die wissen nichts von dir!«

»Hm«, sagte Contini.

»Sicher kontrollieren sie meinen Führerschein.«

»Warum hat er ihn dir dann wiedergegeben? Nein, da ist irgendwas faul.«

»Aber was wird er denn tun?«

»Es reicht, wenn er in der Zentrale anruft. Sicher läuft eine Fahndung. Und dann nehmen sie mich fest. Und wenn sie mich festnehmen …«

Wenn sie hier festgehalten wurden, war seine letzte Hoffnung der Junganwalt Malfanti. Das reichte nicht. In genau diesem Moment waren auch Finzis Männer oder vielleicht Calgari selbst auf dem Weg nach Villa Luganese.

»Und was machen wir?«, fragte Francesca. »Wir können ja schlecht einfach abhauen, oder?«

»Wieso nicht? Jetzt zählt nur, dass wir nach Villa kommen.«

»Aber geh«, sagte sie. »Klar ist es riskant, wenn wir abwarten – aber vor der Polizei fliehen? Also ich weiß nicht …«

Der Polizist kam nicht zurück, und die Zeit, eine Entscheidung zu treffen, schrumpfte auf Sekunden zusammen. Contini wog das Für und Wider ab und kam zu dem Schluss, das Risiko sei zu hoch.

»Fahr«, sagte er.

»Was?«

»Fahr langsam los, als hätte er's dir schon erlaubt. Wenn

sie dich aufhalten wollen, beschleunigst du, als hättest du ihn nicht winken sehen.«

»Und wenn sie uns verfolgen?«

»Bei den Straßenverhältnissen? Außerdem sind sie dafür nicht zuständig.«

»Ach nein?«

»Du hast doch selber gesagt, dass sie wegen dem Schneechaos hier sind.«

»Hoffentlich.«

Francesca folgte Continis Anweisungen, fuhr langsam an und schaltete erst nach etlichen Metern die Scheinwerfer ein. Der Polizist, der sie kontrolliert hatte, saß in seinem Streifenwagen und telefonierte. Contini sah seine Miene, als ihn das Fernlicht blendete. Im ersten Moment war er wie erstarrt vor Verblüffung über solche Dreistigkeit. Dann rief er etwas in sein Telefon und sprang aus dem Auto. Mit dem linken Arm fuchtelnd.

Contini sah seine Lippen sich bewegen. Er drehte sich zu Francesca, die langsamer geworden war.

»Fahr weiter! Nicht stehen bleiben!«

Das Auto schlitterte. Für Sekunden verlor Francesca die Kontrolle über das Fahrzeug. Mit dem linken Kotflügel geriet sie in einen Schneehaufen, und ein Rad drehte durch. Aber im nächsten Moment machte das Auto einen Satz nach vorn, und Francesca gab Gas.

Nach wenigen Metern begann die Autobahnauffahrt.

»Bleib auf der Kantonstraße«, sagte Contini, »ich hab das Gefühl, dass bei der nächsten Ausfahrt wieder eine Kontrolle steht.«

»Aber dann brauchen wir ewig!«, protestierte Francesca.

»Das stimmt. Aber wenn sie uns aufhalten, kommen wir gar nie an.«

Und es schneite und schneite. Die Laternen am Straßenrand beleuchteten ein unsicheres Gelände, einen in die

Nacht gegrabenen Stollengang, gespenstisch einsam. Nur hin und wieder kam ihnen ein Räumfahrzeug entgegen. Sie fuhren schweigend dahin. Immer wieder vergewisserten sie sich, dass ihnen niemand folgte.

Die Straße war leer. Contini löste Francesca am Steuer ab. Rechts und links von ihnen erstreckte sich eine flache weiße, gestaltlose Ebene, als wären sie in eine menschenleere Steppe geraten. Der Wind übertönte das Motorengeräusch. Die Straße führte bergauf, und Contini fuhr im zweiten Gang. Es ging den Monte Ceneri hinauf.

24
Schneesturm auf dem Ceneri

Das war Contini.«

»Sicher?«

»Sicher«, sagte De Marchi. »Ein Streifenpolizist hat ihn von den Fotos in der Zeitung erkannt.«

»Ah ja?«, schnaubte Rodoni. »Und wieso zum Teufel hat er ihn dann nicht aufgehalten, der Trottel?«

Seine vom Schnupfen entstellte Stimme mit dem nasalen »Deufel« und »Droddel« verlieh dem Gespräch etwas Possenhaftes. Vielleicht war De Marchi allerdings auch zu erschöpft und nicht mehr fähig, dem Ernst der Lage angemessen zu reagieren.

»Sie wollten ihn ja festnehmen, als sie ihn identifiziert hatten. Aber er ist ihnen entwischt.«

»Entwischt! Das kann doch nicht wahr sein!«

Endwischd. Das gann doch nichd …

De Marchi grinste. Unfähig. Zu keiner angemessenen Ernsthaftigkeit in der Lage. Ich bin unfähig und steinmüde.

»Tut mir leid. Diesmal waren sie wirklich nah dran.«

»Schöner Trost!«

De Marchi war noch im Büro, aber er hätte sich durchaus ein Nickerchen gönnen können: Man konnte im Moment sowieso nichts tun. Zu viel Schnee. Zu spät, um Schlüsse zu ziehen, zu verfolgen, zu suchen, sich zu entrüsten. Zu spät für alles. Nichtsdestoweniger war es ein unverzeihlicher Ausrutscher, Contini zu schnappen und gleich wieder laufen zu lassen. Aber es war nun mal passiert.

»Was können wir jetzt noch tun?«, fragte Rodoni.

De Marchi seufzte.

»Ich habe leider keine Idee mehr. Contini ist auf der Kantonstraße geflüchtet. Wäre er auf der Autobahn, könnte man ihn rausholen, aber so ... Wir wissen nicht mal, wo er hinwill. Francesca Besson war bei ihm, also sind sie vielleicht auf dem Weg nach Locarno, zu ihr.«

»Können wir das nicht kontrollieren?«

»Doch, natürlich. Ich habe schon jemanden losgeschickt. Auch Continis Büro und sein Haus werden überwacht, außerdem Pietro Villa.«

»Und die Beamten, die Contini am Berg verloren haben?«

»Die sind noch droben. Sie haben in einer Hütte Unterschlupf gefunden. Es hat zu viel Schnee, um mitten in der Nacht abzusteigen.«

Der Staatsanwalt knurrte.

»Dann müssen wir wohl bis morgen abwarten. Aber es werden sämtliche Orte überwacht, die Contini aufsuchen könnte, alle seine Bekannten. Okay?«

»Okay«, sagte De Marchi und widerstand der Versuchung, »ogei« zu sagen.

Nachdem Rodoni gegangen war, stellte der Kommissär seinen Wasserkocher an und machte sich einen Kräutertee. Scheißnacht, dachte er. Und noch lang nicht vorbei.

Weltuntergangsabend.

Es hätte der Abend vor dem Ende der Welt sein können. Am nächsten Tag würden sie alle für immer aus ihren Häusern ausziehen müssen, dann würde das Tal geflutet, und alle Erinnerungen wären versenkt.

Was er damals gedacht und empfunden hatte, wusste Calgari kaum noch. Er war gerannt, um einen Brand zu löschen, dessen erste Funken er nicht beachtet hatte. Er erinnerte sich nur an das Gefühl äußerster Dringlichkeit, das ihn in diesen Tagen beherrschte, verbunden mit Scham und der Furcht, alles zu verlieren.

Warum war Martignoni plötzlich ausgerastet? Reg dich wieder ab, hatte Calgari gesagt, wir sitzen doch alle im selben Boot. Nein, ich lass mir das nicht bieten, ich geh zur Polizei, ich zeig dich an ... Calgari konnte es nicht mehr hören. Er, der Anwalt, sah alles sehr klar, er war in der Lage, die Situation mit allen Konsequenzen zu erfassen. Und dieser Expolizist mit seinem Sphinxgesicht, der nie eine Miene verzog: Warum hatte er Martignoni angespitzt, sich die Bücher vorzunehmen? Er war selber schuld. Aber was zählte das schon.

Hier wollte Calgari von vorn anfangen. Ein klarer Schlussstrich, ein neuer Abschnitt und weiter mit einer leeren weißen Seite.

Leider nein. Die weiße Seite wartete noch. Zwanzig Jahre danach. Aber dieser viele Schnee, dieses Unwetter schnitt ihn ab von der Vergangenheit und von der Zukunft. Zwanzig Jahre schrumpften auf diese paar Gesten zusammen – in den zweiten Gang herunterschalten, bremsen, rechts abbiegen nach Villa Luganese.

Auf der Straße steht ein Mann. Eine Dienstjacke, orange leuchtend. Aber du lässt dich nicht aus der Ruhe bringen, du bist der Rechtsanwalt Calgari, du hast die Situation im Griff. Diese verfluchte Schweizer Effizienz: Draußen geht die Welt unter, Tonnen von Schnee legen alles Leben lahm, aber sie können nicht zu Hause bleiben, nein, sie müssen Alarme auslösen, phosphoreszierende Westen anziehen und mit Räumfahrzeugen herumgurken!

Auf der Jacke des Beamten leuchtete die Aufschrift: *ZIVILSCHUTZ / PROTECTION CIVILE / PROTEZIONE CIVILE*. Sehr jung, der Typ, ein Knabe. Mit den Händen in der Tasche kam er auf Calgaris Auto zu. Ein zweiter stand ein Stück entfernt im Schnee und hielt ein Funkgerät in der Hand. Der Anwalt ließ die Fensterscheibe herunter und lächelte gewinnend. Der Knabe aber sah ihn gar nicht an, sondern schnauzte: »Die Straße ist gesperrt.«

»Ich muss aber durch«, sagte Calgari, »ich wohne in Soragno, das ist wirklich nicht mehr weit!«

»Es besteht die Gefahr, dass Sie von der Straße abkommen …«

»Ich fahre sehr langsam.«

»… oder im Schnee stecken bleiben.«

Ein bartloser Jüngling, noch grün hinter den Ohren, aber das Maul aufreißen. Zeig ihm, wer du bist, schick ihn zum …

»Keine Sorge.« Calgari lächelte abermals. »Ich beherzige Ihren Rat. Aber ich muss wirklich weiterfahren, verstehen Sie? Die Kinder sind allein zu Haus …«

Der Schutzdienstler trat einen Schritt zurück und zuckte mit den Schultern. »Machen Sie doch, was Sie wollen.«

Und der Rechtsanwalt Calgari fuhr durch dichtes Schneegestöber, auf einer ungeräumten Straße bergauf Richtung Villa Luganese.

Während er seinen Kräutertee schlürfte, hatte De Marchi den Fernsehapparat eingeschaltet, der in einer Ecke seines Büros stand. Er drehte den Ton ab und sah auch auf dem Bildschirm nichts als Schnee: Bilder von weißen Straßen, von Bergdörfern, die mit Lawinenabgängen rechneten, von beschwichtigenden Sachverständigen und Polizisten.

Ich bin so müde, ich will gar nichts mehr verstehen, dachte er.

Aber De Marchi war auch Polizist, und sein Bedürfnis, Fälle zu lösen, war wie ein Trieb; er besiegte die Müdigkeit. Auch wenn er in diesem Fall nie auf seine Nase geachtet hatte, die ihm von Anfang an sagte: Schau in die Vergangenheit. Aber da waren ja auch noch die Presse und seine

Vorgesetzten. Was also war zu tun? Hier geht es nicht um persönliche Rache, flüsterte seine Nase ihm zu, sondern um Geld, das ist ein schmutziges Spiel.

Der Kommissär hatte die Ermittlungen gegen Contini geleitet. Das war auch richtig so: Schließlich führten alle Hinweise zu ihm. Oder zu Tommaso Porta, Continis Kindheitsfreund. Den psychologischen und den ballistischen Gutachten zufolge waren Zweifel ausgeschlossen. Inzwischen musste man davon ausgehen, dass Porta die beiden ersten Morde und eine andere Person die zwei weiteren begangen hatte. Contini und Porta waren wie Brüder: dasselbe Dorf, dasselbe Schicksal – früh verwaist, eine plötzlich und gewaltsam beendete Jugend, die ewige Suche nach der eigenen Identität. Und jetzt beide verstrickt ins Gespinst des Wahnsinns, wie berauscht von zu viel Einsamkeit, zu viel Phantasie.

Warum aber protestierte De Marchis Nase noch immer? Sehr laut schrie sie ins Halbdunkel des stillen Büros – das stimmt nicht, rief sie, hier geht es um etwas anderes. Etwas Geheimeres, Schrecklicheres.

Es gab einen Film, oder war es ein Buch, das Francesca als Kind gelesen hatte – *Alarmstufe Rot*, wenn sie sich richtig entsann. Männer mit Pelzmützen in einer kargen Felslandschaft, die Kautabak ausspien und »Sauwetter!« sagten. Und kam nicht auch ein Zug vor, der mitten durch ein Unwetter fuhr? Oder war das ein anderes Buch gewesen? Oder hatte es mehrere Folgen gegeben?

Wie auch immer, der Monte Ceneri bei diesem Wetter hatte durchaus etwas von Alarmstufe Rot. Zwar war nicht mit angreifenden Grizzlybären zu rechnen, doch davon abgesehen empfand sie eine sehr reale Lebensgefahr – bei diesen Schneemassen konnten sie jeden Moment von der Straße abkommen und im Abgrund landen.

Der Sturm drückte von allen Seiten gegen den Wagen, die

Fensterscheiben, im Lichtkreis der Scheinwerfer wirbelten die Schneeflocken durcheinander wie in einem wild gewordenen Kaleidoskop. Sie fuhren unter einer Brücke hindurch, rechts tauchten die erleuchteten Fenster eines Hauses auf. Contini legte den ersten Gang ein.

Irgendwann stieg die Straße weniger steil an. Contini war ganz aufs Fahren konzentriert, und obwohl seine Miene hart und reglos war wie immer, spürte Francesca, dass auch er beklommen war.

»So«, sagte er, als das Gelände endlich eben wurde, »jetzt sind wir oben.«

Auf der Kuppe des Hügels blies der Sturm doppelt so stark, im Scheinwerferlicht waren keine einzelnen Flocken mehr zu erkennen, sondern es war, als seien sie in den Strahl einer Schneekanone geraten. Der Wagen brach nach rechts aus, Contini lenkte ihn auf die Fahrbahn zurück, blieb aber mit den Vorderrädern in einer Furche stecken, und die Hinterreifen drehten durch.

Im nächsten Moment machte das Auto einen Satz auf die linke Straßenseite hinüber.

»Vorsicht!«, entfuhr es Francesca.

»Er reagiert nicht!«, rief Contini.

Das Auto schlitterte über die Fahrbahn und bohrte sich in den Schneewall am Straßenrand. Francesca riss es nach vorn, gleich darauf fiel sie in den Sitz zurück. Contini legte den Rückwärtsgang ein und steuerte den Wagen wieder in Fahrtrichtung; dann blieb er stehen und schaltete den Motor aus. »Grad noch mal gut gegangen«, sagte er.

»Mann«, stöhnte Francesca. »Stell dir vor, es wär uns jemand entgegengekommen.«

Contini nickte.

Francesca wartete, dass er weiterfuhr, aber er rührte sich nicht, wie verträumt saß er da und sah sie an. Sie spürte seinen Blick und drehte sich zu ihm. »Was ist?«, fragte sie.

Contini berührte mit dem Handrücken ihre linke Wange. Dann rückte er näher, beugte sich zu ihr. Francesca hielt den Atem an. Er strich ihr eine Haarsträhne aus dem Gesicht, und ehe sie wusste, wie ihr geschah, küsste er sie. Sie war derart verblüfft, dass sie eine Weile brauchte, bis ihre Gedanken bei ihren Lippen angekommen waren. Aber da war er schon wieder zurückgewichen und murmelte: »Entschuldige.«

Er hatte nicht einmal den Sicherheitsgurt gelöst. Er ließ den Motor wieder an, und während sich Francesca noch wunderte, sagte er: »Wir müssen uns beeilen. Es ist noch ein ganzes Stück.«

Kommissär De Marchi dachte nicht daran, nach Hause zu fahren. Er blieb in seinem Büro sitzen, das nach Zigarrenrauch roch, starrte auf den Bildschirm – Nachrichten, Werbung, ein alter Film – und dachte über Pellanda, Vassalli, Porta, die immer schwarz gekleidete Desolina Fontana nach. Und wärmte sich die Hände an seinem Becher.

Chico Malfanti machte in diesem Augenblick die gegensätzliche Erfahrung: Stoßweise wich die Wärme aus seinen starren Fingern. Darf das wahr sein, fragte er sich, dass die Heizung ausgerechnet heute Nacht den Geist aufgibt? Er las das Ortsschild: Comano. Wie bin ich hierhergekommen? Er entdeckte einen einsamen Schneeschaufler und fragte ihn nach dem Weg. Ganz falsch, sagte der, Sie müssen Richtung Pregassona fahren. Chico wendete, und kurz vor Pregassona fing der Motor zu stottern an. Und Chico begriff mit kaltem Schrecken, dass er vergessen hatte zu tanken.

Ich muss mir schnell was einfallen lassen. Francesca wusste nicht, ob sie etwas sagen, mit Elia reden sollte, bevor sie in Villa waren. Dort würde das Urteil fallen: Rettung oder Untergang.

Man lernt einen Menschen schrittweise kennen, in kleinen Etappen, und wenn man alles über ihn zu wissen glaubt, passiert es, dass man plötzlich vor einem Rätsel steht und nicht weiß, wie man ihm begegnen soll, nicht mal, wohin den Blick wenden im dunklen Innenraum eines Wagens. Im Schneesturm fuhren sie den Monte Ceneri wieder hinunter, und keiner von ihnen sprach ein Wort. Wenn es Malfanti nur gelang, vor Calgari in Villa Luganese anzukommen. Immer wieder versuchte Contini, Signora Fontana zu erreichen, aber er hatte keine Mobilnummer von ihr, und bei ihr zu Hause hob niemand ab.

Das Haus war dunkel, als wäre es unbewohnt, Dach und Garten waren unter der Schneedecke verschwunden. Rechtsanwalt Calgari starrte eine Weile hinüber, ehe er ausstieg. Nach einer Weile meinte er trotz des dichten Schneetreibens im Licht der Straßenlaterne eine Gestalt zu erkennen, eine Person, die sich den Gartenweg entlangkämpfte. Ja, jetzt stand sie vor der Haustür. Es war eine Frau. Er sah sie einen Schirm abschütteln und schließen, ehe sie die Tür aufsperrte. Es musste Adele Fontana sein.

Und jetzt? Vergeblich sah er sich um – selbst wenn es hier eine Tankstelle gab, hätte er sie vermutlich übersehen: Bei diesem Schneegestöber konnte man sich glücklich schätzen, wenn man einen Meter weit sah. Ab und zu kam ein Auto vorbei, aber alle taten, als bemerkten sie ihn nicht. Chico indes verlor nicht den Mut. Er nahm seine Taschenlampe und einen Reservekanister aus dem Kofferraum und machte sich zu Fuß auf den Weg. Wir sind in Lugano – das gibt's nicht, dass im Umkreis von fünfhundert Metern nicht irgendwo eine Tankstelle zu finden ist. Das wird immer interessanter, dieses Abenteuer. Nass bis auf die Knochen, die Finger und Zehen kurz vor dem Abfrieren, in tiefer Nacht und beim

Schneefall des Jahrhunderts auf der Suche nach einer Tankstelle: nicht schlecht. Und obendrein erwartete ihn in Villa Luganese, quasi als Sahnehäubchen obendrauf, ein distinguierter Anwalt und Mehrfachmörder.

Im Dampf über De Marchis Kräutertee tauchte alles auf und wieder unter. Er schlief schon halb. Was konnte er tun, außer den Morgen abwarten und eine Meldung herausgeben? Er wusste es nicht, aber seine Polizeinase wusste es. Und im dunklen Büro flüsterte sie ihm zu: Heute Nacht, Kommissär, heute Nacht entscheidet sich alles.

25
An einem Sommerabend

Adele Fontana zog sich Schuhe, Strümpfe, Rock, Pullover, Bluse aus. Alles war triefend nass. Dieser verdammte Schnee. Wenn es nach ihr ginge, würde sie den Winter im Süden verbringen.

Zum Glück war das Haus gut geheizt. Sie zog einen Morgenrock an, ging wieder hinunter, schenkte sich ein Glas Portwein ein und streckte sich im dunklen Wohnzimmer auf dem Sofa aus. Sie war mit einer alten Freundin unterwegs gewesen und wusste selbst nicht mehr genau, wie sie den Rückweg nach Villa gemeistert hatte. Nicht nur wegen des Schnees, sondern auch weil sie nicht mehr ganz nüchtern war. Um die Wahrheit zu sagen, war sie sogar leicht betrunken.

Nicht schlimm, nein. Sie hatte gerade so viel getrunken, wie es braucht, um einen Abend mit einer alten Freundin zu überstehen. Ein bisschen Weißwein, ein paar Martinis. *Per attraversare la notte a piedi e truffare la malinconia* – um zu Fuß durch die Nacht zu kommen und die Melancholie zu überlisten. Lucio Dalla. Wie ging noch mal dieses Lied? Sie summte ein paar Töne, bewegte dazu die Hände in der Luft, dann sagte sie zu sich: »Ach, jetzt reicht's aber.«

Sie ging wieder nach oben und stellte sich unter die heiße Dusche, und sie fühlte sich wie eine Erfrorene, die neu geboren wurde. Sie zog ihren Bademantel an und betrachtete sich im Spiegel. Sie war noch immer eine schöne Frau. Was tat sie bloß in Villa Luganese? Ein Dorf auf halber Höhe am Berg, wahrlich kein Ort für alleinstehende Damen. Sondern ein Land für Männer mit Think-Pink-Hosen, Golden Retrievers und dicken Porsche-Cayennes, mit denen sie abends aus der Stadt zurückkehrten.

Und sie?

Sie schlug den Bademantel auseinander. Ein Körper noch reich an Verheißungen, dachte sie. Auch wenn ich den fünfzig näher bin als ... Ah, vor allem hab ich zu viel getrunken. Dennoch wollte sie nicht gleich ins Bett, sondern noch ein wenig in Phantasien schwelgen ...

Desolina war zwar keine nahe Verwandte gewesen, sondern eine Tante ihres verstorbenen Mannes, die sie im ganzen Leben nur zwei, drei Mal beim Spanienurlaub gesehen hatte, doch ihr gewaltsamer Tod hatte sie tief erschüttert. Und die Vorstellung, dass sich ein Mörder Zutritt zu ihrem Haus verschafft hatte, mitten in Villa Luganese, am helllichten Tag ... Gar nicht dran denken. Lieber gar nichts denken, sondern ...

Das Läuten der Türglocke zerriss den Zauber. Adele ernüchterte mit einem Schlag. Sie verknotete den Gürtel ihres Bademantels, ging nach unten und spähte durch den Spion an der Tür. Nicht ohne Verblüffung erkannte sie den Anwalt Giorgio Calgari, den sie nach Desolinas Tod zusammen mit Contini gesehen hatte. Was will der denn hier, um diese Zeit? Aber eigentlich gar nicht schlecht, netter als ein Frauenabend. Und sie war schließlich noch ein bisschen betrunken. Also machte sie ihm auf und fragte: »Na so was, Herr Rechtsanwalt, was für eine Überraschung. Haben Sie sich einsam gefühlt?«

Calgari war leicht überrumpelt; mit diesem Empfang hätte er nicht gerechnet. Er räusperte sich. Sein Blick versank im klaffenden Ausschnitt des Bademantels und hob sich rasch wieder.

»Entschuldigen Sie bitte die späte Störung, Signora Fontana. Ich ... also ich helfe der Polizei bei den Ermittlungen über Contini. Wie Sie wissen, ist es bis jetzt nicht gelungen, ihn festzunehmen, und nachdem er mehrfach bei mir in der Kanzlei war, würde ich …«

»Würden Sie?«

»Also, mir ist plötzlich ein Zweifel gekommen. Vielleicht ist es Unsinn, aber nachdem es schließlich um Mord geht, verstehen Sie …«

»… haben Sie dem Schneesturm getrotzt und sind bis hier heraufgefahren.«

Calgari nickte, und zum ersten Mal lächelte er. Es war ein argloses, beinahe jugendliches Lächeln. Aber natürlich ist ein arglos lächelnder Anwalt wie ein Boxer, der Topflappen häkelt: ein Widerspruch in sich. Adele war nicht von gestern. Sie betrachtete ihn mit einem Gesichtsausdruck, der besagte: Du willst mir, scheint's, einen Bären aufbinden.

»Und am Ende erwarten Sie noch, dass ich Sie um diese Uhrzeit hereinlasse …«

»Ich möchte mich nur ganz kurz umsehen – fünf Minuten, und ich bin wieder weg.«

Nervös war er, was freilich kein Wunder war. Und er log wie gedruckt – vielleicht war auch das kein Wunder. Was wollte er wirklich? Er hatte ihr in den Ausschnitt geschielt, das war ihr nicht entgangen. Aber man fährt doch nicht *dafür* in einem beispiellosen Schneesturm bis nach Villa herauf. Außerdem war sie den fünfzig näher als …

Ach, genug!

»Also, Herr Anwalt, wenn es wirklich so ungemein wichtig ist …«

»Das ist es, das ist es, glauben Sie mir.«

»Na, dann kommen Sie rein.«

Zwei Minuten später saß er im Wohnzimmer, ein Gläschen Portwein in der Hand, neben ihm brannte die Stehlampe. Sie saß ihm in ihrem Bademantel im Halbdunkel auf dem Sofa gegenüber, die Füße kokett angezogen wie ein junges

Mädchen. Sie fror etwas. Was für ein verrückter Abend, dachte sie.

»So, dann erzählen Sie mir mal, was so fürchterlich wichtig ist.«

Er geniert sich immer noch. Aber wieso geniert er sich so?

In dem Moment, als er antworten wollte, läutete das Telefon.

Sie hob ab. »Oh!«, wunderte sie sich. »Signor Contini! Um diese Uhrzeit ...«

Sie wechselte das Telefon vom linken zum rechten Ohr, warf dem Anwalt ein Lächeln zu, dann ging sie vom Wohnzimmer in die Küche und schloss mit dem Fuß die Tür hinter sich.

Calgari hatte improvisiert. Natürlich rechnete er nicht damit, mitten in der Nacht das Haus einer Frau zu betreten, wie man ein Restaurant betritt. Aber das Letzte, was er erwartet hätte, war ein unbeholfener Verführungsversuch. Na gut, umso besser, Hauptsache, sie schöpfte keinen Verdacht.

Dieser Name, der dann gefallen war, hatte allerdings die Wirkung einer kalten Dusche gehabt.

»Oh! Signor Contini! Um diese Uhrzeit ...«

Das Gespräch setzte sich außerhalb seiner Hörweite fort, doch was dabei gesagt wurde, ließ sich leicht denken.

Wie bei einer Schachpartie spielte er diverse Szenarien durch: Contini erzählte ihr eine Lüge (welche?) und riet ihr, seine Ankunft abzuwarten. Contini erzählte ihr alles, aber sie glaubte ihm nicht, legte einfach auf und kam lachend ins Wohnzimmer zurück. Contini erzählte ihr alles, und sie glaubte ihm und floh, oder sie holte rasch die Dokumente, um sie in Sicherheit zu bringen, oder sie packte ein Küchenmesser ...

Halt! Gehen wir vernünftig vor, okay?

So oder so schien ihm Letzteres – sie glaubte ihm – zu diesem Zeitpunkt das Wahrscheinlichste, denn sein, Calgaris, nächtlicher Auftritt mitten im Schneesturm mit einer Handvoll hanebüchener Ausreden musste mehr als verdächtig wirken. Folglich sollte er schnell handeln. Die Dokumente waren hinter einem Gemälde im Arbeitszimmer versteckt. Und die Bewohnerin des Hauses befand sich in der Küche.

In der Annahme, jenes Arbeitszimmer befinde sich im ersten Stock, schlich Calgari lautlos die Treppe hinauf.

Schnee, nichts als Schnee, wenn man zum Küchenfenster hinausblickte. Adele Fontana konnte es sich nicht leisten, betrunken zu bleiben. Sie zog ihren Bademantel zusammen, band den Gürtel fester. Jetzt war ihr wirklich kalt.

Auch sie war irgendwann zu der Überzeugung gelangt, der Mörder dieser vier Menschen sei Contini. Doch als sie jetzt seiner atemlosen Stimme zuhörte, als sie an die zwischen ihm und Desolina gewechselten Worte und Blicke dachte, wuchsen ihre Zweifel. Und als sie schließlich seiner Argumentation folgte und an die Verlegenheit des um Worte ringenden Anwalts dachte …

Am Ende des Telefonats hatte sie keine Bedenken mehr. Sie empfand nur Scham, dass sie wie eine angetrunkene Irre auch noch geflirtet hatte mit diesem … diesem …

Mein Gott. Allein im Haus, eingeschneit, in Gesellschaft eines Mörders. Was tut man normalerweise in dieser Lage? Man ruft die Polizei an. In diesem Fall ging das nicht, denn die Polizei würde ihr nicht glauben, die Polizei fahndete nach Contini. Und vor allem war die Polizei in Lugano, und Lugano war in dieser Nacht sehr weit weg. Zu weit.

Sich mit einem Fleischmesser bewaffnen, sich in der Küche einsperren?

Hatte er mitbekommen, mit wem sie telefoniert hatte? Sie erinnerte sich nicht, ob sie Continis Namen erwähnt hatte. Vielleicht saß er ja noch drüben im Salon, und sie konnte

Zeit gewinnen, bis Contini eintraf. Sie lächelte probeweise in die Fensterscheibe. Sie musste das Risiko eingehen. Wenn er sie gleichmütig sah, würde Calgari denken: Sie weiß nichts. Wenn sie sich hingegen in der Küche verbarrikadierte, konnte sie ihm auch gleich sagen, dass sie alles wusste, und dann …

Adele war bereit. Fast bereit – Contini hatte sie um etwas gebeten. Zwar wusste sie nicht, ob sie sich dazu in der Lage fühlte. Allerdings ging sie kein Risiko ein, falls Calgari noch im Salon saß. Sie musste in den ersten Stock hinauf, hinter dem Gemälde im Arbeitszimmer nachschauen und wieder herunterkommen, das alles in zwanzig Sekunden.

Sie dachte an Desolina. Die von Spanien die weite Reise ins Tessin auf sich genommen hatte, um hier einen grausamen, einsamen Tod zu erleiden, hinterrücks erschossen in ihrem Zimmer …

Zwanzig Sekunden. Das war nicht viel. Er saß dort drüben mit seinem Glas Portwein. Barfuß schlich Adele die Treppe hinauf. Sie hastete durch den dunklen Flur bis zur Tür des Arbeitszimmers. Allein, dachte sie, ich bin allein, mit einem Mörder allein im Haus. Ringsherum Berge von Schnee, ich allein im Bademantel und in meinem Wohnzimmer ein Mörder, der Portwein trinkt.

Ohne Licht einzuschalten, betrat sie das Arbeitszimmer. An der Wand ihr gegenüber hing ein Bild eines Tessiner Malers. Es war eine rote Leinwand, der Farbauftrag ein gleichmäßiges, ganz eigenes, eigentümliches Rot. Genau das, was es für einen behaglichen Arbeitsplatz braucht. Allein im Haus, Allmächtiger, allein mit einem Mörder. Was mach ich nur, was mach ich?

Sie blieb vor dem Bild stehen. In ihren Ohren dröhnte es. Sie versuchte, ruhig zu atmen, stand aufrecht, mit hängenden Armen. Im nächsten Moment spürte sie kaltes Metall am Hals. Sie zuckte zusammen. Sie wollte herumfahren, aber er hielt sie fest, und vor ihren Augen erschien der schwarze Lauf einer Pistole. Scheiße, dachte sie.

»Untersteh dich zu schreien, Schlampe«, flüsterte er ihr ins Ohr.

Sie wagte kaum zu atmen.

»Das also«, sagte er lauter, »ist das berühmte Bild. Weißt du, was dahinter ist?«

Adele schüttelte den Kopf. Er drehte ihr grob die Hand auf den Rücken. Der Schmerz schoss hinauf bis in die Schulter, sie fürchtete, er könnte ihr den Arm ausrenken. Tränen traten ihr in die Augen.

»Dahinter ist die Wahrheit«, sagte er, heiser. »Verstehst du?«

Er verdrehte ihren Arm noch stärker, und es entfuhr ihr ein kleiner Schrei.

Es war ein Sommerabend, der Himmel bewölkt. Wir waren alle sehr nervös. In den nächsten Tagen wollten sie das ganze Dorf unter Wasser setzen. Ein paar Frauen weinten, manche schleppten noch immer Sachen aus ihren Häusern.

Am nächsten Tag sollte frühmorgens eine letzte Kontrolle stattfinden, und das war's dann. Du warst bereits in Corvesco, wo dann auch ich hingezogen bin. Dein Vater hatte mich für den Abend eingeladen, er hatte noch zwei Flaschen im Keller, die letzten, sagte er, die trinken wir zum Abschied vom Dorf. Und ich ging nach dem Abendessen zu ihm hinüber, bevor ich mein Haus für immer verließ. Aber als ich dort ankam, hörte ich Stimmen und dachte: Aha, noch mehr Gäste. Ich horchte. Nicht aus Neugier – ich wollte nicht spionieren, wirklich nicht. Aber ich dachte: Wenn ich sie nicht kenne, wenn es keine Leute aus dem Dorf sind, dann geh ich wieder, ich will nicht stören.

Ich trat also ans Fenster, das offen stand. Ich trat ans Fenster und hörte die Stimmen von Ernesto Contini, Luigi

Martignoni und Giorgio Calgari. Das kann ich beschwören. Ich warf auch einen kurzen Blick hinein. Sie standen drinnen in der ausgeräumten Stube und stritten.

Das Auto schlitterte, protestierte, als wollte es umkehren. Aber Contini stieg aufs Gas, wechselte den Gang und kam, fast wie durch ein Wunder, durch jede Kurve, ohne stecken zu bleiben.

Jetzt war es nicht mehr weit. Die letzten Serpentinen vor Villa. Die Straße war unkenntlich. Der Schnee deckte alles von Menschenhand Geschaffene zu, verbarg Häuser und Straßenschilder. Contini hatte das Gefühl, sich in unerforschtes Gelände vorzuwagen.

»Wie weit noch?«, fragte Francesca.

»Wir sind bald da.«

»Hat dir Signora Fontana geglaubt?«

»Ja. Hoffentlich schon.«

»Hat sie Calgari etwas gesagt?«

»Hoffentlich nicht.«

Seine Rettung lag jetzt in den Händen von Adele Fontana. Die Straßen waren hier besser beleuchtet, und Contini nahm an, dass sie sich dem Ortskern von Villa näherten. Es kam ihm vor, als hätten sie eine stundenlange Autofahrt hinter sich.

»Hast du Angst?«, fragte sie.

»Hm«, brummte er. »Ich hoffe, ich schaff's. Aber …«

»Ja.« Francesca nickte. »Sicher.«

Contini schaltete wieder und gab Gas. Sie hatten die letzte Kurve vor Villa Luganese hinter sich.

Es fällt mir schwer, mich zwanzig Jahre zurückzuversetzen und mir alles noch einmal so vor Augen zu führen, wie es an jenem Abend geschehen ist. In der langen Zeit, die seither vergangen ist, habe ich zu vergessen versucht. Elia, ich hoffe, du verstehst mich – mögen die Toten die Toten bestatten: Wir Lebenden haben das Recht und die Pflicht weiterzuleben. Wäre ich zur Polizei gegangen, hätte er dich ebenfalls umgebracht, daran hat er keinen Zweifel gelassen. Außerdem war ich allein – meine Aussage gegen die eines angesehenen Anwalts, der sich in allem Juristischen auskennt: Hätte man mir geglaubt, wenn ich erzählt hätte, was ich gesehen habe?

Jedenfalls sind da die Dokumente, die ich dir jetzt übergebe. Ich hatte sie fast vergessen, verdrängt wie die Erinnerung – Hefte, alte Pässe, Zeitungsausschnitte, Fotos. Außerdem Martignonis Aussage über Calgaris krumme Geschäfte. Ein verwendbarer Beweis ist das wohl nicht, aber vielleicht reicht es aus, damit die Polizei argwöhnisch wird. Wenn sie gegen RA *Calgari ermitteln, werden sie am Ende erkennen, dass er auch den Bürgermeister Pellanda und den Ingenieur Vassalli umgebracht hat.*

»Alles erlogen«, rief Calgari, der seine Lektüre unterbrach. »Die Alte redet irr.«

Adele Fontana, die neben ihm stand, spähte auf die mit Desolinas ordentlicher Handschrift beschriebenen Blätter. Währenddessen ging sie im Kopf die möglichen Fluchtwege durch. Aber Calgari, obwohl in Anspruch genommen, ließ sie nicht aus den Augen: In der einen Hand hielt er Desolinas Bekenntnis, mit der anderen richtete er die Pistole auf sie.

Dann jedoch schien Calgari ihre Gedanken zu lesen, denn er legte die Papiere ab und befahl ihr: »Komm her!«

Er packte sie mit dem linken Arm, in der Rechten hielt er die Waffe. Wahrscheinlich würde er sie gleich erschießen, dachte Adele, zuvor aber würde er ihr noch klarmachen, wie überlegen er ihr war und wie sehr er sie verachtete; sie hoffte inständig, dass Contini bald käme. Er war ihre letzte Hoffnung.

Calgari zwang sie, sich niederzuknien. Mit einer Hand hielt er ihr die Pistole an die Schläfe und las weiter.

Dein Vater hatte wegen gewisser Bemerkungen dieses Finzi, des Teilhabers von Rechtsanwalt Martignoni, Verdacht geschöpft. Tatsächlich kannte Ernesto beide, und mit Martignoni war er befreundet. Deswegen hatte er sich an einen früheren Kollegen bei der Polizei um Rat gewandt und seinem Freund empfohlen, die Augen offen zu halten.

An besagtem Abend hörte ich die beiden Anwälte streiten. Martignoni sagte zu Calgari: Das ist mir scheißegal, ich zeig dich jetzt an. Calgari versuchte ihn zu beschwichtigen und sagte, das sei alles wesentlich komplizierter, sie hätten nicht die leiseste Ahnung, und überhaupt hätten sie kein Recht, sich in seine Angelegenheiten einzumischen. Dein Vater machte sich Sorgen, und Martignoni schrie herum wie verrückt.

Es ging auch noch um einiges andere, nicht nur um Finanzbetrug. Leider ist meine Erinnerung getrübt, obwohl mir jetzt, wo ich darüber schreibe, manches wieder einfällt.

Ich wollte wieder gehen, es schien mir wirklich nicht angebracht, in diese Situation hineinzuplatzen. Aber dann hörte ich Martignoni schreien: Jetzt langt es, ich zeig dich an! Und er fügte hinzu: Jetzt gehe ich! Und er kam zur Tür, und ich drückte mich an die Hauswand und dachte: Ich warte hier, bis er weg ist, um ihn nicht in Verlegenheit zu bringen. Aber dann hörte ich Calgari sagen: Du träumst, wenn du glaubst, ich lasse dich einfach zur Polizei marschieren. In einem hässlichen Tonfall.

»Das Beste ist, dass sie sich ja gar nicht richtig erinnert, die alte Schachtel«, rief Calgari aus. »Gleich nennt sie noch meine Krawattenmarke.«

Sie stritten weiter, und irgendwann schrie Martignoni so laut, dass ich dachte, das hört man noch zehn Häuser weiter. Calgari hingegen sagte sehr leise: O nein, du wirst nicht gehen.

Alle Häuser sahen gleich aus. Es gab keine Straßen mehr, keine Orientierungspunkte. »Wo lassen wir das Auto?«, fragte Francesca.

»Ist eigentlich egal.«

Contini stellte den Wagen am vermuteten Straßenrand, hinter einem aufgeschütteten Schneehügel ab. Ob sie je wieder von hier loskämen, war fraglich, aber im Moment war das ihre geringste Sorge.

Der Ort war wie ausgestorben – eine weiße Wüste, in der die verschleierten Straßenlaternen Irrlichtern glichen. Sobald man die von einem Räumfahrzeug mehr schlecht als recht gespurte Furche der Hauptstraße verließ, versank man bis zu den Knien im Schnee. Und die Flocken peitschten so schräg herab, dass man kaum die Augen offen halten konnte. Contini packte Francesca am Arm.

»Dort drüben, glaube ich.«

Suchend ließ er den Blick über die Schneeberge entlang dem Straßenrand wandern: Nachdem jeder Schritt eine Mühsal war, musste man ein Ziel möglichst genau anvisieren.

»Versuchen wir's hier«, sagte er.

»Ist es das Haus?«, fragte Francesca und deutete auf einen Lichtschimmer im Schnee.

»Kann sein«, antwortete Contini.

Sie kämpften sich durch einen Korridor, der ein Gartenweg gewesen sein mochte – hier hatte jemand vor einigen Stunden Schnee geschaufelt. Contini entdeckte ein Namensschild neben der Haustür, und als er den Namen Adele Fontana las, fiel ihm ein Stein vom Herzen.

»Wir haben's geschafft«, sagte er zu Francesca. »Du warte

bitte hier, und wenn ich in fünf Minuten nicht wieder da bin, fahr weg.«

»Aber …«

»Du kannst ja nichts tun! Wenn ich nicht bald wiederkomme, heißt das, dass er gewonnen hat. Also fahr bitte sofort weg, ruf die Polizei, wenn du willst, aber verschwinde. Ja?«

»Ja.«

Natürlich war die Haustür geschlossen, und auf die Klingel zu drücken kam nicht infrage. Contini zog sein Werkzeug aus der Tasche und breitete es neben sich aus, und es dauerte keine drei Minuten, bis die Tür offen war.

Ich wagte nicht mehr, durchs Fenster zu schauen. Martignoni war so aufgeregt, dass er dem Herzinfarkt nahe schien. Sein Geschäftspartner habe ihn hintergangen und in seine schmutzigen Geschäfte hineingezogen, schrie er. Zu diesen schmutzigen Geschäften gehörte auch der Staudamm von Malvaglia, wie du in Martignonis Brief lesen wirst. Calgari war ebenfalls aufgeregt, aber er schrie nicht. Er sprach sehr leise, und ich verstand nicht alles, was er sagte. Dein Vater versuchte beschwichtigend einzugreifen, aber Calgari beschimpfte auch ihn – für wen er sich halte, er sei ja doch nur ein verkrachter Polizist.

Dann warf jemand eine Tür zu, und ich hörte dumpfe Geräusche wie von fallenden Gegenständen. Jemand, wahrscheinlich dein Vater, schrie auf, und es folgte ein gedämpfter Knall. Heute denke ich, das war vielleicht ein Schuss aus einer Waffe mit Schalldämpfer. Und im nächsten Moment schrie Martignoni: Bist du wahnsinnig, was hast du getan? Und Calgari darauf, jetzt ebenfalls laut: Halt's Maul, du sollst das Maul halten, hab ich gesagt!

Contini versuchte sich in der Dunkelheit zurechtzufinden. Im Spalt unter einer Tür sah er Licht. Er schlich sich heran und spähte durchs Schlüsselloch. Es war der Salon. Eine Stehlampe brannte neben einem Sessel, aber soweit er sehen konnte, war der Raum leer. Jetzt galt es nichts zu überstürzen, nichts Unüberlegtes zu tun. Sondern leise und bedächtig zu handeln. Auf Zehenspitzen stieg Contini im Dunkeln die Treppe hinauf.

Irgendwann trat eine lange Stille ein. So lang, dass ich schon dachte, sie seien vielleicht durch die andere Tür verschwunden. Ich dachte, jetzt könnte ich eigentlich anklopfen, schließlich hatte dein Vater mich eingeladen, und vielleicht waren die anderen ja fort. Ich weiß, wie dumm das war, lieber Elia, aber in solchen Momenten klammert man sich an jeden Strohhalm.

Ich ging also zur Haustür, und bevor ich läuten konnte, kam Calgari mit finsterer Miene heraus. Und ich Närrin fragte ihn noch: Was ist passiert, habt ihr gestritten? Und er gab erst keine Antwort. Er schaute zu den anderen Häusern hinüber, wo noch Leute zugange waren, die ihre letzten Habseligkeiten heraustrugen oder einen Abschiedstrunk teilten. Dann fuhr er mich an: Was hast du gehört? Was hast du gehört, Alte? Damals war ich noch nicht so alt – ich schätze, das sagte er, weil er erschrocken war und mir Angst machen wollte. Ich wich zwei Schritte zurück, in Richtung der Nachbarhäuser. Ich hatte wirklich Angst, wollte aber schneidig sein und sagte: Alles hab ich gehört!

Calgari kam auf mich zu, aber er war irgendwie unschlüssig. Erst im Nachhinein sehe ich, wie hirnverbrannt das war. Sicher hätte er auch mich gern erschossen, aber hier im Freien riskierte er nichts. Er flüsterte: Morgen ist alles vorbei. Dann fügte er hinzu: Du willst den Jungen doch aufwachsen sehen, oder? Im ersten Moment begriff ich nicht, doch es wurde mir schnell klar, wen er meinte. Diese Drohung war es, die mich bewog, mich erst deiner anzunehmen und dann, als du erwachsen warst, nach Spanien auszuwandern. Du bist der Grund, weshalb ich gegangen bin, auch wenn es dir absurd vorkommt: Ich wollte dir helfen.

»Ein Glück, dass niemand dieses Gefasel zu lesen bekommt«, sagte Calgari und ließ die gelesenen Seiten angewidert vor sich auf den Tisch fallen. »Diese Alte war eine Verleumderin und eine öffentliche Gefahr. Stimmst du mir zu?«

Hin und wieder stellte er ihr eine Frage. Wie ein Irrer, dachte Adele, obwohl sie wusste, dass alles Theater war, ein Versuch wie jeder andere, sie einzuschüchtern. In Wirklichkeit dachte er völlig klar und kalkulierte die Zeit. Und ob verrückt oder nicht, es würde jedenfalls nichts daran ändern, wie die Sache ausging.

Sie sagte nichts. Auf dem Boden kniend blickte sie auf die verstreuten Papiere und hoffte, dass Calgari noch lange las.

Aber sie sah, dass nur noch wenige Zeilen übrig waren. Das Ende des Briefes kam näher. Ihr Magen schnürte sich zusammen, es bildete sich ein Klumpen der Übelkeit, der sie daran hinderte, zu denken, zu reden, sich zu bewegen. Sie war vor Angst wie gelähmt, sie wollte nicht so sterben …

Ich will nicht sterben. In Gedanken lehnte sie sich noch auf, im Herzen war sie schon im Begriff zu kapitulieren. Tief im Inneren wagte sie nicht mehr zu hoffen. Auch wenn Contini …

Sie vernahm ein leises Knarzen. Neue Hoffnung flammte in ihr auf. Nein, sie hatte sich nicht getäuscht! Es war noch jemand im Haus!

Angstvoll beobachtete sie Calgari. Hatte er es auch gehört?

Er las noch. Anscheinend hatte er nichts bemerkt. Adele hielt den Atem an. Ich will nicht sterben, ich will nicht … Wenn Contini jetzt tatsächlich rechtzeitig …

Alle ihre Hoffnungen klammerten sich an dieses leise Knarzen.

Contini gelangte ans obere Ende der Treppe. Er horchte und hörte nichts. Er schlich weiter durch den Korridor. Bis auf den schmalen Streifen Licht, der durch den Türspalt fiel, war alles dunkel. Bis zu diesem Augenblick hatte er keine Stimme, kein Geräusch vernommen. Entweder es war alles vorbei, oder Adele war es gelungen, Calgari zu besänftigen … Unwahrscheinlich, sagte er sich.

Langsam trat er näher. Nach jedem Schritt hielt er inne und lauschte. Nichts war zu hören. Wieder ein Schritt und eine Pause. Er kam der Tür immer näher. Der Korridor war leer, das ganze Haus schien verlassen. Aber das kann nicht sein.

Vor der Tür bückte er sich und spähte durchs Schlüsselloch. Er sah nichts als einen Schreibtisch. Er zog seine Pistole – eine Walther-PP-Halbautomatik, die er in Notfällen benutzte – und streckte die Hand zum Türgriff aus. In diesem Moment hörte er einen erstickten Schrei, begriff aber nicht, woher er kam. Er war im Begriff, sich umzudrehen, als eine Hand seinen Arm packte und etwas Hartes an seine Schläfe drückte.

»Ciao, Contini.« Das war Calgaris Stimme. »Lass die Pistole fallen. Eine Bewegung, und du hast eine Kugel im Kopf.«

Contini ließ die Pistole fallen.

Nachdem Calgari sich entfernt hatte, bin ich ins Haus gegangen. Ich suchte alle Zimmer ab, aber sie waren leer, ich fand weder deinen Vater noch Martignoni. Allerdings stand die Kellertür offen, und weil ich wusste, dass dein Vater Wertsachen dort unten aufbewahrt hatte, dachte ich in meiner Dummheit: Vielleicht hat ihn Calgari ausge-

raubt. Aber als ich in das Versteck schaute – in der Mauernische, vor der er sein Weinregal gehabt hatte –, fand ich eine Kassette mit Geld und eine Mappe mit Papieren. Soweit ich sah, waren das Erinnerungen deines Vaters aus seiner Zeit als Polizist, aber auch einige Unterlagen von Martignoni, so die oben erwähnte Aussage über Calgari, die ich dir jetzt übergebe.

Das Geld, das dein Vater zurückgelassen hatte, habe ich ausschließlich für dich verwendet, Elia, das musst du mir glauben. Und vor allem musst du mir glauben, dass ich damals wirklich nichts begriffen habe. Oder nicht begreifen wollte. Ich habe mir eingeredet, dass dein Vater und Martignoni das Haus nach dem Streit durch die Hintertür verlassen hätten.

Viel später erst gestand ich mir ein, dass Calgari sie umgebracht haben musste und ihre Leichen hatte verschwinden lassen. Aber an dem Abend war ich so durcheinander, dass ich diesen Gedanken wirklich nicht denken konnte ich stieg aus dem Keller wieder herauf und machte, dass ich fortkam. Am nächsten Tag sollte das Wasser einlaufen. Morgen wird hier nichts mehr sein, dachte ich, und es kam mir komisch vor, dass dein Vater Geld und Unterlagen zurückgelassen hatte.

Ich war wirklich zu naiv. Ich ging fort, und bald darauf deckte das Wasser alles zu. Ich bitte dich um Verzeihung, Elia. Ich möchte dir erklären, was mich damals quälte und schweigen ließ, was mich heute noch zögern lässt. Denn ich bin mir nicht sicher.

Jetzt war alles verloren. Bevor ein neuer Tag anbrach, wären sie beide tot. Adele Fontana war geknebelt und an einen Heizkörper gefesselt. Contini saß am Schreibtisch und fixierte Calgari, der ihm mit Desolinas Bekenntnis vor dem Gesicht herumwedelte.

»Ich bin ja nicht blöd«, sagte der Anwalt, »was dachtest du denn. Das war mir doch klar, dass du auf dem Weg hierher bist, Contini. Ich habe auf dich gewartet.«

Adele Fontana rührte sich nicht, sie versuchte auch nicht mehr, um Hilfe zu schreien. Es war vorbei. Calgari hielt sie beide mit seiner Waffe in Schach, und es war nur eine Frage der Zeit, bis er abdrückte.

»Jetzt ist Schluss mit lustig«, sagte Calgari.

Auch Contini hatte sich inzwischen mit dem Tod abgefunden. Francesca war unbewaffnet, und er hatte sie fortgeschickt. Hoffentlich war sie wirklich gegangen! Wenn sie noch da war, würde sie ebenfalls dran glauben müssen.

Am nächsten Tag würde man ihre Leichen finden. Der mordende Detektiv killt sein letztes Opfer und erschießt sich anschließend selbst, hieße es dann. Und alles andere geriete in Vergessenheit. Der See, das alte Haus, sein Vater. Francesca. Contini verabschiedete sich vom Leben.

»Dieses Zeug hier verschwindet jetzt«, sagte Calgari und zückte sein Feuerzeug. »Und dann bringen wir's hinter uns.«

26
Das Ende des Abenteuers

Manchmal fällt es schwer, bis zum Schluss wach zu bleiben. Das Büro liegt im Dunkeln, draußen schneit es erbarmungslos weiter. Über den stummen Bildschirm flackert wie Kaminfeuer unverständliches Geschehen. Und der Blick folgt ratlos, wie in einer langsamen Hypnose, schließlich sinkt der Kopf auf die Brust und die Welt erlischt.

Kommissär De Marchi schläft und weiß nichts mehr. Die Arme auf dem Schreibtisch verschränkt, den Kopf auf den Armen. Die Nacht ist zu weit fortgeschritten, als dass man noch nachdenken könnte. Der Kommissär wartet, denn wie heißt es so schön? Morgen ist auch noch ein Tag.

Jetzt ist Nacht. Es ist dunkel. Was soll er sonst tun? Schlaf, Kommissär. Schlaf und erhol dich gut. Aber auch schlafend hält De Marchi einen ruhelosen inneren Monolog, und von Zeit zu Zeit murmelt er unruhig vor sich hin.

Die Minuten vergehen, der Morgen rückt näher. Nur das Rauschen des Heizkörpers füllt die Stille. Und das langsame Atmen von Kommissär De Marchi. Es war ein langer Tag, jetzt ist es Zeit zu schlafen. Und morgen, keine Sorge, morgen ist alles wieder klar.

Kann man einer Schneeflocke nachschauen? Man sucht sich unter unzähligen dort oben eine aus, und man beobachtet sie, wie sie fällt, und verliert sie aus den Augen – die ist es, nein, die … nein, du folgst der falschen, du hast verloren.

So sah Contini die Sekunden verstreichen. Die letzten Sekunden seines Lebens. Er klammerte sich an jede einzelne und verlor sie alsbald zwischen den anderen, und er sagte sich: Ich lebe, noch lebe ich. Calgari schien völlig unberührt von den Ereignissen der letzten Stunden, Elegant und geschniegelt wie stets, auch sein herzliches Lächeln verließ ihn nicht. Adele Fontana, die gefesselt und geknebelt am Heizkörper lehnte, hatte die Augen geschlossen.

Calgari hielt die Flamme seines Feuerzeugs an die Blätter. Nur noch wenige Sekunden, dann wären Desolinas letzte Worte verschwunden, diese Sekunden, die sich entzogen wie Schneeflocken dem Blick. Dann würde er die Pistole gegen Contini richten und anschließend …

Die Tür. Die Klinke wird heruntergedrückt.

Francesca?

Nein, unmöglich, dachte Contini, wieso war sie noch hier?

Calgari richtete die Pistole auf die sich öffnende Tür. Es erschien eine Gestalt auf der Schwelle. Mit starrem Blick, als wäre sie in Trance, trat Francesca ein. Sie hatte nicht einmal versucht, Calgari zu überrumpeln. Der Anwalt richtete seine Waffe auf sie und lächelte.

»Wie schön, unser lieber Contini hat auch seine Freundin mitgebracht …«

Contini begriff nicht. Sein Gehirn sandte absurde Signale aus, Wutblitze. Los, schrie es, tu was, versuch ihm die Waffe abzunehmen …!

Zu spät.

Warum hatte Francesca, wenn sie schon hereinkam, nicht zu kämpfen versucht? Warum lieferte sie sich aus? Jetzt würde auch sie sterben. Jetzt war wirklich alles vorbei, nichts mehr zu machen. Und während die Spannung wieder von ihm wich, vernahm Contini ein Geräusch hinter sich, ganz leicht, wie ein Kratzen an der Fensterscheibe. Anscheinend hatte außer ihm niemand etwas gehört.

Mit erhobener Pistole trat Calgari auf Francesca zu. Contini war jetzt links von ihm, nicht mehr in direkter Schusslinie. Und es war Signora Fontana, die es hinten in ihrer Ecke als Erste bemerkte und die Augen aufriss, als die Fensterscheibe zerbarst.

In der Stille war der Lärm ohrenbetäubend. Ein scharfes Knacken und unmittelbar darauf das Splittern und Klirren einer Kaskade von Glasscherben, die sich auf den Boden ergoss. Jäh fuhr der Anwalt herum und zielte auf die Silhouette, die auf dem Fensterbrett aufgetaucht war.

Erkannte Calgari seinen jungen Mitarbeiter Malfanti? Schwer zu sagen. Chico war über und über mit Schnee bedeckt, und in dem Sekundenbruchteil, den Calgari brauchte, um sich mit schussbereiter Waffe zu ihm umzudrehen, kauerte er in seiner dicken Winterjacke, blankes Entsetzen im Gesicht, auf dem Fensterbrett und rührte sich nicht.

Contini reagierte sofort. Sein Gehirn beschleunigte den Takt, versetzte ihm einen Peitschenhieb, und im nächsten Moment hatte er sich auf Calgari gestürzt und seinen Arm gepackt. Die beiden Männer fielen zu Boden. Nimm ihm die Pistole ab!

Chico sprang vom Fensterbrett und sah sich leicht verwirrt um. Die gefesselte Adele versuchte ihren Knebel loszuwerden. »Hierher, schnell!«, rief Francesca und trat auf die beiden Männer zu, die vor dem Schreibtisch miteinander rangen – Contini versuchte, dem sich heftig wehrenden Calgari die Pistole zu entwinden und zugleich zu verhindern, dass ein sich womöglich lösender Schuss einen Menschen traf. Chico kam näher. Während Contini dem Anwalt den Arm auf den Rücken zu drehen versuchte, fiel sein Blick auf seine Walther, die neben den Papieren auf dem Schreibtisch lag: unerreichbar für ihn, wenn er nicht seinen Griff lockern wollte.

Chico warf sich ins Getümmel. Er packte Calgari an den Schultern, überrumpelte damit aber auch Contini: Calgari entwand sich ihm mit einem Ruck und fiel auf Chico, beide stürzten rücklings zu Boden. Contini griff nach seiner Pistole auf dem Schreibtisch und entsicherte sie.

Mit einem erstickten Laut richtete Calgari sich auf. Chico packte die Pistole und versuchte sie ihm zu entreißen. Einen Moment lang sahen die beiden einander an, dann riss der Anwalt ein Knie hoch, und Chico, in den Unterleib getroffen, sank aufstöhnend in sich zusammen.

Keuchend, die Pistole in der Hand, machte Calgari einen Schritt. Im selben Augenblick, in dem er sich umdrehte, schoss ihm Contini in die Brust.

Die Wucht des Einschlags ließ den Anwalt rückwärts taumeln. Seine Augen weiteten sich vor Verblüffung. Noch einmal versuchte sein rechter Arm die Pistole zu heben, doch es gelang nicht; sein Blick wurde glasig, er fiel auf die Knie und sank gleich darauf seitlich zu Boden. Ein Rinnsal Blut floss aus seinem Mund.

27
Noch ein Letztes

NACHTRAG

Lieber Elia,

noch ein Letztes muss ich dir sagen. Nein, eigentlich sind es zwei Dinge. Zum einen wirst du dich sicher gefragt haben, warum ich nicht einfach mit dir rede, sondern schreibe. Ich habe mich vor dem Gespräch gefürchtet. Ich dachte, ich würde mich nicht klar ausdrücken können, könnte Details vergessen, mich verheddern. Jetzt kehre ich nach Spanien zurück, wo mein Leben ist, meine Familie. Aber es würde mich sehr, sehr freuen, wenn du mich vor meiner Abreise noch mal besuchen magst. Bitte komm! Vielleicht kann ich mich dir jetzt, nachdem ich dir alles aufgeschrieben habe, auch persönlich erklären.

Das andere, das ich dir sagen will, betrifft den armen Andrea Porta. Damals, vor zwanzig Jahren, nachdem Calgari seine Drohungen ausgesprochen hatte und gegangen war, wollte ich ebenfalls fort, in dem Moment aber entdeckte ich den Herrn Porta. Du erinnerst dich sicher an ihn, du warst ja mit seinem Sohn befreundet. Ein braver Mann war er, Witwer, arbeitete bei der Eisenbahn. Unsere Blicke begegneten einander, und es war klar, dass er alles mitangesehen und -gehört hatte. Alles, verstehst du? Ich wollte mit ihm reden, aber er wandte sich ab und ging. Und in seiner Miene, in seiner ganzen Haltung lag etwas, das mir klarmachte: Ich habe nichts gesehen, ich will nichts wissen.

Später habe ich erfahren, dass es ein böses Ende mit ihm genommen hat, er wurde depressiv und fing an zu trinken. Und ich dachte: Vielleicht ist er unter dieser Last, alles zu wissen, aber nichts zu sagen, zusammengebrochen. Ich fand es gut, dass du mit Tommaso, seinem Sohn, befreundet warst. Seht ihr euch noch? Wenn nicht: Vielleicht kannst du Kontakt mit ihm aufnehmen? Vielleicht könnt ihr euch gegenseitig eine Stütze sein.

Aber über das alles können wir reden, wenn du mich besuchen kommst.

In herzlicher Zuneigung,
deine alte Freundin Desolina.

28
Überlebensstrategien

Lugano ist eine Stadt, die auf Metropole macht. Sie hat einen sehr, sehr schmucken See, sie hat ein Geschäftszentrum voller Banken mit blitzenden Marmorfußböden und einem Gürtel aus leicht erschöpft wirkenden Wohnhäusern. Die umliegenden Gemeinden beugen sich ihrer Macht, und Groß-Lugano wächst; aber der See ist wirklich allzu schmuck, und die Fußböden blitzen allzu blank, als dass die Stadt das Zeug zum Asphaltdschungel hätte. Also tut man eben so, als wäre die Nacht auf keinen Fall zum Schlafen da, trägt Sonnenbrille, sitzt in einer Innenstadtbar und bestellt White Russians.

Trotzdem liegen auf den Trottoirs keine Kippen herum. Kein Taxifahrer dreht sich zu einem um und nuschelt mit schiefem Grinsen: An deiner Stelle, Freund, würde ich mich von dieser Gegend lieber fernhalten … Nein, hier nicht. Von wegen Metropole.

Aber es gibt viel Sonne in der schönen Jahreszeit. Es gibt Palmen, ein Kasino und auch eine Handvoll Touristen mit Flip-Flops. Und was tut Lugano? Es verkleidet sich als Luxusstädtchen der Edelklasse. Im Gras am Lido liegen tätowierte Pärchen, und in der Spielbank sitzen Damen mit blauen Hüten vor Einarmigen Banditen. Das ist der Sommer, das ist Lugano, das Dame von Welt spielt: halb Nutte und halb Mylady.

An diesem Abend, einem der allerersten Frühlingsabende, war die Stadt noch ein bisschen unentschlossen. Chico Malfanti hatte sich einen White Russian bestellt, und in seiner

Hemdtasche steckte, jawohl, ein Päckchen Lucky Strikes. In der Jamaican Bar im Viertel Maghetti trugen die Kellner geblümte Hemden und kreisten mit Hüftschwüngen im Reggae-Rhythmus zwischen den Tischen aus Tropenholzimitat.

Die Bars im Viertel Maghetti begannen den Duft der schönen Jahreszeit zu verströmen. Die Anwohner hingegen vernahmen wieder jene Tonspur, die von nun an ihre Dauerbegleitung sein sollte: jede Nacht bis in die frühen Morgenstunden hinein. Chico, wie immer mit Ramon und Gianca unterwegs, war gespannt auf das Luganer Publikum.

Die drei saßen an einem der niedrigen Tische im Jamaican. Auf der Tischplatte stand eine Duftkerze, und die Wanddekoration bestand aus Tamburinen, Fächern, kleinen Terrakottafiguren und sonstiger Ethnokunst. Wie es der Zufall wollte, hatte sich gleich daneben ein Tross junger Mädchen versammelt, die den Junggesellinnenabschied einer Freundin feierten. Die Ärmste trug ein weißes T-Shirt und musste auf Geheiß ihrer Freundinnen sämtliche anwesenden jungen Männer bitten, ihr an einer freien Stelle einen Kuss aufs T-Shirt zu drücken und mit schwarzem Filzstift zu unterschreiben. Was natürlich nur mit beträchtlicher alkoholischer Unterstützung funktionierte.

Nachdem die besseren Plätze längst vergeben waren, hatte Chico die Braut auf einen noch freien Fleck in der Nähe des rechten Schlüsselbeins geküsst. Dabei war ihm eine ihrer Freundinnen ins Auge gefallen, eine von den besonders ausgelassenen.

Urplötzlich hatte der Abend einen Sinn bekommen. Chico lehnte sich entspannt zurück und sagte zu Gianca: »Nicht schlecht hier, oder?«

Gianca knurrte Unverständliches, und Chico ließ seinen White Russian im Glas kreisen.

Die drei waren bereit zur Tat. Während Ramon mit der

Braut herumalberte, griff Gianca einige angesäuselte Schönheiten von der Flanke her an. Chico indes steuerte direkt auf sein Ziel zu. Das Mädchen, erfuhr er, hieß Tecla, und sie trug das gleiche T-Shirt wie die Braut, allerdings autogrammlos und ungeküsst. Es gab den Bauchnabel frei und verbarg auch recht wenig von einer Brust, die so beschaffen war, wie man sie sich nur wünschen konnte. Chico rückte näher und begab sich mal wieder auf den gefährlichen Pfad der Kneipenkonversation.

Was tust du so? Ach, ich bin noch nicht lang in Lugano, ich arbeite in einer Anwaltskanzlei, ich hingegen studiere an der Pädagogischen Hochschule, die allerdings nicht besonders hoch ist (ha, ha!), und ja, ich möchte Vorschulerzieherin werden, ach wie nett, magst du Kinder, ja? Ja, du nicht? Doch, natürlich, und wie.

»Ich mag Kinder sehr«, wiederholte Chico und bemühte sich, seinen Blick nicht allzu unverhohlen über das pralle T-Shirt gleiten zu lassen. Indessen war er sich bewusst, dass man an einem toten Punkt angelangt war.

Er besaß allerdings eine Geheimwaffe.

Deshalb verschob er das Gespräch auf seinen Beruf und gestand ihr einleitend, dass der Alltag des Anwalts mitunter ein wenig öd sei. Jedoch erlebe man hin und wieder auch interessante Abenteuer. Was also erzählte der junge Anwalt dem ahnungslosen Mädchen?

Es wurde ein sehr anschaulicher Bericht.

»… und dann stand ich tatsächlich ohne Benzin da, nicht zu fassen, dabei war es eine Frage von Leben oder Tod, ich musste so schnell wie möglich nach Villa, um Contini und die anderen zu retten.«

»Ach ja?«

»Ja, zum Glück fand ich eine Tankstelle, die natürlich geschlossen war, aber der Besitzer wohnte direkt darüber, und ich klingelte ihn aus dem Bett. Er beschimpfte mich fürchterlich, aber ich bekam, was ich wollte, und am Ende konnte ich weiterfahren. Und die Fahrt dort hinauf war die Hölle, das kannst du mir glauben.«

»Ich kann's mir vorstellen!«

»Dann, als ich endlich oben war, wen finde ich vor dem Haus? Die arme Francesca, die nicht wusste, was sie tun sollte. Dass drinnen etwas schieflief, war uns beiden klar, aber wir waren ja unbewaffnet, verstehst du?«

»Ja. Klar versteh ich.«

»Also beschlossen wir, auf den Überraschungseffekt zu setzen. Und dann …«

Es lief nicht wie erhofft. Chico erkannte, dass sein Bericht nicht die gewünschte Wirkung zeitigte. Dabei hatte ihn dieses Abenteuer einiges gekostet. Abgesehen vom Schrecken, von der Panne inmitten einer Schneehölle, der halsbrecherischen Gebirgsfahrt, dem gesundheitsgefährdenden Sprung durch eine Glasscheibe hatte sich Chico am Ende auch noch eine neue Stelle suchen müssen. Eine beeindruckende Geschichte, nicht? Anscheinend nicht. Tecla gähnte.

Vielleicht redete er einfach zu viel. Las man nicht immer wieder, dass Frauen Männer schätzen, die zuhören können?

»Aber erzähl doch mal von dir«, warf er hin. »Wohnst du hier in Lugano?«

»Nein, in Locarno.«

»Ah, schön, schöne Stadt! Gefällt's dir dort?«

»Ja.«

»Ich bin immer zum Sommerfestival dort. Wunderbare Atmosphäre!«

»Ja, das stimmt, ich geh auch immer hin.«

Als ihm bewusst wurde, dass er drauf und dran war, sie zu fragen, ob sie in letzter Zeit einen guten Film gesehen habe, beschloss er, einen radikalen Schnitt zu machen und die Taktik zu wechseln: Ob sie vielleicht Lust auf einen kleinen Spaziergang habe.

»Bisschen frische Luft schnappen – der ganze Rauch hier drinnen geht mir schon auf die Nerven …«

Teclas Blick senkte sich zu dem Lucky-Strike-Päckchen in seiner Hemdtasche, aber sie sagte nichts. Sie lächelte nicht einmal. Sie war keine, die sich in anderer Leute Angelegenheiten mischte.

Draußen im Freien stellte Chico noch ein paar Fragen. Nur um ihr zu beweisen, dass er zuhören konnte. Sie gingen an der Kirche San Rocco vorbei und durch die Via Camuzio zum See hinunter.

Aber es lief noch immer nicht rund: Wenn er redete, langweilte sie sich, aber wenn er schwieg, sagte sie auch nichts. Verstehe einer die Frauen. Außer dem sensationellen T-Shirt trug Tecla nicht minder sensationelle hautenge Jeans und balancierte auf sehr hohen Absätzen. Dies lenkte Chico zusätzlich ab, und schließlich entschloss er sich zum Sprung ins kalte Wasser.

Was hatte er schließlich zu verlieren? Sie waren jetzt auf der Seepromenade und gingen in Richtung Ciani-Park. Als eine Bank am Wegesrand auftauchte, sagte er in gleichgültigem Ton: »Setzen wir uns einen Moment, und dann gehen wir wieder zurück, okay?«

Sie sah ihn mit unergründlicher Miene an und setzte sich.

»Hey«, sagte er, »es ist wirklich fast schon Frühling, nicht?«

»Noch ein bisschen kalt …«, murmelte sie.

Woraufhin ihr Chico beiläufig eine Hand aufs Knie legte. Tecla zuckte mit keiner Wimper. Sanft nahm sie seine Hand und legte sie zurück.

»Was soll das?«, fragte sie leise.

Chico verwünschte sich. Warum musste er immer so tollpatschig sein? Mit brennenden Wangen stand er auf.

»Entschuldige«, stammelte er, »ich … Also ich geh lieber wieder zurück …«

»Hey!«

Auch sie war aufgestanden und musterte ihn mit hartem Blick. Jesus, dachte Chico, jetzt haut sie mir eine rein. Und wirklich hob sie eine Hand, aber statt ihn zu ohrfeigen, legte sie ihm die Hand in den Nacken und küsste ihn.

Chico riss die Augen auf. Dann schloss er sie. Er spürte, mit einem Anflug von Kühle, Teclas Zungenspitze, und war im Begriff, den Kuss zu erwidern, doch Tecla wich unvermittelt zurück und sagte: »Träum weiter, Herr Anwalt!«

Chico riss abermals die Augen auf.

»Wie, sagtest du vorhin, bist du in diese Villa eingebrochen?« Sie starrte ihn an. »Indem du dich im ersten Stock durchs Fenster geschmissen hast?«

»Ja«, sagte er, ein wenig außer Atem, »aber vorher musste ich mich durch den Schnee dort hinaufarbeiten, ich dachte, ich schaff es nicht ...«

»Schon recht!«, unterbrach ihn Tecla. Dann lächelte sie und fragte: »Wie hast du das bloß erraten?«

»Was erraten?«

»Dass ich auf Typen mit Phantasie stehe.«

»Phantasie! Aber nein, das war ...«

Sie rückte wieder näher; und ein weiterer Kuss ließ den Protest des Anwalts Malfanti verstummen.

... inzwischen frag ich mich, was eigentlich mit mir nicht stimmt. Denn ich spüre es ganz deutlich – vielleicht verstehen Sie das –, ich spüre es, wenn ich durch den Wald laufe, genauso wie wenn ich zu arbeiten versuche. Die Geschichte des Stausees von Malvaglia kann doch nicht einfach so enden.

Ich darf mich ja nicht beklagen. Ich bin vollkommen rehabilitiert: Die Polizei hat Tommi als den Schuldigen in den Mordfällen Pellanda und Vassalli und Calgari als den Mörder von Desolina und ebenjenem Tommi identifiziert. Der Fall ist erledigt. Staatsanwalt Rodoni hat so-

gar die peinlicheren Begleiterscheinungen dieser Nacht zu den Akten gelegt, etwa den Umstand, dass eine Polizeipatrouille gemeinsam mit dem alten Giona etliche Flaschen Schnaps geleert hat.

Aber was mit Tommi passiert ist, wie er zum Mörder wurde, das werden wir nie im Einzelnen erfahren. Andrea Porta hat an jenem verhängnisvollen Abend alles beobachtet, und kurz drauf begann es mit ihm bergab zu gehen. Vielleicht hat er mit seinem Sohn geredet – aber auch ohne ihn in sein Wissen einzuweihen, wird er ihn sicher mit seinem Schuldgefühl belastet haben. Und im Lauf der Jahre wurde Tommis Obsession nicht kleiner, im Gegenteil. So etwas verselbstständigt sich ja oft und führt dann ein Eigenleben. Das hätte mir vielleicht auch passieren können, wer weiß es? Wer weiß, wie und weshalb es auf einmal umkippt, wann der Punkt überschritten wird, an dem es kein Zurück mehr gibt. Was hingegen Calgari zum Mörder gemacht hat, das wissen wir: Habgier.

Wie kann es sein, dass wegen eines Geldwäschereigeschäfts so viele Menschen sterben mussten? In den letzten Tagen habe ich auch mit einigen Finanzberatern gesprochen, und alle, die ich auf das schmutzige Geld ansprach, sagten: Wieso hätte ich das wissen sollen? Als hätten sie sich miteinander abgesprochen. Das wird der Grund sein, weshalb Finzi unter unseren Tessiner Politikern offenbar nicht wenige Freunde hat. Jedenfalls weiß ich jetzt, dass die Gesetzeslage heute eine andere ist als damals und die Geldwäscherei inzwischen ziemlich kompliziert. In den achtziger Jahren war der Finanzplatz Lugano ein unerforschter Urwald … stellen Sie sich vor, Calgari gab das Geld, das er nachher angeblich durch Spekulationen auf den Jungferninseln verlor, sogar beim Finanzamt an! Und wieso steht jetzt kein Polizist oder Steuerfahnder vor Amedeo Finzis Tür?

Vor Kurzem wurden die Überreste meines Vaters und Martignonis aus dem See geborgen und beigesetzt. Desolina hatte schon recht. Mein Vater lag zwanzig Jahre lang tot in einer Truhe auf dem Grund des Sees, während Calgari und Finzi lächelnd ihre jeweilige Klientel bedienten.

Ich weiß, in Wirklichkeit spielt es keine Rolle, wer die Schuldigen sind und was sie tun. Diese Angelegenheit muss ich mit meinen Toten ausmachen, mit meinem Vater, mit Desolina, mit Tommi. Sie würden mir raten, weiterzumachen, meinem idiotischen Beruf nachzugehen, und das so gut wie möglich. Aber ich weiß, dass ich noch lang von dieser Fettwachsleiche träumen werde, die mich aus einem finsteren Keller unter Wasser angestarrt hat.

Trotzdem muss ich aus der Welt unter Wasser wieder auftauchen. Was tu ich morgen, was erwartet mich? Was meinen Sie? Jedenfalls muss ich heute wieder rausgehen und neue Klienten akquirieren. Was weiter wird, schreibe ich Ihnen das nächste Mal.

Mit herzlichem Gruß,
Elia Contini.

Die Seeoberfläche kräuselte sich plötzlich und ließ die Spiegelung der Sonne mit fast frühlingshafter Fröhlichkeit zersplittern. Contini stand am offenen Fenster seines Büros. Sein Nachbar hatte sein Motorboot wieder hervorgeholt und kurvte mit knatterndem Motor über den See davon.

Auch Contini hatte Frühlingsluft gewittert und trug einen seiner weißen Leinenanzüge. Arbeiten konnte er nicht. Er lauschte noch eine Weile dem Motorboot, und als der Lärm verklungen war, beschloss er, zu Mittag zu essen. Er ging zu Piero und bestellte das Tagesgericht: Huhn in Weißwein-Basilikum-Soße, dazu einen weißen Merlot. Er war wortkarger als sonst, und Piero ließ ihn in Ruhe.

»Immerhin hat ihn die Journaille als Killer hingestellt«, erklärte er seinen Mitarbeitern in der Küche. »Klar, dass er eine Zeit lang braucht, bis er sich wieder einkriegt.«

»Na, immerhin schmeckt's ihm«, bemerkte eine Köchin mit Blick auf den leeren Teller.

Ins Büro zurückgekehrt, widmete sich Contini der Schreibtischarbeit, schrieb Berichte, erledigte Zahlungen, legte Vorgänge ab. Nach der schlechten Presse in den vergangenen Wochen war seine finanzielle Situation alles andere als rosig.

Am späten Nachmittag ließ er es gut sein. Er sperrte das Büro ab, setzte sich ins Auto und fuhr nach Bellinzona. Autofahrten brachten ihn manchmal auf andere Gedanken. An diesem Tag ließ er sich von Juliette Gréco begleiten. Wie zufällig kam er am Sitz der Kantonspolizei vorbei. Wie nebenbei, als wäre er im Geist anderswo, parkte er ganz in der Nähe.

Wenige Minuten später, immer noch gedankenverloren, klopfte er an die Tür von Commissario De Marchi.

De Marchi war nicht begeistert, ihn zu sehen. Diese Malvaglia-Sache hatte ihn um Jahre altern lassen; und je schneller er sie vergaß, desto besser war es. Contini setzte sich ihm gegenüber in den Sessel, schlug die Beine übereinander und lächelte liebenswürdig.

»Was wollen Sie?«, fragte De Marchi.

»Ich weiß es nicht«, antwortete der Detektiv. »Und Sie?«

Der Kommissär war recht langmütig geworden. In früheren Zeiten wäre ihm eine solche Antwort Anlass gewesen, seinen Besucher hinauszukomplimentieren.

»Schauen Sie, Contini, es ist mir klar, dass Sie wenig Aufträge haben. Das ist, muss ich zugeben, zum Teil auch unsere Schuld.«

»Zum Teil, ja.«

»Aber wir haben uns bei Ihnen entschuldigt, oder? Und

der Polizeichef persönlich hat versprochen, Ihnen unter die Arme zu greifen, bis Sie wieder auf den Beinen sind.«

»Ja, das war wirklich sehr nett.«

De Marchi schnaubte.

»Um es kurz zu machen: Im Unterschied zu Ihnen habe ich Arbeit bis über die Ohren. Also spucken Sie's aus: Was wollen Sie?«

»Ich will wissen, warum die sogenannte Treuhandgesellschaft von Amedeo Finzi immer noch existiert.«

Der Kommissär wiegte seinen kahlen Kopf, und Contini musste an ein altes Pendel denken, ein Uhrpendel hinter Glas in der guten Stube.

»Dafür bin ich nicht zuständig.«

»Wieso«, fuhr Contini unbeirrt fort, »hat Calgari Tommi in seiner Zwangsvorstellung bestärkt? Wieso hat er versucht, mich in die Sache hineinzuziehen? Warum hat er eigenhändig vier Menschen umgebracht?«

Der Kommissär nahm die Fragen schweigend, kopfwiegend hin. Diesmal fühlte sich Contini an einen federnden Punchingball erinnert, ein altes Gerät aus einer vorstädtischen Sporthalle.

»Contini, Sie verblüffen mich.«

»Was soll das sein, ein Kompliment?«

»Ich frage mich, wieso Sie glauben, immer den Geistreichen spielen zu müssen.«

»Wollen Sie das wirklich wissen?«

»Nein, bloß nicht!«

»Um auf Finzi zurückzukommen ...«

»Um auf Finzi zurückzukommen«, schnauzte De Marchi, »kann ich Ihnen sagen, dass das Dezernat für Wirtschaftsverbrechen gegen ihn ermittelt.«

»Und was meinen Sie – wird man ihn diesmal endlich drankriegen?«

»Offen gestanden, Contini: Wir wissen beide, dass hinter

dieser scheußlichen Geschichte schmutziges Geld steckt. Aber das zu wissen ist eine Sache, und eine andere ist es, ohne handfeste Beweise vor Gericht – und vor Finzis Anwälten – auszusagen.«

»Und deshalb«, seufzte Contini, »deshalb sind wir Polizisten heutzutage ziemlich nutzlos …«

De Marchi breitete die Hände aus. »Aber es wird doch zum Prozess kommen, früher oder später?«

»Ich weiß es nicht. Wieso vergessen Sie die Sache nicht einfach?«

»Und was ist mit Ihnen?«

»Ich mache meine Arbeit. Ich weiß, wie weit ich kommen kann.«

»Aber Finzi ist schuld, dass jetzt sechs Menschen tot sind, mein Vater und Martignoni mitgerechnet. Und ich soll heimgehen und die Sache vergessen?«

»Machen Sie ebenfalls Ihre Arbeit, Contini. Was wollen Sie denn – Rache?«

»Nein, das nicht …«

»Oder suchen Sie Gerechtigkeit? Und Sie glauben, Sie könnten so Ihre Probleme lösen?«

»Weiß ich nicht.« Contini stand auf. »Vielleicht geh ich jetzt einfach mit Finzi auf ein Bier. Soll ich ihm was von Ihnen ausrichten?«

Die Hand des Kommissärs fuhr zum Feuerzeug und ließ es aufschnappen.

»Hören Sie, Contini …«

»Also nicht. Man sieht sich, Herr Kommissär!«

»Hm. Ich hoffe, dass Sie sich von Finzi fernhalten. Ich hoffe es Ihretwegen!«

Zurück in Corvesco genehmigte sich Contini einen Aperitif im Grotto Pepito. Er wechselte ein paar Worte mit Giocondo, war aber nicht recht bei der Sache. Zu Hause wandte er seine Überlebensstrategien an.

Erstens, ein richtiges Abendessen kochen. Er enthäutete Tomaten, stellte sie mit Oregano und entkernten schwarzen Oliven auf den Herd, kochte Penne, vermischte sie mit der Tomatensoße, streute Pecorino darüber. Eine leichte, aber nicht zu leichte Mahlzeit.

Zweitens, den Kater füttern und seinen Protest ignorieren.

Drittens, die Schwarz-Weiß-Filme durchforsten. Er fand einen Western mit Randolph Scott, der ihm zusagte; auf dem Sofa, ein Bier in der Hand, sah er zu, wie ein desillusionierter Sheriff Gerechtigkeit sucht, und dachte an Kommissär De Marchi.

Sicher, wer Rache sucht, bleibt am Ende allein. Und du kannst zwar so weit fortreiten, wie du willst, nachdem du das letzte Duell gewonnen hast: Aber sieht das nicht nach Flucht aus?

Und Erinnerungen umbringen, das hat noch keiner geschafft.

Bevor er ins Bett ging, setzte er sich zu einer letzten Zigarette auf die Veranda. Er hatte die *Göttliche Komödie* mitgebracht und schlug aufs Geratewohl eine Seite auf. Und stellte wieder einmal fest, dass ihn alles in diesem Buch an seinen Vater erinnerte. Und wieder sah er sein mumifiziertes Gesicht unter Wasser ... *Die Hand ihm neigend, grüßt ich das verehrte, das teure Antlitz: »Herr Brunetto – sehe ich hier Euch wieder!«*

An diesem Abend waren die Überlebensstrategien eine zweischneidige Waffe.

Vielleicht musste er wirklich eine neue Seite aufschlagen.

Er tat es in dem Buch in seinen Händen, schlug hinten im *Paradies* eine Seite auf und ließ seine Gedanken schweifen ... *Sah ich doch in des Winters harten Tagen den Dornenbusch verdorrt und stachlicht stehen und hoch ihn sommers dann die Röslein tragen* ... Ja, vielleicht. Aber es war spät geworden, und Contini hatte, ohne es eigentlich zu merken, eine Entscheidung getroffen. Morgen schließe ich diese Geschichte ab, sagte er sich und drückte seine Zigarette aus.

Ich stehe früh auf, tue, was ich tun muss, und dann ist es gut.

29
Morgen ist es zu spät

Tags darauf waren in den Straßen von Chiasso zahlreiche Passanten in luftiger Kleidung unterwegs, Fremde grüßten einander in Frühlingsstimmung. Im Schatten ist es noch kühl, aber in der Sonne ist es angenehm. Wem sagen Sie das, gnädige Frau, der einzige Wermutstropfen sind diese verdammten Pollen. Heuschnupfen, wissen Sie (Gesundheit! Danke!). Ah, es ist wirklich furchtbar.

Und Contini saß in seinem leicht zerknitterten Leinenanzug samt Strohhut im Vorzimmer des Büros von Amedeo Finzi.

Er war mit dem Zug nach Chiasso gefahren, um sich den Verkehr zu ersparen. In aller Ruhe war er vom Bahnhof über den Corso San Gottardo und die Via Vela spaziert, hatte sich Schaufenster angesehen und sich zwischendurch ein paar Minuten auf eine Bank gesetzt. Bis er irgendwann die letzten Bedenken abgeschüttelt und bei Signor Finzi vorgesprochen hatte.

»Sind Sie verabredet?«

»Nein.«

»Dann wird es …«

»Ich bin sicher, dass Herr Finzi für mich zu sprechen ist.«

Die Sekretärin setzte eine skeptische Miene auf, doch wirklich ließ ihn Finzi bereits nach zwanzigminütigem Warten hereinbitten. Er begrüßte ihn ohne Umschweife: »Was wollen Sie?«

Contini seufzte. Dieselbe Frage wie De Marchi.

»Und was wollen *Sie*?«, fragte er zurück.

Finzi lächelte breit und schüttelte seine grauen Löckchen.
»Ah, Contini!«, rief er. »Sie ändern sich nie!«
Der Detektiv sah ihn schweigend an.
»Ständig diese sinnlosen Fragen! Wieso kommen Sie damit immer zu mir, he?«
Contini schwieg noch immer.
»Sagen Sie jetzt nicht, Sie haben ein heimliches Aufnahmegerät und wollen mich drankriegen ... Nein, warten Sie, ich weiß: Sie sind mit einer Pistole gekommen und wollen Ihren Vater rächen!« Und er brach in Gelächter aus.
Continis Miene blieb steinern. »Wieso kommt Ihnen das so abwegig vor?«, fragte er.
»Aber gar nicht, gar nicht!«, erwiderte Finzi, immer noch lachend. »Wenn es einen gibt, der auf solche Ideen kommt, dann doch gerade Sie! Aber Scherz beiseite: Was wollen Sie wirklich?«
»Es laufen Ermittlungen gegen Sie«, sagte Contini.
»Ach was!« Finzis Erheiterung ließ nicht nach. »Sie sehen mich von Furcht und Schrecken ergriffen!«
»Irgendwann finden sie schon was.«
»Ja, mein Lieber, irgendwas finden sie, aber – und hier weihe ich Sie in ein Geheimnis ein – wird es ihnen auch gelingen, *mich* zu finden?«
»Wollen Sie sich absetzen?«
Finzi bekam einen weiteren Lachanfall. »Sie sind wirklich phä-no-me-nal! Aber ja, natürlich, natürlich! Und jetzt frag ich Sie zum dritten Mal: Was wollen Sie von mir, wieso sind Sie hier?«
»Ich wollte Ihnen einfach ins Gesicht schauen, ich wollte hören, ob Sie mir was zu sagen haben.«
»Aha«, sagte Finzi, endlich ernst. »Schauen Sie, seitdem diese Geschichte angefangen hat, vor zwanzig Jahren, sind, wenn wir Calgari mitzählen, sieben Menschen umgekommen. Und stellen Sie sich vor: Ich habe keinen Einzigen von

ihnen umgebracht. Sie hingegen schon: Sie haben Calgari ermordet.«

»Das war …«

»Ja, ja, Notwehr. Sicher. So heißt es im Krimi, aber das ändert nichts daran, dass Sie ihn erschossen haben. An *meinen* Händen klebt kein Blut! Sie werden mir vorwerfen, ich hätte alles gewusst, ich sei das schwarze Schaf et cetera … aber umgebracht habe ich niemanden. Also heulen Sie sich gefälligst anderswo aus.«

Contini stand auf. Finzis Fröhlichkeit kehrte zurück.

»Reicht Ihnen das etwa schon?«

»Ja, ich weiß jetzt, was ich wissen wollte.«

»Und jetzt kaufen Sie sich eine Pistole und kommen noch mal her, um mich umzubringen, stimmt's?«

Contini drehte sich um und verließ wortlos das Büro.

Es war fast Mittag, und in den Fensterscheiben spiegelte sich gleißend die Sonne. Contini zog sich die Hutkrempe tiefer ins Gesicht und ging zum Bahnhof zurück. Mit dem Vorsatz, sich ein Sandwich zu kaufen und dann gleich ins Büro zu gehen, nahm er den ersten Zug nach Lugano.

Hatte er wirklich bekommen, was er wollte?

Nun, jetzt war er draußen. Er hatte Finzi wiedergesehen, er hatte ihn lachen hören. Und er hatte es geschafft, sich nicht provozieren zu lassen. Er war aufgestanden und gegangen.

Er lehnte sich im Sitz zurück und war im Begriff, die Augen zu schließen, als er neben sich eine Bewegung wahrnahm. Er fuhr auf. Jemand hatte sich vom Sitz hinter ihm vorgebeugt, war aber sogleich wieder verschwunden. Contini dachte an ein zu Scherzen aufgelegtes Kind, aber im nächsten Moment sagte eine männliche Stimme: »Bitte bleiben Sie, wo Sie sind, und hören Sie mir zu!«

Contini erstarrte.

»Ich bin Passalacqua. Erinnern Sie sich?«

»Nein«, sagte Contini und machte Anstalten, aufzustehen.

»Nicht, bitte! Bleiben Sie sitzen! Man darf uns nicht zusammen sehen! Ich war ein Mitarbeiter von Signor Finzi, wissen Sie noch? Wir haben uns kennengelernt, als Sie ...«

»Ja, ich erinnere mich«, unterbrach ihn Contini. »Was wollen Sie?«

Zur Abwechslung war er einmal derjenige, der diese Frage stellte.

»Ich und Herr Finzi ... also um es kurz zu machen, unsere Wege haben sich getrennt. Vielmehr hat er mich abserviert oder, wenn Sie so wollen ...«

»Wollten Sie's nicht kurz machen?«

»Aber die Frage ...«

»Und wieso müssen wir Rücken an Rücken reden? Das ist doch absurd!« Contini wollte wieder aufstehen, doch Passalacqua zischte: »Nein! Bleiben Sie. Und hören Sie mir bitte eine Minute zu!«

Contini seufzte. »Hab ich eine andere Wahl ...«

»Also. Sie wissen, dass Finzi trotz allen seinen kriminellen Geschäften ungeschoren davonkommen wird.«

»Die Polizei ermittelt gegen ihn.«

»Die Polizei, die Polizei! Glauben Sie wirklich, dass sie heute hingehen und ihn festnehmen?«

»Nein, aber ...«

»Morgen ist es zu spät, dann ist er weg. Finzi ist kein Idiot, er hat seine Flucht gründlichst vorbereitet, seit Monaten. Und deshalb hat er auch mich an die Luft gesetzt. Er will alle Brücken hinter sich abbrechen.«

»Na und?«

»Deshalb habe ich mich mit Finzis Mann auf den Jungferninseln in Verbindung gesetzt, dem Herrn Sutter. Finzi will sich eine Weile auf Tortola niederlassen, wo er keine Auslieferung befürchten muss, außerdem hat er dort einiges laufen.«

»Na und?«

»Hören Sie: Signor Sutter würde Finzi sehr gern zu Fall bringen, verstehen Sie? Wenn Finzi auf den Jungferninseln eintrifft, könnte ihm beispielsweise ein Unfall zustoßen, und dann ...«

»Und was habe ich damit zu tun? Kommen Sie zum Punkt, Passalacqua, und strapazieren Sie nicht meine Geduld ...«

»Moment, Moment! Das Problem ist, dass Sutter Zeit braucht, um Vereinbarungen zu treffen. Auch Finzi hat seine Verbündeten auf den Jungferninseln, und Sutter will sich mit ihnen absprechen, sie möglichst auf seine Seite ziehen, vielleicht durch Bestechung. Deshalb müssen wir alles tun, damit ...«

»Wir?«

»... wir müssen alles tun, um Finzi noch ein paar Tage zurückzuhalten. Er will morgen abhauen, aber wir ...«

»Noch einmal: Wen meinen Sie denn mit wir?«

»Sie und ich, wir haben beide eine Rechnung mit ihm offen, und die Gelegenheit ist jetzt so günstig wie nie. Ich bitte Sie, Contini, Sie müssten nur ... Hallo, sind Sie noch da?«

Contini war aufgestanden und war um die Sitze herumgegangen; jetzt betrachtete er den Rücken Passalacquas, der in den Schlitz zwischen den zwei Lehnen hineinflüsterte.

»Ich bin hier«, sagte er.

Passalacqua riss es herum wie eine Vogelscheuche, in die eine Windbö fährt. »Aber ...!«

»Viel Glück, Passalacqua.«

Der Detektiv nahm seinen Hut von der Ablage und wechselte das Abteil.

Inzwischen hatte der Zug Melide passiert und würde in wenigen Minuten in Lugano eintreffen. Genug, er war jetzt draußen. Frei! Endlich war er dem Bann des Malvagliasees entronnen.

Aber an diesem Abend, als er die Serpentinen nach Corvesco hinauffuhr, grübelte er, ob er wollte oder nicht, doch wieder darüber nach, wie es weitergehen sollte. Es war nicht so einfach, sich von einem Dorf zu befreien, das für immer versenkt wurde.

Die Gebirgsluft kam durch das offene Wagenfenster herein, und er schauderte. Noch war der Winter nicht vorbei, und im Norden, zum Sankt Gotthard hin, türmten sich schwere Haufenwolken. Das gibt einen Wolkenbruch, dachte Contini. Die Bäume auf beiden Seiten der Straße waren noch kahl, doch hier und da spitzten schon Knospen, und aus dem jungen Gras schoben sich Schlüsselblumen.

Zwischen den Bäumen sah er sein Haus auftauchen, grün blitzten die Fensterläden. Vor der letzten Kurve hupte er kurz. Und als er die Kurve genommen hatte, sah er den Wagen vor dem Haus stehen.

Er parkte, stieg aus, ging auf die Haustür zu. Er kramte nach dem Hausschlüssel, sah dann aber, dass die Tür einen Spalt offen stand. Der graue Kater kam mit erhobenem Schwanz heraus. Da schau her, wen haben wir denn da? Was ist, Kater, hast du Gesellschaft? Viel Glück, Contini.

Sie war in der Küche. Sie ließ Wasser in den Kessel laufen.

»Ich dachte, ich mach mal Tee«, sagte sie mit dem Rücken zu ihm.

»Francesca.«

»Weißt du«, sagte sie und drehte sich zu ihm um, »mir ist eingefallen, wo du zuletzt deinen Ersatzschlüssel versteckt hast. Aber nachdem ich dich kenne, dachte ich, er ist nicht mehr da, weil du jede Woche das Versteck wechselst …«

»Ich hab's vergessen.«

»Zum Glück!«

Francesca lächelte. Contini trat auf sie zu, und während sie den Kessel auf den Herd stellte, umschlang er sie von hinten und küsste sie in die Vertiefung zwischen Hals und Schulter. Sie drehte sich um und strich ihm über die Haare.

»Ich wette«, sagte sie, »du warst bei Finzi.«

Contini nickte.

»Und jetzt?«

»Nichts«, sagte er und öffnete den Kühlschrank. »Es ist kein Bier mehr da.«

»Deswegen wollte ich Tee machen.«

»Hm.«

Später tranken sie draußen auf der Veranda Tee und sahen zu, wie sich der Abend über Corvesco legte. Contini rauchte schweigend, Francesca hielt ihren Becher mit beiden Händen umfasst.

»Weißt du was?«, sagte er nach einer Weile.

»Was?«

»Als ich kam, hab ich dein Auto gesehen. Dann bin ich ins Haus und hab dich in der Küche gesehen. Und weißt du, was ich da gedacht habe?«

»Abgesehen davon, dass kein Bier mehr da ist?«

»Ja, abgesehen davon. Weißt du, was ich gedacht habe?«

»Nein, weiß ich nicht, Contini ... Sag's mir.«

»Ich habe gedacht: So, endlich bin ich daheim.«

Epilog

Es könnte derselbe Taxifahrer sein. Amedeo Finzi war angewidert von der Naivität dieses Sutter. Der hielt sich wohl für besonders schlau, nur weil die Sonnenbräune auf den ersten Blick über die Schlangengrube seines Herzens hinwegtäuschte.

Der puertoricanische Taxifahrer erwartete ihn lächelnd. Finzi zuckte mit den Schultern und zerrte sein Gepäck zu dem mehrfarbigen Auto. Sicher ließ ihn Sutter nicht am hellichten Nachmittag in einem Taxi umbringen.

»Also, Chef, geht's zum Cane Garden Bay? Dort kriegst du einen Rum nach Piratenart.«

Immer dieselben Sprüche.

Das Taxi hatte keinen Zähler, und der Fahrer begann um den Preis zu feilschen. Aber Finzi kürzte seinen Wortschwall ab.

»Du willst sicher ein Trinkgeld?«

Der Taxler nickte.

»Dann sieh zu, dass du den Mund hältst, solang wir unterwegs sind.«

Auf dem Flughafengelände, neben der Startbahn, scharrten zwei Hühner. Ein Uniformierter, der auf einem Schemel saß und mit einem Hölzchen in seinem Mund herumstocherte, bewachte sie. Finzi fragte sich, von welchem Korps diese Uniform stammen mochte – es konnte alles sein, Feuerwehr, Polizei, städtische Müllabfuhr. Vielleicht war es die Uniform der Geflügelwächter.

Jedes Mal, wenn er auf den British Virgin Islands aus dem Flugzeug stieg, empfand Finzi die Hitze wie einen Schlag.

Das Klima hier war immer gleich, jahrein, jahraus hatte es um die dreißig Grad … zum Glück ohne Feuchtigkeit. Die Straßen waren voller Jeeps und klappriger Taxis. In der Theorie galt Linksverkehr, doch Taxis fuhren grundsätzlich in der Mitte und verursachten Staus und Streit. Am Straßenrand hatte das Tourismusministerium die Wände mit seinem Slogan tapeziert: *BVI – NATURE'S LITTLE SECRET.*

Das kleine Geheimnis der Natur. Tja – es war eines dieser Geheimnisse, die mit Gold aufgewogen werden. Finzi kurbelte das Fenster herunter und schnupperte die von tropischen Gerüchen schwere Luft. Es war der süßliche Duft von Oleander und Frangipani, den Tempelbäumen, in den sich der von den nordöstlichen Passatwinden herbeigetragene Meeresgeruch mischte.

An etlichen Häusern waren die Fenster mit Holzbrettern vernagelt: eine Erinnerung an den letzten Hurrikan. Möge der nächste Orkan auch Sutter mitsamt seinem verdammten Surfbrett fortwehen, dachte Finzi. Als er mit ihm telefoniert hatte, war er fürchterlich gut gelaunt gewesen, der Bastard.

»Finzi! Ich hab dich erst mit der nächsten Maschine erwartet!«

»Ach ja?«

»Wo bist du denn, noch am Flughafen? Es tut mir leid, ich bin gerade unabkömmlich …«

»Ich fahre jetzt ins Hotel, aber treffen wir uns heute Abend?«

»Leider bin ich momentan in Anegada und komme erst spät zurück. Vielleicht lieber morgen früh?«

»Okay, ist mir auch recht. Bis morgen.«

»Ciao! Und erhol dich – du bist sicher erschöpft.«

Anegada war die nördlichste und abgelegenste der Britischen Jungferninseln. Ihr langes Korallenriff hatte über dreihundert Schiffbrüche verursacht – zur großen Freude der Taucher, die heute zwischen den Wracks umherstreiften.

Die armen Ertrunkenen, die hier ihr Leben gelassen haben, dachte Finzi, hätten sich gewiss nie träumen lassen, dass sie einst zur Touristenattraktion würden. Aber so arm waren sie dann auch wieder nicht – schließlich waren in Road Town seit jeher die Piraten zu Hause. Gestern waren es Bloody Morgan und Schwarzbart, heute sind es Leute wie dieser Hurensohn Sutter. Und morgen?

Na, man wird es sehen. Finzi war bereit zum Kampf. Er wusste, dass Sutter einiges gegen ihn in der Hand hatte, aber bevor er sein Beweismaterial der Justiz überantwortete, würde er eher versuchen, ihn umzulegen: Das war lukrativer – anschließend würde er die Beute mit den Polizisten teilen, die ihm den Rücken freihielten. Aber auch Finzi hatte Geld, auch er konnte es sich leisten, sich einen Leibwächter zu engagieren oder einen Polizisten zu bestechen.

Nach einer Dusche und einem Martini fühlte Finzi sich wieder besser. Er zog eine Leinenhose und ein geblümtes Hemd an, nahm sein Zigarrenetui aus dem Koffer, setzte seine Sonnenbrille auf und verließ das Zimmer.

Er setzte sich auf die Terrasse und blickte auf die Bucht hinaus, das kaum bewegte Meer, dessen Farbe von hellem Türkis in Dunkelblau überging. Von rechts leuchtete das Grün des Waldes herüber, und der Zusammenklang der beiden intensiven Farben gab ihm die Zuversicht zurück. Ja, er war kampfbereit. Er würde Sutter umlegen und seinen Platz einnehmen.

Es war Zeit für einen radikalen Neuanfang. Er hatte genug vom Schweizergrau. Hier saß er, inmitten eines tropischen Paradieses, hatte Geld wie Heu, das Damoklesschwert eines Gerichtsverfahrens hing nicht mehr über ihm. Was hatte er zu befürchten?

»Um welche Uhrzeit wünschen Sie zu speisen?«, fragte der Bedienstete am Empfang, als Finzi auf dem Rückweg in sein Zimmer bei ihm vorbeikam.

»In einer halben Stunde. Ich bin ein bisschen müde. Ich hätte auch Wäsche zu waschen.«

»Kein Problem, ich schicke Ihnen unseren Wäschereimitarbeiter.«

Später, als er sich zum Essen umzog, klopfte es an der Zimmertür.

»Come in!«, rief Finzi.

»Sie haben mich gerufen, Signor Finzi?«, fragte, auf Italienisch, der Wäschereimitarbeiter, ein muskelbepackter junger Mann.

»Ah, da bist du ja!«, antwortete Finzi. »Hör mal, ich glaube nicht, dass Sutter schon heute Abend was plant, trotzdem sollten wir lieber auf der Hut sein.«

»Hier im Hotel?« Der junge Mann ließ die Schultern rollen. »Im Hotel kann er nichts machen, das ist zu riskant für ihn.«

»Du tust, was ich dir sage, okay? Und halte vor allem die Ohren offen. Ist dem Typen an der Rezeption zu trauen?«

»Ach, der kriegt nicht viel mit.«

»Gut, aber behalte ihn im Auge. Jetzt geh, und denk dran, dass ich in einer Viertelstunde zum Essen gehe: Schau dich um!«

Als er auf die Terrasse hinaustrat, brach die tropische Nacht herein. Im dunklen Gebüsch glommen Leuchtkäfer auf und verlöschten wieder, der Wind hatte gedreht und wehte jetzt ablandig. Am Horizont standen die Wolken in Flammen, und jetzt ging auch die Sonne unter und färbte das Wasser für kurze Zeit rosa und orange – und innerhalb weniger Minuten war es dunkel.

Aus den Wäldern tönte ein ununterbrochenes Gezwitscher, wie in Europa im Frühling. Das seien keine Vögel, erklärte der Kellner, sondern kleine Baumfrösche. Finzi dankte ihm für die Auskunft und bestellte Steak mit Bratkartoffeln, dazu ein Gericht aus roten Bananen, Papaya mit einem Spritzer Zitronensaft und ein Stück Mandarinentorte. Zum Abschluss trank er einen Whisky, um den Schlaf herbeizurufen, dann zog er sich in sein Zimmer zurück.

Beim Rauschen der Klimaanlage sah er sich um, betrachtete er die gold-roten Wände, die englischsprachige Bibel auf dem Nachtkästchen und den Schreibtisch mit der lackierten Holzplatte. Das leere Glas auf der Ablage im Bad. Die Anweisungen für das richtige Verhalten im Fall eines Brandes oder Orkans. Hotelzimmer stimmen einen doch immer melancholisch, dachte er, aber das geht auch bald vorbei. An den Wänden hingen Ansichten der Insel Tortola »aus der wilden Epoche der Freibeuter«. Er nahm sich noch einen Whisky aus der Minibar und trat auf den Balkon hinaus.

Musik tönte von der Straße herauf. Es war eine Bläsergruppe, die schrill eine klagende Calypsomelodie spielte. Finzi trank Whisky. Im Dunkeln hinter ihm wehte das Moskitonetz. Sekundenlang verspürte er Heimweh. Wie denn das? Er sehnte sich doch nicht etwa nach der Schweiz zurück? Er dachte an seine Geschäfte, an Handschläge, Betrug und Politiker mit Wolfslächeln. Die Musik entfernte sich und verklang nach und nach. Nur dieses Gezwitscher aus den Bäumen war noch zu hören.

Er hatte Heimweh nach seinem Leben. Aber nicht nach dem Leben, das er kannte.

Irgendwann im Dunkel der verstrichenen Jahre war sein Leben allem begegnet, was es hätte sein können, aber er hatte nie innegehalten. Wie zwei Nachtzüge, die auf parallelen Gleisen aneinander vorbeifahren. Er nippte an seinem Whisky und empfand einen Anflug von Bedauern. Gut, er hatte niemanden umgebracht, das ließ sich beweisen. Und er hatte auch nicht gestohlen: Er war Geschäftsmann.

Aber da war dieser Anflug von Reue.

Vielleicht war es das Bedauern, dass er diesen Zug nicht angehalten hatte, der auch jetzt, in der schon fast schwarzen

Nacht, immer weiterfuhr, auf das Morgen zu, auf ein Hasardspiel, das immer komplizierter und immer verzweifelter wurde.

Und in den Wäldern dort draußen sangen keine Vögel, sondern kleine Frösche, die auf Bäumen leben.

Dank

Einen Roman zu schreiben ist auch eine Gruppenarbeit. Deshalb möchte ich alle nennen, die mir mit ihren Recherchen, ihren Korrekturen und ihrer Unterstützung geholfen haben. Für den großen Aufwand der Überarbeitung und die guten Ratschläge danke ich Maria und meinen Angehörigen, Patrick Coggi, Davide Dall'Ombra, Pietro Foglia, Luigi Mattei, Nicola Mazzi, Gregorio Ortelli, Nicola Pinchetti. Für seine wertvolle Beratung danke ich Kommissar Emilio Scossa Baggi, dem Leiter der Kriminaltechnik bei der Tessiner Polizei. Danke Mattia Brioschi und Tamara Winkler für ihre technischen Hinweise. Sehr hilfreich waren mir die Kommentare von Simona Foglia Repetto, Anna Franchi, Federica Mauri, Lucia Rovelli, Francesco Tanzi. Ein Gedanke an Ernesto Felice, der mir *Manha do carnaval* beigebracht hat.

Ich danke Gianni Biondillo, der *Damals im Tessin* ermöglicht hat, und allen Verlagsmitarbeitern, vor allem Laura Bosio, die mit Engelsgeduld die Mechanik dieser Geschichte gefeilt und geölt hat.

Damals im Tessin ist ein Werk der Phantasie. Jede Übereinstimmung mit real existierenden Personen oder Orten ist unbeabsichtigt. Allfällige Versehen oder Ungenauigkeiten sind allein auf die Unachtsamkeit des Autors zurückzuführen.

finis

ATLANTIS

Andrea Fazioli und Friedrich Glauser
Wachtmeister Studers Ferien
Sein letzter Fall

Kriminalroman

Ascona 1921, einer der heißesten Sommer seit Menschengedenken. Studer, Polizeikommissar aus Bern, macht mit seiner Frau Urlaub am Lago Maggiore. Die Ruhe ist himmlisch – bis Studer von einem Mann angesprochen wird. Er ist Schriftsteller, kommt auch aus der Deutschschweiz und bittet den Kommissar um Hilfe: Am Waldrand, nicht weit von seiner bescheidenen Behausung, wurde eine Leiche gefunden, und die örtliche Polizei ist überzeugt, dass er die junge Frau getötet hat. Studer beginnt halbherzig, Erkundigungen über das Opfer einzuholen: eine ausländische Tänzerin, die mit einem abgehalfterten alten Baron befreundet war und in der Nachbarschaft der exzentrischen Künstler vom Monte Verità lebte …
Bereits in den zwanziger Jahren begann Friedrich Glauser mit einem Roman über Studers Ferien in Ascona, der aber bis zu seinem Tod 1938 unvollendet blieb. Das Fragment umfasst vierzig Seiten, drei verschiedene Anfänge und gleich vier Schauplätze. Hundert Jahre später übernimmt der Tessiner Schriftsteller Andrea Fazioli, spinnt eine Erzählung um diese Fragmente herum – und klärt den Fall auf.